江和平　宋嘉宁 / 主编

我们在非洲当记者

图书在版编目(CIP)数据

我们在非洲当记者/江和平,宋嘉宁主编. --武汉：湖北科学技术出版社,2019.5
ISBN 978-7-5706-0697-9

Ⅰ.①我… Ⅱ.①江… ②宋… Ⅲ.①纪实文学－作品集－中国－当代 Ⅳ.①I25

中国版本图书馆 CIP 数据核字(2019)第 107673 号

我们在非洲当记者
WOMEN ZAI FEIZHOU DANG JIZHE

策　　划：杨云鹏　韩小婷　祝李涛	
责任编辑：曾紫风　杨瑰玉　刘　亮	封面设计：喻　杨

出版发行：长江出版传媒　湖北科学技术出版社	邮编：430070
地　　址：武汉市雄楚大街 268 号 （湖北出版文化城 B 座 13－14 层）	电话：027－87679447
网　　址：http://www.hbstp.com.cn	

印　　刷：武汉立信邦和彩色印刷有限公司	邮编：430026

787×1092	1/16	22.25 印张	350 千字
2019 年 5 月第 1 版		2019 年 5 月第 1 次印刷	
			定价：96.00 元

本书如有印装质量问题 可找承印厂更换

主 编 简 介

江 和 平

中央广播电视总台央视新闻中心副主任、外语频道总监。上海外国语学院英语和国际新闻双学士，英国威尔士大学新闻学硕士。历任中央电视台外语新闻部主任、体育中心主任、兼任体育频道总监，先后组织创建CCTV-9（英语频道）、CCTV-5（体育赛事频道）、中国国际电视台（中国环球电视网，CGTN）和央视新闻移动网。2013年5月，当选亚广联体育委员会主席，这是亚广联体育委员会主席首次由中国人担任。2016年，继续当选连任亚广联体育委员会主席。

宋 嘉 宁

中央电视台法语频道总监、著名法语节目主持人，译审，中国翻译协会理事，参与创办央视非洲分台并任首任台长，曾获"中国新闻奖""中国彩虹奖""人大新闻奖""中非报道奖""中国纪录片学院奖""中央电视台台长特别奖""法国国际气象电视节目主持人媒介奖"等奖项，主编出版法语图书七册，译有《信息不是传播》《传通影响力——操控、说服机制研究》等传播学专著。

我们在非洲当记者

总策划　孙玉胜

主　编　江和平　宋嘉宁

出版策划　吴方

编　委　俞江　董桥　张洁　谢澄澄　赵倩

审　稿　吴泽献

编　务　张燕霞　朱易

序一 | 要更多关注和了解非洲

对很多国人来说，非洲是一片古老而神奇的大陆。被称为"人类共同祖母"的"露西"300万年前就生活在今天的埃塞俄比亚境内。非洲也是人类文明的摇篮，古埃及文明是世界四大文明之一。非洲拥有丰富的能矿、农业和林木资源，被誉为"世界资源宝库"。非洲以其令人惊叹的自然景观和丰富多彩的生物多样性享誉世界。

非洲也是一片历经磨难的大陆。自15世纪起，欧洲殖民者纷纷侵入非洲，对非洲进行了长达500年之久的殖民统治。经过长期艰苦的斗争，非洲国家从20世纪50年代起陆续实现了民族解放和国家独立。1990年纳米比亚独立，1994年新南非诞生，非洲最终完成政治解放任务。

今天的非洲正在成为一片"希望的土地"。进入21世纪以来，非洲呈现出前所未有的新风貌、新气象。绝大多数国家保持政局稳定，"求和平、谋发展"成为非洲各界共识。非洲经济进入了相对较长的稳定增长期。2018年世界上经济增长最快的10个国家中，有6个在非洲。非洲一体化进程不断取得新成果，非洲联合自强迈入了新阶段。当然，非洲和平与发展绝不是一片坦途，仍然面临着很多艰巨挑战，但我们对非洲的发展前景充满信心。

中国与非洲虽然远隔千山万水，但中非人民相互有着发自内心的亲近感。新中国成立以后，中国同非洲始终真诚相待、患难与共，传统友谊历久弥坚。2018年举行的中非合作论坛北京峰会取得巨大成功，将中非关系全面推向历史新高，成为中非加强团结合作、促进共同发展的一座新的历史丰碑。

峰会也在国内掀起了进一步认识非洲、了解非洲的新热潮。在这一背景下，《我们在非洲当记者》一书的出版可谓正逢其时，中央电视台非洲分台的记者常年工作、生活在非洲，每天都在向世界报道非洲，向非洲报道中国，为促进中非人文交流做出了积极努力，也收获了非洲人民的友谊。

《我们在非洲当记者》一书记录了中央电视台非洲分台青年记者们在非洲工作和生活的故事，抒发了他们对非洲的热爱和真挚情感。他们看问题有自己的视角，有个人的认识，我们不必苛求一本书写出非洲的全貌。希望它能引发大家对非洲的兴趣，激发大家更多关注和了解非洲。这对日益走进世界舞台中央的我们是十分重要的。

外交部中非合作论坛事务大使

周欲晓

2018 年 12 月于北京

序 二

这本书是一群年轻记者的自述，他们将一段奇特的经历和感受写出来与大家分享，有险有趣，真情真诚，读来既为他们的成长感到高兴，同时又由此引发了我诸多的联想。

记者，是一个职业，也是一种情怀。作为一个职业，它需要冷静的观察和思考，而作为一种情怀，则需要投入热情、体验与挚诚。正如书中有的一句话，是"入戏的旁观者"。

先说说记者的职业。

我做了30多年的电视新闻教学工作，又管了20年电视台的新闻运作，我最深的体会就是，"新闻"可分成"被理论的新闻"和"被运作的新闻"。"被理论的新闻"是从学理研究的角度，对新闻的概念内涵和规律性进行的探究，它是传播学的"新闻"，而"被运作的新闻"则是从实务操作的角度对新闻外延的认识，这是社会学意义的"新闻"。而记者则是后者最直接的实践者。

记者的职业规矩，在西方被称为"新闻专业主义"，它是100多年来大众传媒在新闻实践中逐渐形成的一套从业规则。它既有意识形态引导的理念成分，（如以自由至上主义为基础的新闻自由、编辑自主，以公众利益服务为基础的知情权、表达权，以公共责任为基础的把关人、监督权等），也有工具性的专业运作规则和职业道德规范（如媒体组织的公共性、公信力，报道的客观、中立和平衡，运作机制的组织化和程序化等），它成为近现代新闻机构在新闻实务中恪守的专业标准。

尽管我国新闻理论界曾经把它定义为"资产阶级新闻理论的重要概念"，但按我的理解，新闻专业主义是一种指导新闻实务的操作性理念，意识形态观念引导的那部分暂且不论，就其在新闻实务中的工具性的组织架构和运作程序而言,"专业主义"是中性的和不可或缺的。我们需要的是挖掘新闻专业主义的工具性内涵,建立新闻的专业意识和专业规范,从这个意义上讲,我们又可以把它叫作"新闻的专业主义"。

但是,随着互联网的发展,媒介环境和形态发生了革命性的变化,我们的困惑也由此而生:

传统媒体,新闻讲究运作规则,有媒介的组织结构和运作流程,肩负着公共责任;而新媒体,人人都是记者,以自由平等为理念作个体发布,传播自主化信息。

传统媒体,讲求公信力、权威性,负有媒体责任和监督功能;新媒体,即时见闻、片段记录、碎片化信息、交互性传播,不为真假负责。

传统媒体,讲求客观报道、现场调查、求真、求深、求平衡;新媒体,靠标题、转发传播新闻,情绪化操作,依个人好恶倾向来选择与议论。

传统媒体,有严格的从业资质要求,有查证、发布规则,有把关人机制。新媒体的平民化,使得所谓的公民记者无门槛要求、无规则限制,人人都可为之。传统的新闻专业主义受到了前所未有的挑战。

的确,平等自主、互动即时是新媒体的主要特点,它是以瓦解权威、削弱各种既有制度为起点的,它形成了全新的传播话语方式。显然,这对推进社会进步有着重大的意义,但同时也正是因为它的开放和自由,又造成了其传播效果的不可预测和不可控性。这也直接惯坏了有些年轻人。

于是,我们陷入一种困惑的逻辑处境:既为它的民主性欢呼,又为它的非理性担忧;既推崇它自由平等的个体张扬,又期待着改变其公共性的缺失;既认同它建设一个开放的虚拟空间,又忧虑其表达的真实性和客观性;既赞赏它的草根性、平民化,又为其缺乏专业性而苦恼。这也是新媒体环境下新闻专业主义遇到的尴尬。

那么,过去的新闻专业主义是该被颠覆还是被重构呢?

在这本书中我们看到了新一代新闻记者对专业主义精神的追求。他们仍然前往最危险的战乱前线,仍然深入埃博拉疫情的第一现场,仍然关注贫穷饥饿的难民营,仍然追踪在保护野生动物的第一线……虽然他们也用了许多新媒体的技术，但是，他们仍然在用自己的努力试图告诉人们，在新媒体环境下的新闻记者仍需坚持的是：求真本质、专业精神和公共责任。

下面再说说"情怀"。

情怀是什么？情怀，是一种以脱离功利得失来作为自己行动标准的品质，是一种建立在"心灵满足"之上的心境、情绪和胸怀，它发自内心，可以为之付出一切。所以我认为，有情怀的记者，是记者职业的升级版，他应该有比职业要求更高尚的境界。

在我的新闻教育和新闻管理经历中，总会要求我的学生和手下的记者去做有情怀的记者。但是，记者的情怀仅仅是有热情、有闯劲、有事业心吗？我们曾经看到不少被人们认为有能力、有前途的年轻记者，最后业绩平平，有的甚至沦为权贵的附庸遭人唾弃。所以，我所理解的"记者的情怀"是建筑在一个基本的概念之上的，这就是"价值观"。

互联网的工具性特点，使得传统新闻业中最主要的两个价值观因素受到了挑战，这就是公信力和客观性。

"诚信"是中国几千年文化的精髓之一。在中国，诚实和信用，通常都是必须遵守的行规和操守。荀子说："言无常信，行无常贞，唯利所在，无所不倾，若是则可谓小人矣。"推而广之，还能所及为人、为政、为公，它是中国伦理思想的哲学基础。

"诚信"，其实首先是一种价值观，是在他律和自律中建立起的伦理关系，他律是行规，自律是操守。传统新闻业所追求的所谓"公信力"，正是在这近200年的时间里逐渐建立起的诚信指标，它包括3个主题：①信息来源——传播者可信度；②信息——内容可信度；③渠道——媒体可信度。这些可信度需要制度（行规）和从业者品质（操守）的保障，而记者正是这种价值观最直接的实践者和捍卫者。

对于新闻业来说，"客观"，也是一种价值观。客观不仅是新闻产品表现出的价值取向，更重要的是新闻生产的行为模式，它必须要有一种道德上的承诺——愿意以行为来实践真实、深入报道和对真相的追寻。传统新闻业坚守客观性的所谓"行为"就是我们常说的：第一时间、第一现场，调查取证、平衡报道等。

而记者为此也是需要付出体力、勇气和道德承诺的。

此外，情感体验也是受价值观驱动的。我们用"高尚的境界"来要求记者的价值驱动，首先是他们要对生命有足够的真诚和敬畏，以公平、正义、善良、仁爱这些人类共通的情感价值，去面对所观察的对象，或是面对自己的生命体验。其次，"高尚"也关乎名利观，只有脱离功利目的，努力才能真诚、持久，才能脱俗。

当我读这些年轻记者的文章时，不仅可以感受到他们发自内心的对驻外记者工作的热情和热爱，还能感受到他们对非洲那片土地和那里的人所投入的情感与体验。以此，我来对照自己以上的所思所想，不禁感慨：新一代新闻记者正在成长，还是大有希望的！

香港凤凰卫视前副总裁、资讯台台长
中国传媒大学中国网络视频研究中心主任、博士生导师
钟大年
2018年12月于香港

序 三

2018年在中国电视业发展史上是具有里程碑意义的一年。4月19日，由中央电视台（中国国际电视台CGTN）与中央人民广播电台、中国国际广播电台合并组建的"中央广播电视总台"正式揭牌。9月26日，习近平总书记致信祝贺中央电视台建台暨新中国电视事业诞生60周年，明确要求新成立的总台应当"加强国际传播能力建设，锐意改革创新，壮大主流舆论，努力打造具有强大引领力、传播力、影响力的国际一流新型主流媒体"。《我们在非洲当记者》恰逢这样一个历史节点付梓面世，因此需要从更为宏观的视野来解读这本书的意义和价值所在。

回顾60年的发展历程，CCTV起初是一家立足中央、面向国内的"内宣媒体"，这一点从其前身"北京电视台"和后来"中国中央电视台"的命名中可以得到印证。直到20世纪90年代，CCTV才被正式纳入"中央外宣媒体"的范畴。但从近年来披露的一些史料来看，实际上从1958年建台伊始，"央视就天然承担了对外传播的使命"（中央电视台前台长胡占凡语）。早在20世纪60年代就有了第一位走出国门的记者和第一位常驻国外的记者，并与36个国家建立了购买或交换新闻、文艺和体育等节目的合作关系（即"出国片"）。因此，CCTV从其创建之初便具备了"外宣媒体"的基因，这也使得CCTV升级为具有"全球媒体"（global media）特征的CGTN获得了历史的渊源和理念的承续。

1901年，我国现代新闻出版业的先驱、"清华新闻学"的奠基人梁启超先生就对世界媒体发展的愿景做了富有创见的预言："有一人之报，有一党之报，有一国之报，有世界之报……以全世界人类之利益为目的者，世界之报也。"他所谓的"世界之报"就是当今国际社会和新闻传播学界畅想已久的"全球媒体"——即人类传播的理想境界。在世界进入中国引领的"新全球化"的时代背景下，在全球新闻舆论场上崭露头角、初试莺啼的CGTN正处于难得的"战略窗口期"。从这个意义上说，CGTN打造全球媒体平台的探索既是我国外宣战线对"新时代"变局所做出的有力回应，也是按照习近平新时代中国特色社会主义思想重新界定我国媒体国际传播能力建设所肩负的历史使命与责任担当。

2016年12月31日，中国国际电视台（中国环球电视网CGTN）正式开播，习近平总书记发来贺信，对提升中国媒体的国际传播能力寄予了殷切期望。两年来，着力于建设外宣旗舰媒体的CGTN，以重大主题报道为牵引，以融媒中心启用为契机，坚持移动优先，升级报道手段，开拓报道选题，丰富节目形态，用一系列创新突破让CGTN国际影响力不断提升，融合传播向着纵深发展，开启了中国电视媒体走向全球传播的新时代。

2018年恰逢《共产党宣言》发表170周年，马克思和恩格斯在这篇经典文献中富于创见性地预言了"全球传播"的历史必然性。在21世纪的今天，他们所预言的"世界文学"演变成为"全球性的媒体文化"（global media culture）。"世界市场"的开辟所导致的经济全球化促进了"全球媒体市场"的建立，使跨越民族－国家边界的"全球传播"成为现实。

在建立以"人类命运共同体"为核心理念的全球传播新秩序的进程中，中国无疑将扮演更为重要的角色。CGTN问世不到半年便跃升为Facebook上的第一大媒体账号，迅速成长为中国第一家真正意义上的全球媒体，覆盖了12大社交平台，拥有23个官方账号。截至2018年11月，CGTN英语主账号总粉丝数超过6000万，各语种账号的粉丝总和近8700万。

CGTN不仅在规模上获得了跨越式发展，其所秉持的新闻理念也在获得国际学界和业界的认可。在总部位于南非开普敦的全球市场调研机构新世界财富（New World Wealth）2017年9月发布的对全球100家各类媒体的评估报告中，CGTN被评为全球最公正（neutral）的媒体。需要强调的是，该机构是依据政治偏见程度、新闻选题设置、事件双方平衡报道和世界范围主要新闻事件覆盖度四项标准，对各家新闻媒体进行追踪监看，最终得出调查结论。更为重要的是，由于非洲学者能够充分接触到世界各国的媒体，相较于西方同类机构而言具有较为浓厚的"第三方"色彩，因此他们的评估较为可信、准确地体现了CGTN所秉持的"折中致和"——即汲取东西方文明精髓、公正传播多元文化和不同声音的定位和特色。

在当今世界电视新闻舆论场上，CNN、BBC和"今日俄罗斯"、半岛电视台构成了针锋相对的"两极"，他们虽然立场不同，但其所秉持的都是揭丑爆料、制造话题、追求"吸睛"效应的"冲突新闻学"的理念。CGTN没有沿袭这种"流血上头条""选边站"的固有思路，而是以倡导"交流""沟通"的"对话新闻学"理念，以回应人类共同关切为导向的"解困型新闻"（solution-based journalism）和"建设性新闻"（constructive journalism）为实践的指南。CGTN在非洲的新闻报道就表现出这样的特点，不同于其他媒体一味渲染当地存在的各种沉疴积弊，而是从发展和建设性的眼光来寻找解决问题的方案。

正是在这样的背景和语境下，摆在读者面前的这本《我们在非洲当记者》便被赋予了特殊的意义。书中所收录的19位央视记者撰写的采访手记及其链接的新闻报道，皆是值得学界、业界、高校师生和其他对此感兴趣的读者认真研读的案例和范本。在此，我要特别肯定本书发起人、现任CGTN法语频道总监宋嘉宁女士所付出的努力。她是央视非洲分台的首任负责人，长期从事涉非报道，也是本书多位作者在文中提及的"引路人"。

书中这19篇情真意切、质朴无华的文章，无论是对抗击埃博拉疫情和亲历恐袭战乱等重大新闻事件的"现场还原"，还是对非洲各国社会发展和风土人情的"原画复现"，都体现出了新一代中国电视新闻工作者所具备的全球视野、人文关怀和跨文化沟通能力。这些文字也是对马克思主义新闻观当中有关"全球传播"理念的生动诠释，彰显了中国新闻工作者矢志不渝的专业态度和职业精神，这在世界面临"后西方、后秩序"的转型关口和充斥着"后真相"的社交媒体时代更显得弥足珍贵。

本书的另一个重要意义是将"非洲报道"作为一个整体进行了全方位和多角度的呈现，同时对非洲各个地区和国家的复杂性和多样性进行了较为全面的开掘，打破了长期以来人们脑海中"非洲大陆铁板一块"的"刻板印象"。在我的印象中，这样的选题及其覆盖面是不多见的，可以算得上是国际传播领域同类题材的一本"开山之作"。

相对于发达国家而言,"西方路灯光影以外的世界"一直是国际新闻报道中的"短板"和"盲点",这也是笔者在若干年前呼吁新闻工作者应"向东看""向南看"的依据所在。随着"一带一路"倡议的深入推进,非洲报道的地位和重要性日益凸显。为此,自 2016 年以来,清华-伊斯雷尔·爱泼斯坦对外传播研究中心在美国盖茨基金会的赞助下每年举办"中国媒体非洲报道高层论坛"、"中国媒体非洲报道研修班"和"中非报道奖"评选等系列活动。书中的多位作者都是积极参与者,与来自全国各地的同行分享过他们在非洲的报道经历。他们的新闻作品也获得过"中非报道奖"的肯定,其中包括本书作者宋嘉宁(两度获奖)、于飞等。如今,他们的作品和采访手记能够结集成册,让更多的同行和读者有机会倾听他们的声音,同时也为学界开展有关涉非国际传播的学术研究提供了生动鲜活的案例素材。

诚然,限于各种主客观因素的限制,这本"开山之作"还只是一个起点。随着中非交流合作不断引向深入,中国新闻媒体的非洲报道在广度和深度上一定会发生质的飞跃。我相信在这本书的启迪下,会有更多新闻界的有识之士和千禧一代的接棒者会参与到"重新发现非洲"的实践中,为夯实我国新闻媒体的国际传播能力建设,打造习总书记所要求的"具有强大引领力、传播力、影响力的国际一流新型主流媒体"贡献出自己的力量。

清华大学新闻与传播学院副院长
清华-伊斯雷尔·爱泼斯坦对外传播研究中心执行主任
教育部青年长江学者特聘教授
史安斌
2018 年 11 月于清华园

前言 | 我们战斗在非洲

"我从来没有见到过如此可爱的国土，似乎仅仅凝视着它，就足以使你终生欢乐。"丹麦女作家凯伦·布里森（Karen Blixen）在《走出非洲》（*Out of Africa*）里这样形容她的毕生所爱——非洲。

每一个有幸走进非洲的人，或许都会有这样的感触。1989年，我作为《中国与非洲》杂志的记者，第一次到非洲采访。非洲之大美，深深地震撼了我的心灵。相隔21年后，我再次奔赴非洲，奉命担任中央电视台非洲中心记者站站长。接到这个任命的时候，我欣喜若狂，因为重返非洲和做驻外记者都是我深埋心底多年的梦想。

从2010年冬到2014年夏，我在非洲度过了人生中最难忘的三年半时光。在这期间，我见识了非洲各地壮美的自然风光、珍奇的野生动物、多彩的人文景观，也全力以赴甚至舍生忘死地和同事们奋斗在新闻第一线。我们亲手端过AK47，亲眼见到过街头巷战，闯入过埃博拉疫区，也抵达过恐怖袭击的现场；即使在本应平静的日常生活中我们也需要应付突如其来的入室抢劫、交通事故、停水断电等意外状况。我们常说："我们战斗在非洲。"

非洲的种种磨砺，让我们在今后无论遇到什么困难，都有了处变不惊、沉着淡定的底气。更让我欣慰的是，工作和生活中的种种挑战，滋养了驻站记者间战友般的情谊和高度默契的团队精神。有时候，遇上突发新闻，我还没来得及指派任务，就会有记者自行"组团"向我请缨；有时候，为了抢时间，同事们甚至一边向台里请示，一边已经奔波在赶往第一现场的路上。作为央视非洲分台的负责人，我对这样的同事充满了感激和敬意。说实在的，我在指派记者赴危险地区工作时也常有诸多顾虑，因为我既要对新闻报道负责，也要对团队记者的人身安危负责。反倒是大家的积极主动，数次让棘手的任务迎刃而解——

经常会有数名记者抢着去硝烟弥漫的利比亚、索马里、马里等地区，并且在战火中坚守数月之久。

驻站的岁月，我们同吃同住、同甘共苦，也一起打过许多漂亮的"胜仗"。为加强海外传播能力建设，打造世界级的传媒集团，央视从2009年开始逐步加强海外记者的报道力量。在我抵达非洲后的第六个月，台里决定创办非洲分台并在半年内建成开播，要求半年内开播。也就是说，我们10多名驻非记者要"打前站"，配合台总部筹备建立起央视的第一个海外分台。时间紧、任务重、筹备工作千头万绪，没有先例可以参考。主管台领导孙玉胜亲自挂帅，带领我们夜以继日地奋斗，并在开播前亲临肯尼亚内罗毕"督战"。

2012年1月11日，非洲分台如期开播，惊艳全球。同年11月，即非洲分台开播10个月之际，一场名为"非洲传媒新趋势——中国角色之崛起"的学术研讨会在国际顶尖学府牛津大学举办。我有幸受邀代表非洲分台与会并发言分享我们的运营机制和报道理念。通过研讨以及在非洲的实地调研，牛津学者伊吉纽·加利亚多内（Iginto Gadliardone）后来在世界知名学术期刊上发文表示："中央电视台非洲分台的报道关注到了非洲的崛起，并进一步加强了对非洲的正面报道，这是中国媒体在积极为非洲发声，让世界对非洲的看法更成熟而全面。在西方媒体眼中，非洲是一个深受战争、艾滋病和饥饿摧残的大陆，非洲国家一直试图转变这样的形象。"

非洲分台成立后的第二年，也就是2013年，全球十大新闻事件中有4件发生在非洲。在马里危机、埃及动荡、内罗毕西门购物中心恐怖袭击、曼德拉辞世等报道中，我们的记者齐心协力、顽强拼搏，表现出极强的"战斗力"。

在马里危机中，我们抵达了有着"世界探险尽头"之称的小镇通布图，在全球所有媒体中第一个发布首批派驻马里法军回撤的消息；在西门购物中心恐怖袭击事件中，我们是全球第一家播出西门购物中心遭遇恐怖袭击内部视频的媒体。这条独家报道播出之后，在不到24小时的时间里，被500多家海外媒体引用了1800多次；在曼德拉辞世报道中，我们近20名记者在24小时内从非洲不同的国家陆续抵达南非的近10个报道点，多角度多层次地持续跟踪报道事件的进展。在非洲数次发生的国际大事中，非洲分台发回的现场报道无论从数量上还是质量上都堪比肩 BBC、CNN 等西方主流媒体。

在非洲的日子,我们一路披荆斩棘,取得了骄人的成绩,创造了许多个第一。这背后,不仅有记者们的努力,更离不开家人的理解与支持。我们在奔赴危险地区展开报道之前,第一个想到的往往不是自己,而是亲人。要不要给亲密爱人打个电话?要不要把银行卡的密码告诉父母?要不要留下遗书?这绝不是危言耸听。

作为记者,我们的职责和使命就是向世界报道非洲。我们当然希望自己的报道能多次播出、在黄金时段播出。但正如一位同事在书中所写的,当报道上了《新闻联播》之后,她又开始担心父母是不是会看到自己正身处战区。个中滋味,真是悲喜交集。

还有一位同事在书中写道,当她告诉父母自己要去埃博拉肆虐的地区执行任务时,父母纵然有万般担心,千般不舍,但还是坚定地回复她:全力支持!

这些都是我在看同事们的手稿时,让我数度哽咽的地方。我为我们勇敢、敬业的记者而骄傲,也为他们无私的父母而感动。借本书出版的机会,我想向每一位驻非记者的父母、爱人、亲友,表达深深的谢意。没有你们的理解和支持,就没有我们的非洲分台!

白手起家,筚路蓝缕。我和我的记者团队很荣幸陪伴非洲分台走过了初建阶段的每一步艰难与探索。当我们走进非洲的时候,非洲的形象还是由个别西方媒体操控。当我们完成驻站任期、走出非洲的时候,一个真实、多彩、发展中的非洲形象,已经通过央视的屏幕传递到世界各地。7 年后的今天,我们很高兴地看到,当初在西方世界一片质疑声中磕磕绊绊成长起来的非洲分台,每天通过 CGTN(China Global Television Network)面向全球播出的新闻时长已达 3 小时,其中《非洲直播室》《对话》《非洲面孔》等品牌栏目不论在电视端、还是在新媒体端,都有了数量众多的忠实拥趸。

"有时,千载难逢的探险,变成了生活本身。"这是战斗在非洲的岁月,如果用一句话来概括,我会借用著名自然保护主义者库利·高尔曼(Kuki Gallmann)的自传体小说《梦回非洲》(*I Dreamed of Africa*)。作为记者,我们何其幸运,能与非洲相遇、相守。这本书,源于我们驻站时期的一个约定。

那些在电视报道中无法呈现的细节,那些新闻背后不为人知的故事,经过岁月的大浪淘沙,依然有着被重拾、被铭记的价值。我们衷心地希望,我们的故事能给有志于成为驻非记者的朋友们一些启示,能让越来越多的人了解非洲、爱上非洲!

中央电视台非洲分台前负责人

中央电视台法语频道总监

宋嘉宁

2018 年 11 月 7 日于北京

目录

阿非利加艳阳下   白　洁 / 1
    肯尼亚：野性的救赎   / 2
    蓝白突尼斯   / 7
    坦桑尼亚：生生不息塞伦盖蒂   / 15
    尾声   / 22

眼见为实——体验刚果（金）   陈明磊 / 23
    非洲缘起   / 24
    关于幸福   / 25
    再见非洲   / 29

埃博拉疫情：走进利比里亚   次晓宁 / 31
    你愿意去利比里亚吗？   / 32
    好消息与不太好的消息   / 33
    想过写遗书吗？   / 35
    哪里有什么和平年代，我们只是幸运地生在了和平的国家   / 38
    平静下的危机与危机下的平静   / 41
    眼药水与狂犬疫苗   / 45
    专访总统瑟利夫   / 47
    回程   / 49
    后记   / 50

终难忘记：阿尔及利亚驻外生涯的几个瞬间   葛子仪 / 53
    马里政变战地报道实录   / 54
    世界遗忘的角落　停滞的时光   / 58
    千钧一发：震惊中外的阿尔及利亚人质事件   / 65
    阿军机坠毁：跋山涉水　直击现场   / 70

苏塞酒店恐怖袭击：北非之殇　泪洒天堂　　　　　　　　　　　/ 72

非洲的微笑海岸：冈比亚采访见闻　　　　　　　　　韩　蓍 / 75

前言　　　　　　　　　　　　　　　　　　　　　　　　/ 76

走进冈比亚，初识班珠尔　　　　　　　　　　　　　　/ 77

冈比亚总统的全国巡视　　　　　　　　　　　　　　　/ 82

采访叶海亚·贾梅　　　　　　　　　　　　　　　　　/ 86

贾梅败选　冈比亚翻新篇　　　　　　　　　　　　　　/ 91

重拾驻非采访笔记　　　　　　　　　　　　　　　　侯茂华 / 95

科特迪瓦战火里的中国人　　　　　　　　　　　　　　/ 96

赞比亚：如果·爱　　　　　　　　　　　　　　　　　/ 102

马里：新春骗局　　　　　　　　　　　　　　　　　　/ 108

怕还是不怕，Ta 都在那里　　　　　　　　　　　　黄　成 / 115

奥廷加：永不服输的反对派　　　　　　　　　　　　　/ 116

等待灾难降临的恐惧与焦虑　　　　　　　　　　　　　/ 118

坐过山车般的选举体验　　　　　　　　　　　　　　　/ 119

民意如流水：2017年的三个新动向　　　　　　　　　 / 123

抗争下的冉冉谢幕　　　　　　　　　　　　　　　　　/ 126

北上南下话非洲　　　　　　　　　　　　　　　　　黄铮铮 / 129

北非印迹　　　　　　　　　　　　　　　　　　　　　/ 130

东非之角　　　　　　　　　　　　　　　　　　　　　/ 135

生死马赛马拉　　　　　　　　　　　　　　　　　　　/ 140

南非以南　　　　　　　　　　　　　　　　　　　　　/ 146

我的非洲历险记　　　　　　　　　　　　　　　　　廖　亮 / 151

索马里的 2012　　　　　　　　　　　　　　　　　　　/ 152

肯尼亚西门购物中心恐怖袭击　　　　　　　　　　　　/ 156

南苏丹　　　　　　　　　　　　　　　　　　　　　　/ 160

出也门记　　　　　　　　　　　　　　　　　　　　　/ 164

一言难尽话南非　　　　　　　　　　　　　　　　　舒　波 / 173

曼德拉是非洲头等大事　　　　　　　　　　　　　　　/ 181

马里卡纳的鲜血　　　　　　　　　　　　　　　　　　/ 186

　　一言难尽　　　　　　　　　　　　　　　　　　　　　/ 192

科特迪瓦采访纪实　揭开总统大选迷雾　　　　　　宋嘉宁 / 195

　　急电：速去科特迪瓦！　　　　　　　　　　　　　　　/ 196

　　"一国二主"，真相扑朔迷离　　　　　　　　　　　　/ 197

　　"混进"科特迪瓦总统府　　　　　　　　　　　　　　/ 197

　　勇闯7层关卡，进入高尔夫酒店　　　　　　　　　　　/ 199

　　突发！摄像机被抢　　　　　　　　　　　　　　　　　/ 200

　　在科特迪瓦的日常：等待、联络与采访　　　　　　　　/ 201

　　屋漏偏逢连夜雨：摄像机坏了！　　　　　　　　　　　/ 204

　　搭乘联合国直升机"空降"采访瓦塔拉　　　　　　　　/ 206

　　剧情大反转，巴博新闻官不接电话　　　　　　　　　　/ 209

　　采访巴博，竟不让带摄像机？　　　　　　　　　　　　/ 209

　　风波再起，又来了一卡车大兵！　　　　　　　　　　　/ 211

　　返程惊魂，飞机故障停泊　　　　　　　　　　　　　　/ 212

　　巴博时代落幕，瓦塔拉开始执政　　　　　　　　　　　/ 214

　　后记　　　　　　　　　　　　　　　　　　　　　　　/ 214

南非，梦想与隔阂并存的国度　　　　　　　　　　陶家乐 / 217

　　梦的凯旋——南非大学高级讲师李婴博士　　　　　　　/ 218

　　南非排外暴力事件　　　　　　　　　　　　　　　　　/ 221

　　中非合作论坛约翰内斯堡峰会　　　　　　　　　　　　/ 224

　　"刀锋战士"皮斯托瑞斯　　　　　　　　　　　　　　/ 227

　　南非华人奋斗史　　　　　　　　　　　　　　　　　　/ 229

血与泪　　　　　　　　　　　　　　　　　　　　　王　聪 / 233

　　亲历西门购物中心恐袭　　　　　　　　　　　　　　　/ 234

　　忘却，还是纪念　　　　　　　　　　　　　　　　　　/ 238

　　卢旺达重生：非洲的新加坡　　　　　　　　　　　　　/ 242

　　走不出的非洲　　　　　　　　　　　　　　　　　　　/ 244

入戏的旁观者 王　璇 / 249
　　缘起 / 250
　　利比亚之殇 / 252
　　偷渡 / 259
　　图尔卡纳救援 / 264
　　说故事的人 / 272

"非漂"六年　我的"疯魔"生活 许　弢 / 273
　　在"东非屋脊"开启驻外之旅 / 274
　　在"文明古国"体会变革之律 / 277
　　在"北非明珠"体味战争之殇 / 281
　　在"炙热国度"感受中国担当 / 284

非洲七年　向死而生 杨　春 / 287
　　埃博拉 / 288
　　惜哉，我大苏丹 / 291

非行记 杨　帆 / 297
　　从苏丹南部到南苏丹 / 298
　　那些"人物"和"人们" / 300

磨炼在非洲 杨立峰 / 305
　　工作在非洲 / 307
　　生活在非洲 / 313

塞伦盖蒂——无尽的草原无尽的迁徙 于　飞 / 317
　　东非野生动物大迁徙 / 318
　　伦盖伊火山爬山记 / 325
　　后记 / 333

阿非利加艳阳下

白 洁

　　白洁，女，1981年出生于山西太原，毕业于北京第二外国语学院法语专业，硕士研究生。

　　2008年进入中央电视台法语频道工作，先后担任法语新闻编辑、演播室新闻导播和记者，同时兼任英语频道采访组记者。

　　2012年至2015年，派驻肯尼亚中央电视台非洲分台任驻外记者，曾经负责"阿拉伯之春"后动荡的突尼斯、南非曼德拉逝世、东非野生动物大迁徙直播，卢旺达大屠杀21周年等重点选题的报道。

　　2015年回国工作之后，曾负责中非合作论坛约翰内斯堡峰会宣传片的策划，并参与后期编辑。

　　2017年派驻刚果共和国，任中央电视台驻布拉柴维尔站记者。

阿非利加，"Africa"的音译，非洲的全称。记得2012年至2015年在非洲常驻期间，我曾经在突尼斯出差，当地人总会热情地对外国人说："'Africa'这个名字其实是从突尼斯来的。"公元前814年，一位名叫艾丽莎的腓尼基公主，为了逃避王室的追杀，带着随从乘船向西渡过半个地中海，来到非洲最北端的陆地，现在的突尼斯。她把这个新发现的陆地称为Africa，并在这里建立了后来的迦太基王国，腓尼基语就是"新城"的意思。公元前146年罗马人摧毁了这座城池，将其重建并成为罗马在非洲的阿非利加行省的一部分。

 肯尼亚：野性的救赎

肯尼亚的首都内罗毕，我在非洲的第一站，与这个美丽的故事、神秘的腓尼基公主却似乎并不沾边。灿烂的阳光、机场边国家公园内散步的斑马，这是国人心中对于非洲的部分想象，也是来到这里的人所真实看到的。据说这座城市的基础设施建设从20世纪70年代到现在没有太大的变化，楼还是那些楼，路还是那些路。这样看来，20世纪70年代的内罗毕其实比当时的北京发达多了。

内罗毕最大的魅力，是树木花丛和草坪遍布全城，甚至很多院子的院墙就是由灌木丛围绕而成。路边的三角梅与蓝花楹争奇斗艳，小鸟们在枝繁叶茂的树林里低吟浅唱，水果蔬菜市场内成群的猴子跟在顾客的身后，等待偷香蕉的机会。一边是市中心林立的高楼，一边是如植物园般的街景，有时还能看到在灌木、院墙间飞奔的蜥蜴，和窄小的马路上偶然路过的牛群。这些看似矛盾的存在，在这座城市完美地融合在一起，且毫无违和感，这就是我深爱内罗毕的理由。常驻的3年，时不时在其他国家出差漂泊，只有这里给了我家的感觉。

内罗毕是肯尼亚最大的城市，但肯尼亚不只有内罗毕。使肯尼亚声名鹊起的，是这个国家相对发达的旅游业。马赛马拉这个名字，在我们做过几次大迁徙直播之后，在国内应该算是如雷贯耳。除了马拉河畔上演天国之渡的角马群，这里还有安博塞利的乞力马扎罗雪景、桑布鲁的野生象群、纳库鲁的火烈鸟、蒙巴萨壮丽的印度洋海岸线。围绕野生动物保护所发展起来的旅游业成为这个国家名副其实的支柱产业。

第一次做野生动物保护题材的采访，也成为我印象最为深刻的一次经历。

那是 2012 年 8 月 10 日，野生救援（Wild Aid）组织携手姚明在肯尼亚进行反盗猎宣传活动，并与中央电视台纪录频道、新西兰自然历史公司和动物星球频道联合摄制野生动物保护纪录片。中央电视台非洲分台派我对这次拍摄进行跟踪报道。

20 世纪七八十年代，象牙买卖盛行，非洲野生大象被大量猎杀，数量一度从 130 万头锐减到 60 万头。随着 1989 年联合国《濒危野生动植物种国际贸易公约》全面禁止了国际象牙贸易，这一趋势被暂时遏制。但是随着象牙价格的日益飙升，盗猎者再次将枪口对准了野生大象。

肯尼亚野生动物管理局对此次姚明到访非常重视，提供了大量拍摄资源，希望能够借助姚明在国际上的知名度宣传野生动物保护的重要性，并在野生动物保护方面与中国加强合作。在拍摄纪录片期间，姚明曾先后到达了 5 处大象盗猎点。8 月 16 日上午，我跟随他们的团队探访了位于桑布鲁国家公园的最后两处盗猎点。

去桑布鲁的前一天上午，我和摄像同事跟拍姚明在纳纽基周边的宣传活动，下午在野生救援团队下榻的酒店对姚明进行专访。姚明比较健谈，专访结束后，我们在酒店的草坪上休息，一起喝着姚明从国内带来的信阳毛尖，聊篮球，聊魔兽，聊肯尼亚灼人的阳光，就像几个相识很久的朋友。姚明在篮球职业生涯期间留下了脚伤，一直未能痊愈，时不时还需要用冰块冷敷。聊天还未结束，野生救援创始人奈·彼德（Peter Knights）对我说，在桑布鲁发现了被盗猎者杀害的大象尸体——这个保护区位于肯尼亚中北部，是肯尼亚野生大象的主要聚居地之一——野生救援的纪录片团队决定第二天上午去现场拍摄，团队的飞机上有一个位置给媒体，彼德说可以留给中央电视台，也就是说我或者摄像同事可以随机去拍摄。我问同事他自己去是否可以，他考虑了一下觉得很困难，因为这个团队中除了姚明，其他人都只能用英语交流，对他来说沟通非常不便。商量许久，最后决定由同事给我加急培训 1 小时，第二天让我带着摄像机去拍。

对于拍摄，我仅有的那点经验就是驻外培训期间不到 8 小时的摄像课程。虽然同事帮我做了 1 小时的培训，但我也只能勉强记住一些基本的操作手法和技巧。

第二天一大早，我拎着沉重的摄像机，背着视频编辑笔记本，心情无比忐忑地到达纳纽基附近的机场。所谓机场，只是由几座简陋的小房子和工棚组成，机场跑道也几乎全是草地。之后我和野生救援的纪录片团队上了包机，所谓包机，其实是一个包括飞机驾驶员在内，总共十几个座的螺旋桨小飞机。由于发动机限制了升空上限，这类飞机都是在云层之下的对流层飞行，气流的各种变化都会使飞机产生颠簸，舒适性与安全性都比喷气式飞机要低。半小时多的航程，我像是坐了一次漫长的过山车，个中滋味一言难尽。

飞机到达桑布鲁国家公园后，我们又乘坐越野车行进了一段距离，再往后就需徒步前往盗猎处了。我们在荷枪实弹的游骑兵的引领下，在布满荆棘的沙地上跋涉了1小时多才到达第一个盗猎点。这里远离茂密的森林和草原，是半戈壁半沙漠的干旱地区，气温高且非常干燥。1小时多的徒步再加上沉重的设备，所有人在到达目的地后都汗流浃背，裤子与鞋面上扎满了苍耳。游骑兵巡逻队在徒步过程中自始至终持枪警戒，因为他们在附近又发现了盗猎者的足迹。我们距离大象的尸体还有十几米的距离，空气中已经弥漫着浓烈刺鼻的腐臭气味。保护区的工作人员说这头大象还未成年，死亡只有1周左右的时间。盗猎者通常在大象中枪未死之时，残忍地将象牙甚至大部分头部切下，从而及早离开现场，躲避巡逻队的追踪。

大象是一种具有丰富情感的动物，聪明而又敏感。如果这次被猎杀的是一头有幼崽的母象，那么小象即便不会被盗猎者杀死，也会因为失去母亲伤心难过而失去求生的意志。在内罗毕国家公园旁，有一个大象孤儿院（大卫·谢尔德里克野生动物基金会，David Sheldrick Wildlife Trust），用于救助和养育因为盗猎或其他原因失去母亲的小象孤儿。在这次反盗猎宣传活动中，姚明曾在那里与当时年龄最小的小象基南戈亲密互动，小象的身高不到他的膝盖，头顶还长着细密的胎毛。2013年，为了继续拍摄野生动物保护纪录片，姚明再次来到肯尼亚，并去大象孤儿院看望基南戈。但他却得知，虽然有保育员24小时的精心照料，基南戈因为失去母亲太难过，最终还是去世了。

存在于眼前的真实现场与在电视上看到的画面完全不同，从大象被切掉头

◎与野生救援纪录片团队一同前往盗猎点（图片来自野生救援，摄影：克里斯蒂安·施密特）

部的黑洞和被斑鬣狗撕咬得四分五裂的尸骨，我仿佛看到了它无尽的凄凉和深深的绝望。亲眼目睹这样的残忍，我不知道该如何宣泄心中的悲愤，只能蹲下身子任由泪水汹涌而出……姚明和彼德都过来安慰我，他们说很能体会我现在的心情，因为他们在第一次见到被盗猎者杀死的大象时，心中的愤怒与难过也无法抑制。这是我不愿提起的一段回忆，即便在多年之后，每每看到与非洲象有关的纪录片，我仍然会想起那天的场景。每当周围有朋友问起如何从非洲带出象牙制品、在非洲买象牙是不是很便宜时，看到他们对象牙偏执的渴望，我既感到悲哀，也深切地体会到人们对血色象牙贸易的无知。

悲伤并不能解决问题，人们的泪水不会唤起盗猎者对大象的同情。我能做到的，就是拿起摄像机记录下眼前的一切，用自己微薄的力量，让观众明白洁白光润的象牙制品背后究竟隐藏着怎样血腥的真相，在这灿烂的阳光下又发生着怎样的罪恶。没有买卖，就没有杀害。归根到底，象牙的巨额利润和市场需求直接导致了象牙非法贸易的猖獗。

拍摄结束，我和野生救援的纪录片团队在机场道别，姚明继续着他的野生动物保护之行。一直以来，全球不断有公众人物，以各种方式加入野生动物保

◎姚明与大象尸骸（图片来自野生救援，摄影：克里斯蒂安·施密特）

护这一漫漫长路。这是一项持久的工作，需要各国之间的通力合作。除了公众人物身体力行的宣传，政府的支持与健全的法律也不可或缺。

2015年9月，习近平主席访美期间，中美达成关于打击野生动植物非法贸易的共识，其中包括中美承诺在各自国家颁布完全停止象牙进口和出口的禁令。2016年底，国务院办公厅发布通知，将于2017年12月31日全面停止商业性加工销售象牙及制品的活动。这意味着，从这一天开始，中国全面实现禁止国内象牙商业性贸易，买卖象牙在中国是违法行为，将面临法律制裁。这一举动彰显了中国负责任的大国形象，得到全球生态保护人士的纷纷点赞。这一举动收到了立竿见影的效果，国际象牙价格开始走低，非洲许多国家的盗猎现象也有了下降趋势。

在2018年野生救援最新的公益广告中，姚明这样说："象牙制品十分昂贵，昂贵的不是它的价格，而是背后一条条大象的生命。我国现已实施象牙禁贸，以法律的名义，让象牙不再是商品。"

新闻链接：《姚明抵达非洲 宣传保护野生动物》

蓝白突尼斯

突尼斯,非洲大陆最北端的国度,地中海南岸的明珠,腓尼基公主创立的迦太基王国所在地,我最喜欢的非洲国家之一。数千年历史的沉淀,使这里融合了迦太基、古罗马、阿拉伯与奥斯曼等多种文明的精髓。首都突尼斯城,建筑物大多为乳白色,反射出的光芒给人一种时时沐浴在阳光中的感觉。首都东北部的西迪布萨义德(Sidi Bou Saïd)是该国最负盛名的"蓝白小镇",景色堪比希腊的圣托里尼岛。1979年,西迪布萨义德作为迦太基遗址的一部分,被列入世界文化遗产名录。白色的房子,蓝色的门窗,遍布这个地中海边依山而建的小镇。由于地处东西方文化的十字路口,突尼斯深受地中海文明的影响,有着明显区别于其他阿拉伯国家的文化气息。

在大部分信仰伊斯兰教的国家,男人都可以选择拥有4个妻子,只有突尼斯和土耳其是法律规定实行一夫一妻制的国家,而突尼斯又是唯一允许妇女提出离婚诉讼的伊斯兰国家。突尼斯城的主干道布尔吉巴大街被誉为"突尼斯的

◎蓝白小镇风景

香榭丽舍大街"，这里随处可见穿着时髦、不戴头巾的女性，热情自信，眉梢眼角皆是风情。

令人难以想象的是，这样一个美丽、自由、开放、融合了阿拉伯与欧式风格的国家，却是震动整个中东的"阿拉伯之春"的发源地。2010年12月17日，突尼斯南部西迪布吉德市（Sidi Bouzid）的一个年轻人穆罕默德·布瓦吉吉（Mohamed Bouazizi）在摆摊时，被警察没收摊位，最后在当地政府门口自焚，不治身亡。这起事件激起了突尼斯民众的同情以及长期以来对失业率居高不下、经济不景气和腐败盛行的不满，当地居民与突尼斯国民卫队发生冲突，并在全国范围内引发大规模骚乱，这便是"阿拉伯之春"的导火索。这次事件直接导致突尼斯时任总统本·阿里结束了长达23年的执政生涯，并先后波及西亚、北非多个国家，引发了埃及革命、利比亚战争以及时至今日仍未结束的叙利亚内战。"阿拉伯之春"后，突尼斯经历了5届过渡政府和两次政治暗杀事件，民众的抗议、罢工、游行示威几乎成了家常便饭。

2012年9月中旬，一部电影《穆斯林的无知》触怒了中东、北非地区的穆斯林民众，包括突尼斯在内的多个阿拉伯国家爆发了大规模的抗议示威。电影发行国在突尼斯的使馆遭到示威游行者的袭击，停车场内的汽车被激进的萨拉菲派示威者焚毁，距离使馆几百米的国际学校也成了袭击目标。

◎突尼斯首都突尼斯城的主干道布尔吉巴大街

◎突尼斯街头漂亮时髦的女性

  2012年9月20日清晨，经过10多小时辗转无眠的航程，我和同事第一次来到突尼斯。9月的突尼斯城依旧烈日炎炎，空气中满是撒哈拉热浪的味道，温度在40℃以上，地表上升的热气像水中的波纹一样扭曲了周围的空间。街边贩卖仙人掌果的小贩，被毒辣的阳光炙烤得无精打采，脸上的皱纹都夹杂着干热的气息。白色的房屋折射出更为强烈的阳光，如果没有墨镜的保护，眼睛几乎被闪得无法睁开。

  在酒店放下行李后，我们立即前往遇袭使馆。自前1周受到围攻之后，该使馆周边的警力明显增强，通往该使馆的所有道路都被封闭。在封锁线外，依稀可以看到使馆内焦黑的墙壁和被烧毁的车辆。附近一所中学正值放学时间，许多学生来到我身边争先恐后地描述那天的情景，说他们看到愤怒的人群挥舞着拳头表达对先知被辱的不满，使馆里火光冲天，简直就是世界末日。许多接受采访的突尼斯人表示，不明白这些人为什么要侮辱他们的信仰，但也并不赞成用暴力反击这些侮辱。

  与此同时，巴黎《查理周刊》在9月18日和19日连续刊登了一系列有关穆斯林先知穆罕默德的讽刺漫画，使得局势更加扑朔迷离。于是第二天，我们来到位于市中心的法国大使馆附近采访。此时的布尔吉巴大街，可谓一半是火焰一半是海水。使馆周围，军警手拿盾牌，荷枪实弹，气氛剑拔弩张。除了密密麻麻的铁丝网路障，还有许多装甲车停靠在路边，上空不时有军方的直升机盘旋而过。我与同事的东方面孔在这里成为异类，时不时有年轻人来问我们对突尼斯现状的看法，问我们觉得今天是否会有游行。

等了2小时多，游行并未发生。为防止信徒在结束祈祷后来法国大使馆示威，政府已将他们所在的阿尔法塔赫清真寺与使馆之间的道路封锁起来，那些想要示威的人群在清真寺门口直接被疏散了。

出差期间，我偶然认识一对80后的夫妻。丈夫查德利（Chadly）在一家外资银行工作，富裕家庭出身，痴迷于学习汉语和寻找去中国工作的机会。他的妻子外貌非常惊艳，融合了阿拉伯人与欧洲人五官的优点。查德利对于本国女性的地位非常推崇，常说："在突尼斯，女人的地位是很高的，和你们中国一样。我和我的妻子是平等的，这跟其他阿拉伯国家完全不同。我们的文明程度更高。"他的妻子在一家连锁零售企业工作，有时需要自己开车到中西部一些地区视察分店的运营。为此他也特别骄傲地说："你知道吗？在一些极端保守的中东国家，女人都没有权利去考驾照的，别说开车了。可我们绝对不会这样，我的妻子还能够自己单独开车去工作。她这么优秀，如果哪天她甩掉我可怎么

◎法国使馆前的装甲车和警车戒备

◎内政部前的示威人群

办？"他的玩笑话总能把妻子逗得哈哈大笑。说起突尼斯的中西部地区，查德利的妻子谈起曾去过的埃尔克夫（El Kef）、锡勒亚奈（Siliana）等小城市，说那里的分店效益不好，当地人比较贫困，许多年轻人没有工作，社会矛盾很复杂。人们甚至还不知道何为民主，就突然发生了"阿拉伯之春"。失业在家的穷人，只要对政府不满就上街游行，可是抗议之后什么都没有改变。巧合的是，我们在聊天中偶然提到的锡勒亚奈，正是我第二次前往突尼斯的理由。

2012年11月27日，锡勒亚奈突然爆发罢工游行，参加游行的居民要求地区行政长官辞职，并抗议当地失业率居高不下，导致人们生活困苦。从当月28日起，数千名示威者与军警的冲突不断升级，警方使用霰弹枪和橡皮子弹驱散人群，数百人受伤住院。因为受伤人数不断增加，当地医院已经超负荷运转，大批伤员被陆续转往首都突尼斯城的医院接受治疗。

11月29日，我和同事第二次来到突尼斯城。下午1点钟左右，负责国家安全事务的内政部对面聚集了三四百人，声援锡勒亚奈的抗议活动。内政部长在当天上午召集了制宪会议的议员，商议应对措施。会后我们采访了几位议员，他们说此次会议除了要求锡勒亚奈的军警停止向示威群众发射霰弹枪以外，并没有商议出更有效的解决办法。示威群众没有得到满意的结果，迟迟不肯散去，情绪也越来越激烈。

  在得知锡勒亚奈的伤员有一部分被送到首都最大的眼科医院（Hôpital Hédi Raïs）进行医治后，11月30日一早，我们来到这家医院采访。接受治疗的伤员年纪最大的50多岁，最小的只有14岁，大都被霰弹枪射伤了眼睛。医院的长廊坐着伤员的家属，有的走来走去如愤怒的困兽，有的双手抱头满脸悲伤。病房内满是消毒水的味道，一个十六七岁的男孩子静静地躺在病床上，紧闭双眼，脸上布满橡皮子弹的伤痕，眼角时不时渗出鲜红的血液。医生说他面临终身失明的危险。他的母亲是一个典型的阿拉伯女人，头巾之下的脸庞悲伤中带着怯懦。她在床边温柔地抚摸着儿子的头发，乌黑的眼睛里泪光闪烁。男孩的姐姐有着一张坚毅而美丽的面孔。她痛恨这次冲突给人们带来的伤害。可是除了痛恨，她只能感到深深的绝望。她喃喃地对我说："我的弟弟还这么年轻，如果失明，他以后该怎么生活下去，我们该怎么办？"现在，我还能够清楚地记得这些画面。

  锡勒亚奈的冲突持续了5天，其间我们一直在各个租车行询问，希望租车去前方报道。但得到的回复都是："这个时候，没有一个司机会愿意冒着危险开车带你们去的。而且城区周围的路都封锁起来了，不可能到达的。"12月3日一早，我们临时决定租辆车，自己开车前往。匆匆打包行李、退房、提车、加满油箱，1小时内，我们开始了一次说走就走的旅程。第一次在异国自驾，对于路况、安全形势完全不了解，唯一可依赖的是不太精准的手机导航，所有人心里都紧张不安，但同时也有着前所未有的兴奋。

  锡勒亚奈位于突尼斯城西南方130千米左右，与首都之间的道路崎岖不平，路况复杂。车窗外，微雨初染，光影交织，人迹罕至，山谷、荒原、深秋泛黄的树木和岩石林立的山地相互映衬。

  中午时分，一行人饥肠辘辘，在路过一个小镇时停车，走进一家卖烤肉卷饼（shawarma）的小店。这是在西亚、北非都很流行的小吃，面饼里裹着鸡肉或牛肉以及生菜、洋葱、西红柿等蔬菜，再加上沙律和酱料，味道有点类似于国内的土耳其烤肉夹馍。据说在突尼斯的华人数量只有200人左右，且绝大多数集中在首都突尼斯城。因此在这个不知名的小镇，突然出现我们几张从未出

◎从突尼斯城前往锡勒亚奈的沿途景色

现过的亚洲面孔，店里的人都像围观大熊猫一样注视着我们。从开始点餐到结账离开，无论是老板还是顾客，所有人几乎都一声不响地盯着我们，气氛有些尴尬。我想，这大概是我们最安静的一次用餐经历了吧。

离目的地越近，路上的车也越少，最后在距离锡勒亚奈还有十几千米的地方，路被两个巨大的土堆堵住了，周围一片荒芜。犹豫中，我们只好开车折返，寻找岔路。幸运的是，有一辆车刚好从一条岔路里缓缓驶来，和我们友好地交换了道路信息，确认这条路可以绕行，我们才得以继续前进。

到达锡勒亚奈市区已是下午3点多，冲突后的狼藉和子弹印记已经被清理完毕，只有行政区政府被砸碎的玻璃才能让人意识到，这里曾经发生过激烈的对峙。我们得知，当地政府与发起罢工的工会在前一晚最终达成协议，商定用15天的时间拿出解决方案，暂时控制住了混乱的局势。

初冬的锡勒亚奈，满目萧瑟，行人稀少。有的人在冲突中受了伤，或头上裹着纱布，或拄着双拐艰难地行走。坐在街边的老者，浑浊的眼球透露着生活的沧桑。没有工作的年轻人，穿着过时而陈旧的衣服，在路边无所事事地闲逛。与一些刚刚放学的中学生交谈时，我发现他们的法语水平甚至不如突尼斯市的小学生。城区除了清真寺以外没有更高大的建筑物，路边也没有大型的购物中心或者超市，只有一些店面很小的商店。与突尼斯城的时髦、繁华和高质量的教育程度相比，这里几乎落后了20年。虽然冲突已经结束，但是行人还是纷纷来到我们面前，愤怒地展示身上的伤痕。

结束采访后，夜幕已经降临，因为城里没有像样的宾馆，我们决定趁着夜色，驱车一路向东，看能否找到一个相对大点的城市落脚。这次旅程的奇妙之处，在于一切都是未知。每一步打算，都是视情况而定的。借着手机导航，我们探险一般行驶在陌生漆黑的山路上。尽管才晚上七八点钟，路上却几乎遇不到其他车辆。如果关掉车灯，我们便陷入无尽的黑暗。抬起头，冬日的夜空星光璀璨，头顶的猎户星座明亮耀眼。纯净的空气，灿烂的星空，平静而美好。

两年后的一次机会，我在突尼斯采访一家非营利机构的律师伊曼（Imen）。她说突尼斯的大学生失业率越来越高，而教育程度低的年轻人更是前途渺茫。一些失业的年轻人在网上受到了极端组织的蛊惑，离开突尼斯前往极端组织的基地受训，并以在叙利亚和伊拉克参加"圣战"为荣。根据突尼斯内政部的数据，这部分人群的数量有2400人之多，其中绝大多数年轻人来自突尼斯落后的中西部地区，并且已经有400多人回到了突尼斯。政府认为这部分人对国家安全构成了严重威胁，将他们陆续控制起来，而伊曼则负责为其中70多人辩护。谈及这些年轻人时，我便想起了锡勒亚奈灰蒙蒙的城区、古旧的街道、清真寺的宣礼塔和路边游荡的青年。"阿拉伯之春"虽然结束了，可是革命过后，问题并没有解决。萧条的经济和持续动荡的局势最终助长了极端主义的滋生。

2015年6月26日，突尼斯苏塞市的海滩发生了该国有史以来规模最大的恐怖袭击事件。一名大学生在海滩开枪打死近40人，后被警察击毙。凶手是23岁的赛费迪奈·雷兹古伊（Seifeddine Rezgui），曾在利比亚境内的极端组织分支受训。他，来自锡勒亚奈。

新闻链接：《法国驻突尼斯使馆加强戒备》

新闻链接：《突尼斯：冲突持续 伤员转往首都救治》

 **坦桑尼亚：生生不息塞伦盖蒂**

1994年，美国华特迪士尼公司出品的动画电影《狮子王》曾风靡全球。片中的成年狮王带着幼崽辛巴在一块巨大的岩石上瞭望周围的草原，而这片草原的原型就是坦桑尼亚的塞伦盖蒂国家公园（Serengeti）。坦桑尼亚大约1/3的国土上分布着11个国家公园、近10个野生动物保护区和50个野生动物控制区，其中最著名的就是塞伦盖蒂。

据说塞伦盖蒂在当地马赛人的语言中，意思是"永远流动的土地"，也有人译为"无边的平原"。在这里，200多万只角马和斑马等食草动物逐水草而居，沿着塞伦盖蒂和马赛马拉草原总共3000多千米的边界，年复一年地在草原上做顺时针方向的迁徙。每年12月至次年5月，塞伦盖蒂大草原正值雨季，角马、斑马和羚羊从北向南追随雨水的方向迁徙，补充食物、繁育后代。这时的塞伦盖蒂最是美丽，草原上碧草青青，大雨不时到访，带来逐雨的角马和斑马。天空经常是东边日出西边雨，云层折射出的上帝之光与远处的雷暴共存，彩虹飞越在两片天空之间，绚烂艳丽，直至虹销雨霁。

6月旱季来临，塞伦盖蒂的草场枯黄、水源干涸，角马为了寻找更多的青草，会在短时间内成批地聚集起来，由南部和西部横渡马拉河，迁移到北部肯尼亚境内青草丰沛的马赛马拉国家公园。但是在面积只有塞伦盖蒂约1/10的马赛马拉，青草在两三个月内就会被庞大的角马群消耗殆尽，而寻找新的草场便成为角马再次迁徙的动力。于是，在每年9、10月坦桑尼亚的雨季来临前，角马们离开马赛马拉，向着南部行进，重回塞伦盖蒂草原，展开一个新的轮回。不论路上会遇到什么恶劣的天气和环境，不论有多少天敌在伺机捕杀它们，角马迁徙的时间和路线都非常准确，像自然规律一般无法变更。

2013年7月，我与摄像同事王老师前往塞伦盖蒂参与东非野生动物大迁徙的直播报道。听起来很令人向往的一次旅程，路程却异常艰辛。我们先从肯尼亚首都内罗毕出发，驱车5个多小时到达坦桑尼亚境内的城市阿鲁沙。休整一晚后，第二天早晨7点钟再次出发，途经恩戈罗恩戈罗国家公园（Ngorongoro），晚上8点才到达位于塞伦盖蒂北部的酒店。虽然全程关着车窗，下车时我们和

◎塞伦盖蒂草原驻地酒店（摄影：央视常玎）

当地司机阿拉维（Allawi）却还是像出土文物一样，全身上下的衣物都能抖出大量沙土，蒙着脸的白色口罩也完全变成了黑色。其实从阿鲁沙到塞伦盖蒂北部只有不到 400 千米，但因为两个国家公园内都没有柏油马路，所有的越野车只能在石子混着沙土的路上奔波，任由尘土飞扬、道路颠簸。

　　驻地酒店建在草原北部的一座石头山上，是塞伦盖蒂最早的酒店之一。当初在设计这家酒店时，工程方为了尽可能少地占用草原资源，而选择在岩石上修建。客房、大堂、餐厅以岩石为墙壁，由一道道贴合岩石的回廊连接起来。在这里，各种小动物是酒店的常客。如果在草原上徜徉时没有看够野生动物，那么平时也可以与这里的小动物为伴。在房间内拉开窗帘，猴子在窗口等候，希望能拿到房间里的饼干和糖包。窗户下方时不时路过几只疣猪，尾巴像天线一样竖起。晚上 10 点后，窗外有时会有路过的斑马刷刷刷地埋头吃草。庭院里到处是色彩斑斓的蜥蜴，它们大摇大摆地到处溜达，已然和环境融为一体。最可爱的莫过于岩蹄兔，外形像兔子，又有些像田鼠，据说是大象的近亲。它们很喜欢在岩石上晒太阳，有时三五成群聚在一起，观察一拨又一拨入住的房客。岩蹄兔不怎么惧怕人类，当人们在回廊中散步时，不知从哪里冒出来的岩蹄兔会踩着人们的脚飞奔而过。有时，这些岩蹄兔还会和蜥蜴抢夺人们留在地上的水果。

岩蹄兔总是在固定的地方排泄，酒店里的员工每天都会在这些地点清理排泄物。对他们来说，这并不是负担，因为他们认为，这些可爱的动物才是他们留在这里的理由。

这所酒店是距离北部马拉河最近的酒店，但是每天从这里出发前往马拉河拍摄角马群渡河，单程也至少需要3小时。到了马拉河边，也不一定就能看到角马群渡河，一切皆凭运气。在酒店时，很多国内来的游客问我们："你们直播大迁徙的时候，角马过河那么多次，怎么我们来了两三天了，都还没见到一次？"对于这个问题，我们只能无奈地说："你们看到的，都是我们连续多天去蹲点，才偶然拍到的。动物的行踪，怎么可能那么容易被追踪到？"做记者，大部分时间是针对一个一个的人，去从这些人身上发掘事件，做成新闻。所有的重大事件，无非都是人与人构成的。而动物，这种不可控的拍摄对象是最令人头痛的。

大部分时间，我们的工作是这样的：每天一早6点多前往马拉河，在路上寻找角马群，跟随它们前进的轨迹进行拍摄。在河边，根据本地向导的指引，

◎塞伦盖蒂草原岩蹄兔（摄影：央视常刬）

去几个角马经常过河的地点查找线索。如果发现角马在某个过河点开始聚集，拍摄组的负责人就迅速给台里打电话，安排连线窗口，准备直播下一步的渡河。如果角马群因为河边守候的车群受到惊扰，或者对河内大量的鳄鱼心存忌惮，取消渡河，那一切准备就只能作罢。下午4点之后，光线变暗，不再适合拍摄。这时我们开始返回酒店，到达酒店通常是晚上7点。之后再继续整理白天的拍摄素材，写稿编片子。

角马群渡河时，两岸蛰伏的狮子和泥浆中隐藏的尼罗鳄都是威胁它们生命的天敌。即便到达彼岸，它们仍有可能在湿滑陡峭的岸边失足落水而被鳄鱼咬住。每次大规模渡河，被河流附近猛兽吞噬的角马可能多达上千只。即便成功渡河，前路也不会一帆风顺。总有一些角马因疲累与病弱，在草原上掉队落单被食肉动物吞食，或累死在途中，成为秃鹫等食腐类动物的美食。阿拉维做过20多年游猎旅行（Safari），对于野生动物有很多了解。他对我们说，每年的上半年都有几十万只角马牺牲在迁徙途中，但下半年返回雨季的塞伦盖蒂后，也会陆续有几十万只新生的小角马加入迁徙的队伍。

◎塞伦盖蒂草原工作照

每次看到大批的角马群时，都会有一部分斑马混迹其中。阿拉维说这两个物种在迁徙路上是共生合作的关系。角马视力不好但是嗅觉灵敏，可以嗅到几十千米外青草和雨水的味道。而斑马则警惕性高，视觉、听觉极佳，如果发现危险就会立刻发出警报。斑马喜欢走在队伍前面，吃掉草的上半部分，而后续跟上的角马则只吃嫩草和草的下半部分，他们对于食物也并无冲突。

角马又称牛羚，是一种看上去有点丑的动物，牛头马面的样貌，配着山羊一般的胡须，其貌不扬，但也有一副蠢萌的形态。每当越野车在路上开过，原本在路中央的角马就会害怕地往前奔跑，还时不时回头看看车是不是快要追上它了。它们的智商似乎不支持自己在遇到这种情况时，跑到路的两边以避开车道。相比之下，斑马的表现则完美碾压角马。它们遇到开过来的越野车，总是迅速地跑到路边的草地，有时还回头看着车连续大幅度地点头。我问阿拉维，斑马一直点头是什么意思？阿拉维笑着说："它们是在说，你们看，我最漂亮，我最漂亮！"

往返马拉河的路程颠簸崎岖，砂石道路更是经常会让汽车发生意外。有一次下午4点多，我们的车行驶在返回酒店的路上，一天内奔波了十几小时，车胎不堪重负，左后方的轮胎被尖利的石子扎爆。突如其来的意外让我们都傻了眼。这个区域，前后都是荒无人烟的漫漫草原，少有车辆行驶。因为时有角马群路过，狮群会在附近出没，伺机捕猎。在草原上，当地司机一般都不允许车上的游客下车，以保证游客的人身安全。如果等到天黑，狮子、鬣狗陆续出现，情况会更危险。为了在天黑前赶回驻地，阿拉维硬着头皮下车，去后备厢找出千斤顶和备胎，准备更换轮胎。王老师为了能加快进度，也下车帮忙架起千斤顶。而我，踩着车前胎和引擎盖爬上车顶，一边拿着相机拍工作照，一边勘察四周的草丛是否有狮子靠近。此时，我想起以前曾在毛里求斯一个国家公园内，跟着驯养员摸狮子的经历。当时一个朋友对我说："我可不要摸，我怕它觉得我不错，跟我玩一会儿，我就挂了！"狮子是群居动物，母狮负责捕猎、抚养幼崽，公狮负责巡视领地、赶走外来入侵者。平时面对一辆辆车上游客们的围观和拍照，它们总是无动于衷，十分傲娇。但这并不意味着，它们对人类没有攻击性。如果认为人类威胁到了它们的领地，它们会毫不犹豫地发动攻击。这次还好，

◎塞伦盖蒂草原角马、斑马（摄影：央视常玿）

最终有惊无险，我们顺利换好轮胎回到了酒店。

这样的情况不只发生了一回。一次在前往草原中部游客集散中心的路上，连接两个车前胎之间的车轴突然断掉，车子失去平衡，直接冲向右侧高处的草丛，我们全都惊出了一身冷汗。好在这个路段车辆来往较多，很少有猛兽。阿拉维下车检查后，确定车子当天无法修好。草原上大部分地区都没有手机信号，这个时候，随时携带用于新闻连线的卫星电话成了救星。我迅速联系到酒店的其他同事，派另一辆越野车来接我们。但因距离较远，还需要在原地等一两小时。等待的时间里，几乎每个路过的车辆都会停下，本地司机会下车询问我们的情况，主动帮我们检查车况，问我们需要什么帮助，是否需要食物和饮用水等。在这茫茫大草原上，也许因为长期与动物和谐相处，本地人单纯而善良，人与人之间充满善意。他们淳朴的表达、暖心的举动，缓解了我们因为车辆再次出故障而产生的郁闷心绪。

我问阿拉维："保护区的路况这么差，你们的国家从来没有想过修一条好点的路吗？"他说2010年的时候，他们的总统曾经建议修一条横贯塞伦盖蒂国家公园的公路，但是环保人士认为这会对动物迁徙和生态系统造成破坏，这个计划就取消了。阿拉维自己也很赞成保持国家公园的原貌，他指着远处依稀可见的角马说:"看哪,它们多么漂亮,多么可爱。多亏了它们,我才有了这份工作。"顺着他手指的方向,我们看到一队角马,慢悠悠地向着北部马拉河的方向进发。角马们弓着背,迈开细细的四肢,脸部的鬃毛飞舞,哞哞地叫着,一只紧跟着一只。随着带队的角马越走越远,角马的队伍也越来越庞大。在我们侧后方几千米外的小山上,角马群呈若干"之"字形,跟随着大部队前行。数千头角马向北行进,周围扬起漫漫黄沙,在阳光的照射下仿佛笼罩在草原上的薄纱,轰鸣的马蹄声响彻耳畔,好似逐鹿中原的百万雄兵。宏大的场面,让人禁不住屏住呼吸。目光所及之处,漫山遍野的角马,处处涌动着激昂蓬勃的生命气息。这就是自然界最伟大的迁徙。

人们总是好奇,角马为什么迁徙,为什么每年会走同样的路线,成年角马又是如何把迁徙的知识传给幼崽。其实令人们深感神秘的大迁徙,不过就是角马最终回到出生之地,完成生命的轮回。就像《狮子王》的主题曲 *Circle of Life* 中所唱:

It's the circle of life(这就是生命的循环),

and it moves us all(推动着所有生命前行)。

Through despair and hope(闯过绝望与希冀),

through faith and love(感受着信念与爱的力量),

till we find our place(直到我们心有所属)。

On the path unwinding(在这样的循环中),

in the circle,

the circle of life(生生不息)。

……

视频链接:《塞伦盖蒂:角马生生不息的家园》

 ## 尾声

  3 年的时光,如一个悠长的梦境。卸任回国后,我有了自己的孩子。两年后,我带着刚满 1 岁的她和先生又回到了这片艳阳下的热土,在非洲第二大河流刚果河畔开始了新的 3 年任期,续写着我们没有了却的阿非利加情缘。

  酒逢知己饮,诗向会人吟。向一同在非洲奋战过的同事们致敬,向所有在这里努力编织自己梦想、改变世界的人致敬。

◎在刚果河畔,续写着我们没有了却的阿非利加情缘

眼见为实——体验刚果（金）

陈明磊

男，2007年毕业于中国人民大学公共管理学院，同年加入央视，从此"混迹"于记者队伍；2011年底，响应国家建立国际化大媒体的号召，前往刚果民主共和国，即刚果（金），做一名驻外记者，从此发现世界之大，并一发不可收。曾参与采访并报道刚果（金）总统大选、埃博拉疫情、刚果（金）东部战乱、中国维和、金沙萨骚乱等多个重要事件，完成了从一名外语小白到一个法语爱好者，从一个腼腆书生到一名战地记者的蜕变。现任央视驻欧洲中心站记者。

 **非洲缘起**

2011年12月27日晚9点，我第一次踏上非洲大地。

从此只有眼前路，没有身后身。

从来没想过写回忆文章，我的同事们写了很多，写得都很好。我基本每篇都看，虽然从不留言。之所以到现在又开始想写，只是一个原因：老了。我真怕有一天再也回忆不起来，我是个恋旧的人，特别怕。

可能很多人不同意我的观点，比如我一直认为这个世界充满不确定性，小到测量量子，大到英国脱欧，远到鸿门宴项羽为什么没有当场手刃刘邦，历史往往在细节当中给我们惊喜，或者说惊吓。小时候，学《飞夺泸定桥》这一课，我一直有一个疑问：为什么凶狠的国民党反动派不把23根铁锁链给炸了呢？可是没有，然后红军就过去了，然后一切就变了，这就是历史，你没法改变，这叫"历史的选择"。

或许同样是历史的选择，所以我来到了非洲。

◎跟随联合国飞机前往刚果（金）东部战区

非洲有好多国家，穷如尼日尔，2015年联合国人类发展指数排名，尼日尔名列全球倒数第一；也有富裕如南非，我们PLA（中国人民解放军）的21世纪武装直升机"武直十"仿造自南非20世纪八九十年代的"茶隼"武装直升机，其经济科技水平可见一斑。我被派驻的刚果（金），原名扎伊尔，人类发展指数全球倒数第二。

出发之前，有朋友问我，那个地方，从来没有站点，你没做过新闻，也不懂法语，听说的只有战争、死亡、飞机失事和埃博拉病毒，你可咋办？

抱歉开头写得太多了，因为一件事的开始往往是令人印象最深刻的。

来到刚果（金），印象最深刻的是当地民众的笑容。对，你没看错，是笑容。他们的笑容是发自内心的，可不是装出来的。孩子们赤脚在泥泞的土地上快乐地踢球，黑人兄弟第一次见你总是露出一排白牙说"bonjour（你好）"，一瓶啤酒就能和他们愉快地聊上半天。2012年，当地有一座军火库爆炸，死了几百人，周围大片民房被夷为平地，我前去报道，报道结束以后，后方说去看一下当地儿童吧，看看人道主义救援怎样，于是我就去了当地一个作为临时安置点的教堂，在做出镜报道的时候，一群孩子带着灿烂的笑容围在我身边。有人问我，你确定他们是受灾儿童？他们真的是，一天不一定能吃上一顿饭，但是却很快乐。这和我们想象的完全不一样。

快乐，只关乎内心。

怀念非洲。

关于幸福

"无论你觉得多么的不幸，也永远有人比你更不幸。"——佚名。

刚果（金）这个词对于我们这些"80后"来说，一直和战争、难民、坠机、疾病等词语联系在一起。的确，在这个面积和人口都居于非洲前列的国家里，10多年来武装冲突和战争一直没有停息，持续撕裂着这个国家，以及这个国家的人民和他们的生活。

由于工作的关系,我们经常会去到冲突最前沿的刚果(金)东部省份采访报道,东部这一地区常年活跃着数十支反政府武装,也是冲突的主战场。这些反政府武装通过盗采钻石黄金得以生存,在激烈的冲突中,受害最大的还是当地民众。大批的民众为躲避战乱纷纷离开家园逃往其他地区,他们拖家带口,顶着锅碗瓢盆,依靠自己的双脚到一个又一个不知名的地方,只是为了不看到带枪的土匪和从天而落的炮弹。有一部分比较幸运的民众,通过当地国际组织,被安置在当地难民营。对我们国内的人来说,难民营的生活也是很难想象的,基本没电,时常断水,帐篷也极其简单,如果想做饭,直接在附近找几个石头和干柴,石头上面架个锅就是整个厨房。我第一次看到这些情景的时候,禁不住感慨人的生命力原来可以如此强大,如果我们还在抱怨什么人生多艰、生活不易,可能我们真的不了解真正艰难的生活是怎么样的。

◎刚果(金)战区难民

◎记者跟随联合国驻刚果（金）稳定特派团采访

在这一地区最大的城市戈马，原本平静的生活也被战争肆意践踏。街上的店铺下午三四点便关门，遇到哪天有武装组织开打，便直接关门歇业，这也导致当地物价极其昂贵。由于反政府武装在战场上优势不大，便把斗争渐渐转入地下，时常搞恐怖袭击。在写这篇文章的时候我刚刚得知，几天前我出差住的一个酒店被炸弹袭击，死伤众多，据说是为了暗杀里面住的一个政府军指挥官。在政府军和反政府武装的冲突中，不知是故意还是无意，炮弹时常落到城市居民区，造成较大伤亡。所以即使在家里，当地民众也只能祈祷厄运别落到自己头上。在这种环境中，所有的生活状态和情境都是在和平条件下难以想象的。

在战争中，儿童永远是最脆弱和最容易受伤害的群体。我们曾经跟随国际红十字会探访儿童安置点，见到了直接受到战争伤害的当地少年儿童。在这里，16岁的让马里让人印象深刻，他已经在安置点里生活了两个月。两个月前在他家乡发生了武装组织之间的战斗，第一次冲突后，他就和他的家人一起逃难，刚跑到一个陌生的地方，第二次冲突又爆发了，据他介绍，那之后他父母便不见了，至今还未找到。在我们访问的安置点，就有400多名与父母失散的孩子。

在混乱的局势下，对孩子身体上的伤害同样不可挽回。在附近的一家医院，

◎刚果（金）东部难民营的儿童

我们也见到了玛赛尔，3个月前，他正在路上走，突然飞来一炸弹，他躲闪不及，便永远失去了双腿。医生介绍，他刚被送到医院时，伤得非常严重，身上布满弹片，他们不得不对其进行了截肢手术，以保全他的生命。当我们试图进行采访时，发现他眼神冷漠，基本不说话。毫无疑问，相对于身体上的伤害，心理的伤害可能更难治愈。没人知道他在想什么，也没人知道他们的未来在哪儿。

长驻在刚果（金），时常重听 Beyond 乐队献给非洲的经典老歌 *Amani*。

烽烟掩盖天空与未来，

无助与冰冻的眼睛，

流泪看天际带悲愤。

是控诉战争到最后，

伤痛是儿童。

我向世界呼叫：

Amani Nakupenda Nakupenda We We（和平，我们爱你），

Tuna Taka We We（我们需要你），

Amani Nakupenda Nakupenda We We（和平，我们爱你）。

我自认为很少有悲天悯人的情怀，但真的有那么一刻，有从未有过的感动和渴望！

愿硝烟散去，天空重归纯净！

 ## 再见非洲

在写这篇文章的时候，我离开非洲已经有两年的时间了。在这期间，无数人问我同一个问题：在非洲感觉怎么样？我的回答也通常会围绕刚果（金）大猩猩、边界战争、现代矮人国俾格麦人等话题展开，当然再精彩的文章都不能让别人感同身受，除非自己待在那里，俯下身去，扎进那片土地里。

感谢一直照顾我的领导宋嘉宁站长，她的才华、细心、努力深深影响了我为人处世的态度，是我下定决心坚守刚果（金）的重要动力。

◎记者采访到访刚果（金）的王毅外长

感谢我的各位同事和在刚果（金）照顾过我的所有中国同胞，能让我在那里品尝到四川火锅、皮带面和二锅头，能在工作的间隙，凑在一起打"双升"、打麻将和吹牛皮。

感谢记者这份职业，能让我了解世界那么大，我那么小。

别人问我，非洲值不值得去？我说，有机会的话，去看看吧，那里不一定有你想象的那么坏，也不一定有你想象的那么好，但绝对能给你最棒、最特别的体验。

说到底，人生不就是一场体验么，你说呢？

怀念非洲！

埃博拉疫情：走进利比里亚

 次晓宁

次晓宁，毕业于北京语言大学亚欧语系法语专业。

2004年7月进入央视法语频道工作，历任编辑、记者、责编、副制片人。

2012年6月至2015年9月，任央视非洲分台驻站记者，其间足迹遍布非洲大陆东西南北中，参与过利比里亚埃博拉疫情、马里局势、埃及大选等多个大型报道。

到过沙漠边缘，也见识过印度洋与大西洋的海浪；蹲在西非的路边上啃过法棍面包；也在地中海边上的餐厅里尝过大餐；曾是飞机上唯一的东方女性而被各种围观，也扛过几十斤重的设备活生生拼成了女汉子。

2015年10月至今，任法语频道新闻组副制片人。

网络签名：爱吃爱睡爱走路爱看书爱连衣裙的外出务工人员。

年年愿望：世界和平。

亲临新闻现场方知和平与发展的珍贵，衷心祈祷世界和平。

想了解真正的非洲吗？除了看本书，来非洲吧！

 **你愿意去利比里亚吗？**

时间：2014年10月中旬某一天。

地点：肯尼亚首都内罗毕基利马利区林荫大道克莱普大厦（中央电视台非洲分台所在地）门前。

天气：多云间晴。

"大表姐，我想申请去利比里亚采访，你愿意一起去吗？"走在"东非小巴黎"肯尼亚首都内罗毕市区内的乡间小路上，韩蓄——时任中央电视台非洲分台驻站记者＋我"失散多年的二表弟"——突然发问。

"好啊。"我点头，不带半点迟疑。

"世界上本没有路，人走多了，也便成了路"，鲁迅先生的一句话放在非洲再贴切不过。瞧瞧俺们非洲分台门前的这条林荫大道（Wood Avenue，直译为"木头街"）的人行道，果然是靠人走出来的。

韩蓄吃惊，镜片后面的大眼睛瞪得更大了些："晓宁，你真答应？"

2014年10月，相信国内的观众们已经熟悉了一个恐怖名词——埃博拉病毒。让人闻之色变的埃博拉病毒曾几度在非洲中部与西部肆虐，也曾几度销声匿迹。埃博拉病毒之所以可怕，是因为它导致的埃博拉出血热有高达90%的死亡率。

在那一年，埃博拉病毒再度爆发，这一轮的重灾区是西非3个小国：利比里亚、塞拉利昂、几内亚。世界卫生组织通报，截至2014年10月，埃博拉病毒已经造成超过4000人死亡。

为啥会答应？往高大上说是有新闻理想，想前往新闻第一线；往小了说，就是因为非洲驻站进入最后一年，属于记者的那点小心思又蠢蠢欲动起来：我想去特别的国家、做特别的报道。

还有一个特别的原因：就在一两天前，一位前同事癌症复发离世，年仅36岁。听到消息那一刻，我的震惊与悲伤无法用语言描述。我不知道未来会如何，可我希望他日回忆自己的非洲岁月，能少一分遗憾。

想去便去，世界这么大，我想去看看。

很好，彼此达成共识，我跟韩蓄决定午饭吃大餐——火锅以示纪念，就此开始长达一个月的准备工作。

 好消息与不太好的消息

难题很多很多，随机挑一个：该怎么去利比里亚呢？

从东非的肯尼亚首都内罗毕到西非的利比里亚首都蒙罗维亚曾经有过直飞航班，单程8小时。但那毕竟是"曾经"了，埃博拉病毒爆发之后，各国陆续停飞前往疫区国家的航班，航班信息每日一变，到我们出发前，只有3家航空公司还在运营到利比里亚首都蒙罗维亚的国际航班。当然，随时可能停飞。

换言之，人口仅400万的利比里亚几乎成了孤岛。

事实证明，查航班也能查到吐血的。

在对比所有排列组合后，我们决定从东非出发，取道欧洲的比利时布鲁塞尔，再折向西非。从地图上看，就是舍弃最短的一条边，改走三角形的另两条边。航程也从直飞的5300千米飙升到1万3000千米。

"这得飞多久啊？"韩蓄同学问得颤巍巍的。

我瞥了眼电脑，严肃道："加上转机，24小时。"至于抵达机场后还要花多久才能到驻地，天知道！

电话那端的"二表弟"倒吸一口凉气："大表姐，一个好消息跟一个不太好的消息，你想先听哪一个？"

……

"不太好的吧！"我感觉不太妙。

"咱在利比里亚住活动板房。"

脑海里浮现活动板房的样子："那好消息呢？"

"是维和部队的活动板房。"

……

"还有一个好消息与不太好……"

"先说不太好的！"

"肯尼亚政府拒绝到过疫区国家的非本国公民入境，咱回不了内罗毕了。"

"那好消息呢？"

"咱可以回北京，居家隔离21天。"

哇哦……我那双不太大的眼睛瞪大了些，能回国，真好！

煎饼油条火锅水煮鱼炸酱面卤煮爆肚烤鸭爆肚丝茴香猪肉饺子……脑海里闪现重温了N遍的《舌尖上的中国》，我不禁咽了咽口水，我连咸菜酱豆腐都想！

但更头疼的事还在后面：该怎么跟家里人说呢？

央视驻非洲分台的记者虽然常驻地是内罗毕，但需要经常去各地采访，尽管出差的频率各有不同，但一个月都不出门的概率还是不高的。

每次往国内打电话，"太后"（俺娘）照例都要询问诸如"准备去哪里""出差多久"此类问题，渐渐地，她也摸出规律来。

这一次，见我许久没有出差计划，"太后"便起了疑心："你是有什么事吧。"注意，是肯定句，不是疑问句。

"……没有。"

出发前3天，在心理建设许久许久以后，我终于拨通家里电话。

"老妈，12月初我能回北京了。"

"哎呀太好了，开会？"

"不是。"

"那是为啥啊？"

"那个……我要去利比里亚采访，然后不能返回肯尼亚，所以就只能回北京了，但是能待21天耶！"

"哪儿？！""太后"的花腔女高音瞬间拔高八度。

"……利比里亚。"

如果是手机，相信"太后"已然在客厅里暴走了："就是有埃……什么病毒的那个地方，新闻我都看了，死了好多人！"

"您放心，我们绝对不打无准备之仗，去了以后住维和部队的军营，防护装备都带着，安全绝对有保障！"

电话换到俺爹手里，老爷子照例是一番谆谆教诲，概括起来3句话：闺女很勇敢，值得表扬；一定要注意安全；他们二老在北京等待我的凯旋！

再三保证之后终于撂下电话，我望着窗外的乌云密布心生感慨：为啥要当记者啊？有点啥事第一时间上电视，对家人想瞒都瞒不住。

瞬间，豆大的雨点砸了下来。

不好，要停电。

别问我下雨跟停电有什么关系，来非洲你就懂了。

 **想过写遗书吗？**

2014年11月20日，出发日。

内罗毕肯雅塔国际机场。

把护照与签证交给航空公司地勤人员，韩蓄将旅行箱一一放上称重的传送带。每人40千克的免费行李几乎全被设备占据，回到北京穿啥？顾不上了。我祈祷12月初的北京不会太冷。

"目的地是……"

"利比里亚的蒙罗维亚。"

地勤美女深深看了我们一眼："你们会返回肯尼亚吗？"

"不不不，"韩蓄同学急忙解释，"我们回中国，我们知道肯尼亚政府的规定。"

"等一下，我需要确认你们的机票信息。"

这一等，就是许久，久到后面排队的旅客们纷纷转向其他柜台。

我跟韩蓄开始犯嘀咕，虽然机票是分两次买的，查起来也没这么费劲吧？然而事实证明，我们高估了肯雅塔机场的软件系统。

等到办完所有乘机手续走到登机口，已是疲惫不堪。

准备登机了，布鲁塞尔航空公司的比利时员工越过重重人群又把我叫了出去："很抱歉，我们需要再次确认您后半程的机票信息。"

行吧，查吧。

比利时人，应该能说法语吧，我试着问了一句。

埃博拉疫情：走进利比里亚 | 35

对方有些惊讶，在讲英语的东非国家碰到一个能说法语的中国人："您为什么要去利比里亚？那地方有疫情。"

"我是记者，我要去报道埃博拉疫情。"

"哦，好吧。"

彼此尴尬地聊了一会儿，比利时人终于放行："您可以进去了，祝您旅途愉快以及采访顺利。"目光里多了一分同情。

"谢谢。"赶紧让我登机吧，困得不行了。

肯尼亚时间2014年11月21日0点30分，前往布鲁塞尔的SN463航班起飞，我们的利比里亚之行正式开始。

8.5小时之后，飞机抵达欧洲大陆。座位并不挨着舷窗，我没能看到沿途的夜景，只瞧见机场的清晨。

也许跟国内机场相比算不得什么，但布鲁塞尔机场在我们两个"非洲同胞"眼中已是绝对的高大上，哎，终于体会到刘姥姥进大观园是啥感觉了！

赶紧去餐厅买个早餐：牛角面包加红茶，用欧元计价的，贼贵。

对于吃不下任何飞机餐的我来说，这顿饭堪称救命粮。

哇哦，后面一位大叔点了两大扎德国啤酒，一大早喝啤酒，太太太牛了！

转机时间5小时，等待的时间总是感觉特别漫长。

上午时分，机场里的旅客陆续多了起来。在下一个航班的登机口，我们意外遇到十几个国人。不是吧？国内还有人去利比里亚！要知道2014年11月底，死于埃博拉出血热的人数已超过5000，他们不知道吗？

经过与中国旅客的沟通，我们在登机口完成了此行第一个采访。

他们都是务工人员，有人第一次出国，也有人是重返非洲。他们对如何防范埃博拉病毒有一定了解，也认为疫情已经得到控制，无须惊慌。但更重要的一点是，他们在利比里亚的工作与生活会尽可能少与当地人接触，所以被传染概率几乎为零。

我和韩蓄对视苦笑：记者得天天上街，得天天想办法与当地人接触，而病毒防不胜防。

万一……

又想起出发前，一向乐观的韩蓄严肃地问："大表姐想过写遗书吗？"

我故作轻松道："当然没有。你写了？赶紧在继承人里加上我的名字，我保证一定不让你登上回北京的飞机。"

其实我真想过……

布鲁塞尔时间中午 12 点 10 分，飞往利比里亚首都蒙罗维亚的 SN1247 航班起飞。A330-200 客机几乎满员，据我目测，乘客多为国际组织员工。

登机时，每位乘客都会拿到一张 A4 纸，写满关于埃博拉病毒的介绍以及注意事项，但除此以外，并无特别的防控措施。

我们去的到底是不是疫区国家？

SN1247 航班先飞到非洲大陆最西端的塞内加尔首都达喀尔，短暂技术停留后再折向东南方向的利比里亚。飞行时间超过 9 小时，只比北京到布鲁塞尔略短些。

飞机经停达喀尔时，空乘人员集体下机，换上另一批人。

莫名有些羡慕。

还是先操心自己的片子吧。在征求机组人员同意后，我们在机舱内采访了一位重返利比里亚的中国人，以丰富片子的内容和画面。

之后，马不停蹄地写稿与编辑画面。飞机即将下降时，第一条片子已经成形。

天黑了，飞机准备降落，我贴近舷窗试图从空中看清这个陌生的国度，可是什么也看不到，蒙罗维亚的夜晚，没有灯光。

当地时间 2014 年 11 月 21 日晚 20 点，历时整整 24 小时，我和韩蓄终于抵达蒙罗维亚罗伯茨国际机场。

重返地面的感觉真棒。走下飞机，四下观瞧，机场黑咕隆咚的，停机坪上也看不到第二架飞机。非常时期，蒙罗维亚罗伯茨国际机场平均每天只有一架国际航班降落。

机场很小巧，谈不上摆渡车。一群乘客拎着随身行李步行至航站楼。我有点不敢相信自己的眼睛：所谓的航站楼是几间平房。尽管非洲的基础设施亟待改善，但各国的机场好歹都有几分现代化的模样，眼前的机场，未免太接地气了。

前方排成两条长队，灯光太过昏暗，实在看不清是干啥的，海关？

噢，原来是个大塑料桶，有水龙头的那种，洗手专用。

进了平房，瞬间人声鼎沸起来，热闹得如同菜市场。一张办公桌就是海关，再推开一道薄薄的木门就是机场唯一一条行李传送带，所有乘客挤在狭小空间内眼巴巴等行李，盛况堪比国内春运。

韩蓄手疾眼快，一个一个抢过行李箱，我就守着随身行李，用手机抓拍几段短视频作为片子的结尾。

等到杀出重围已是半小时以后。

长舒一口气，总算是出来了。

利比里亚，我们来了。

 哪里有什么和平年代，我们只是幸运地生在了和平的国家

接机的中国驻利比里亚维和部队新闻干事等候已久，彼此自我介绍一番后，我们上车，奔向维和部队军营。

机场路为双向单车道，全程无路灯、无护栏，而路旁多是半人高的野草或农田，不时有人赶着牲畜横穿公路。

新闻干事张老师向我们介绍情况：罗伯茨国际机场建于二战后期，建成后被美国人当空军基地用了几十年，机场所在地并不属于首都蒙罗维亚，离着足足有60千米，加之路况不佳，在不堵车的情况下开到驻地也要两小时。

用拳头捶了捶额头，好吧。

每每提起非洲的交通，我就头疼，头真的疼。

非洲分台流传着一个真实的段子：北京总部负责后期处理的编辑打电话给驻肯尼亚记者，问片子何时回传，记者无奈解释："堵车了。"后期编导诧异："非洲怎么会堵车？"之后再问："为什么不乘地铁？"

非洲54个国家，建有地铁的不过埃及、南非等少数国家。

我也曾接到过后期老师神一般的问题："你去出差，为什么不坐火车？"

坐火车，也得有铁轨啊！

说多了都是泪，不提了。

车子以龟速驶进市区，所谓市区是指终于有了灯光，多为临街商铺、住家的照明。有三三两两的行人走在路上，一如机场里的情形，看不出疫情的痕迹。

难道埃博拉病毒消失了？似乎与我们出发前得到的信息严重不符。

掏出手机，拍下在利比里亚的第一张照片。车窗外的世界，看上去那样宁静与无害。

15天，倒计时开始。

抵达维和部队军营已近午夜。

连接上Wifi，微信瞬间弹出若干条消息。

"咋样，到了不？"

"有片子回传吗？几点？"

"啥时候能做连线啊？"

"明天准备采访啥？"

"注意安全。"

打开箱子拿出水杯沏上茶，其余的行李慢慢收拾吧。我先编辑好最后几个镜头，回传片子与文稿，在驻外记者内部网站上更新自己的出差信息以及当地联系方式。趁着传片子的工夫，一一回复微信。

利比里亚时间凌晨2点（北京时间上午10点），总算躺在行军床上，看着眼前的蚊帐，一切仿佛魔幻起来。

我居然来到了利比里亚。

它是非洲大陆第一个共和国，也是全球最不发达国家之一，为国际所熟知的几位名人风评截然相反："血钻总统"查尔斯·泰勒、世界足球先生维阿与曾在国际机构担任高级官员又回到利比里亚担任总统的瑟利夫老奶奶。

多么神奇的国度！

5小时后，再次睁开眼（感谢手机闹钟），脑袋成了糨糊。

我是谁，我在哪儿，我在干什么？

噢，我还是我，我在中国驻利比里亚维和部队军营的活动板房，天呐，待会要连线！

匆匆洗漱完毕，对着手机摄像头抹了点粉，住在军营另一端的韩蓄同学赶来，商量连线事宜。

咨询完张老师，我们把连线地点定在维和部队军营门前，唯一的原因：安全。

军营门前是条羊肠小道，不远处为散落的民居。韩蓄在调试连线设备（BGAN，号称便携但死沉死沉的移动通信系统），我准备连线词。

后期编导打来电话，试海事卫星信号。

连线时间推迟到1小时之后。

接近当地时间早上9点，气温陡然升高，像极了北京8月的桑拿天。

等待再等待。

我抓紧时间寻找话题与张老师聊天，期望在最短时间内对利比里亚有更多了解。如何跟人聊天，算是我在驻站期间学到的最大技能之一，真的，聊天也是需要技巧的。

身旁不时有当地居民经过，看到军营前的五星红旗，纷纷向我们竖起大拇指，口里喊着"China，China，China"。

张老师感慨，利比里亚驻扎着好几支外国维和部队，但中国士兵对当地人最为友善。

利比里亚曾经历长达数年的内战，十几万人死亡，国民经济被彻底摧毁。

2003年10月1日，联合国维和部队接管利比里亚，开始漫长的重建之路。一个月后，首批中国蓝盔部队抵达利比里亚。我们到访时，已经是第16批了。

张老师回忆起3次来利比里亚参加维和任务的经历，言语平静却听得我眼眶湿润。第一次是2007年，那时大街上的行人能穿得起鞋子的就是有钱人，除去政府官邸，蒙罗维亚几乎看不到像样的房子。军营前每天聚集着十几个战争孤儿，靠讨饭为生；几年后他二度来利比里亚时，门前的战争孤儿多是不认得的生面孔了。2014年，张老师第三次参与维和任务，孤儿中唯一还认得的孩子已是老大，每日领着一群孩子打零工讨生活。噢对了，这个小老大曾在旱季用泥巴建了个简易房作为栖身之所，但因地点靠近另一国维和部队，瞬间被推倒。

哪里有什么和平年代，我们只是幸运地生在了和平的国家。

电话响起，准备连线。

北京演播室内的主持人问完问题,我刚刚开始回答,耳机里传来"嘟嘟嘟"的声音,意味着我与演播室完全失去联系,无法再听到主持人或者导播的声音,然而电视机前的观众并不知道这些状况,电视机上的我依然在讲述昨夜到今晨的经历以及相关情况。

最后一句话"文静,我现在了解到的信息就是这些"之后,我对着摄像机保持聆听的姿态,足足有一分钟,直到北京演播室再次打来电话告知,连线结束。

"刚才怎么了?"兼任摄像师的韩蓄过来问。

"主持人刚说完信号就断了。"我拿笔记本遮挡阳光,晒得有些睁不开眼。驻站期间连线曾几次遇到技术故障,我最怕的是耳机里传来自己的声音,只能主动摘掉耳机,在镜头里告诉后方,出故障了。

不管怎么说,任务完成,我与韩蓄赶紧收拾设备,奔向利比里亚之行的重点报道对象——中国诊疗中心。

新闻链接:《关注埃博拉疫情:长途辗转,本台记者抵达利比里亚》

平静下的危机与危机下的平静

白天上街,总算看清真实的蒙罗维亚。

车子走走停停,部分路况相当糟糕,可以概括为"一米三个坑"。

走到市中心(蒙罗维亚市内只有一条主干道),路况好了许多,却又开始堵车。熟悉当地情况的张老师说"前边封路,估计是总统出行"。

利比里亚就是由获得自由返回非洲的美国黑人奴隶建立的,大到国家制度,小到当地人讲英文的口音都像极了美国。

1小时后,终于到达此行目的地。

中国诊疗中心,全称"中国政府援建利比里亚埃博拉出血热诊疗中心"。

2014年10月24日,国家主席习近平宣布对非第四轮援助计划,确定在利比里亚建设一个诊疗中心,以帮助利比里亚抗击埃博拉疫情。随后,迅速从国内调集所需建材、医疗设备和建筑人员,在短短的一个月时间里完成了诊疗中心的规划、设计和施工建设。与此同时,由中国人民解放军抽调的163人的援利医疗队也迅速组建,并完成培训、物资筹备等工作,于11月15日抵达利比里亚,为接收诊疗中心正式运行管理做准备。

此处不得不提的是诊疗中心旁的SKD体育场。该体育场由中国援建,1986年建成。建成后,体育场成为利比里亚国家队的主场。而在随后的内战中,体育场还曾收留数万个无家可归者。

此时,那163名中国援利医疗队队员就住在体育场内的休息室,为11月25日的诊疗中心启用仪式做最后准备。

3家中国建筑企业正在日夜赶工,以完成诊疗中心的扫尾工作。

诊疗中心建筑面积5800平方米,配备100张床位。

这是在绝大部分物资、设备等需从国内携运的情况下,仅用一个月时间建成的现代化传染病医院。

妥妥的中国速度!手动点赞!

医疗队成员都是军人,并不轻易接受采访,于是我们找到施工方细细了解

◎中国诊疗中心

诊疗中心的建造情况。

埃博拉病毒爆发后，在利比里亚的华人绝大部分选择回国，3家建筑企业只余下几个人，要在1个月内建成诊疗中心何其不易。

施工方说聘请国内的工人来利比里亚，不仅机票食宿全包，薪水还是平时的几倍之多，但尽管待遇优厚，问到的10个人仍有9个摇头。在这个工地上，所有人都是工人，他们每天5点半起床，一直要忙碌到晚上10点半。

人生有一段特别的经历很是难得，师傅们远赴万里之外的西非，用他们的辛勤劳动帮助了利比里亚人。

至于我们两个记者，用镜头和语言记录下真实的利比里亚告诉国内观众，或许就是记者这个职业存在的最大意义。

躺下一夜无梦，这睡眠质量杠杠的！

韩蓄同学完成连线首秀后，俺们决定，上街去！

对于这个决定，张老师始终持保留意见，因为近距离接触正是埃博拉病毒传播的主要途径，偶然的一个碰触乃至口语间的吐沫都存在危险，但另一方面，如果全副武装走上街头，就有可能引发当地人的反感甚至是不友好行为。

为难啊！

到蒙罗维亚不过一天多，我还是会惊讶于街面上的平静。熙熙攘攘的人群走在大街上，没有人戴口罩、手套，至少在街头，看不到最基本的防控埃博拉措施。然而，路边不时出现的宣传牌提醒我们，埃博拉是真实存在的。

仔细观察下来，埃博拉已经影响到利比里亚的方方面面。在这块喜欢握手拥抱亲吻的大地上，人们见面打招呼的方式已经改为"碰肘礼"。而在埃博拉疫情扩散的阴影下，利比里亚所有的学校暂时关闭，数万孩子在相当长的时间内都无法接受教育，就连该国最负盛名的高等学府利比里亚大学如今也是大门紧闭，人走楼空。

世界银行的数据显示，埃博拉疫情对利比里亚经济产生严重影响，该国有近一半的人没有工作。但我们在当地采访时了解到，世界银行的数据有可能低估了，有人甚至评估利比里亚的失业率不会低于80%。

街边空地上有群年轻人在踢球，我们决定来次街头采访。

刚下车，韩蓄就接到北京后期编辑的电话，听他们谈话，气氛不太融洽。

因为信息不对称以及沟通的问题，前后方不时会有些摩擦。各有各的难处，多数情况下能互相体谅，偶尔也会吵上一架。

看样子，一时半会结束不了。

我就朝着那群年轻人走了过去。

想象与现实总是差别巨大。原本想着找一个人聊聊，没想到踢球的所有人瞬间围了上来，距离我不到一米。

张老师赶紧提醒："太近了，如果他们身上携带有病毒，极易传染。"

我拿出麦克风，资深军队新闻工作者张老师客串摄像师，在5分钟内完成街头采访，问题很简单：埃博拉是什么？

他们的回答出乎我的预料。人人都知道埃博拉，但埃博拉究竟是怎样一种病毒，又该如何预防，没人说得清楚。

之后的几天采访中，我们反复遇到类似情况。例如，当地最大的综合市场，沿街店铺门前摆放的塑料桶应装满消毒水用于清洗双手，但真正执行的没有几

◎街头采访埃博拉疫区民众

家；又或者家中有人因埃博拉出血热过世，屋子只经过简单清洁就又住进了人。

很难说，外人看似洪水猛兽的埃博拉疫情究竟在多大程度上改变了利比里亚这个国家和它的人民，或许要不了多久，就会一切如初。

新闻链接：《埃博拉疫情：本台记者深入西非疫情重灾区》　　新闻链接：《抗击埃博拉：中国援建埃博拉诊疗中心即将启用》　　新闻链接：《关注埃博拉疫情：中国援建诊疗中心正式交付使用》

 眼药水与狂犬疫苗

忙完中国诊疗中心的启用仪式，我的眼睛出了问题。

起初是畏光流泪，之后下眼睑开始发红，逐渐蔓延到白眼球其余部位，我用遍了随身携带的眼药水以及维和部队军营自备的药膏，全部无效。

我靠着一只眼睛继续采访、编片子、写稿，以为是肝火旺的缘故，把祛火的药吃了个精光，依然没有效果。

但仅仅两天，眼睛发炎已经让我无法正常地思考问题，因为实在太难受了。

张老师打了一圈电话，最后查到中国诊疗中心有唯一一位眼科大夫，只能试试了。

或许读者会问为何不去当地的医院或诊所，答案简单而残酷：由于埃博拉疫情，利比里亚全国医疗系统彻底瘫痪，瘫痪的意思是"没有医院、没有医生"。疫情暴发之初，由于害怕感染病毒，利比里亚仅有的250名医生（一部分为外国人）不是出国就是停业，如此恶性循环也是导致利比里亚的埃博拉死亡人数大幅攀升的重要原因。

再次来到诊疗中心，我从记者变成了患者。

见到医生倍感亲切，大救星啊！

身材圆润的医生和蔼道:"我没有检测设备,不敢保证一定准确。"

那一两分钟堪称煎熬,祈祷问题不大。

"你这是××××××××结膜炎。"

"啥?"专业名词,完全听不懂。

"就是免疫力快速严重下降导致的。"

"那……严重吗?"

"个人建议,赶紧回国,这边医疗条件不行。"

我苦笑:"最近一班飞机是3天后。"

医生想了想,开始往国内打电话:"你去找这个英文名字的眼药水,能找到就行,但这种眼药水含激素,不能多用,好了赶紧停掉。"

千恩万谢之后,张老师与韩蓄踏上寻找眼药水之路,而我已经畏光到见不得一点日光了,只好回驻地休息。

5小时的等待,心情之复杂难以形容。

直到铃声响起:"找到了。"

一块石头落了地。

张老师在一家印度人开的药房里找到眼药水,某种程度上还要感谢医疗系统的瘫痪,药房无须医生处方就能卖药,不过价钱么相当的黑,30美元一瓶(5毫升)。

一天之后,眼睛已经大致康复,我又能生龙活虎地干活了。

只是没想到多灾多难的日子仍未结束。

韩蓄同学在街上被流浪狗咬了。

我俩再一次光顾维和部队的医务室,大夫说:"部队带的狂犬疫苗,没想到第一回派上用场是给记者用了。"

韩记者满脸的囧字。

但他更担心另一个问题:会感染埃博拉病毒吗?

埃博拉病毒感染人类后的潜伏期为2~21天,大多数患者在感染8~9天后病情危重。一旦被感染,患者会在1~2天内出现症状。

临床患者可出现高热、头痛、喉咙痛、关节痛等全身中毒症状,继之出现严重呕吐、腹泻。可在 24~48 小时内发生凝血功能障碍与血小板减少症，从而导致鼻腔或口腔内出血，伴随皮肤出血性水泡。在 3~5 天内，出现肾功能衰竭，并导致多器官功能衰竭和弥漫性血管内凝血，伴随明显的体液流失。

读着冷冰冰的医学知识，韩记者忐忑不安了整整两天："大表姐，我不会成为诊疗中心收治的第一个病人吧？"

事实证明，运气还是站在我们这一边的。

没有高热、没有疼痛，平安。

在非洲工作生活最怕得病。特别是中非和西非，全年高热，新陈代谢尤其快。某年去西非国家马里，当地华人告诉我偶尔能听到血管内血液流动的声音。起初以为是耸人听闻，几天之后夜深人静时，我真的听到了自己体内血液流动的声音，那感觉，毛骨悚然。

到非洲要多休息，把节奏降下来，这不是借口，这是生死攸关的事。

新闻链接：《关注埃博拉疫情：疫情肆虐引发物价高涨》

 **专访总统瑟利夫**

转眼在利比里亚的采访已经接近尾声，余下一个大任务——专访总统艾伦·约翰逊·瑟利夫女士。

中国诊疗中心的启用仪式上，瑟利夫总统发表了讲话，并在中方高级官员的陪同下参观诊疗中心。

12 月 4 日下午，我们来到利比里亚外交部。

"总统为什么要在外交部接受采访？"我好奇。

张老师为我答疑解惑："因为总统府在内战中被烧毁了，又因为没钱，至今没有完成修复。"

……

采访地点是外交部里一间会议室。

工作人员相当热情，等待总统期间，就有人跑来问我中国的情况。一场埃博拉疫情，也让更多的利比里亚人对中国抱有好感，甚至希望来中国留学。

下午3点，穿着民族服饰的瑟利夫总统来到会议室。

她是非洲历史上首位女总统，享有"铁娘子"的美誉。

她的思维缜密，表达清晰，并不像是76岁的老人。

瑟利夫总统对中国在抗击埃博拉疫情中起到的作用给予高度评价。

"我要指出的是，当初我们在为对抗埃博拉疫情而四处求援时，中国是最早做出积极回应的国家之一，作为最早给我们提供援助的大国，中国用包机送来大量的医疗物资，要知道那时候利比里亚自身的应对措施并不健全。这次中国派遣医护人员来运营中国援建的诊疗中心，这一点更是让中国的援助带给我们更多的价值，因为这些训练有素的医护人员会和一些我们当地的医护人员共同工作，在这个过程中当地医护人员的水平将会得到很大提高。"

专访总统，事先要把问题清单交给总统府。但专访期间，记者往往会现场

◎时任利比里亚总统瑟利夫女士

追加或更改问题。韩蓄记者就临时起意,问道:"总统阁下,您不仅是利比里亚内战之后的第一位领导人,您也是非洲大陆的第一位民选女总统。您的经历如此丰富,以您之见,之前将国家带出内战阴影和现在让国家摆脱埃博拉疫情,这两个任务哪个更为艰难?"

瑟利夫总统稍做思考:"嗯……还是抗击埃博拉更难一些,因为我们面对的是一个不同寻常的敌人,我们甚至不知道能做些什么。这也是为什么在最初的那几个月里,关于埃博拉疫情的困惑和质疑不绝于耳,因为我们缺乏必要的知识。对于重建国家的经济,我们有一些经验知道该怎么做,尽管重建国家经济也需要很长时间,但我们毕竟知道该做什么。而埃博拉疫情让我们措手不及,我们不知道这是怎样的病毒,我们没有能力来应对。不过令人欣慰的是埃博拉带来的恐慌持续时间并不长,因为我们只要具备了相关知识、得到了支持,并有来自国际社会的帮助,我们就可以逐渐消除疫情。"

瑟利夫总统的回答让我想起 2003 年我国的"非典"时期。若应对得当,危机不只会带来灾难,还有转机。

祝愿埃博拉疫情消除后,利比里亚能尽快恢复国民经济。

不过短短 15 天,我已经对这个饱受战乱之苦的国家充满了感情。

新闻链接:《抗击埃博拉疫情 利比里亚:本台记者专访利总统瑟利夫》

2014 年 12 月 5 日,我和韩蓄终于踏上回程。

重走机场路,与来时是截然相反的心情。夜幕降临,没有路灯的机场路漆黑一片,司机大哥打开远光灯,聚精会神盯着前方。不时有农民赶着牲畜横穿道路,不时有车子抛锚,司机大哥不得不一次又一次刹车再启动。

紧赶慢赶按时抵达机场，与张老师惜别，彼此约好国内相见。我怕极了机场送行，犹如生别离，也是人生一苦。

唯一的候机大厅是一间密不透风的平房，两端各有一家纪念品店。

10美元一个冰箱贴，我买下此行唯一的纪念品：I LOVE LIBERIA（我爱利比里亚）。

终于登机了，长舒一口气。

回国的旅程，应该会顺利……吧。

一路辗转，几次测量体温，我们终于登上比利时布鲁塞尔飞往北京的飞机，满员。

我和韩蓄坐在最后一排（像是为了增加座位而多出来的一排座椅，空间极其狭小），空姐赶来小声问话："两位是从利比里亚来的吗？"

"是。"

"好的，根据规定，抵达北京首都国际机场后两位需要接受特别检疫。飞机降落后，请注意收听飞机广播。"说着，空姐拿出两张表格。

"好。"

漫长的10小时后，飞机降落在北京首都国际机场的跑道上。

我太激动了！

飞机将将停稳，广播开启："请西非来的旅客先行下机，其余旅客请稍后。"我们几个从西非埃博拉疫情国家来的旅客登上一辆面包车，被送到特别检查口接受一系列检测，前后耗时近40分钟。等到快速赶到行李提取处时，转盘上只余下孤零零的几个行李箱。

寻了又寻找了又找，仍然少一个箱子。

糟糕，里面还有设备呐。

我和韩蓄长叹一声：人走背字，喝口凉水都塞牙。

后记

关于诊疗中心 中国诊疗中心在运营期间先后收治100多位病患，确诊埃博拉患者10人，救活6人。

2015年5月9日，世界卫生组织宣布，利比里亚埃博拉疫情结束。

2017年3月，随着利比里亚国内形势趋于稳定，根据联合国决议，中国第19批赴利维和官兵分两批撤回，结束了历时14年的蓝盔使命。

2018年1月22日，利比里亚新当选总统乔治·维阿在SKD体育场宣誓就职。

从中国援建的体育场走向世界的足球巨星，如今又回到足球生涯的起点开启总统生涯的新征程。对于利比里亚，维阿的宣誓就职标志着该国自1944年以来首次实现政权的和平交替。而对中国球迷而言，乔治·维阿成功地从CCTV5迈向CCTV1。

"对中国，我要说'谢谢（中文）'。本届政府将继续奉行一个中国政策。中国已经成为利比里亚一个最值得依靠的盟友。我希望在我总统任职期间中利关系将进一步加强。中国援建的SKD体育场把我推向世界足球界，今天我又在此举行总统就职仪式。它既是中利友好的丰碑，也是利比里亚人民和平和解的象征。在我们内战期间，敌对各方在这里进行全国足球联赛，有力地促进了和解，强化了一个民族目标：利比里亚。今天，我们再一次站在这里，团结一致为了同一个目标：利比里亚。此时此刻我们摒弃政治分歧，为着携手共建一个新的利比里亚。"

不是后记的后记 2014年12月6日早7点，只穿着一件绒衣服的我站在小区门口瑟瑟发抖，"太后"快点来开门啊！

天将明时，"太后"的身影终于出现："你怎么不早点给我打电话，不知道我动作慢吗！大冬天的……没冻着吧？"

"太后"的唠叨此刻听起来分外动人，宛若天籁。回家了，真好！

"这十几天一直没睡好吧？"

"太后"摆摆手，仿佛并不在意，淡淡说出两个字："当然。"

儿行千里母担忧，再贴切不过。

驻站期间，父母是新闻频道的忠实观众，他们几乎成了"非洲通"，其实不过是不想错过任何一次看到我的机会。

进家门，吃顿最爱的茴香猪肉馅饺子，再沏杯茶欣赏窗外的高楼大厦，生活简直不要太美好。

睡得迷迷糊糊时,手机铃声响。

一个固话号码,不认得啊?

接通电话,传来一位美女声音:"您好,我是××片区居委会的×××,您刚从西非回来吧?"

哇,还是北京效率高,这么快就传达到居委会了!

"是是是,3小时前到的北京。"

"是这样的,您需要居家隔离,如果出现体温异常等情况,请立刻通知我们,到指定×××医院的×××大夫处接受治疗,×××大夫的联系方式是……"

"好,我一定配合。"

"祝您平安。"

"好的好的,我争取不给居委会添麻烦。"

电话那端传来一阵银铃般的笑声:"太好了,我们也不想接到您的电话。"

……

亲,这么直白真的好么?!

◎在非洲扬帆起航

终难忘记：阿尔及利亚驻外生涯的几个瞬间

葛子仪

葛子仪，男，河南商丘人，1984年2月出生，毕业于上海外国语大学，法学硕士学位，精通英语、通晓法语，读研期间主攻外交学专业，研究方向为朝核危机及东北亚安全，曾发表论文《对抗的限度：两次朝核危机时的美国对朝政策》。毕业后，先后就职于美国TNF集团及国家东中西区域合作示范区管委会。2011年12月至2017年3月，担任央视驻阿尔及利亚驻外记者，负责央视在马格里布地区的新闻报道工作。任职期间，牵头促成了《央视与阿尔及利亚国家电视台战略合作协议》及《两台新闻交换协议》的签署，并负责报道了阿尔及利亚人质危机、马里政变、阿尔及利亚客机及军机坠毁、突尼斯骚乱及苏塞酒店恐怖袭击、中国维和士兵申亮亮在马遇袭身亡及塞内加尔埃博拉疫情等重要国际事件。

2011年12月17日，这是个在我生命中难以被忘却的日子。在这一天，我抵达北非阿尔及利亚，担负着建设央视站点和新闻报道的任务，开启我长达五年零三个月的驻外生涯。回忆过往，我不知经历多少挑战和困难，不知打过了多少硬仗，也不知受过了多少委屈，体验过双重的失望和绝望的感受。也正是这些经历，让我得到了快速成长，这些瞬间也成了我终生难忘的宝贵经历。

 **马里政变战地报道实录**

1. 无畏的决断：迈入未知的前方

2012年3月23日，一阵电话铃声惊醒了正在熟睡的我，电话那头传来了非洲分台（肯尼亚）新闻业务组宋焕钰的声音。他说："子仪，你周边国家马里发生了政变。我打了一圈电话，大家都有了工作安排，不知你有没有时间过去？"我说："你让我看一下安排，我稍后回你。"镇定片刻后，我抓紧搜集了相关信息，才知道马里局势十分危险。在首都巴马科，马里军人政变闹得很厉害，马里机场已经全部封闭，马里进入全国宵禁。尽管手头上还有许多新闻要发，站里还有许多事情要处理，但考虑到该新闻的紧迫性和重要性，我决定立刻前往。

如何抵达马里则成为了关键的问题。由于机场遭到封闭，我和我的团队原本计划从阿尔及利亚南部撒哈拉塔曼拉塞特省边境通过，并驱车两天穿越马里北部，直至抵达首都巴马科。在保安公司和阿尔及利亚线人的建议下，这个方案，被否决了。因为，这种行为将意味着极有可能被绑票。马里北方图阿雷格武装分子很有可能在路上将汽车扣下，对我们进行绑架。因此，我们选择从几内亚边境前往。在接下来的两天内，我办好了几内亚和马里的签证，正准备订去几内亚的机票时，人算不如天算，29号当天，军人放松了管制，马里机场已经低调开放了。这也使得我们的计划再次转向直飞首都巴马科。现在细想起来，当时做出决断，还是很让人后怕的。因为不知前方是什么样子，自己的人身安全很有可能受到威胁。整个国家已经处于了极度混乱和分裂之中，在这种情况下，一个外国人的安危没有谁能来保障，父母也十分担忧我的安全。但我又清醒地意识到，危中有机，更是职责所在。我也不再考虑那么多了，前往马里。

2. 成长的印记：千里单骑　不辱使命

经历漫长的飞行后，抵达马里巴马科机场时已是凌晨，打开舱门，迎面一股热浪扑面而来。我成功和安保人员汇合了，开始了所谓的战地报道。我在撒哈拉拍摄期间染上了干咳的病根，到了马里后一直也不见好。抵达宾馆后，人并无睡意，反而倍感压力，脑海中想的都是新闻线索和报道计划。第一天天刚亮，我便接到了台内国际部的电话和邮件，期望能早日发回报道。那段时间我每天都会接到栏目组的约片电话，压力很大，如何迈出第一步？好，就从华人酒店遭劫开始。这是一个很好的新闻点，据了解政变当晚，在马华人酒店遭到打砸抢，国人也都知道这条信息，但具体细节是什么样？酒店现状又是如何？外界都不知道。我决定以此方面的报道为突破口，不请自来地探访了事发地光芒阁大酒店。光芒阁老板朱艺见到我的第一反应是不敢相信，央视的动作怎么这么快？他并不是特别情愿接受采访，但在我真诚的沟通下，他最终同意了这次拍摄，让我们有机会第一时间还原现场。那时，我的摄像师也是刚刚从本地调来的，

◎ 2012年4月2日，马里首都贸易市场

是个黑人小哥，没有太多的时间磨合，新闻拍摄和制作节奏总是那么紧凑。《马里：记者探访遭劫中国酒店》这条新闻在新闻频道实现了多次播出，片子披露了许多被破坏现场的第一手珍贵照片，当朱艺看到自己也上了电视时，很是开心。他决定帮助我联系更多的马里华人，以便我收集更多的报道线索。当天晚上，约20名来自各行各业的华人代表和我进行了交流，谈了一些鲜为人知的内幕，也聊了政变的起因及当前时局，其中还有些朋友主动帮助我约访政府官员。交谈结束后，我细数一下，至少有8条线索可以做成新闻。我很感谢在马里的这些华人朋友，正是有了他们，我才慢慢地拓宽了在马里报道的新闻渠道，并陆续发回了关于油价上涨、撤侨、中资企业生存现状、马里民生、总统就职、人物专访和"环球记者连线"等一系列新闻。也就在那段高度紧张的形势下，我见证了中国人面临危险不折不挠、沉着应对的坚定和坚韧。

我在马里的报道，最为出彩也是最为阴差阳错的一幕，就是完成了对马里政变领导人阿马杜·萨诺戈的独家专访。2012年4月4日上午，按计划，我本要去拍摄一集关于马里旅游业的片子。结果到了机场取景时，我们遭到军人盘问，被阻止了拍摄，并被带到了卡蒂军营（当时政变军方的大本营），感觉就像遭到逮捕一样。当然，他们的态度还算友好。我坐在后排中间，左右各一个大兵，个个荷枪实弹，拿着AK47，我还真怕走了火，多少有点担心。

到了军营，也就是政变领导人办公地，眼前全是拿着枪的士兵，我也不知道他们在说什么，个个面无表情。我和保安就等他们的新闻官，希望获得他们的授权进行拍摄。见到新闻官时，我忽然抱着试试看的心态向他进行约访。我说："我是中国人，国家电视台的记者，中国和马里一直是好朋友，中国对马里的国家建设予以了许多帮助。我的责任只是来传递真实的声音，亚洲媒体至今没人能采访到他，能否给我一次机会采访阿马杜·萨诺戈呢？"他听后表示认同，勉强地说了一句："我试试吧。"之后，我回到了酒店，其实也没当回事，认为估计不太可能成功。但我还是把问题一个个地列了出来，以备万一。机缘巧合，天公作美，4月5日上午8点，我收到短信，说10点可以来进行专访，当时太兴奋了。到了军营，顶着50℃的高温，一等就是5小时，我终于等到了专访的时间。见到萨诺戈时，感觉这个39岁的军官并不是我想象中的那样冷峻傲慢，

◎ 2012年4月5日，马里首都专访政变领导人

相反可以说是谦和友善的。或许是他特意想为我营造一个宽松的采访环境吧！采访开始了，我挑选了一系列棘手的问题进行了发问，问题涉及"国际社会和西共体的制裁，您如何应对？""您如何定义当前自己在过渡时间的角色？""您如何来确保在马华商的利益？""北方战事会不会影响到首都安全？""您当时发动政变那一刻是怎么想的？""您承诺要移交权力，但未透露时间表，这背后原因是什么？是在拖延时间么？"

我在采访中，特意针对在马华人酒店遭劫的事件进行了提问。他当场进行了道歉，并表示此类事件绝不会再发生。新闻播出后，也算是让几千名在马华人吃了颗定心丸。在整个采访过程中，萨诺戈并没逃避我的问题，而是客观地表达了自己的立场，这更加丰富了这段采访的信息量。功夫不负有心人，这条视频公布后，有12家海外媒体进行转载，视频采用次数达40次。关于探访遭劫中国酒店和政变领导人的专访得到了新闻中心领导的表扬，这也大大鼓舞了我的斗志。然而，故事并没有结束，萨诺戈面对非盟和西共体的制裁，是否会在两天内交权，当时尚无答案。军方起初是明确拒绝移交权力的，而我们得到的消息是，如果马里军方不交权，西共体很有可能向马里出兵。届时，整个首都局势会是什么样？很难预料。4月7日是最后期限，酒店里的记者和客人十分焦虑，陆续地离开了酒店。到了最后期限——7号当晚，整个酒店不足30人，大家都很紧张，因为明天有可能会面临战乱。到了晚上8点，临时雇佣的摄像师告诉我："弗兰克，我想回家了，我很担忧这里的局势，我要回家乡塞内加尔了。"我说："好吧。没有了你做摄像师，我会再临时找一个，尽管过程很艰难。祝你好运，我的朋友！"那个时候，距离最后期限还剩4小时，我们央视团队也曾考虑过是否撤到邻国，但我们最终还是选择了坚守。那4小时无比的漫长，我们一直守着电视，关注着局势的变化。幸运的是，萨诺戈在当晚11点，进行了全国讲话，同意交出权力。那一刻，我们长舒了一口气，和平总算保住了。我们也可以在相对安全的环境中，完成有关马里局势的后续报道。

回顾马里之行，经历了孤军奋战，高温坚守，种种磨难都没有让我放弃。在马里的每一天，我都会坚持往台里发回新闻，合计发回报道17条。这次经历让我刻骨铭心，我对得住自己的职业操守，坚守了自己的责任担当，没有让上级领导失望。

新闻链接：《本台记者专访马里政变领导人》

新闻链接：《环球直击：马里北部武装宣布阿扎瓦德独立》

 世界遗忘的角落　停滞的时光

驻外最大的一个好处，就是尽享自由，视野开阔。人逢美景神气爽，天高地广枉然笑。说起阿尔及利亚，不得不提撒哈拉。这个国家，有87%的国土被沙漠所覆盖。自2011年南北苏丹分裂后，阿尔及利亚便成了非洲第一大国。而我时常和朋友打趣道，如果去掉这广袤无垠的沙漠，阿尔及利亚可耕地面积也就和摩洛哥差不多大了。而生存环境极为恶劣的沙漠，又有着哪些鲜为人知的

故事呢？这里的文化又是如何？三毛的一本《撒哈拉的故事》，引起了人们无尽的遐想。而这一次，我的工作就是用镜头来描绘那里发生的故事，向观众展现一个真实而神秘的撒哈拉。

　　我们乘车一路向南，从四季如春的地中海北岸出发，途经布里达和马斯卡拉等省份后，路边的植被越发稀少，汽车的车轮碾压在布满碎石的公路上，车内的人像坐蹦蹦车一样，内脏翻滚个不停。我细心地发现，在中部省份盖尔达耶沿途的土质是有变化的，由北部的坚实逐渐变得松软，土质越稀松代表着地下水分越少，也意味我们离沙漠越近。暮色四合，最后一抹斜阳还留恋地抚摸着地平线。夕阳染红了半个天边的云朵，怒放的光芒为苍茫大地涂上了淡色的金妆，余晖洒满了整个车内，金光闪闪，打开车窗，任凭窗外的清风吹拂着迷蒙已久的脸庞，清新的空气让人神清气爽，被洗涤过的灵魂在温暖阳光的抚慰下，遗忘了所有世间烦恼。淘气的司机彼特放起了一首夏奇拉（Shakira）的《非洲时刻》，这是劲爆欢快的舞曲，霎时间，跳跃的细胞让我们撕掉了平日的斯文，不禁在车里舞动和跟唱了起来。这时，夜色已至，明月当空，在群星闪烁的夜空中，月亮女神俯视着这辆正驶向沙漠腹地的越野车，微笑着把神秘的脸庞隐藏在群星之间。

◎撒哈拉的夕阳

◎盖尔达耶古镇

在遥远荒凉的撒哈拉大沙漠，生活着这样一群人，柏柏尔人。他们用自己的智慧和汗水在沙漠中创造了独特的柏柏尔文化，并延续了上千年。而毯艺则是这种文化传承的最佳载体。距首都阿尔及尔700千米的盖尔达耶（Ghardaia）古镇被视为进入撒哈拉的标志。公元1053年以前，盖尔达耶已成了阿尔及利亚人祖先——柏柏尔人集聚地，他们独有的文化传统及建筑保存至今。小镇拥有许多狭长的深巷，可防止阳光射入，且通风良好，能起到防沙避暑的功效。在小镇山顶最高处，还坐落着曼纳哈清真寺。每年三四月，阿尔及利亚政府都会在这里举办毯艺博览大会，展出全国各地的毯艺商带来的各种精品。传承已久的习俗、别具匠心的做工，这些样式新颖的地毯，已成为撒哈拉不可缺少的一种文化象征。小镇的时光总是那么惬意，生活节奏缓慢且有规律，作为过客，在这里，能吃上纯天然放养的羊肉、品上一杯阿拉伯人自制的薄荷茶，一个人躺在竹藤椅上，望着天空大片大片的云朵缓缓飘过，心情无比舒畅，这种体验一生又能经历几次呢？

毯艺博览会现场，约20名枪手，穿着传统的阿尔及利亚民族服饰，戴着白色头帽或包裹上白色头巾，服饰由亚麻制成，镶着花边，多少有种苏格兰方格裙的意味。男人们舞动着自己彪悍的身躯，随着唢呐的伴奏，尽情地起舞，节奏有序，方阵整齐。尽兴之处，还要时不时朝天或朝地开上两枪，引来观众阵阵欢呼。表演过程中，不时会有小孩子向我跑来，一双双水汪汪的大眼睛打量着这位来自东方的小伙子陌生而新奇的面孔。

　　我能感受到他们特别想和我交流的渴望，可惜我不会说阿拉伯语，只能通过摄像师萨米尔蹩脚的英语，简单地明白小孩的意思。他们常问："你来自哪里？你喜欢阿尔及利亚吗？你知道李小龙和成龙吗？我能和你拍照片吗？"有一次，小孩子们不太好意思来找我聊天，他们的母亲就十分大方地走到我的面前，对我说："我有一对龙凤胎，特别喜欢中国，对中华文化非常好奇和向往。"她边说边拉着那对小朋友摆在我的面前，好可爱，好漂亮，好一双水汪汪的大眼睛。孩子们对我这个陌生人显得很亲，我也是一个特别喜欢孩子的人。在他们的眼神中，你看不到任何杂质，和他们一起时，你会忘掉所有烦恼。这时，又来了两个孩子，他们是一对兄妹，我热情地向小姑娘打招呼，说："萨拉玛利空（阿拉伯语意为你好）！"可小姑娘并没有回复，这时她的哥哥说："我妹妹从小就是一个哑巴，她无法表达，但她的内心十分清楚。"当时，我震惊了，心里十分难受和惋惜。为什么上天会这么不公平？这么可爱的小孩天生就丧失

◎毯艺博览会现场载歌载舞的枪手

◎在盖尔达耶遇到的双胞胎

◎阿尔及利亚兄妹

了语言能力,我们这些健康的人真的需要珍惜生命、珍惜现有的幸福。我至今依旧难以忘掉这位小姑娘的眼神,那是一种对世界充满好奇、对人类充满友善、对生活充满希望的眼神。

由于阿尔及利亚比较封闭,生活在中部或南部偏远地区的人们很少能见到外国面孔,这一点特别像我国改革开放之初。那里的人们十分热情,他们对待朋友会非常慷慨,把你真心当朋友,会尽所有地满足你。虽然他们穷了些,但这种人类内心深处最纯粹的情感是常年在大都市生活的人们很少感受到的。这里让我重逢了那种久违的感动。

阔别盖尔达耶省后,我们驶向了阿尔及利亚中部省份——提亚雷特省,那里是阿尔及利亚马术的发源地。至今,依旧能找寻到古老的骑士和烈性的柏布马。在抵达提亚雷特省苏格镇后,我们发现几乎家家都有马匹,每户居民都饲养柏布马,少则两匹,多至15匹。当地居民听说我们来采访,便纷纷将自家的马匹牵出来炫耀。如此庞大的马匹集会,为即将上演的凡塔西亚(Fantasia)拉开了序幕。

凡塔西亚(或称为"骑马舞")的起源,当地有不同的说法。有人说,这种表演产生于15世纪的北非地区。也有人说,它是在阿尔及利亚的骑兵抗击外来侵略者的过程中逐渐产生的。骑马舞通常由11名穿着阿拉伯传统服装的骑士完成。表演前,方队骑士长会吟诵阿拉伯诗歌,其余10人要应声附和。停顿5

秒后，骑士们竖起火枪，向天鸣响。这一环节是他们表达对祖先的敬意。开场仪式完成后，骑手们进入了即兴表演阶段。他们骑坐在训练有素的骏马上，配合手鼓和奏乐，指挥马匹做出各种动作。有时，一匹马的嬉耍往往会带动它的同伴，一起随着音乐摆出各种跳舞的动作，现场热闹非凡。为了进一步刺激马匹，这时，往往会有一名驯马师用一只赶马棍敲打马的前腿，让它配合骑士。与此同时，骑士也会自发地舞动起来，尽情地陶醉在自己的骑马舞蹈之中。这样的表演，对骑手来说是很大的考验。骑手既要驾驭马匹尽量多地做出各种动作，又要防止马儿冲撞向观众。虽然骑手们都盛装打扮，也有一些伴舞动作，但这种舞蹈的真正主角其实是马。表演高潮部分，骑士脚蹬皮靴，手持火枪，从远处策马疾驰，不断加速，在快到终点时，朝天空开枪，随即又要收紧马缰绳，挥枪吆喝，以示雄威。在热闹一整天后，苏格镇的居民告诉我，他们的舞者将永远在马背上起舞，这种传统将代代相传。

我们一路西行，目的地是贝沙尔省（Bechar），这是进入西撒哈拉的门户重镇。车行驶在乡间公路上，突然间下起了阵雨，雨水刷刷地击打着路面，戈壁上的蜥蜴忙着四处躲雨。路边的橄榄树随着风儿摇曳，空气无比清爽。远处，

◎凡塔西亚骑手

◎撒哈拉沙漠上放牧的骆驼群

乌云滚滚，不断吞噬着白云，太阳也被乌云慢慢给遮蔽了，但它努力将最强的一束光照破厚重的云层，折射在苍茫的大地上。这时，好像两股自然力量在对抗，但乌云只能胜过一时，整个天际被乌云压境，仿佛伸手就能够到云彩。雨后，彩虹升起，一切来得那么自然，那么不经意。

经过10小时的车程，我们抵达了贝沙尔小镇。入住后，晚上有只调皮的小黑猫蹲在我们门口，一直吵着要吃的。我一直以为，猫只吃荤，没想到一个法式面包棍，它居然啃得津津有味，看来是真饿坏了。为了防止强烈的紫外线晒伤，我们一大早就出发了，来到了距小镇20千米的撒哈拉入口。首先映入眼帘的是一群群骆驼，放牧人把自己包裹得十分严实，来抵挡风沙及光照。驼铃叮当，一切来得都是那么毫无预兆，这就是他们的生活状态。沙丘脚下就是一个小镇，镇子里的人特别少，因为中午时间他们全在家中待着避暑。整个小镇仿佛就我们几个人，我对摄像师说："萨米尔，可以确切地说，在这个被世界遗忘的角落，在这个小镇中，只有一名中国人，那就是我！"萨米尔打趣道："还有我，我也是半个中国人。"我们边说边笑，这时从远处走来一个放羊娃，也就6岁左右，穿着穆斯林长袍，拿着羊鞭，好一副小大人的模样。小孩也基本没见过外国人，见了我，微笑着问候起来。好可爱的小娃娃！他告诉我，放羊是父亲教的，在他们这里，像他这样的很正常。我感觉这里和我国西北部某些地方很像，一切回归自然。之后，我们又去了图书馆进行了拍摄，全方位来报道这类人群的生活状态。

该镇共有约17万居民，由于常年的高温天气，这里的人们往往选择在早上7点开店营业，11点钟关闭店门，直到下午5点重新营业。到了傍晚时分，这些居民才纷纷走出家门，出来娱乐。看来朝九晚五的生活方式在这里似乎有些行不通。当地居民别具一格的生活方式已成为撒哈拉文化和传统的一部分。在这里，人们过着与世无争的生活，宁静的心态、缓慢的节奏和美丽的景观塑成了阿尔及利亚人悠然自得的生活态度。与此同时，恶劣的自然环境也激发了他们无尽的智慧，锻造了他们"遇强则强"的坚韧性格。

视频链接：《探访撒哈拉：柏柏尔人的传统毯艺》　　视频链接：《探访撒哈拉：走近建设一线的中国工人》　　视频链接：《新春五洲行：寻找真正的"骑马舞"》　　视频链接：《探访撒哈拉：朝九晚五行不通》

 千钧一发：震惊中外的阿尔及利亚人质事件

2013年1月12日，我在返回阿尔及尔的飞机上，空姐给每名乘客发放了报纸。我看到报纸的头条是《法国空军展开对马里北部的空袭》。这篇文章的主要内容是："阿尔及利亚政府计划开放领空，允许法军飞机直赴马里北方。"北非局势，往往是牵一发动全身。以我对国际局势的判断，马里极端分子如遭到致命打击，以这些人的性格定会加倍报复。我当时有种莫名的预感，要出大事了，只是不知道会发生什么。

1. 预判局势　见微知著

2013年1月14日，阿尔及利亚政府宣布向法军有条件提供领空，要求法空军在经过阿领空时不要开启照明灯，不要扰民，低调飞过。阿方的这一举动，在我看来，多少有点出乎意料。因为，之前阿政府一直反对外国军事力量以任何形式触动阿主权，而这一转变表明阿政府转变了中立态度，对恐怖分子进行了变相宣战。同时，一个安全的马阿边境，符合阿尔及利亚本国的利益。风雨果真不约而至。16日10点,我突然接到来自东京同事张浩宇的电话,对方很急促,告诉我,有6名日本人在撒哈拉被恐怖分子劫持了。日本媒体想寻求我的帮助,帮助寻找当地雇员,以应对这场危机。日本政府的消息可真灵,这个电话距事发只有一个半小时。

接下来,我第一时间召集团队,马上部署分工,立即投入报道,信息和数据不断刷新。12点,英文频道电话响起,询问能否做次连线,第一时间报道发生了什么。我说没问题。连线完毕后,过了15分钟,电话再次响起,对方说,能不能两小时后再来一次连线。我又说:"没问题。"二次连线做完后,正准备去吃饭,电话再次响起,每次都是同一句内容:"请问是葛子仪老师么?能否做个连线?"我都欣然接受。到了后来,各档栏目、各位著名主持人纷纷要求连线,一直持续了一天半。我全部配合,把我所知道的这里发生了什么全盘告诉了他们,第一时间将前方最新信息传给了观众。一天内6档连线,对我来说,也算是破纪录了。从开始的兴奋,到中间的烦躁,又到最后的镇定。一天半的时间,我没有离开过我的办公室,因为电话一直在响,无法离开,手机信号又很差,无法做连线,所以,坚守电话机成了我头两天必做的事情,夜里往往也无法好好休息。

作为一名驻外记者,大事发生时,你的第一要务是传递声音,而体现的最佳方式就是发片。为了马上发片,我果断取消了其后所有栏目的连线,马上投入新闻的采编过程中。由于只有我这一位记者,任何一个片子对我来说就像自己的孩子一样,意味着心血。首先,我来到使馆,采访了临时代办和经商处参赞,让他们讲述在前线中方人员的安危和撤离计划。快速结束后,马上赶到下一个场子,伊斯兰绿盟政党记者见面会,去获取在野党的态度和立场。拍摄完后,马上写稿,吃饭是根本顾不得了,饿了就喝口水。唯稿件和素材发到"家里"之后,方能稍稍松上一口气。当天,两条新闻做罢,紧张的神经才得到了一丝松弛。

18日晚9点半,得知第一批被营救出来的人质已经返回首都时,我第一时间带着摄像师奔赴现场,以为能拿到最新报道。谁料苦等许久后,刚准备拍摄,就被便衣警察和安全特工给制止了:不能拍摄。任你怎么解释,根本没有用。最后,我告诉摄像师,你偷拍,我也偷拍,能拍到多少是多少,这是独家视频……最后,我这三个辛劳而得的作品在新闻频道多次播出。所有的累,都没有白受。

2. 白马长枪　入室登堂

这种国际大事的报道环境十分艰苦,而且各国媒体都在聚集,新闻时效分秒必争。我感到时间紧迫,事情千头万绪,一方面要应对台里栏目组的连线"骚扰",另一方面要保持冷静,理出思路来应对这一突发其来的大事。由于中文记者只有我一个人,此报道不同于马里政变,我一个人要统领整个局势,压力可想而知。这时,宋嘉宁站长打来电话说:"由于事情紧急,你可以先不用打报告,需要用人租车,短信告诉我费用即可,报告回来补。"站长的支持让我省去了一些繁琐手续,节约了不少时间。这时,我最需要一个帮手,需要一个法语翻译。当时,脑海中就浮现出一个人,我的好朋友,王文言——中国援阿医疗队王牌翻译。我马上和医疗队肖祥华总队长通了电话,对方表示,支持我的工作,可以借调7天。翻译搞定后,司机还没意识到事态的严重性,并不太想过去。我当时再也压不住怒火,对他大吼道:"如果这件事情大家完不成,全都得受处分!关键时别给我掉链子!"司机再也不敢说话,乖乖地拿出地图,研究路线。经过反复思考,我和摄像师决定乘飞机前往离人质事件最近的地方——瓦尔格拉省。

司机订好了机票和宾馆,好,我们抓紧走。下午就出发。只有无限接近现场,才能拿到独家新闻。由于人质营救行动并没有结束,军方和恐怖分子对峙依旧持续,而我本人已经累得有点虚脱了。19日晚7点,我、摄像师和翻译3人一同下了飞机,来报道这个国际大新闻。出了机舱,黄沙漫天,有几处喷火的油气架在撒哈拉沙漠上高高矗立,如有电影《007》里执行特殊任务的感觉。晚上,我们必须要先去当地警察局进行备案,得到许可后方能入住沙漠酒店。由于我们身份特殊,一路上还被便衣悄悄跟踪了。刚到酒店,后期编辑就不停给我电话,让我抓紧出镜,说是要体现央视记者的存在。无奈,连行李还没提进宾馆呢,就抓紧再来一段夜出镜。这下可好,这段出镜被央视各中文频道反复播出,目测至少10遍。总算能睡个觉了,第二天还有大战要进行。

20日,阿军方营救行动已经结束。阿军方的原则是,阿尔及利亚政府绝不可能向恐怖分子妥协。针对这几百名人质,总的方针是,能救则救,救不了,就直接连恐怖分子和人质一起打死。这样造成的结果是，人质死亡数字较大，恐怖分子全部被击毙。当我们看到一辆辆现代牌越野军车从远处开来时，我就明白了，清场行动开始了。这一行动，引起了国际社会特别是人质所属国的严厉批评，如英国和日本。这时，对人质的采访成了热点和重点。

就在我20日上午8点做出镜报道时，身边的中国翻译多问了路人一句话："你知道附近有被解救出来的人质么？"正好，一个好心的路人告诉我们："在某个街道，有一位。但能不能接受你们的采访，就是问号了。"好，上传完出镜素材后，我们马上驱车前往人质家中，最开始人质怎么都不愿意接受我们的采访。这是因为，阿政府和军方警告他们，不要接受任何媒体的采访，不要和媒体谈论这次事件。所以，他们很害怕政府看到这个片子后，会找他的麻烦。于是，艰难的谈判和攻心战术就开始了，谈了整整一小时，新获救人质尤斯非·卡特巴尔终被我们的真诚所打动，接受了独家采访。尤斯非回忆起自己的工友被杀害时，不时擦拭眼泪，一直重复谢谢"安拉"拯救了他。在采访过程中，他透露了恐怖分子是来自于邻国的，不是阿尔及利亚人。由此可见，撒哈拉的恐怖主义组织已形成跨区域、装备精的团体组织。临行时，我非常感谢这位朴实的工人，特意留下3000第纳尔（约200元人民币）让他给自己的孩子们买点糖果吃。在这一刻，人与人之间的感情是最纯粹的、最真诚的。

在做大新闻报道时，拿到视频就等于成功了80%，但剩下的20%同样可以左右你的成功。20%中的19%包括写稿子、翻译稿子和编辑片子，这些都很容易搞定，而剩下的1%最为关键，即如何把视频传回国内服务器。由于手中没有海事卫星，阿尔及利亚那时也没有普及3G，在一个沙漠小镇最好的宾馆，网速

◎采访获救人质尤斯非·卡特巴尔

◎采访获救人质默罕穆德·阿兹希和他的父亲

最快也就 32K 每秒。一个 150M 片子的传输，在国内只需要两分钟，而在沙漠我要花上 8 小时多。其间出现闪断，还要重传。我只能把 8 个问题，分割成 8 块。每传输完成一块，就在发稿内网中留个言，依此类推。

那晚，我总算是能睡个好觉了。正在熟睡时，手机铃声再度响起。瞬间小心脏被虚惊一下，揉揉蒙眬的睡眼，强打精神来中断我的睡意。电话接起，另一头传来了清脆的男声："喂，你好，是葛子仪老师吗？"我说："是！"对方接着说："你好，葛老师，我们是英语频道的，你们前方情况怎么样？能否给我们进行个英文连线？"我顿时火冒三丈："你看看，这几点了，凌晨 3 点，也请考虑好时差再打电话！"挂完电话后，由于生物钟被打乱了，我再也无法睡着。

21 日，我拖着疲惫的身躯，依然坚持在街头找线索。这时，我们又寻找到了另外一个人质，并采访了当事人和他的父亲。坐在他们家中时，我手抓着小米饭"库斯库斯"，呼吸着充斥着众多雄性荷尔蒙、体臭和臭袜子气味的空气，强打精神布置着新闻的采访。房间里很冷，我很疲惫，但意志不允许我睡，过度的疲惫带来的是不止的干咳。我脑海中一直在想，我怎么会出现在这里？这太神奇了。

这种经历发生在我一个 30 岁小伙子的身上，也可谓"而立"了。老天是公平的，付出就会有回报，可能有时不太对等，但回报是有的。这时候，我接到了好多好友发来的信息或电话，内容无非就是葛记者、老同学、老葛、小葛、大哥，你好厉害啊，我在电视上看到你了！光鲜吗？满身浮土。帅气吗？早生华发。优雅吗？围炉取食。快乐吗？疲倦相伴！兴奋吗？危机并存！经历不老，青春无悔！

事件结束了，一切又恢复了平静，没了暴风雨，大海又宁静如初，而我的内心却依旧澎湃。挑战犹如征服高峰，而在登上峰顶的路上所吃的苦，所受的伤，知道最多的，了解最多的，也许就只有自己。

新闻链接：《关注阿尔及利亚人质事件：本台记者探访获救人质》

新闻链接：《关注阿尔及利亚人质：悲？喜？获救人质庆幸归家》

 阿军机坠毁：跋山涉水 直击现场

2014年2月9日，国内春节的喜庆气氛正浓，各家正忙着走亲访友。那个春节，我留在了海外，选择和异乡同胞共度新春。每逢春节，工作量总会井喷。记得当天上午，我正在新闻部办事。突然间，一个来自北京的电话猝不及防打乱了我平常的一天。我在海外工作有一个铁律，只要是来自北京的号码，一定要接听。电话那边传来了海协组（海外新闻事务协调组）专员的声音："子仪，你好！我们得到线报，阿尔及利亚东部山区，有一架军机坠毁，全体人员遇难，请你核实下前方情况，如属实，请立即前往现场！"我说："我现在在新闻部，一会回办公室进行核实，并尽快发回报道。"

回到办公室，我和翻译立即进行了核实，查了阿尔及利亚新闻网，也让摄像联系其同行，以便双重确定此事。果真，从初步信息得知，一架"大力神"运输机坠毁在阿东部君士坦丁省附近。这时，电话再次响起，原来是《午夜新闻》栏目组的电话，约我进行电话报道。我爽快地答应了，因为这种新闻必须要快速报道，先将信息传递出去，即使没有画面，哪怕只是一句话，也要先传递出去，这就是时效性。记得当时电话连线时，我最后一句话是："我们将在连线结束后，火速前往事发现场，为观众带来后续报道！"事后想想，这句话完全是临时发挥，却充分体现了这件事情的重要性和驻外记者的责任感，有种牛气的感觉。

已近子夜时分，紧急事件发生时，我们通常这样分工：翻译守在驻地，集中搜集滚动信息，我和摄像师同行，司机负责交通路线及宾馆预订，一个精致小团队4人组，一个不多，一个也不能少，配合默契，行云流水。一路夜行，大家的眼皮都在打架，司机年迈，我让摄像师和他交替驾驶，以确保交通安全。多插一句，阿尔及利亚人开车是很疯狂的，弯道超车、高速超速现象天天都在发生。到了5点多，这时黎明破晓，天际云开雾散，飞机横空飞过，空气清爽无比，我再一次把自己抛向了自然。到了君士坦丁省后，问了当地路人，方知事发地点在旁边的乌姆布瓦吉省法塔斯山区。又开了2小时，终于抵达山脚下。望着巍峨的高山，不禁叹了口气，我的天啊，要爬到山顶！山顶全是雾气，天公不作美，还下着大雨，狂风怒吼不止。上，还是不上，这可真是个问题。

这时，司机乔要留在车内，我和摄像师萨米尔也没有雨伞，走到山脚下，看着本地记者也在上山。我们干脆就来个雨中登山比赛吧！我穿了件袄子，但顶不住雨水的击打，一路前进，山路很滑，天气越发寒冷，到了海拔 300 米时，我真是走不动了。而萨米尔展现了超强的身体素质，依旧低头前行，我不得不喊他，让他等等我。那时，雨水结成了冰雹，无情地砸在我温度为零的脸上，外套已全部浸湿，可以说全身就是包着一个大水袋。我不时问摄像师，还有多远？还有多远啊？

萨米尔说，快了，跟着走。就快到现场了，飞机就在山顶。这时我身上还要拿着采录设备，一不小心可能就会滑落山崖，幸好我那双登山皮靴立了大功。这时，我最大的心愿就是休息下，别走了。我问萨米尔："你不累吗？"他说："你早晚要上去，你可以走慢点，但一定要走，要考验你的耐力。"这时，挑战的不仅是体力，还有视力。快到山顶时，大雾弥漫，能见度不足 50 米，狂风不止，我的身体和外面的寒冷一直在对抗，我又问了下萨米尔："到底还有多远啊？"他说："抬头！"

——我的天啊！一架运输机断为两截，机身和机尾约相隔 50 米。事故现场已被阿宪兵封锁，有大约 120 名当地居民共同参与救援。遇难飞机代号为 7T-WHM 4919，机上 77 名人员全部死亡，包括高级军官及家属，小孩也未幸免。现场飞机残骸和乘客行李散落在岩石和草丛间，空气中弥漫着焦油味，工作人员正在现场进行消毒，并继续进行着黑匣子的搜寻工作。我们正准备举机拍摄时，宪兵前来制止了我们。宪兵举着枪向我们走来，说道："你们不能拍摄，现场已经被封锁！"我说："为什么其他记者能拍摄？"他说："我们对本土记者开放，外籍记者不允许，为了你的安全，请迅速离开！"我当时脑子"嗡"了一声：爬了一整天的山，冒着大风险，居然不让拍！我上来，就是为了体现中国媒体的存在，体现央视的影响力。不让拍不是白跑了吗？做电视，没有画面怎么能行？面对那么多宪兵，我想许多人可能就会选择放弃。但我没有，我和萨米尔说："咱们换个地拍，偷拍。我们有权利。"萨米尔很为难。我说："听我的，出事我承担。"偷拍已经冒了很大的风险，萨米尔要带我离开。我说："不行，我得出镜，不出镜怎么知道我在现场。"现场气氛很紧张，宪兵荷枪实弹，警犬环顾四周。我说：

"就一遍，不管我说成什么样，就一遍过！"这时候，为了保护我们自己，最好当然是尽快离开，而我还要想出镜词，可谓是在极短的时间要做出最高级的"头脑风暴"。词想好了，已经顾不上冷了，脑子只有一个词："画面"。

我躲在不远处，一遍过了现场解说。此外，通过抵达现场，我完全可以确信这场灾难不可能是恐怖袭击，其他媒体的推测是错误的。作为一名优秀的记者，你必须要对所说的内容负责，而检验真理的标准就是你必须要在现场，观察周边环境，采访他人，方能做出客观公正的报道。

下山后，跑进车里，整个人如释重负。我告诉司机说："走，找家最好的饭店，我们去吃饭，我请客！"此时，司机笑开了花，因为他就爱多吃少做事。一个愉快的下午就这样开始了。

新闻链接：《阿尔及利亚军机坠毁：本台记者直击坠机现场》

 ## 苏塞酒店恐怖袭击：北非之殇　泪洒天堂

特雷莎·梅曾在记者会开篇说了这样一段话："原本一个惬意悠闲的下午，当人们正在海滩旁沐浴着阳光，谁又会想到下一刻会发生如此惨绝人寰的袭击？天堂变为地狱只在转瞬之间。"这段话记录于2014年6月29日，即苏塞酒店恐怖袭击发生后的第三天。6月26日到底发生了什么？让我带你还原现场。

26日，突尼斯第三大旅行城市苏塞的度假村内，"皇家马尔哈巴酒店"一切都如往常。突尼斯一直是许多外国游客游览观光之地，这里有大海，有龙虾，有沙滩，宁静如常的一天，游客们在海边游完泳后，在岸边休息，享受着海风和光照。没人能预想到下一秒会发生什么。在海边有一个人，骑着摩托艇，挎着一个大遮阳伞，慢慢驶进岸边。这时，并没有人留意他，都以为他是一个工作人员。他是一个23岁的突尼斯人，个子约180厘米。他并没有朝宾馆后门走去，而是停留在沙滩上，凝视着这些外国人。突然间，他甩开手中的遮阳伞，拔出隐藏已久的AK47疯狂地向人群扫射。瞬间，人们嚎叫，疯跑，现场一片狼藉。袭击致使27死39伤。特警随即赶往现场击毙了凶手。

◎恐怖袭击发生的海滩

得知案发后，我迅速订了机票，最早的一班。28日抵达苏塞后，因为遇袭的酒店已经被封锁，我们决定入住其邻近的酒店。到了邻近酒店，我们发现受恐怖活动的影响，房价便宜到无法想象，才25美元/晚，并且有着非常丰盛的三餐，随便吃。我怎么算，都觉得酒店不会挣钱。整个大酒店里住下的也就只剩下记者了。晚上，我和萨米尔走在海滩上，隔着50米就是案发现场。冰冷的潮水冲刷着脚背，我们边走边聊，探讨着拍摄计划。远处天际黑云压顶，一轮巨大的月亮悬挂在海面上，画面唯美至极。

报道压力过大，夜里我怎么也睡不着，又一个国际事件压在了我们两个人的身上……到了凌晨3点半，我突然坐了起来。海边升朝阳的景象，我从小就经常画，现在终有机会亲眼目睹了。我早早来到海边，期待日出的来临。迎着朝阳，我渐入沉思，旁边的遇难者尸骨未寒，死神来时毫无预兆。生死一线，一念天堂，生命如此脆弱，我们只能坚强地活着，并从中寻求快乐。又有何物放不下？荣誉地位、万贯家财在归西时一样也带不走。活在当下，莫让未来烦恼左右当前心情。

天亮了，吃完早餐，我却十分困倦。我和萨米尔在上午9点赶到了酒店现场，当时还有少数的游客没有撤离。我来到酒店大厅，这时有几名奥地利人正准备离开，我就过去和他们攀谈了起来，他详细地给我讲了当时的情况，我全程都录了下来。这时萨米尔去游泳池和沙滩取景。等拍完后，萨米尔带着一脸诡异的神情向我走来，告诉我刚发生在他身上的奇遇。萨米尔说："葛，你知道吗？这事件发生后，并没有影响到一些游客的兴致。刚才，我在游泳池边取景时，无意看到了一个赤裸上身的欧洲女人。但我并没有拍摄她的裸体。我假装没看见她。这时，她袒胸露乳地向我走来，毫无掩饰。她询问我，是否拍到了她，那些赤裸身子的画面绝不能上电视。这时，我解释道，我并没有拍到，你放心。但我确实震惊了，对阿尔及利亚本地人来说，这样的事绝对不可能发生。我很有眼福。"我说："真的没拍到？"他说："确实没有，不信你看。"我说："抓紧回宾馆，编片子才是正事。"当陆续发完两个片子后，台里后期编辑十分高兴，片子的播出证明了央视的影响力和存在感。之后，我和萨米尔趁热打铁，杀向了苏塞最好的医院，因为那边有些受伤的游客在接受手术。我们抵达萨苏勒医院时，院长坚决不允许我们进行报道，并声称没有一家外国媒体可以采访，包括 CNN 和 BBC。这哪儿行啊！我的那股执着又涌上心头。必须坚持、必须突破、必须拿下。

这时，我和萨米尔采取了迂回战略，我们说："贵医院做了那么多手术，证明咱们院的医生医术高明，有着高尚的职业道德，可惜外界毫不知情。我们想从报道救治情况的角度来宣传贵院。"在我们的坦诚沟通和坚持下，院长终于同意了。我心想，这回拿到独家了。但进入拍摄时，我们都要全副武装，我也化身为了医护工作者。主治医师向我展示了她的手术照片，我当时看完后，心中非常难受，差点吐出来。照片上的人脸已面目全非，被各种器具扒开了，十分恐怖。伤者是英国人吉娜，脸部中弹，颌骨被弹片击碎，经过 3 小时多的手术，医生把她从死神手中夺了回来。然而，她的爱人却永远地离开了她。袭击发生后，英国政府派出了"大力神"运输机和医疗专家小组，他们也在我采访的现场，特派医护人员还专门看望了患者。

回国后，总有人问我，在外面危险吗？我想说，真正的危险往往是看不到的、无法预判的。这种潜在的危险要甚于前方的枪林弹雨。

新闻链接：《旅游胜地苏塞酒店遭袭事件：中央台记者探访救治伤者医院》

新闻链接：《突立法机构将投票通过反恐法案，多国表示不会屈服于恐怖主义威胁》

非洲的微笑海岸：冈比亚采访见闻

✒ **韩蕾**

　　韩蕾，男，1986年3月出生，中国传媒大学国际新闻专业硕士毕业。2011年进入中央电视台国际新闻部工作，2012年6月至2016年4月期间被派往位于肯尼亚的央视非洲分台担任驻外记者，2016年5月至今在央视驻塞内加尔站担任驻外记者。在非洲6年间，足迹遍及约30个非洲国家，经历并报道了利比里亚埃博拉疫情、肯尼亚和马里恐怖袭击、索马里大选、埃及局势、冈比亚与中国复交等多个新闻事件，专访过前利比里亚总统埃伦·约翰逊·瑟利夫、前冈比亚总统叶海亚·贾梅等非洲政要。

前言

冈比亚位于非洲西部，因横贯全境的冈比亚河得名，意为"大河之子"。冈比亚面积为11295平方千米，在非洲大陆国家中面积最小，属于最不发达国家之一。冈比亚全国有200多万人口，90%以上的居民信奉伊斯兰教，主要民族有曼丁哥族、富拉族、沃洛夫族、朱拉族等，官方语言为英语。

中国与冈比亚于1974年建交。1995年，冈政府和台湾恢复所谓的"外交关系"，中国随后宣布中止同冈比亚的外交关系。2013年，冈比亚宣布同台湾"断交"。2016年3月17日，中国外交部长王毅与时任冈比亚外长盖伊在北京签署《中华人民共和国和冈比亚伊斯兰共和国关于恢复外交关系的联合公报》，两国自当日起恢复大使级外交关系。

因为工作的缘故，我于2016至2017年期间有机会多次前往冈比亚进行拍摄报道，并在2016年7月对冈比亚时任总统叶海亚·贾梅进行了采访。2016年12月，冈比亚举行了总统选举，执政20多年的叶海亚·贾梅在选举中败给了反对派领袖阿达马·巴罗。尽管贾梅对于败选从一开始的接受转变为要求重选，

◎冈比亚河

但在西非国家经济共同体（西共体）的斡旋下，贾梅最终同意下台并离开冈比亚，该国自此翻开了新的一页。作为为数不多的真正进入到冈比亚的中国记者，我有幸见证了该国的这一重要历史时刻，在这里不妨将我的一些所见所闻分享给大家。

 走进冈比亚，初识班珠尔

想要前往冈比亚首都班珠尔 (Banjul)，最快捷的方式就是从邻国塞内加尔乘坐飞机前往。冈比亚西临大西洋，其东、北、南三面都被邻国塞内加尔包围。在历史上，塞内加尔和冈比亚曾经在 1982 年组建过塞内冈比亚联邦，但由于两国在联邦主导权等问题上有所争执，最终该联邦在 1989 年解散。尽管如此，两国间目前仍保持着十分紧密的交往关系。从塞内加尔首都达喀尔乘坐布鲁塞尔航空公司的飞机，只需要大约 40 分钟就可以到达冈比亚首都班珠尔。布鲁塞尔航空？你没有看错。布鲁塞尔航空公司不仅每周有多班往返比利时和冈比亚（在塞内加尔中转）的航班，而且飞机上座率还很高，很多乘客都来自欧洲。尽管西非还存在极端恐怖主义的威胁，但塞内加尔本身是西非难得的一个相对安全的国家，而冈比亚又恰好"完美"地被塞内加尔所"包裹"着，所以冈比亚在非洲其实是相对很安全的一个国家。再加上温暖的气候、优质的海滩以及相对便宜的物价，冈比亚是很多欧洲游客青睐的旅游目的地，被誉为"非洲的微笑海岸"。

我第一次到达班珠尔是在 2016 年的 5 月。飞机一起一降，乘务员都还没有时间分发一杯水，我们就到达了目的地。班珠尔国际机场很小，却也算是整洁，只是和很多非洲国家的机场一样，由于设备老旧和管理混乱，取行李的时候需要耽搁不少时间。记得那天我刚走进机场到达区，就发现到处都是满满当当的非洲年轻人，一问才知道，原来是非洲青年论坛正在这里举行。

2006 年，非洲联盟第七届首脑会议在班珠尔召开，会议通过了《非洲青年宪章》，在 2016 年宪章通过十周年之际，冈比亚举办了青年峰会和一系列以青年为主题的系列论坛。这些活动从就业、经济、环保、和平等多个领域探讨了非

◎美丽的冈比亚海滩

洲青年的使命和责任。在那几天的采访中，我有意识地和许多冈比亚年轻人进行了交流，给我留下了很深的印象。冈比亚的青年人口占到了人口总数的60%以上。近年来，随着非洲一体化进程的不断推进，冈比亚青年也不可避免地开始与来自世界上其他地区的青年展开交流。面对我们的镜头，这些冈比亚的年轻人吐露了对于自己和对于国家的一些看法：

——"老人们需要依靠我们，同时我们也要为更年轻的一代打好基础，我们有承上启下的使命。如果我们不积极投身建设我们的国家，还有谁会来做呢？"

——"冈比亚非常和平，不要被一些人说的话吓到了，我知道有一些人一直在对冈比亚说这说那，但是你必须亲自来到冈比亚才会知道真实的情况。"

——"我觉得我们需要更好地借助媒体来展现我们。冈比亚有太多美好的事物，但是大家却并不知道。"

由于我的首次冈比亚之行正值中冈复交不久，我也非常好奇冈比亚人对于中国的了解和对两国复交的看法。关于中冈两国的复交，大部分冈比亚人都认为这是一个正确的决定，并且将造福两国的未来。有趣的是，我发现冈比亚人民对于中国其实非常地关注，而且他们对于中国的印象也比大多数中国人对于他们的印象要具体和鲜活得多。

——"提到中国我第一个想到的东西就是绿茶，因为在冈比亚我们也会喝很多的中国绿茶，我们把它叫作艾塔亚（音译）。我们很小的时候就见过它，并且大人们会告诉我们这些茶是来自中国。"

——"中国人很好，中国很发达，特别是农业。"

其实在第一次前往冈比亚之前，中国驻冈比亚使馆（复馆小组）的人员就跟我提起，他们注意到冈比亚人很关注中国中央电视台的英语节目，说实话我当时并没有太在意。直到我们后来多次在班珠尔街头拿出印有 CCTV 标记的话筒进行采访时，我们才真正了解到央视的英语节目在当地十分受欢迎，甚至成为很多冈比亚人了解中国的重要渠道，我们在采访过程中不止一次感受到了冈比亚观众的热情。

——"我关注中央电视台的节目很久了，我经常收看央视的纪录片和新闻节目，我觉得它们都很好，我几乎每天都会看。央视的节目给了我一些启发，确实是这样。"

——"我看过央视纪录片频道的很多有意思的节目，比如中餐的制作这些，都很有意思，我也很高兴还能接受你们的采访。"

对于大部分中国人来说，冈比亚可能还是遥远和陌生的，但是接受我们采访的大部分冈比亚人却对中国展现出了一种非常质朴的友好情感。我想这除了冈比亚民众本身的淳朴和好客之外，中冈两国的友好传统还是深入人心的。对于这一点，2017 年 12 月 21 日《人民日报》刊发的中国驻冈比亚大使张吉明的一篇署名文章可以很好地加以印证。张大使在文中以其亲身经历为我们介绍了两国的友好交往历史，在这里我为大家摘选出相关的段落：

——"中冈关系经历过波折，但两国有友好的历史传统和基础。很多冈比亚人对中国 20 世纪七八十年代给予的无私帮助记忆犹新，感念不忘。

"2016 年 3 月，中国和冈比亚恢复大使级外交关系。同年 4 月，我到冈比亚工作后曾和同事驱车 300 多千米前往中部重镇班桑，走访原中国援冈医疗队工作过的医院和驻地。当地人满怀深情地向我们讲起当年中国医生在这里救死扶伤的故事，对他们的精湛医术赞不绝口。中国医生居住过的地方至今仍被称为'中国小院'。此后，在我拜会冈比亚新任总统阿达马·巴罗时，他也动情地回忆起儿时中国医生给他治病的难忘情景。

"在离班桑不远的地方，还有大片农田被称为'中国稻田'。我向当地人了解得知，当时的中国农业专家正是在那里顶烈日、下农田，向当地人传授水稻种植技术。在另一个叫考乌的小镇，我们还走访了当年中国援建的卫生中心，直到今天，卫生中心仍在为当地百姓的卫生健康发挥重要作用。特别值得一提的是，卓然耸立在首都地区大班珠尔的冈比亚国家独立体育场，由中国于20世纪80年代援建，虽历经风雨，仍是冈全国唯一的大型综合体育设施，成为两国友好的一座丰碑。"（摘自2017年12月21日《人民日报》张吉明大使题为《中冈友好合作扬帆前行》的署名文章）

除了以上这些印象之外，还有一件事让第一次到冈比亚的我也颇感意外，那就是在我们的住处以及班珠尔市内，我们经常能看到大片的竹子，后来有人告诉我班珠尔一直就有很多竹子，甚至有人怀疑班珠尔的英语名称（Banjul）就是来自竹子的英文（bamboo）。我曾经在非洲国家卢旺达采访过中国的援非竹子专家，他们认为非洲很多国家其实适合推广种植竹子，这对于当地的自然生态保护和百姓生活都有益处。或许这也会是未来中冈合作的一个新领域吧。

◎班珠尔的竹子和猴子　　　　　　◎冈比亚的牛背鹭

在初次到冈比亚进行采访的间隙,我们也抽空去了冈比亚河参观。作为冈比亚的母亲河,这条西非地区重要的河流不仅哺育了两岸的人口,也为冈比亚提供了丰富的旅游资源。可能很多人只听说过其邻国塞内加尔的一些旅游景点,却不知道冈比亚栖息着近600种珍稀禽鸟,是和塞内加尔齐名的观鸟圣地。此外,在冈比亚河沿岸有着保存良好的红树林和国家公园,在这里人们可以轻易地和毫不怕人的狒狒近距离接触,还可以和冈比亚人一起划着船采集红树林里的生蚝。

此外,如果你想了解非洲黑奴贸易历史的话,那就更不能错过冈比亚了。1976年,美国出版了黑人作家亚历克斯·哈利所写的一部小说《根》。该小说及其同名电影描写的是一个名叫昆塔·肯特(Kunta Kinteh)的人被奴隶贩子贩卖到美国后的一系列悲惨遭遇。据说小说的主人公昆塔·肯特原本就生活在冈比亚河边的朱富雷村,在冈比亚河下游就有一座关押黑奴的詹姆斯岛(James Island,现名Kunta Kinteh Island)。由于小说《根》及其同名电影的影响,朱

◎冈比亚"根"文化纪念馆

富雷村和詹姆斯岛一下也成了世界闻名的旅游地点之一,并在国际上掀起了一股寻根热。詹姆斯岛及附近区域于 2003 年被列入联合国教科文组织世界遗产名录。冈比亚每年都会举办"根"文化节,主要吸引美国的黑人游客来寻根旅游。相信随着中冈两国民众交往不断深化,会有越来越多的中国游客有机会来到冈比亚参观游览。

采访链接:《走进冈比亚当地年轻人:我们有承上启下使命》

采访链接:《走进冈比亚:冈比亚人心中的中国印象》

 冈比亚总统的全国巡视

  根据冈比亚的国家宪法,该国总统每年都需要根据实际情况进行一到两次的全国巡视。2016 年 5 月中旬,为期大约两周的巡视再次拉开。作为唯一的一名中国记者,我有幸能够跟随贾梅总统的车队感受了巡视中的几段路程。

  冈比亚总统巡视的形式其实比较简单,贾梅总统会坐在他的专车里,在人群较多的路段他会特别减慢速度并起身站立向民众问好。在一些特别重要的村镇,他会走下车和民众进行一些互动。冈比亚虽然国土面积很小,但是想要以较慢的车速走过大部分地区还是需要花费不少的时间,在为期半个月的巡视中,贾梅总统每一天在路上的时间都被安排得满满当当。5 月的冈比亚正值旱季,白天气温都在 30℃以上。然而不论在什么场合,贾梅总统的形象都是标志性的:一身一尘不染的白色长袍,一手拿着象征权力的权杖,一手拿着《古兰经》。在车队行驶的过程中,每隔几分钟我们就能看到有当地的百姓站在路边挥动着绿色的枝条(贾梅总统所属党派的代表颜色是绿色)向总统欢呼,而贾梅总统也会时不时从车中站起身来向大家回应。

  令我印象比较深刻的是,每当经过一些较大的村镇时,几乎当地所有的居

◎全国巡视中的贾梅总统

民都会跑出来，希望一睹总统的风采。老百姓会自发地在宽敞的空地上围成一个圈，贾梅总统会下车然后在人群中缓缓地步行3圈，并和大家握手。在这个过程中，总会有一些上了年纪的老人贴近贾梅总统耳边，似乎在说一些家长里短，当贾梅总统发现一些老人和妇女因为在烈日下站久了身体不太舒服时，会让他的警卫把他们领上车休息。在冈比亚，现场发红包似乎是一个很普遍的风俗。巡视过程当中贾梅总统每次看到家庭贫困的小孩或是老人时，都会示意随从拿出一摞现钞直接赠予。此外我记得，当看到欢呼的人群中有一对跳舞跳得非常好的小姐妹时，贾梅总统也很爽快地决定临时发一个大红包。

最有意思的是在一个小村落停留时，贾梅总统来到了当地一些奶农的身边和他们交流。我因为比较好奇，也跟着我的摄像师靠近了，想听个究竟，但无奈贾梅总统和他们交流用的都是当地土语，我一句也听不懂。但就在这时，贾梅总统可能是看到我也在附近，突然用英语问我："You have an interpreter（你需要一个翻译吗）？"我在感到惊奇之余也立即回应："Yes，I need（是的，我需要）。"于是贾梅总统为我做了以下介绍：

"这是我们当地做的酸奶，你知道我们这边不同部族有自己各自的本领和技能。这些人都是富拉尼人，通常他们很会养牛，但是他们却没有很多牛，所以他们有的时候需要从我们朱拉人这里偷牛。刚才这个女人跟我开玩笑说我们朱拉人不懂怎么做牛奶，我告诉她那是因为他们把我们的牛都给偷走了。但是现在我们其实经常雇佣他们来帮我们管理牛群，因为他们真的是很善于养牛。"

通过这件小事，我立即察觉到了贾梅总统对中国媒体释放的友好信号。在中冈两国恢复外交关系之后，贾梅总统似乎也在想方设法对中国释放善意。这为我更好地报道展现冈比亚及贾梅总统本人提供了便利。在此前，贾梅总统很少允许外国媒体近距离拍摄其巡视过程，更不要说主动和国际媒体进行互动。

在跟随贾梅总统巡视的过程中，我发现他经常会在一些特定的地点朝空中扔一些水瓶，并且观察它们落地的方向。听当地群众说，这是冈比亚当地的一种传统仪式，而贾梅总统也很喜欢用这种仪式来开开玩笑。在看到贾梅总统再次扔了两个水瓶后，我决定主动出击，直接问问他这里面的含义。

我："总统先生，您为什么要扔这些水瓶呢？您能给我们解释一下这里面的意思吗？"

贾梅总统："你看，每次我们巡视到两个不同巡视地区的交界处的时候，我都喜欢开玩笑通过扔瓶子来看看这两个区域中哪一个更加欢迎我。瓶子指向哪儿，就说明哪个区域更欢迎我，就是这样的。"

我："那么刚才这两个瓶子的方向意味着什么呢？"

贾梅总统："好的，你看，这个是边界线对吧？这两个瓶子落地后是这样

◎贾梅总统"扔瓶问路"

◎跟随贾梅总统车队采访报道

的朝向，它们都朝着没有路的这一个方向，既不是上一个区的方向也不是下一个区的方向，所以这个结果相当于是中立无效的，所以我又扔了一次，这次它们落地时朝着我刚才巡视完的这个区域。"

贾梅总统又说："你来看看这些红树林形成的这条直线，以前其实在这里有很多红树林的。但由于干旱，现在水里的含盐度太高了，所以红树林也变得少了。这些是我们在5年前种下的。"

就这样，我们一路跟随贾梅总统的车队最终到达了他的家乡卡尼莱（Kanilai）。原本在一路上正为没有手机信号而发愁的我，发现到了总统家乡之后，手机的信号突然间变得非常好，甚至还可以用手机上网。原来总统的家乡在基础设施建设上远胜于之前路过的那几个穷乡僻壤。贾梅总统的此趟巡视一定是经过精心设计的，因为他巡视到家乡的日期正好赶上了他的生日5月25日，而在生日当天晚上，卡尼莱的乡亲为他们的总统举办了盛大的生日宴会。当晚的庆典从晚上8点一直开到了第二天凌晨5点，其间这位总统一直精力充沛、毫无困意，并且会产生很多突发奇想，比如会突然把一个小学生甚至部长叫上主席台让他们拼写单词，或是临时召集一群人进行选美。只是可怜了所有被盛情邀请过来的国际友人,我注意到贵宾区里一些国家的大使或代表其实一直在哈欠不断,但又不好提前退场,只能硬撑着眼睁睁地看完这场超级冗长的生日庆典。不过我相信,凡是在贾梅执政时期派驻到冈比亚的国际外交官们都早已身经百战,有心理准备。因为光是在我参加的几场活动里,就基本没有一场活动是准时开始和结束的,一般都会延迟5~6小时,因为一切要以贾梅总统的临时安排为准。

新闻链接:《非洲冈比亚总统的全国巡视》

 **采访叶海亚·贾梅**

  能够在冈比亚对叶海亚·贾梅进行采访算是我几次冈比亚行程中最令人印象深刻的一段经历了。1994年,29岁的贾梅率领部队发动军事政变,推翻了冈比亚前总统贾瓦拉,之后便在冈比亚开始了其长达20多年的统治。冈比亚曾与我国台湾地区保持着长期的所谓的"外交关系",但中国和冈比亚两国在2016年3月恢复外交关系是一个重要契机,贾梅显然也很愿意抓住这个机会改善和中国的关系。因此,中国官方媒体得以有机会首次在贾梅的总统府内对其进行正式采访。

  2016年7月27日,我和摄像师以及新华社的媒体同行在使馆工作人员的陪同下早早地来到了位于班珠尔的总统府。在等待的时间中,冈比亚礼宾司工作人员很热心地打开了房间里的电视,并特意调到了中央电视台英语新闻频道(CCTV NEWS频道,后改为CGTN NEWS频道)。而频道里恰巧也在播放由央视非洲分台制作的每日非洲新闻节目 *Africa Live*(非洲直播室)。我在之前和大家介绍过,我们在冈比亚采访期间发现,央视的英语新闻节目在当地非常受关注,其实还有人告诉我,贾梅总统也经常收看这个节目。

  在两个月前的巡视活动过后,我就曾在 *Africa Live* 编发过一个相关英语新闻报道,没想到冈比亚政府紧密关注,并把该节目在其国家电视台完整地重新播放了一遍。由于央视对于冈比亚总统巡视活动的报道,冈比亚的官方报纸 *Daily Observer* 在 2016 年 6 月 6 日发表的文章中特别提到了冈比亚总统对于中央电视台的感谢:"我想对每一位冈比亚人表示感谢,在我的全国巡视中你们表示出了爱和对我的支持。我还感谢中国政府以及中国中央电视台对于我这次活动的报道。"

2016 年 7 月 27 日下午 5 点半至晚上 8 点,贾梅总统在总统府接受了我们的采访。能够看出贾梅总统对于此次采访非常重视,因为除了我自己的摄像师以外,贾梅总统还要求冈比亚国家电视台同步拍摄。更让我感到惊讶的是,他还安排冈比亚政府土地部长、青年部长、新闻部长等官员列席旁听并记录。

在长达两个半小时的采访期间,贾梅总统对中冈两国恢复外交关系、中冈未来合作、冈比亚的发展规划、世界对于冈比亚的误解及不了解等问题进行了详尽的回答。因为节目时长的缘故,最终呈现在电视上的其实仅仅是采访中的很小一部分,在这里我不妨将一些采访内容呈现给大家:

——"我们从未对中国有任何敌意。你看到的那栋最高的、即将启用的(冈比亚石油)大楼,还有机场、贸易口岸一些项目,都是由中国建筑公司承建的。

◎冈比亚官方报纸 *Daily Observer* 发文感谢央视对于冈比亚的报道

即使是中国中止同冈比亚关系期间，中国的建筑公司仍旧在冈比亚从事经营活动，也拿到了许多建设合同。所以，冈比亚从未对中国有过敌意。世界分为昨天、今天和明天。如果今天有些误解，你说'你和台湾存在官方关系，我同你中止关系'，这也并不意味着我们就是敌人，明天我们可以重新成为朋友。"

——"我们之间的合作前景无限。当我们决定交朋友，我们交的是永久的朋友，我说到做到。大家都知道我说话直来直去。我们和中华人民共和国的关系发展潜力是无限的，因为两国关系建立在原则基础之上，双方共识远大于分歧。"

——"我观看过（纪念抗战胜利70周年）阅兵。（习近平）主席在阅兵仪式上发表了重要讲话，他说'我们结伴而不结盟'。不论人们是否意识到，一说到结盟，总会有'大哥'和'小弟'之分，总有人是主导的一方。但在伙伴关系中，所有国家都是平等的，各方都能有所贡献。（习主席）还谈到中国所寻求的是全球伙伴关系。世界的新秩序应当是伙伴关系而非盟友关系。我们应尊重其他国家的主权，这是确保世界和平的基础。

"我期待，偌大的中国和小小的冈比亚能够结为伙伴并成为其他国家的典范。这种伙伴关系将经历时间考验，将使世界更和平。两国相互尊重将向世界昭示全人类都是平等的。国家无论大小、贫富，都要维护各自的尊严。只有坚持发展伙伴关系，国家间互相尊重和互信，世界才能和平。我期待中非关系能

◎笔者（左二）专访时任冈比亚总统叶海亚·贾梅

不断增强，希望非洲其他各国领导人能认同我的看法。即使在我们无正式关系期间，我已经意识到中国所发挥的作用都是积极的。"

——"一段时间内，有不少关于中国到非洲的各种非议，说中国给独裁者贷款和经济援助，却无视这个国家的人权问题。这让我很失望。但你知道吗？西方媒体现在不再采访我，因为他们知道我要说什么。我曾接受过西方媒体7次采访，但从未被播出过。我后来告诉他们只要是西方媒体采访，只能是直播，因为这样他们就不能对我讲的内容进行编删。我很失望。这些西方国家应该为所有侵犯人权事件负责，他们侵略其他国家，他们劫掠非洲。现在中国到非洲来。非洲从中获益，他们却大唱反调。中国虽然从非洲的资源中获益，但是有讽刺意味的是，中国从未劫掠非洲，相反西方国家控制并劫掠了非洲长达400年。他们至今仍在劫掠非洲资源。中国同非洲发展伙伴关系，推动非洲基础设施建设发展。他们对此反对，还说了一堆中国的坏话。中国为非洲提供了一个更好、更宝贵的选择。我们告诉西方国家，这是我们需要的，你们要么接受，要么离开，否则我们可以从别处得到。更为重要的是，中国在非洲的投资改善了无数非洲人的生活，这与盘踞、控制非洲400年的西方国家形成巨大反差。至今，非洲大陆仍有很多地方并未独立，直接或间接地处于殖民主义控制下。"

——"我们希望中国游客到冈比亚来。全世界旅游胜地都希望中国游客去旅游，因为中国游客购物将为当地带来很多收入。我们期待看到更多中国游客来冈比亚。旅游不仅能促进经济发展，还能增进社会融合、推动世界和平。旅游是文化交流最好的平台。当前我们所面临的大多数问题都是由于缺乏对对方文化的理解造成的。通过旅游，人们可以认识其他国家的文化、当地民俗和生活方式，增进相互理解。然后人们建立起友谊。（国家之间）扎根于民间自下而上的友谊将为世界持久和平打下牢固基础。这种友谊并非政府层面的友谊，政府经常更迭，人民却日久天长。所以旅游业很重要，它将为人类和平共处、文化了解和相互尊重奠定基础。旅游业作为人类活动的重要方面，其意义不仅在于它所带来的经济收益，更在于（使人们认识到）不管一国如何发达，（如果没有和平）一枚火箭可以在5秒内摧毁一栋5年建成的大楼（国家的发展成就可瞬间倾覆）。如果人们相互了解对方文化，人们就会相互尊重，这是世界持久和平的希望。我希望全世界来'微笑海岸'的游客都能找到冈比亚被称为'微笑海岸'的原因。如果我被问到这个问题,我不会做出回答,我希望他们能自己去找原因。"

——"我不仅希望中国游客来冈比亚,也欢迎中国投资者来冈比亚投资旅游业,尤其是餐饮业。我记得有一家叫'大上海'的中国餐馆,在冈比亚最为出名,不仅为游客所熟知,在当地也是家喻户晓。我们曾习惯称它为'大老板'餐馆,因为它的订单每次都是满满的,你需要提前3~4天订餐。中国投资者来冈比亚投资对我们来说十分重要。中餐在冈比亚非常受欢迎。亚洲餐饮总体就受欢迎,但其他国家菜式我不知道,就知道中餐最受欢迎。去年我曾派人到一家中餐馆买外卖,品尝后我觉得这不是中餐,他们说的确不是,餐馆老板虽然还是中国人,但厨师是从其他地方来的。那这就不是中餐馆,中餐馆必须做中国菜。我们不仅欢迎中国游客来冈旅游,也欢迎中国实业家来冈建厂兴业、投资旅游行业。我们欢迎中国人来冈比亚!两国政府间将发展良好关系,但更重要的是人民间友好关系的发展。我更希望两国建立自下而上而非自上而下的友好关系。建房子也是先打地基后建房。这也是我们所希望的。我们希望同伟大的中国建立长久、持续的关系。中国为非洲、为冈比亚做了很多。两国应彼此信赖。我想借此机会向中国的兄弟姐妹们表示问候并致以最美好的祝愿!"

在当天的采访中,贾梅总统多次特别对中央电视台 *Africa Live*(非洲直播室)等外语新闻节目内容节目提出赞赏,表示他一直十分关注央视的非洲节目,在和其他国际媒体对比之后,他认为央视的节目专业、客观、全面地展示了非洲的真实情况,所以他也愿意给予央视从未有过的如此长时间的采访机会。在采访结束前还有一个有趣的小插曲,得知中央电视台的非洲总部设立在肯尼亚后,贾梅总统提出非常希望央视能够在冈比亚设立站点甚至分台,冈比亚政府将会非常欢迎。我告诉他我就在冈比亚邻国塞内加尔驻站,只要我能申请下来冈比亚的多次往返签证,来冈比亚也十分方便。没想到贾梅总统坚决回答:"不行,你们必须在这里开设一个站点,要不然以后我就再也不接受你们的采访了。"说完哈哈大笑。

但是谁都没有想到,一句玩笑话,却一语成谶。

新闻链接：《专访冈比亚总统叶海亚·贾梅》

◎笔者（左二）采访后与叶海亚·贾梅合影

 **贾梅败选　冈比亚翻新篇**

　　2016年12月1日，冈比亚举行总统大选。根据冈比亚独立选举委员会的信息，约有90万选民（冈比亚200多万人口）登记参加了此次投票。投票于当天早上8点开始，下午5点结束。贾梅将代表其所在的政党"爱国调整与建设联盟"寻求再次连任。这是冈比亚自1994年军事政变后的第五次总统选举，贾梅自1996年担任该国总统后，在此后的2001、2006和2011年总统选举中均获得连任。

　　12月1日当天，我也走上了班珠尔的街头报道投票情况。很多人都听说过冈比亚的投票用的不是普通选票，而是玻璃弹珠，这是因为冈比亚的识字率很低，选民们只需要将玻璃球投入贴着候选人照片的桶里即可。以我个人在现场的观察，投票现场工作人员操作熟练，选民也都秩序井然，其实这种土方法反倒是很适合当地的实际情况，所以甚至有一些西方媒体都对冈比亚的这种投票组织方式表示认可和赞赏。

说实话，当时我和不少媒体同行都一样，认为贾梅此次寻求连任应该胜算还是很大的。不过现在细细回想一下，当时我采访过的选民和投票站工作人员确实也跟我说了，他们注意到有一些与以往不同的细节。比如有一位选民就告诉我，以前冈比亚在总统大选的时候，各种媒体上基本都只有贾梅一个人的相关报道，但是这次他们却看到了3名候选人都被充分地报道。另外投票站的工作人员跟我说，他注意到这一次大选大家的投票热情非常高，而且年轻人参与投票的比例比以前大很多。

2016年12月2日，根据冈比亚独立选举委员会的计票结果，阿达马·巴罗在1日举行的总统选举中获得45.5%的选票，贾梅得票率为36.7%，阿达马·巴罗当选为冈比亚总统。更让人意想不到的是，贾梅在选举结果发布后不久就宣布承认败选，并承诺会尽快将权力移交给新总统。

在选举结果公布当天，我们还采访到了参与大选的另外一位落败的候选人马玛·坎德（Mamma Kandeh），他在采访当中说出了很多冈比亚人当时的心声：

"我认为政权的过渡和平进行，需要各方都遵守之前签订的备忘录。我们会督促各方遵守之前签订的备忘录并且执行它。我们之前有过担心，就是贾梅总统或许不愿意承认败选或是拒绝移交权力，在这一点上我想赞赏和祝愿贾梅，

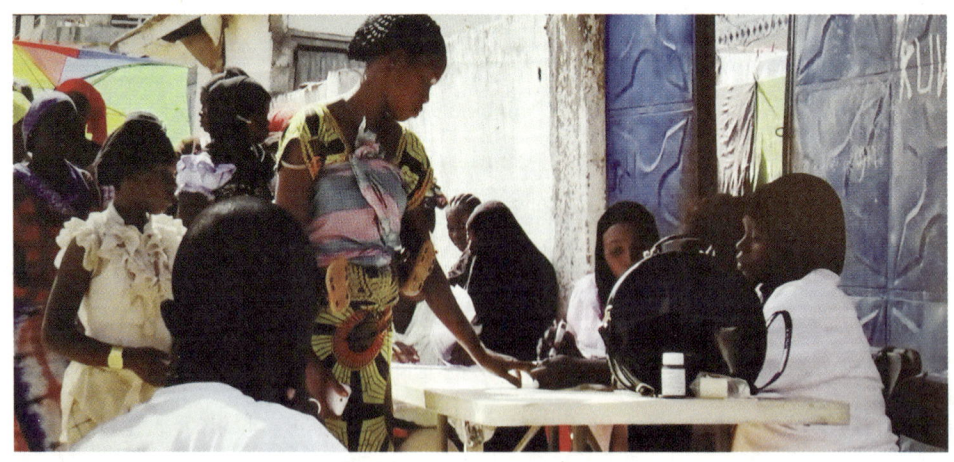

◎冈比亚选民进行总统选举投票

他让整个世界都感到惊讶，因为很多人没有想到他会很快地承认败选并愿意移交权力。我认为这次选举非常好地彰显了冈比亚的优良精神，我们可以为自己发声产生改变，并且我们依旧团结。"

在冈比亚首都班珠尔的街头，当选举委员会宣布阿达马·巴罗胜出后，人群沸腾了。司机们纷纷按着汽车喇叭，年轻人载歌载舞，仿佛一个盛大的节日。在我们采访当地民众的时候，采访者恨不得一拥而上，排着队希望表达自己的意见，他们希望新总统能够为年轻人创造工作机会。然而一个星期后的12月9日，贾梅突然发表声明，由于他认为冈比亚选举委员会存在计票错误，他不承认月初的败选结果，并要求重选。这让冈比亚的局势一下又变得充满了不确定性。

冈比亚政治危机爆发后，西非国家经济共同体（西共体）在12月17日决定向冈比亚派出待命部队，并派出西共体代表团多次前往班珠尔进行斡旋，但均未能同贾梅达成政权交接协议。

2017年1月17日晚间，贾梅在首都班珠尔发表电视讲话，宣布全国进入为期90天的紧急状态，表示在国家紧急状态下所有人必须服从冈比亚法律，严禁煽动暴力和旨在扰乱公共秩序与和平的行为，同时禁止包括当选总统巴罗在内的任何人宣誓就职冈比亚总统。

2017年1月19日，冈比亚当选总统巴罗在位于邻国塞内加尔首都达喀尔的冈比亚驻塞内加尔大使馆宣誓就任冈比亚总统。同一天，联合国安理会一致通过决议，要求冈比亚进行和平有序过渡，在当天将总统权力移交给巴罗。非洲联盟也宣布将从19日起不再承认贾梅为冈比亚总统。

2017年1月20日，毛里塔尼亚总统阿齐兹、几内亚总统孔戴和西共体代表团抵达冈比亚首都班珠尔，展开"最后机会"的斡旋。

2017年1月21日凌晨，贾梅终于通过冈比亚国家电视台发表讲话，宣布交出冈比亚总统权力。贾梅宣布他"怀着对冈比亚人民无尽的感谢，决定自愿放弃对冈比亚的统治"。他还表示："我们所面临的一切问题都可以和平解决，我相信非洲人民可以在通往民主和社会经济发展的道路上为自己做出决定。"

就这样，统治了冈比亚20多年的叶海亚·贾梅最终交出了权力。2017年1月21日晚间，贾梅坐上了为他准备的一架飞机中，飞往赤道几内亚开始他的海外流亡生涯。据冈比亚国家电视台报道，贾梅离开冈比亚时说，希望巴罗能够"立即"接任总统，并"真诚"希望巴罗政权"一切顺利"。

2017年12月20日至26日，应中国国家主席习近平邀请，冈比亚新总统阿达马·巴罗对中国进行了国事访问。站在新的历史起点上，中冈友好合作扬帆前行，将成为新时代中国特色大国外交践行大小国家相互尊重、合作共赢的典范，也是推动构建人类命运共同体的生动诠释。尽管对于新总统巴罗来说，国家的改革和发展任重道远。不过就像古老的冈比亚谚语说的一样："Giant silk cotton trees grow out of very tiny seeds（再高大的丝绵树也是由小小的种子长成）。"淳朴的冈比亚人民、朝气蓬勃的冈比亚青年，美丽的"非洲微笑海岸"早已播种下了希望的种子。

新闻链接：《2016年冈比亚总统选举　阿达马·巴罗获胜　现总统承认败选》

重拾驻非采访笔记

侯茂华

英国伦敦大学皇家霍洛威学院纪录片实践专业硕士；
1999—2010年，中央电视台科教频道编导、执行制片人；
2011—2014年，中央电视台非洲分台驻外记者；
2014年至今，中央电视台欧洲中心记者站驻外记者。

很幸运，央视给予了我成为驻外记者的机会！非洲3年，是历练，是不悔，是离任飞机起飞前一刻眼里意外奔涌而出的泪水，是自己在这块大陆上经历的所有改变、感动、困惑、胆怯、喜悦与成长。

感谢本书的策划者、央视非洲分台首位负责人：宋嘉宁女士。感谢她帮我把非洲的记忆固化。更要感谢我的父母家人，他们把家中遇到的困难默默隐藏、独自承担，直到变成我回国休假中那些成为过去式的家常笑谈……

驻外记者,直到如今仍然是一个比较特殊的职业,也是一份让我个人从心底依然充满尊敬的职业,特别是供职于央视这样一个国家级专业电视媒体。这份工作的魅力根本不在于它能让你在百万、千万甚至数亿观众面前抛头露脸,其实这样反而会让人特别紧张,毕竟说错话或者说不到点上,都是很不专业、很丢脸的事情。这份职业的魅力在于,它能让你以一种不断追求专业的心态,在世界范围行走,报道、学习、体会、分析之前你前所未见甚至前所未想的事件;在世界大事、新闻头条的现场,你是为数不多的见证人、消息传递者;此外对于我个人,它最诱人的魅力在于,让我相对深入地接触到了之前根本不可能去接触的人物,他们的思想、他们的经历、他们的人格魅力,那些至今仍然镌刻在我记忆中的细节。这些人上至总统,下至随着国家动荡局势中随风摇摆的小小平民,这些不同文化、不同国家、不同政治气候下活生生的人,让我对世界、对人生的认识更加丰富。而在非洲采访过的这些人里,中国人总是给我留下特别深的记忆和感动。

 科特迪瓦战火里的中国人

2011年4月初,西非国家科特迪瓦发生内战。在2010年底经过两轮大选当选的新总统瓦塔拉无法正式上台,因为原总统巴博不承认继任者的合法性,科特迪瓦一度"双雄并举"。双方僵持了几个月,经济和民生愈发崩溃,内战近在眼前。终于,联合国决定对这个西非国家发起打击。

台里下达任务的时候,我刚抵达央视非洲中心站(现央视非洲分台)所在地肯尼亚首都内罗毕不到1个月,对于非洲,我还只看到了肯尼亚的艳阳、街上穿着花花绿绿衣衫的人群、茂盛冶艳的植物花草。此前,一向在和平的祖国只做专题节目的我,对于战争还没有任何亲身的体验。战争,电视上看是一回事,真正在现场又是完全不同的另一回事。几年后,一位《纽约客》的资深记者在闲聊时说:"你在战场上是可以闻到战争的气味的。"白俄罗斯著名女作家、诺贝尔文学奖获得者阿列克谢耶维奇(Svetlana Alexandravna Alexievich)在其著作《我是女兵,也是女人》(*The Unwomanly Face of War*)中描述道:"战争,

◎阿比让街头

是战场上那些横飞的血肉和骨头断裂的声音。"

"联合国军队会对记者开枪吗?打起来,我们应该躲还是继续开机拍摄?穿上带有'Press(媒体)'字样的防弹衣能安全些吗?万一枪炮打到自己,该给谁打电话呢?万一自己一旦'万一'了,要不要先把存款的密码告诉父母……"现在回忆起来,这些当初让自己十分为难的问题真是很幼稚,如果放到现在,我恐怕也想不了这些没用的问题。在危险情况下,记者除了拼现场的观察和处理经验,还有一条亘古难变的真理:拼"命数"。而那时候,我只会控制不住地想下去,最后吓得自己止不住地在内罗毕的艳阳下打冷战。

站里同事建议我们住在距离总统府和中国大使馆都比较近的中资宾馆,一来生活更方便,即使真打起来了,中国人之间相互有个照应,二来中国一贯保持中立立场,不参与别国内政,所以双方都没有理由去打中国人。

在科特迪瓦驻内罗毕的大使馆顺利办下签证,科特迪瓦却传来消息:领空已经被军事封锁,最后一趟国际航班已经飞离。这意味着盟军将对原总统巴博的势力进行空中军事打击,同时这也意味着,我们无论以何种方式,都无法进入科特迪瓦,无论是进入领土还是领空,迎接我们的只有不辨派别的各种型号的枪弹。

1. 战火里的中国人

军队是国家硬实力的体现，这句话在科特迪瓦被再次印证了。在联合国维和部队和法国"独角兽"部队短短12天的打击后，科特迪瓦前总统巴博在总统府的卧室里被捕。科特迪瓦内战宣告结束，领土领空随即解禁，我们也拿着之前巴博政府签发的签证前去报道新总统瓦塔拉的就职。

汽车开出科特迪瓦经济"首都"阿比让的机场，沿街仍然挤满了让人压抑的各色指挥车、卡车、装甲车，西非潮热的空气似乎把视野都变得浑浊不清，灰色、暗绿色的炮筒突兀地指向四面八方，仿佛硝烟还没有散尽。

一路上看到的军人没有笑脸，路上的行人没有笑脸，我的心情更是绷得很紧——从一个常年和平稳定的中国来到这里，谁都很难适应那样一种兵戈之象的世界！

我们居住的宾馆就是之前同事推荐的中资宾馆。安徽省某集团在科特迪瓦援建时，用多出来的建筑材料盖起了这座小楼。这里的工作人员都是中国人，餐厅从早到晚提供3顿中餐外加西非香甜的水果，所以这座宾馆也成为国人出差阿比让住宿的首选之地，毕竟在整体条件相对贫困的国家，中国人更难对抗自己的中国胃。这里相对当地其他宾馆来说性价比更好，一些外国人也会来住宿。

然而出人意料的是，我们都曾以为在战时最为安全的这座宾馆，实际上是联军在对阿比让实施空中打击时的火力焦点之一。只不过中国人手脚勤快，内战刚结束，大家就赶紧把地面上、墙体上的枪眼修补好了，不仔细看真以为这里曾经躲过了内战一劫。

"你看，二楼那里还有两三个大枪眼没来得及补呢！"宾馆的蒋经理站在院子中间，用手指给我看

◎宾馆人员准备悬挂国旗

◎内战刚刚结束，经历了一劫的中资宾馆请来当地军警保卫驻地安全

小楼的外立面。"我们这一块，整个就是一个战场，是一个交火口。两边对峙，就在我们围墙的周围。"

两派交战前，中国大使馆已经通知尽早撤离阿比让，但宾馆的工作人员不知道该如何是好，因为还有几位住宿的中外客人并没有退房的想法。"我们歇业了，客人去哪里呢？万一出事了怎么办？"蒋经理事后仍然不知道在当时还有什么更妥当的办法。这些从来没经历过战争的中国人，也就怀着"没做亏心事，不怕鬼叫门"的懵懂情怀，在战争到来时留在了自己工作和生活的宾馆，留在了离巴博总统府步行不到20分钟的地段。

"不光是AK47的半自动步枪的声音，而且还有重机枪、重武器的声音。有时还响起剧烈的爆炸声。"事后，蒋经理仍然没有完全摆脱战争留下的阴影。这位宾馆总经理说，在作战军队休战的间隙，他在院子里看到一枚硕大的子弹，银光闪闪，模样漂亮，就捡了回屋，还时不时拿出来看看解闷。后来，联合国军队官员来这里探望，他忽然想起这枚子弹，特意拿出来请专家鉴定是什么型号。专家一看，立即小心翼翼地把子弹没收了，随即送到特殊地点引爆。专家后来告诉他："这枚子弹随时有可能把你的屋子炸穿。"

当初建宾馆的时候，谁都没想到科特迪瓦也有打仗的一天，蒋经理感叹道："宾馆墙壁都是空心砖，子弹一打就透，交火最激烈的时候，人根本没法在房间里待，子弹可以打进墙、穿过床，甚至打到客房、厕所的承重墙上。早知道这样，我们肯定不用空心砖啊！"

"天上的直升机和对面的机枪，全部都是对着我们大楼这边。"宾馆里年轻的厨师小王回忆道，"当时只要枪声一响，我们就全部躲到宾馆一层的过道里面。包括住在我们楼上的一些当地人，还有一个法国老太太，全部都躲在楼道里面，趴在地上。"小王说的这位老太太是一位当时为法国足球队效力的科特迪瓦裔球星的养母。小王坦言，自己在这段时间里偷偷哭过，因为担心，因为害怕，因为无望。但是让他最难忘的是一天中午，趁着外面枪声减弱的间隙，他赶紧端着电灶和锅铲躲进客房里的厕所，给所有人做了一道霉干菜烧肉。"因为大家已经吃了很多天的蛋炒饭了！"小王叹息道。

12天的交火，在战争史上来说算是速战速决。但那些在战争中手无寸铁的平民，命运就像被捉弄又无力反抗的小蚂蚁，他们在烈火边缘无望挣扎，度日如年。"大家都感觉到心灰意冷，因为那个时候，也不知道下一步局势会怎么样。就是感到极度的恐惧和绝望。"客房部张经理后来仍然能精准描述出当时的心情。停战后，大家才听闻，联军不知道是从哪里听来的谣言，说前总统巴博躲到了宾馆，所以宁可错杀一千，不可放过一个，宾馆因此成了被集中打击的中心目标之一。那位和中国人共同熬过打击的法国老太太气得跳脚，说："要回法国找政府算账！"

直到采访后期，我都一直以为，在这艰难的12天里，所有中国员工和房客都躲在宾馆客房楼里，所有人经历着相似的恐惧与无助，同时也在相互依靠、相互打气。然而就在我准备结束采访时，一位穿着软旧白T恤衫的老兄走过院子，蒋经理说："这是老付，你也来采访采访。老付跟我们可不一样！"我想，大家都在一起，还能有多少不一样呢？老付，又被宾馆的工作人员称为"付会"。付会没有过分推辞，憨憨地笑着说："那我换件衣服去。"一会儿，付会穿着一件并不笔挺的白色衬衫坐在了镜头前。

2. 英雄付会

付会是阿比让这个中资宾馆里姓付的总会计师。

一个很不起眼的中年男人。如果不特意介绍，他很容易被当成是看库房或者搞卫生的大哥。付会很腼腆，平时见面只主动微笑点头，但不大主动说话；就算说话，声音也不大，口才更普通。宾馆有招待任务，这位姓付的总会计师常会去作陪。饭桌上他逢人必敬、逢敬必喝，因为总也练不出讨巧的酒话，所以就以速度表示深情，"我干了，您随意啊！"一杯下去满脸通红，一桌下来连手背都红。我采访那年是这样，据说后来也没长进，还这样。但就是这样一个木讷老实的人,却是我心目中一位真正的英雄!

穿着衬衫的付会,形象也从库房老兄换成了后勤管理人员。其实经过一上午的多人采访,我也没有什么新鲜问题了,只准备毫无期望地多问一个人。

"您当时告诉自己家人了吗?"

"没有。"

"她们现在知道了吗?"

"还没敢告诉。"

付会回答时的表情很诚实。他说话声调不高,语速不快,带着浓重的徽音,吐字甚至不算清楚。但我突然发现这个人和别人不一样,有人在战时已经通知家里自己身处险情,而他在战后也没跟家人说。

"当时您也在走廊里和他们躲着吗?"

"没有,我在前面。"

付会手一指,院门口的平房距离大铁门只有8米左右。

之前大家跟我讲述的是当时所有人都躲在后面的客房楼里,但我却不知道还有一个人躲在前面。付会说这样的安排是他自己要求的。第一那里是财务室,非常重要,他是负责人,所以他必须待在那里!第二,在那里守着大门口,透过铁栅栏能看到街上的一切动向。如果真要往院里打,他还可以第一时间给大家通风报信。

付会一个人,在那个充满枪弹硝烟味道的小屋里待了12天。每天的工作不是盯着财务账目,而是改成了盯窗口。窗户外没有特别保护,除了铁栅栏,就是纱窗和玻璃窗,子弹可以毫不费劲地直接射进去。

"你一个人在这里怕不怕?"

"嗨!"付会笑了笑,"不怕那是假的!"

"那你后来可以躲到后楼去啊!"

"那前面总得有人盯着啊!"

付会说,停战前的那天晚上打得最激烈,院子上面的直升机往下射击,街上的枪弹四处打,一点停歇的余地都没有。人在屋里已经不能待了,于是他躲进了位于屋子中间位置的厕所里。潮湿的卫生间不到4平方米,马桶和水盆占据了一半的位置。那天付会蜷缩在半个卫生间里，和水桶扫把并肩，一个人坐在小凳子上整整挨过了 12 小时……

我们谈话的时候，内战已经结束了一个月。付会仍然没有告诉妻子和女儿自己遭遇了那样的一场生死大劫。他怕她们后怕。

"现在停战了，您最大的感受是什么呢？"

付会突然昂起头，眼睛望向远处的天空，自言自语地笑叹了一句："哎呀！活着真好！"

◎付春旭

我问他："万一再有一次这样的遭遇，您还会做同样选择吗？"

付会笑了一下，声音提高了一些："不知道！说不好！也是挺后怕的！"他又想了片刻，像是自问道："可能还会吧？要不怎么办呢？"

在我们采访完的当天，宾馆又有接待活动。付会还是说不出什么让人乐呵的话，只是憨厚地陪着敬酒，一杯下去，脸红了；一桌喝完，手背又红了……

英雄付会，大名：付春旭。

 赞比亚：如果·爱

驻外之前，我一直做专题片，再之前，学纪录片。这些过往，让我特别醉心于拍人物故事，因为每一次采访到动人的人物故事，就像自己亲身体验了一段别人的人生。但是拍杰出人物的故事不好玩，因为你的目标是引发观众们的共鸣，让大家都觉得主人公确实值得尊重，他们的经历中有着异乎寻常的耐力、能力和经历。故事情节要动人、连贯、合乎逻辑，绝对不能假大空得让人感到被忽悠，毕竟，如今的观众都不傻。而拍赞比亚中国农场女场长李莉的故事，既不好玩，也不好拍，因为她对过往的事情几乎都是风轻云淡，涵养和经历也让她总是以礼待人，让人看不到她的内心。

李莉，赞比亚中垦农场场长，是中国农业发展集团 7 个海外分场中唯一的

女场长。

当我和摄像志军老师第一次进入农场时,突然,司机兴奋地指着前方说:"看!蛇!"

"什么蛇?!"

"黑曼巴!"

一条黑线扭曲着从车前迅速滑过。

黑曼巴,眼镜蛇表亲,世界著名剧毒蛇之一。黑色大口里隐藏的毒液绝对是百分百致命。20世纪90年代,当李莉刚来到这个农场时,就已经在她和丈夫王驰的宿舍里,几次同黑曼巴以及同样危险的毒蛇——蝰蛇,狭路相逢。

李莉现在仍然住在这间农场小屋里。门厅被改成了办公室和会客室,里面房间是她和几个中国同事的宿舍。虽然不大,但极其整洁,在扬尘暴土的农场里,客厅所有边边角角的装饰品都一尘不染,连厕所都被收拾得异常干净,马桶蓄水桶上,还铺着洁白的装饰布和粉色花朵。一切,都源自她当年在北京做医师时养成的职业习惯。

李莉的白净利索以及和善的说话语气,也更像是医院里的好医生,而不是农场主。由于这片子又是一个紧急布置的任务,我们已经没有更多时间调研、设

◎赞比亚中垦农场场长李莉

计,所以我们初次见面交谈了不到 10 分钟,就决定现聊现拍。而刚要布置采访的坐姿时,李莉突然提出要左脸面对镜头,也就是光区。我暗自以为她是为了美,然而李莉向我解释:前些年自己在赞比亚得过脑疟,留下了右眼畏光的后遗症。在疟疾肆虐的非洲大地,脑疟是最烈性的一种疟疾,留下条命已经是很幸运的。

1992 年 8 月,李莉辞去在北京血液病研究所的工作,毅然追随丈夫——中国小麦育种专家王驰来到赞比亚,着手实现国家海外农垦开发的项目。那时,这个梦想团队只有两个人,王驰和李莉。

当夫妻两人来到集团新购置的农场门口时傻眼了,比人还高的蒿草挡住了去路。王驰很担心在北京生长的李莉受不了这样的条件,而陶醉在幸福中的李莉却高兴地安慰丈夫:"我喜欢!这不就是国家野生公园么!"

蒿草从门口一直丛生到一两千米外的那间宿舍小屋。夫妻俩一起把这个编外的"国家野生公园"逐渐开了荒,修了路,赶走了野猪,送走了毒蛇。夜晚没有电,两口子点蜡烛;农场还没装上水泵,丈夫就把妻子的长发一剪刀剪成老干部式,这样少洗头就能省水。然而最愁人的是,没有足够的资金,农场怎么启动?一个学小麦技术的,一个搞血液病研究的,终于想到了一个最快的赚钱方法:养鸡!几个月后,生鸡出栏。赚得的 200 美金,是这个后来成为赞比亚最大中国农场的第一桶金。时隔 20 年,采访时李莉仍然记得小鸡们初进农场时叽叽喳喳的热闹劲。

农场越来越兴旺,从饲养生鸡到出售鸡蛋、肉鸡等。负责销售的李莉一度把农场鸡蛋的市场占有量提升到 8%。但在最初几年,她却不肯吃鸡肉,因为她见不得自己亲手养大的小动物就这么被血淋淋地宰杀、吃掉。

有时候,做人物故事是一件很纠结的事。那些有过经历的人,一定有太多过往的伤痛。但是为了展现这个鲜为人知的人物性格,你不得不要求对方再次扒开伤口,被回忆再狠狠刺痛一番……

在出发拍摄前,我查找了关于李莉的新闻,几乎每篇文字里,都简单提到了她丈夫王驰意外去世的消息。而在采访中,李莉除了农场,提到最多的就是王驰:比如农场制服上的 Logo,就是王驰用自己名字的拼音缩写设计出的小鸡头像;比如王驰是如何给农场起名的;比如王驰一直的梦想——小麦圆形喷灌技

◎李莉的车在农场里抛锚了。广袤的农场里人烟稀少,车不马上修好,就会耽误接下来的很多工作。每天除了五六小时的睡眠,李莉总是把工作排得满满的

术……提到王驰,李莉总是恬淡地笑着,仿佛我们采访时,他就在隔壁休息。

心里嘀咕了很久,我终于犹豫地问:"我能问问关于你丈夫出事的事吗?"

"噢,没事,聊吧。"李莉的笑容依然没有改变。

2005年2月的一天清晨,王驰在开车前往机场的路上遭遇车祸。送到医院抢救后,伤情被控制住了。但很快,因为当地医疗水平有限,王驰最终因并发症去世。李莉回忆说,得到消息后她立即赶往医院。就在她跑上楼的时候,丈夫辞世了,两人最终没有见到最后一面。

回忆起这些往事,李莉不再微笑,但神色安然淡定,最多摇头轻叹,好像在诉说别人的至亲。她不再多说细节,我也不好多问。事情已经过去几年了,悲伤也许有所减缓,又或许,医务人员出身的李莉,对于生死看得比普通人更科学、更冷静。

我们的采访进行了很长时间,我一直在寻找,到底是什么让这样一个外表柔弱、性格纯净的女人有那么大的勇气,像男人一样守卫着农场成长壮大。

到底为了什么呢?

李莉是一个很周全的人。采访前,我就注意到她把两大本相册摆到了桌上。相册里全是她和王驰的照片。两个人共同经营起的农场,现在因为王驰形象的缺失,只能用照片影像来弥补。李莉仍然用风轻云淡的语气一张张为我描述他和她在农场的共同时光。突然,相册里出现一张小卡片,牛皮纸上贴着两支有

着白色斑点的黑色小羽毛。

打开卡片，上面是4句小诗。

"这是什么？"我好奇问道。

李莉打开卡片，看了看日期说："这是他去世的时候，我写给他的一个东西。"

或许那里冬尽春衰，

又一个夏季，光阴又一载，

我只坚信终有一天你会归来，

守着我的许诺将你等待。

我忽然发现，也许她在非洲农场上全部的坚持，全部的忍耐，根源都在这里——一个人对另一个人无限的不舍！李莉继续平静地描述农场的过往，我的眼泪却从一滴两滴，变成擦不过来。通常情况下，记者在镜头里传递出自己私人的感受是非常不职业的表现，但是李莉的述说没有停，我身后的摄像老师也没有叫停，我只能用手挡住朝向镜头的半边脸，忍住不出声。李莉看我艰难地流泪，暗自塞给我一张擦眼泪的纸，不动声色地继续回答我的问题。

多年和李莉共处的同事小祖后来哽咽地回忆道："王驰去世的最后一刻，李莉没有赶上。她就扑到她丈夫身上，好半天没有起来……"

王驰弥留时最多的一句话是"我要回家"，旁人问"哪个家？"王驰说："农场。"农场里有王驰未竟的事业和梦想，农场里还有妻子李莉。

李莉把王驰的骨灰一半送回家乡北京，一半就安葬在农场小屋前的大树下陪伴自己。如今，墓碑旁的三角梅开得姹紫嫣红，繁花似锦。

王驰下葬后，经过中垦集团的建议，李莉接手了丈夫担任的农场场长一职。文字稿写到这里，我花了很大心思想去理解李莉做出决定的理由——赞比亚明明是她的一块伤心地，可她为什么还要选择留下呢？直到片子几乎全部编辑完成，我终于理清唯一的缘由——"事业在这里，家在这里，王驰也在这里。李莉别无选择。"但也就是继续留在赞比亚农场的决定，让这个曾经以丈夫为原则的女子从此独自坚强。

地广人稀的农场第一次让李莉感到恐惧。非洲大部分国家毕竟还是不发达

◎李莉希望照片拍出丰收的感觉,她穿着的农场制服和制服上的标识依然沿用着王驰最初的设计。因为疟疾,李莉的右眼畏光,只要白天在室外,她都要戴上墨镜

国家,人们对于唾手可得的机会也会更加直接。一个突然失去了陪伴的女人,面对偌大的农场,安全感的缺失是最本能的反应。李莉赶紧把农场的所有地带都加装了电网以及紧急报警器。多年来,李莉仍然要求所有住在一起的中国员工坚守一套锁门程序。

而在王驰尸骨未寒的时候,当地商人恶意状告王驰非法融资,要求农场赔偿40万美元!李莉怒火中烧,为了王驰的名誉,为了农场的信誉,这个官司她打定了。她一边担负着农场的运营工作,一边找最好的律师与对方对簿公堂,两年后,对方败诉。李莉激动地和我说:"官司赢了,我找到那个人,当面跟他说:'你不要以为我是一个女人,我是一个中国女人,我英语没你好,你就能欺负我!'"

在撒哈拉以南非洲地区的一些国家,妇女仍然不被尊重,地位低下。这也让说话一向轻言细语的李莉改变了作风。在农场的田地里,李莉能潇洒地登上两人多高的锄地机,监督当地员工一同耕地;清晨5点半的早点名时,站在一排睡眼惺忪的当地员工面前，李莉布置任务的语气像个将领。因为她不能软弱。几年后，连农场里的中国男同事也下意识地忽视掉李莉的性别，不会像照顾其他女同事那样去照顾她。每天深夜，农场的管理人员都要不定时去庄稼地里监察安检人员在岗情况。车行进在漆黑一片的玉米地里，不开灯，连车里的人都看不清。李莉和我说："我们其他的女同事出来查夜，好几个男同事都担心安全，每次都有人陪着。可我自己出来，谁都放心！"

在几天的拍摄中，李莉最喜欢指着耕地给我们介绍"我们农场"，而最得意的，是因为实现了王驰一直的梦想——安装小麦圆形喷灌技术，使得小麦产量有了跨越式提高。

农场的规模在不断扩大，集团的要求也在逐年提高。做事喜欢尽善尽美的李莉，也累得筋疲力尽，每天只要能睡上5小时，她就很满意了。为了拍摄她深夜还要工作的镜头，我留在了她的宿舍。在那间色彩单调、陈设简单的宿舍里，王驰和李莉的照片满满摆了一书架。

 马里： 新春骗局

现在，每当看到在危险地区工作的记者，特别是央视驻外记者同事在战事现场的画面，我都由衷地敬佩他们，并且会不自觉地想着，他们的父母是否事先知道孩子即将去执行的任务？我很想对电视新闻观众说：那些危险的、真实的、过瘾的电视新闻里，不但有出镜的记者，还有出不了镜的摄像师、技术人员等，以及在电视机前那些看得无比揪心的、新闻工作者的至亲至爱。

2013年1月，我正在毛里求斯拍摄春节特别节目，海外记者部发来约稿邮件，希望我能写写在非洲驻站的某一个特殊春节。想了半天，我还是推辞了，因为驻外的两个春节，我过得很平淡，平淡到连记忆都没有。没有家人在身边，过春节唯一的形式就是算好时差，在非洲漆黑、静谧也杀机暗藏的黑夜里，用电话给万里之外的爸妈家人拜个年。

此时的西部非洲，法军已经进入马里并对基地组织进行大规模清缴，战况发展逐渐占据世界媒体头条。

就在我的新春特别节目即将收尾时，父亲突然从北京发来一条短信："茂华，马里打起来了。是不是要派你过去？"好突然……他最近新闻看得还真不少。

对于普通观众来说，战地新闻都是好看的新闻，而对于我们这些处在战争区域的电视记者，那些新闻是需

◎在通布图采访

要亲身去采制的工作内容，战地是需要尽快赶到的工作现场。我在电话里诚实地安慰他："我在毛里求斯出差，离马里很远。而且台里还有法语记者，现在估计还轮不上我。"安慰家人最好的方法，是告诉他们一个很合乎逻辑的解释。

央视新闻中心每天晚上都会召开总结当天播发新闻的工作总结会。那天晚上，领导表扬了一位随同法国军队前往马里东部加奥地区清缴基地组织的外籍记者。记者在这个会上被点名表扬并非每天都有，所以一旦被点名，很容易被大家记住。那位外籍记者和她工作伙伴的洋面孔以及他们的英、美护照为他们的随军报道帮了大忙。但无论如何，那一天对于我们非洲分台来说有点尴尬。是的，即便都属于中央电视台，但是外籍记者做到的，我们中国记者还没有。相信那天非洲分台的中国记者都不开心。第二天上午，分台负责人宋嘉宁站长突然从驻地肯尼亚打来电话。

"茂华，你从毛里求斯回来后能去马里吗？"电话那边的宋站长问。

"应该可以吧……"话一出口，我突然想起了爸爸，他这次的预感真灵啊！

"嗯……你们也不用像外籍记者那样去太前线的地方，毕竟我们没有足够的保护。具体情况你们去了再说。或者去不去你也再考虑一下。"

我能听出这次任务可能相当危险，我也听出宋站长有些犹豫——最终去不去的决定权在我自己。可是我已经答应接这个任务了，如果想反悔也不知道怎么开口；而派给我，也许是对我的信任，也许是没有别的选择。

可是，我又怎么跟爸妈说——马上就要到春节了，在别人家喜气洋洋准备着团圆饭的时候，我告诉他们自己要上前线？

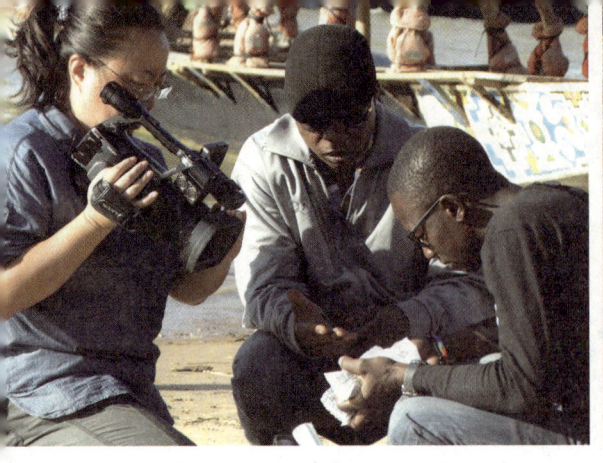

◎前往通布图途中的采访

从毛里求斯返回肯尼亚后的70多小时里，我们进行着人员准备、财务准备、安全准备。前方交战区的情况我们不得而知，只能把站里最好的防弹衣和头盔带上。好在央视海外记者部已经提前为我们雇佣了两名来自英国的安保顾问。但是后来我才知道，这些安保顾问虽然都有丰富的警备或战地经验，但他们在这次任务中只是随行提供安全建议和计划，不带枪弹。

这3天里像打仗一样做着各种准备，但只要停歇下来，我心里只有一个问题：如何向爸妈交代？

2013年2月8日，中国农历腊月二十八，我和同事韩蓄坐车前往内罗毕肯雅塔国际机场，我们的目的地：马里首都巴马科。呆呆地看着内罗毕艳阳下飞驰而过的景色，只有和我共赴马里的韩蓄能理解我吧？我问他："你和你爸妈说了要去马里吗？"

韩蓄噗地笑了出来，说："我已经说了。没想到他们还挺乐观，还跟我开玩笑呢！"我真的很羡慕他！"父母年轻真好啊！我还没跟父母说。我也不知道该怎么跟他们说……"一路上，我和韩蓄都没有更深地讨论这次任务，但我觉得我们都想过了最坏的结果。

值机、安检、过关。肯雅塔国际机场只是一个普通发展中国家的机场，一点都不奢华，但是那一次却让我看得恋恋不舍。眼见离登机还剩45分钟了，我想还是给父母打一个电话吧，因为下一次电话也不知道什么时候能打。

接电话的是妈妈，她听到是我，急切地说："茂华，你什么时候放假啊？我最近这几天怎么老是特别想你！"

我妈是很典型的中国传统父母，也特别要强。在我的记忆里，她从不以"亲"

啊"蜜"啊的口气跟儿女说话，反而总是很严肃。长了快40年，她第一次亲口对我说"想我"，让我心里一颤，然后突然心疼起来。我真怕自己情绪突然崩溃，硬着口气敷衍了两句，就要求跟我爸通电话。可是，我该怎么说才能不让他们替我担心呢？

"喂！爸！我现在马上就要出差了——我要去——那个——津巴布韦。"我非常佩服关键时刻自己的头脑还算灵活。

"大过节的你去津巴布韦干什么？"父亲在北京问得很困惑。

"津巴布韦国库空了，还剩27美元。我们就是去报这个。"我说得很颓废，但是这个理由听起来毫无破绽，况且，津巴布韦对很多中国人来说又那么陌生。

"津巴布韦没记者吗？为什么让你们从肯尼亚过去？"不知是父亲听出了我的状态，还是随口一问。

"……有。那个记者……那个记者休假了。"谎话从来没有编得这么艰难，说得这么伤心。不为自己难过，只担心生命中最爱的亲人伤心。我听出父亲在电话那头还有很多怀疑，但是自己已经不知道再怎么把谎话圆下去了，再说也许真要哭出来，于是装作很不耐烦地挂了电话。信也是它，不信也是它。

电视记者是要出镜的，尤其是在难得的现场。我希望这个骗局至少可以撑

◎车陷进撒哈拉沙漠，如果拖不出来的话，只能7个人乘坐另一辆车离开，否则夜晚可能会在附近遭遇极端分子攻击

◎站在尼日尔河边，目的地通布图刚刚被收复，停水停电依然严重

过大年初一。

马里和北京的时差 8 小时。央视春节联欢会直播的时候，我正和仍然坚守在马里首都巴马科的中国某建筑公司员工聚在饭店里吃着"年午饭"。年年除夕都能和家人共聚一堂的时候，春晚被浪费成只负责渲染节日气氛的装饰品；而对于身在异乡不得团圆的中国人，春晚是家——饭在嘴里，眼睛在屏幕上，节目的每一个亮点，家人也被逗得大笑吧？

一位在镜头下活泼顽皮、口才极佳的小伙子，面对我们的镜头向家人拜年时，突然哽咽得说不出话，他已经五六年没能回国和奶奶一起过年了。

我和同事都希望能把这条新闻抢成大年初一所有驻外站点的首条发稿，虽然不在国内，但是我们也想讨个好彩头。2013 年 2 月 9 日农历大年初一零点零九分，稿件完全传回北京。不过非洲的网速实在不给力，那个好彩头已经被亚太中心站抢走了。

兴奋中等到《朝闻天下》播完了，我们这条稿子还是没有播出去，而其他播出空间很快就被大量国内庆新春的报道挤压得极为有限。我们大过年跑到马里的第一条新闻就要这么被忽略了，那个小伙子的奶奶也许会失望地空等一场。韩蓄和我都有些沮丧。不过我私下一想：也好，别大年初一就让我爸看到我在马里！

一觉起来，北京时间已经傍晚了。爸妈在回复我的拜年短信里让我在津巴布韦好好报道，不要担心。这就好，看来新闻没播出，他们没看到。

一会儿，一个国内的朋友发短信告诉我：他又在央视看到我了！一年前他在《新闻联播》里见过我。"这次在哪里看见的？"我问。"好像还是《新闻联播》吧。"他很不确定。

我忐忑起来，中国没有别的新闻节目能比得上《新闻联播》覆盖面广了。记者们都会因为自己的报道上《新闻联播》而感到自豪，但这一次我真的希望是这位朋友记错了。等打开邮箱时，宋站长刚发来了一封邮件："茂华，太好了！你们的采访上联播啦！"

现在想来，宋站长派我们出来，也许比我们还紧张。不过这条报道能上联播，让我们也很意外！那个带着哭腔拜年的小伙子终于没有让奶奶心疼地又白等一年！

我把这个喜讯告诉了韩蓄，他转身就去向父母汇报了。而我只是默默希望，爸妈在这个热闹的时候会有一些别的事情让他们分神，而不是守在电视机前等着我出现。我越想越觉得这个骗局还能撑一段时间，也许到那时候马里就会更

◎走入被称作天际尽头的马里古城——通布图

◎在通布图机场采访第一批撤退的清缴极端分子的法国军队

安全一些。

但很快,短信提醒音又响了:"我在电视上看见你了(在马里!)。"

我设的骗局终于在大年初一就被戳穿了。父亲的这条短信短得让我判断不出他们得知真相时候的感受。吃惊?骄傲?担忧?哪个会更多呢?

骗局不再之后,我突然轻松了很多。那次在马里的采访,我们北上到达了北部重镇通布图,一个被撒哈拉沙漠和尼日尔河隔绝开来的历史文化圣地,一个被西方探险者仰慕的"世界尽头",一个被基地组织占领的沙漠古城。我们在缺电缺水的通布图采访了刚刚逃过浩劫的民众,拍到了第一批剿匪法军撤退的独家消息,亲眼看到了被基地组织烧毁的文化遗迹;路途中我们和仍在流窜的基地组织力量擦肩而过,也看到了联合国越来越多的军车兵力开赴马里腹地。为了拍到更多的内容,我们把在通布图的日程从3天延长到了7天。这段时间里,爸妈并没有密集地来信问我是否还安全,他们每天只是守在电视机前等着见到我。

因为战争,通布图只剩我们住的那家名叫"和平鸽"的旅馆还在维持着营业。回程前,旅馆老板特地招呼我们在他的本子上签名留念。

那个本子上记录着"BBC""CNN"、路透社、法国24这些西方知名媒体。好的,"CCTV Africa,中国中央电视台非洲分台"就由我们来写好了!

怕还是不怕，Ta 都在那里

黄 成

黄成，20世纪70年代人，中国人民大学法学博士。入职央视近20年，循社会调查记者、驻外记者的路迹，先后供职于央视《社会经纬》《今日说法》《道德观察》等栏目，任编导、策划，创作的纪实性电视法制专题节目获得过中国电视法制专题协会长篇类一等奖等奖项。21世纪初赴柏林任央视柏林站首任驻外记者，近4年工作游历，集个人感受写成一本《德闻视界》（法律出版社2011年出版）。3年前走进非洲，现任央视非洲分台负责人，徜徉于山清水秀的肯尼亚恩贡（Ngong）山际，盼循着《走出非洲》的百年哲思，走出非洲之路的自得其乐。

2017年8月8日,肯尼亚在逢选必乱的极度焦虑下举行了新一届领导人选举投票;8月11日,肯尼亚独立选举与界别委员会(IEBC)宣布乌胡鲁·肯雅塔(Uhuru Kenyatta)胜出;8月16日,认定选举舞弊的反对党正式表示要向最高法院起诉,人们欢呼濒临爆发点的争端终于进入法治轨道,逢选必乱的恐慌得到了一定缓解。身处肯尼亚政治中心、首都内罗毕,我们经历了等待灾难降临的恐惧与焦虑,目睹了一个历史人物正冉冉谢幕。

 奥廷加:永不服输的反对派

1964年12月12日,肯尼亚从英国殖民统治下独立建国。这个国家的政治发展史,简单地可以理解为"两个家族+两代人"的恩怨情仇。

两个家族分别是指肯雅塔家族和奥廷加家族。乔莫·肯雅塔(Jomo Kenyatta)来自肯尼亚最大的基库尤族(Kikuyu),是肯尼亚开国总统;乔莫·肯雅塔的儿子乌胡鲁·肯雅塔,则是肯尼亚新当选的现任总统。奥廷加家族来自罗族(Luo),长期扮演政治反对派的角色,父亲奥金加·奥廷加(Oginga Odinga)曾出任开国副总统,儿子拉伊拉·奥廷加(Raila Amolo Odinga),在2008年曾出任肯尼亚总理。

"既生瑜,何生亮?"在世代相继的政治角力中,肯雅塔家族一直稳居上风,奥廷加如果知道中国这句古话,相信会深有同感。

老肯雅塔从1964年建国,直到1978年去世,一直担任肯尼亚总统。老奥廷加在肯尼亚建国初期给老肯雅塔当过两年副总统,随后因政见不和而去职,老肯雅塔一度还将老奥廷加囚禁了两年。老奥廷加一直郁郁不得志,直到1994年去世。

第二代继续角力时,肯雅塔家族还是稳占上风。拉伊拉·奥廷加在1997年首次参选总统,未果。2002年为支持齐贝吉(Kibaki,肯尼亚第三任总统),与乌胡鲁·肯雅塔一起站在了反对派阵营中,自己放弃参选。2007年转而作为反对派与齐贝吉总统竞选,在外界普遍看好的情况下以微弱劣势败选,奥廷加指责选举严重舞弊,发起抗争,1300余人在暴力冲突中丧生,60余万人流离失所。

2013年奥廷加再次参选,与乌胡鲁·肯雅塔竞争总统宝座,依然不敌,奥廷加认为2013年的选举如同2007年一样,自己是因为执政党的舞弊才痛失当选的机会。

作为政坛斗士,奥廷加在肯尼亚政治家中保持了两项纪录:一是坐牢时间最长,他因为反对当政者总共坐牢长达8年时间(分别是1982—1988年,1989—1991年)。二是政治立场转化最为频繁,他迄今参与、组织过包括肯尼亚民族联盟(Kanu)、橙色民主运动(ODM)、超级国家联盟(NASA)等在内的9个政党,政治纲领、政治盟友总是频繁变化的。第一项纪录显示了奥廷加坚韧的个性、不达目的誓不罢休的斗志和永不认输的倔强,也成就了他在肯尼亚政治制度发展史上的不朽地位:奥廷加是推动肯尼亚从一党制转变为多党制的主要政治推手。第二项纪录则显示了奥廷加的善于随机应变和不拘一格的灵活外交手腕,几乎所有的肯尼亚知名政治家和奥廷加都有过爱恨交加的恩怨情仇。

◎奥廷加在自己的支持者中进行总统竞选拉票(摄影:李百顺)

2017年是奥廷加最后一次竞争总统的机会。现年72岁的奥廷加比总统乌胡鲁年长16岁,因为年龄原因,他不可能在5年后再一次竞选总统。肩负两代人的总统梦想,对于2017年大选,奥廷加是志在必得。他游走于肯尼亚复杂多变的部族之间，运用圆熟的政治手腕，成功地将罗族 (Luo)、卢雅族 (Luhya)、康巴族 (Kanba) 与部分卡伦金族 (Kalenjin) 汇集到自己的旗下，组建了超级国家联盟 (NASA)。而他的对手，现任总统乌胡鲁的部族基础主要是肯尼亚第一大族基库尤族 (Kikuyu) 与大部卡伦金族 (Kalenjin)。

2017 年肯尼亚大选，实际上就是这两个人的最后对决。

 **等待灾难降临的恐惧与焦虑**

紧张气氛，在大选临近的 7 月底，因为两个意外而骤然急剧升温。普通群众，则如同被囚禁于铁屋子的囚徒，满怀焦虑乃至恐惧地等待着灾难随时降临。

7 月 29 日，距离大选 10 天，一则关于副总统鲁托 (Ruto) 宅邸被袭的消息，传遍了大街小巷。副总统鲁托位于肯西部城镇埃尔多雷特 (Eldoret) 附近的一处乡间住宅，7 月 29 日被一持刀男子强行闯入，这个人刺伤卫兵，与军警对峙近 20 小时，在 7 月 30 日被击毙于副总统宅邸内。该案疑点重重：一名仅拿着一把切肉刀的男子，是如何闯进防卫森严的警卫重地的？如何能杀死一名卫兵？又如何能抢夺下一把来复枪？怎么能打开副总统府内的军火仓？为何居然能与后援军警对峙超过 19 小时？当地媒体说，凶手其实是副总统乡间住宅附近的小商贩，跟卫兵混得烂熟。"我想告诉那些人，你们这种破坏团结、破坏大选进程的企图，是不会成功的。"副总统认为此事目的在于挑起恐慌和不满。

正当普通群众惊魂未定之际，一则更具爆炸性的新闻又发生了。7 月 31 日，距离大选 9 天，肯尼亚独立选举与界限委员会 (IEBC) 的一名高级官员，克里斯·曼多（Chris Msando）被勒毙于郊县树林，右手还有环切伤。IEBC 负责组织肯尼亚大选，是肯尼亚宪法确定的大选结果唯一权威发布机构，对大选有举足轻重的影响。本地媒体强调，该官员负责大选电子计票系统，并掌握着至关重要的登录密码。

反对党认定这是政府操纵选举的又一明证，谴责此事无异于"一把刺向肯尼亚民主心脏的匕首"。"这种不加掩饰的谋杀，显示杀手想传达一个令人不寒而栗的信息，即为了达到目的，他们会不择手段。"反对党呼吁应由国际独立调查官介入调查。

由于接连发生的意外事件太过诡异,"逢选必乱"很可能将成为现实,恐慌的情绪开始蔓延。

西方国家对肯尼亚发出了旅游警告,外国人开始大批撤离。

在乡下有据点的城市居民,开始扶老携幼大量逃离中心城市。从8月5日开始,一向繁华、堵车堵成惯性的内罗毕,出现了车少人稀的罕见现象,空荡荡的大街上,冷清中弥漫着恐惧,堪比2003年"非典"肆虐时的北京街头。

无路可退的人们只好开始囤积食物,一股股抢购风吹光了内罗毕若干超市的货架。

肯尼亚政府如临大敌,15万军警被派遣到全国各个可能的热点冲突地区。

8月6日,远在大洋彼岸的美国前总统奥巴马(奥巴马父亲与反对党领袖奥廷加属于同一个部族),就肯尼亚大选发表专门声明:要求肯尼亚摒弃部族政治,敦促肯尼亚政治人物放弃暴力和煽动,尊重人民的意志,要求肯尼亚军事力量保持中立。

山雨欲来风满楼。

坐过山车般的选举体验

这是一场谁都不想输、输掉后都有能力、也都有较高概率让对手与社会付出惨重代价的选举。不测随时可能在选举中发生,为避免伤及无辜,跟选举无关的人、完成投票的人,都被明确要求尽量待在家中。

第一个"不测"发生在8月8日选举当天。

8月8日,早晨雨后的温度不到14℃,对于绝大多数肯尼亚人而言,称得上是冬季里一个少见的阴冷难挨的日子。这天也是法定假日,大选投票时间定在早上6点到下午5点。

肯尼亚登记在册的合法选民总数约1961万,选举到底会怎么样?会不会乱?当我询问我们的本地司机时,这个不善言谈的小伙子却两眼放光,一脸笃定:"一定不会有事的,我们都经历过2007年,已经吸取教训了。"他一再强调,"肯

◎由于惧怕可能的暴力冲突,城市居民大量出走

尼亚人在改变!"

　　的确,8月8日,各个投票点出奇地安静有序,大大出乎人们的意料。

　　中午,我特意乘车去了趟基里马尼(Kilimani)小区的投票点,这个投票点设在一个小学校园内。校门口的军警荷枪实弹,以防止无证人员进入。院内投票的人们排成几列,很少交头接耳,整个校区除了偶尔传出拖拽桌椅的声音,安静得如同夏日午后的荷塘。街头行人步履缓慢,空气中还飘荡着本地特有的烤玉米香味,真是一点也看不出紧张的迹象。

　　人们的参与热情也意外高涨:全国的4万多个投票点,有凌晨两点就出门的选民,有通宵熬夜排队的选民,有拄着拐杖的选民,有背着孩子的选民,有坐着轮椅的选民……人们对手中选票的重视到了让人吃惊的程度:有人在等待投票的队列中猝死,有人在投票后猝死,甚至有人在投票点生小孩。根据官方统计,8月8日当天全国投票率高达72%,有近1600万选民参加了投票,创了纪录。8月9日本地各大媒体,均使用了"安静平和,秩序井然"来形容8月8日的全国投票。

但是选举当天的安静和平和，随着选举的结束立刻就烟消云散了。人们的本就绷得紧紧的神经，在短短的几天内，更经受了坐过山车般的严峻考验。

电子计票系统一直在马不停蹄地运转，投票情况也以直播的方式在网上实时公布，冷冰冰的数字，却不断激起一阵阵滔天巨浪。

8月9日凌晨，风云突变。截至凌晨2点，现任总统乌胡鲁保持领先10个百分点的优势。凌晨3点，奥廷加发表声明：选举计票存在舞弊，数据已被篡改。人们的心立刻提到了嗓子眼。

8月9日上午，内罗毕市区的几个贫民窟发生了小的冲突，4人死亡。中午12点，奥廷加到IEBC投诉存在选举舞弊，IEBC受理并表示进行调查。局势略有缓和，人们稍微松了口气。

8月10日，局势又陡然紧张。电子计票系统显示，乌胡鲁始终保持了10个百分点的领先。反对党指控大选舞弊的声音一波高过一波，到8月10日下午，在乌胡鲁以大约820万张选票领先奥廷加的670多万张选票的情况下，反对党

◎内罗毕基里马尼小区的投票点，安静、有序、轻松（摄影：卢朵宝）

◎选举日又被称作民众的狂欢日,肯尼亚百姓面对镜头,自有一番欢乐姿态(摄影:陈诚)

召开新闻发布会,宣布奥廷加大选获胜,并强硬要求 IEBC 予以承认。

回击来得迅捷且针锋相对:IEBC 主席在当晚 9 点左右发表声明,指责反对党的表现"不正确,不成熟"。肯尼亚临时内务部长也同时发表紧急声明:肯尼亚政府有能力保卫在肯民众的生命和财产安全。

局势紧张得空气中都能闻到火药味,各大城市小规模的暴力事件接连不断。安分守己的居民们都尽量减少外出,躲在家中,靠社交网络打探信息,互相安慰。

8 月 11 日,最后摊牌的日子终于到了。当晚 10 点 40 分,IEBC 宣布:现任总统乌胡鲁·肯雅塔获得 820 多万张选票,占比 54.2%;奥廷加获得 676 多万张选票,占比 44.74%;乌胡鲁·肯雅塔连任成功,当选为新一届肯尼亚总统。

反对党缺席了 IEBC 的选举结果发布会。不安在每一个人的心里发酵,恐慌在进一步蔓延,社会运行的正常节奏已被打破,据肯尼亚《国民报》(*Nation*)2017 年 8 月 12 日第 39 版报道:

"6 月 1 日才通车的蒙内铁路,往返内罗毕与蒙巴萨的列车,核定往返载客量 2400 人,但是在 8 月 10 日,往返客流量急剧下降到 500 人,仅占核定载量的21%，其中从内罗毕到蒙巴萨221人，从蒙巴萨到内罗毕279人；8月11日往返一共只有900人，占核定载量的37.5%，其中从内罗毕到蒙巴萨500人，从蒙巴萨到内罗毕400人。

8月9日至11日，运行于蒙内公路上的货车，则从每天20000辆锐减到每天200辆，仅到正常车流量的1%，在平时严重阻塞的蒙内公路上，车辆几乎绝迹。"

暴风雨必将来临，似乎只剩下时间问题。

 民意如流水：2017年的三个新动向

肯尼亚的总统选举是一场豪赌，选票落后的候选人，哪怕民意支持率再高，都得面对赢家通吃、输家全赔的现实。

拥有45%民意的奥廷加，最让人敬畏的地方是，他能以最快的动员速度，调动起一支肯尼亚社会中最具破坏力的敢死队。

奥廷加这种可怕的力量，源于他的核心民意基础。从1992年到2013年的连续20年里，奥廷加一直是代表内罗毕兰加塔（Langata）选区的议员。肯尼

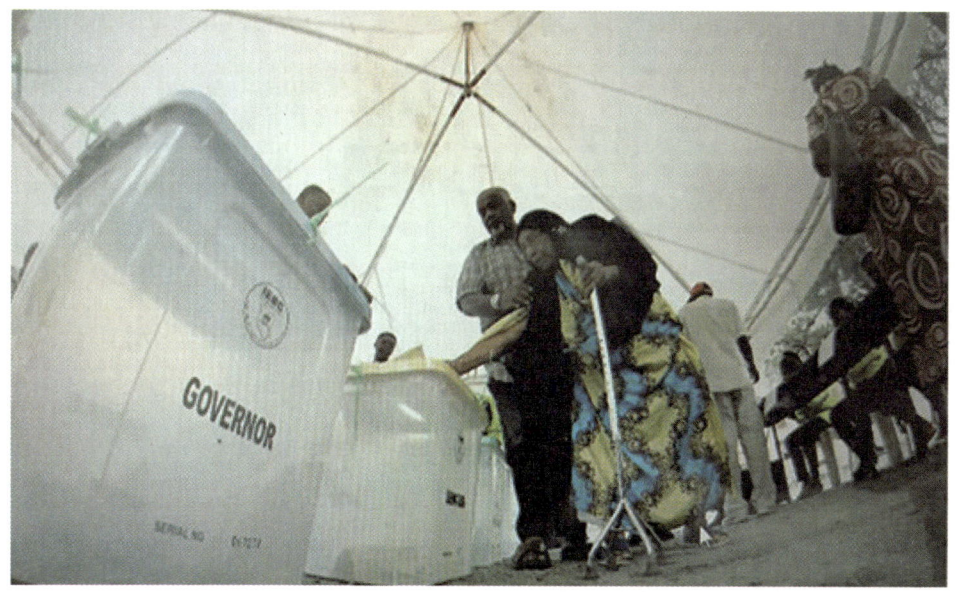

◎蒙巴萨一名拄着拐杖投票的老妇人，其实论及日常公共场合的社会秩序，肯尼亚人还是值得一赞的（摄影：新华社）

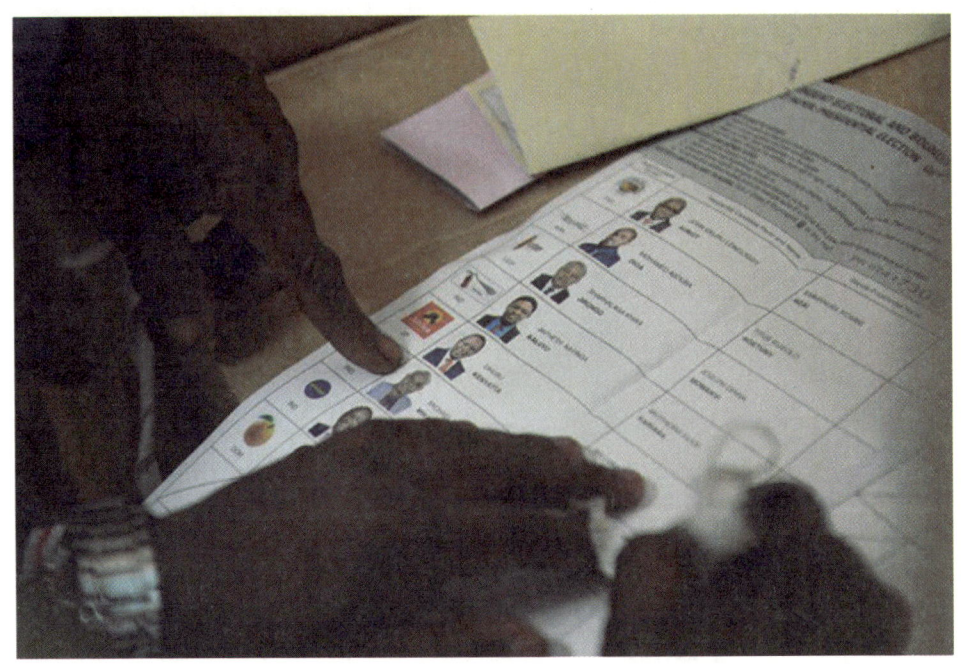

◎肯尼亚大选可能是世界上最有效率的国家领导人选举了,选民只需要投1张票,就可以选出国家政权机关的所有重要职位,包括正副总统、地方长官、国民议会议员、参议院议员、妇女代表和地方议会议员(摄影:陈诚)

最大的贫民窟基贝拉(Kibera)就在这个选区。没有人说得清基贝拉到底有多少居民,一个大略的估计是3万~30万。这两个数字间巨大的落差是因为,政府从来没能对贫民窟进行过有效的管制,贫民窟都是自我管理,有实力的黑帮代行了政府的职责,肮脏、拥挤、危险、暴力,常常就成了贫民窟的代名词。基贝拉于奥廷加有特别的意义,因为聚居在这里的居民,绝大多数都是他的族人。奥廷加本人的选票,就是在基贝拉投票站投下的,可以说基贝拉不仅是奥廷加的票仓,更是奥廷加的子弟兵。反过来,基贝拉的贫民视奥廷加为自己的亲人,亲切地称呼他为"Baba",只要奥廷加一声令下,他们愿意献出一切。

政府对基贝拉的情况心知肚明,遍布全国的15万军警,相当部分就部署在各个贫民窟的周边,尤其是基贝拉,夜间上空还有武装直升机不间断地照明巡航。

在基贝拉,没有发生大的暴力事件。"关于选举,重要的不是已经发生的,而是那些还没有发生的。尽管人们担心,肯尼亚人会因为仅仅一两个政治人物的选举受挫,就会以谋杀般的心态互相攻击,但是暴力冲突并没有发生。"肯尼亚一名学者在报纸上撰文说。

的确还没有发生大规模的暴力事件,但是已经发生的事情,却并非不重要。这次选情体现出的民意,已经出现了两个值得关注的重大变化,这两个变化展示了肯尼亚民众的理性与独立判断,这是一种巨大的力量,或许肯尼亚逢选必乱的传统,将从此被打破。

一个变化,就是肯尼亚人本次大选表现出的出奇高涨的政治参与热情与极高的投票率。

为了争得第一个投票的彩头,今年41岁的清洁工马丁(Martin)在8月8日凌晨即赶到了设在内罗毕丹多勒区(Dandora)伊玛拉(Imara)小学的投票站,但是他很失望地发现,很多邻居已经先于自己赶到并排起了长队。离开始投票还有好长时间,马丁只好耐心地排在长队中安静地等待。由于起得太早,身无分文的马丁饥肠辘辘,于是厚着脸皮向兜售早餐的小贩赊购了200先令(约30元人民币)的食物:一塑料袋"Githeri"(肯尼亚民间食物,主要是煮熟的玉米、豆子)。但是因为怕耽误投票,"我不敢离开长队",所以马丁拎着一塑料袋食物,边排队边吃了起来。

这个连手机都买不起的穷人,万万没有想到,他排队吃饭的情况被旁边的同胞拍了下来,并发到了社交网站上。马丁先生居然一炮走红,并且人气急剧攀升。人们称他为"Githeriman",用他为原型(上身穿着一件过于宽大的灰色西装,略显呆滞的眼神,微微张开的嘴唇,右手拎着一塑料袋Githeri),P了若干欢乐的照片:Mr.Githeri先生一会儿出现在美国总统特朗普先生全家福照片中,一会儿牵着美国名媛的小手出现在好莱坞名人大道上,一会儿跻身肯尼亚总统府与肯尼亚总统纵论军国大事……民间的幽默感,明显冲淡了大选的紧张气氛。

大选当天的安静有序,马丁先生的"被网红",让人们绷得紧紧的神经大大舒缓。媒体评论说,肯尼亚老百姓就是用这样幽默的方式,书写了立意鲜明的民意:要稳定,要和平,要发展。

另一个重要的变化,是肯尼亚民众对领袖的号召显示出了不约而同的集体"不作为"。

8月13日,作为抗议,在被正式宣布选举已经败选的情况下,奥廷加发出正式呼吁：要求肯尼亚人民从 8 月 14 日周一工作日开始罢工。人们的心又再一次悬到了嗓子眼，因为这个号召的底气来自 45% 的民意支持率！

但是 8 月 14 日的肯尼亚，人们没有听从领袖的召唤。从内罗毕到蒙巴萨，从基苏木到埃尔多雷特，各大城市又重新复苏了：政府、银行、超市、餐馆等都正常开工了，公共汽车和摩的又满大街乱窜，坐等雇主的保姆又云集在街头拐角处。

"几天来我们的钱已经花光了，我们不能再待在家中了，我们还得养孩子呢。"一个二手衣摊贩在早上 6 点就出来摆摊了，生活必须继续。

"绝大多数雇员无视奥廷加的罢工号召。"8 月 15 日的肯尼亚《国民报》和《标准报》都在显著位置报道了肯尼亚民众的生活普遍正常化。

"我得生活下去，只要能出来，我一定来上班。"

我们单位有 3 名清洁工就来自基贝拉贫民窟，她们都是善良而温和的人，即使在整个选举最敏感的时候都没有请假，8 月 14 日这天还按照常规一直工作到傍晚 7 点半才下班。要知道，贫民窟的白昼已经险象环生，贫民窟的黑夜那无疑就是野狼出没的原始丛林。肯尼亚在赤道边上，白天黑夜时长均等，每天晚上 6:40 左右天就全黑了，对居住在贫民窟的草根而言，黑夜直接意味着不可预测的风险。

平时让人厌恶的堵车现象又开始出现了，但是这次却让人们倍感慰藉，因为堵车不仅说明社会开始恢复正常了，还意味着经济复苏了，"Worse traffic equals better economy（糟糕的交通等于更好的经济）"（来自一位在肯华人朋友的微信）。

但是对于反对党而言，生活还将继续，选举并未过去。至少 45% 的选民选择了奥廷加，不少人还有话要说。奥廷加宣布，大选舞弊严重，不承认选举结果，并将在 8 月 16 日正式向支持者发布下一步行动计划。

抗争下的冉冉谢幕

2017 年肯尼亚大选一个显著的特点是，世界各国和主要国际组织几乎不约而同地站在了被宣布为胜利者的一方。

包括美国、欧盟、英国、非盟等在内的几十个国家和地区向肯尼亚派遣了总人数高达5500余人的"大选观察团"。他们在大选刚结束，选举结果还没有正式公布前，就先后表明了肯定大选的立场。

"独立选举与界别委员会措施到位，遵守了选票计票和安全管理的各项细节规定，如果贯彻到底，能够给每一个肯尼亚公民信心，即他们的选票被正确记录，而大选结果也是可信的。"美国卡特中心观察团团长、前副总统克里，在投票结束后的第二天，即8月10日就发表了自己的看法。

非盟、欧盟、英国等观察团都在8月10日这一天密集发声，高度赞誉肯尼亚2017年大选组织有序，人民投票热情高涨，敦促反对党循着法治的轨道解决争端。

肯尼亚的政治似乎没有围墙，精英、民众、财团、舆论、国际势力等，都摆在明面上，似乎可以一眼看清。但是实际上，国际国内各种利益纠结交织，其复杂程度，几乎可以秒杀一切丰富的想象。

除了部族政治，国内政治高度国际化，应该是肯尼亚政治的另一个显著特点，国际社会深刻有力地影响着肯尼亚的政治生态。

"超级国家联盟(NASA)的抗议，尽管可能会引发暴力冲突，但是如果没有主要国际大国，尤其是美国、英国、欧盟，可能还有中国的支持，是不可能成功的。"8月11日的肯尼亚《国民报》干脆挑明了说。

实际上大选结果正式宣布后，奥廷加即陷入了内外作战的苦斗残局。

首先是NASA的内部分歧日益扩大。下一步怎么办？从不认输的奥廷加坚持要走街头抗议的路子，但是以他的竞选搭档、前副总统穆西约卡(Musyoka)为首的另一部分代表则主张走温和的体制内抗议路线。

其次是国际压力日益增大。中、美、英和欧洲各国都已经先后向乌胡鲁总统祝贺当选，更有消息说英国和美国在试图劝说奥廷加接受败选。

"奥廷加很震惊，每个人都在祝贺IEBC的出色表现。他对国际观察团的立场尤其感到生气，因为他们(错误地)认为，选举似乎无非就是宣布谁是获胜者。"来自反对党的深喉向媒体透露了奥廷加的不满。

奥廷加的震惊与生气是不加掩饰的。大选以来，奥廷加不仅遭到竞争对手的有力阻击，还经受了民众的"冷漠"与不合作，承受着国际社会逼迫他放弃的压力，更有舆论要求奥廷加体面退出，以巩固其在肯尼亚历史上"人权战士"的美名，可以说奥廷加是"四面楚歌"。

种种迹象显示，肯尼亚大局已定，历史人物淡出舞台的倒计时已经开始。

8月16日，奥廷加向肯尼亚国民发表了姗姗来迟的行动纲领演说：

"我们已经决定向最高法院起诉，让全世界看清楚这个由计算机制造的领导人到底是怎么产生的。"

——此举被认为反对党基本采纳了循体制内道路解决问题的路线，社会冲突的危险系数降低了，全体中产阶级松了口气。但是非洲的本土政治观察家指出，肯尼亚政治无关中产阶级的好恶，部族的力量才是决定胜负的关键，无论选举多么透明，对占肯尼亚相当一部分人口的另外一些不同部族而言，其结果都是坏的。这是奥廷加8月16日声明最后一句话的真正内涵：

"This is just the beginning. We will not accept and move on.（这仅仅是个开始。我们不会接受并继续前进。）"

编者注：奥廷加在败选后，以选举委员会在选举过程中的一些做法违反相关规定为由，拒绝接受选举结果，并向最高法院提起上诉。9月1日，肯尼亚最高法院裁定8月8日举行的总统选举结果无效，并要求于60天内重新举行选举。肯尼亚随即于10月26日重新举行总统选举。但奥廷加宣布退出第二次投票选举，肯雅塔成为实际上唯一有实力的总统候选人。

10月30日，肯尼亚独立选举和边界委员会公布最终计票结果，肯雅塔获得约98.3%的选票，在重选中获胜。尽管奥廷加仍拒绝接受总统选举结果，但肯尼亚最高法院裁定总统重新选举结果有效。

11月28日，乌胡鲁·肯雅塔宣誓就职，开始了他本人的第二个总统任期。

2018年，双方和解，奥廷加被任命为非洲联盟非洲基础设施发展高级代表。肯尼亚的局势又掀开了新的一页。

北上南下话非洲

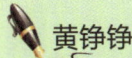**黄铮铮**

黄铮铮，女。1982年生于中国四川。2007年毕业于中国传媒大学电视新闻系，同年进入中央电视台科教频道《人物》栏目担任编导，2011年1月，任中央电视台非洲分台驻站记者。2011年，黄铮铮亲历利比亚中方人员撤离行动，坚守突尼斯西线报道近1个月。驻非洲期间，她曾三赴索马里，两次参与中央电视台东非野生动物大迁徙直播报道。潜过红海、印度洋，登过乞力马扎罗山。2014年5月，任中央电视台马尼拉站首席记者至今。在菲律宾期间曾多次采访菲律宾总统杜特尔特，被杜特尔特形容为"中菲繁花盛开，你我身在其中"。爱旅游，爱冒险，爱吃辣，双子座。

说到非洲，能够回忆起的影像很多：那些美好的空气和云朵，那些盛放的花儿和笑脸，话筒掉落在难民营的沙地上腾起一阵尘土，前线战区卸下防弹衣后衣服上沾染的白色汗迹……但最终，这些影像飘来又散去，定格下来的是某一个马塞马拉的傍晚，我们在直播营地上捧起一杯温暖的香浓的奶茶，一只长颈鹿悄悄地靠过来，在不近不远的地方好奇地张望。它的身后，夕阳西下，金合欢树和大象草幻化出一片迷离的光彩。这大概是非洲给予我的，最真实又最梦幻的，永远也无法磨灭的一个印记。

◎在肯尼亚安博塞利保护区乞力马扎罗山下拍摄

 **北非印迹**

入行10年，觉得自己这10年来写得最好的一句解说词是："使馆人员跃上墙头，打出一面巨大的五星红旗：中国人，这边走！"我查了一下记录，这个文稿是我在单位发稿平台上传的第7篇文稿，在2011年3月1日播出，节目名字叫《记者亲历：克服困难 让同胞回家》。

很多年后再去看这个节目，觉得自己的出镜还显得稚嫩。但是无论如何，这仍然是我写得最好的一句解说词。

那是我到非洲的第一年，第一个跨国任务。坐标是北非，突尼斯，接近利比亚边境的地方，有一个口岸叫拉斯杰迪尔。2011年2月底，我和同事张东紧急出发，去杰尔巴岛报道利比亚撤侨的西线情况。张东，我们后来戏谑地叫他张记者，虽然他现在已经不再在电视这个行当，但是当我们说起杰尔巴岛，说起利比亚撤侨，还是能清晰地看到他对这个行业的留恋。我们一抵达，就扎进繁重的报道中，忙碌到什么程度？用张记者的话来说，是他有一次看到我写稿，写着写着就脑袋砸在了键盘上睡着了。用我的话来说，虽然我们住的酒店窗外，就是地中海，但是5天过去，我都没来得及往窗外看一眼。

2011年3月4日的日志摘录：

一直想好好地记录自己杰尔巴岛的行程，但是始终都没有时间和心情。

晚上收工的时候，司机开车把我们载到海边。他知道我们明天就要离开了，擅自做主把我们载到了这里。这个可爱的老头摇下车窗，说，听听海吧。

夜色中的地中海，看不清面容。只能看到银白色的海浪，像延绵不断的丝线，一波一波地涌上岸来。海的声音，让你的心一下子就柔软起来。

那一刹那我忽然涌起了很多伤感。5天来，没有时间好好去看看这个岛，明天，就要离开了，这辈子还不知道有没有机会再来。

5天来像个疯子一样地干活。从26号踏上杰尔巴岛的那一刻，几乎就没有消停过。

下飞机就遇到了独家消息，张总神奇地钻进了任何人都上不去的首架包机。我在机场二楼的大厅里，守着我们所有的行李，看着无数阿拉伯人在我面前经过，在杰尔巴岛海风凛冽的冬季，几乎所有的人都穿着露趾的凉鞋。

在边境口岸泡了整整两天。见识到了无数无家可归的人，他们找不到去处，找不到归宿，在露天的树林里裹着毛毯。他们仰天跪拜，虔诚祷告。难民营清真寺仍然会在每天的某些时刻，响起阿訇念经的声音。然而这样祥和的诵经掩饰不住难民们的凄苦。在那个手机信号被切断的地方，我们发疯一样地去寻找中国人，却被带到了越南人的营地。当地人分不清中国人和越南人的面庞，我们看着那些蹲在门口用矿泉水洗头的越南兄弟，真的不知道说什么好。

在边境口岸的深处，我们终于找到中国人的驻扎点。3000人的队伍，在几小时之内就被大巴全部接走。这样的速度让泰国使团的人艳羡不已。

我们亲眼见证了使馆的安哥从一个白净的帅小伙忙到变成煤炭色的中年人。刚出边境就过来帮忙的阿语志愿者，替我们领了一份难民营的面包，里面涂满了略带一点鱼腥味的突尼斯辣酱。杨武官跃上墙头打出五星红旗。张总在边境线上抱着机器偷拍。守候在机场的女孩，每天换班回来的时候，已经累得说不出话来。那个穿越火线、拼了命打通撤离道路的参赞，一提到"家"这个词，突然就泪流满面。身披国旗的突尼斯青年，敲开我们的车窗，不由分说就递进来6瓶果汁。在寒风中守候了5小时的民工兄弟们走过边境线时，想起的第一件事，是递给了我一副手套。

◎窗外迷人的地中海

每天都被这样的故事包围着,每天都是两条片子的工作量。我第一次上了联播,第一次做了连线。每天早上总是要狠起心肠,用窗帘遮挡起外面那一片迷人的地中海,咬牙切齿地出门,去地狱一般的口岸,去排着长队的机场,去那些和这个宛若天堂的蓝白小镇毫不相关的地方。抵挡如此巨大的诱惑,需要多么坚强的意志力,没来过这里,你就体会不到。

我多么想,赤脚在沙滩上奔跑,让地中海那醉人的蓝色淹没我。

你听,就是那片海。

那是一天晚上,我们送走了最后一架中国包机,撤侨报道任务圆满结束,准备踏上回程。但事实上,我们第二天并没有走成。因为台里的任务继续了,要我们驻守杰尔巴岛,报道滞留当地的难民的情况。然后,我们在当地一待就是20多天,经费都花光了,要不是后来因为日本大地震收缩突尼斯的报道规模,我们估计都要活成难民了。

那时候每天都往难民营跑,难民营建在沙漠上,一头一脸的尘土。台里发的话筒罩和台标在大风中常常被甩飞,咕噜噜地滚出去老远,没事可干的各国难民兄弟都帮我捡过。和中国工人住五星级酒店、坐包机回国的待遇相比,这些来自孟加拉国、埃及、越南、菲律宾的工人简直太凄凉了。孟加拉国和埃及

◎滞留当地的难民等待营救

的人住在难民营,越南和菲律宾人则占据了机场的二楼,洗了的袜子衣服晾满机场大厅的栏杆。有一次我们发现越南兄弟们在厕所洗头,张记者冲进去拍摄,我在外面等他。一个闲极无聊的越南小哥腼腆地过来问我,可不可以和他合影。我答应了,于是等张记者拍完素材出来的时候,发现越南人民排起了一个长队,等着和队伍那一头的我合影。

　　北上非洲,也让我认识到了阿拉伯文化,那些繁复的花纹和精美的陶罐,与撒哈拉以南的地区风格迥异。后来有机会去过一次埃及,在埃及国家博物馆里待得不愿意出来,5000年前,原来这里就已经那样发达了。对北非的了解很浅略,觉得自己还需要学习和重温。

◎在突尼斯边境的难民营采访

新闻链接:《记者亲历突尼斯边境救援:克服困难,让同胞回家》

东非之角

有一段时间，索马里变成我名片的一部分。菲律宾的线人在向别人介绍我时，总喜欢说，嘿，她去过 3 次索马里。

是的，3 次。如果要问非洲哪一个国家最让我心疼，毫无疑问就是索马里。

因为当你见过她的丰饶，也见过她的困顿，见过她曾经的美丽，也见过她残存的废墟，见过她蓝色的海和白色的沙滩，也见过战火前线的黑色火药和难民营的黄色泥土，那种心痛难以言喻。

◎ 2012 年 8 月，索马里议会选举现场，我奔跑着穿过会场去递话筒

就算是现在，一听到摩加迪沙爆炸，我就会立刻去查新闻，生怕是自己住过的酒店、吃过的饭馆，会在 Facebook 上看很多人的状态，想知道他们是否平安。

第一次去索马里，是 2012 年 8 月，议会选举就职。但其实这一次的重头戏在于，我们跟着非盟驻索马里特派团去了一趟前线。

非洲的东海岸都是暴热的天气。在非盟特派团的军营，被要求进门就穿戴上防弹装备。那一身铁板有十几斤沉吧，架在胸口几乎让人无法呼吸。我们在等候时互相揣测，万一有突发状况是先出镜还是先跑路，穿着这一身是不是还

◎索马里摩加迪沙街头,同事王海滨在淡定拍摄装甲车过境

跑得动,以及跑的时候到底要不要扛着设备。然后军官过来发一份文件,原来还需要签免责协议,大概就是上了战场出了事军方概不负责。没有地方写字,我们各自把背借给同事用,勉强把字签上了。上了装甲车,战队开向一个叫阿弗戈耶的地方,政府军刚刚把阿弗戈耶从恐怖分子"索马里青年党"手中夺回来。透过装甲车的缝隙,我看到路边晾晒着大片大片的绿色酸橙——喜欢这种小小的水果,挤到冰过的矿泉水里面非常好喝。部队的人说,阿弗戈耶是首都摩加迪沙附近的重要农业产区,因此,收复这一地区,算是为摩加迪沙拿下了一个粮仓。车队在阿弗戈耶镇上停下来,我们在路边做一个出镜和采访,一不小心就踩到子弹壳。然后突然响起枪声,一群青年坐在一辆皮卡上呼啸而过。我们吓了一跳,急忙躲避,引起路人的一片哄笑。他们说,这是政府军啦,你们不用躲。我们看着那一车穿得五花八门手拿各类武器的青年,很难相信这样的说辞。

　　那一天还去了前线军营,我们捡到了好多10厘米长、2厘米粗的重机枪子弹壳,可惜后来被索马里海关全部查收了,同行的崔哥和廖老师差点为此进了局子。脱下防弹衣的那一刻,我觉得自己身轻如燕,用王老师的话来说,"一蹿就可以上房"。

◎索马里摩加迪沙教堂废墟,"索马里敢死队"5人组合影

第二次去是 2012 年 9 月,总统选举。从那一天起,索马里的过渡政府就结束使命了,新政府会取而代之,所以这个意义还是很重大的。那一天我做了生平第一次视频连线。

第三次去是新政府成立一周年了,2013 年的 9 月,那一次的 5 人组,也因此建立了深厚的友谊,"索马里敢死队"的名号保留至今。那一次我们几乎完全泡在难民营里,听他们的苦难,听他们的梦想,听他们的坚持。然后,惹了一身跳蚤。

在索马里,我经历过迄今为止最严厉的安检。第一次去的时候,进机场是需要搜身的,因为当时机场就是非盟特派团的军事基地。女士总是有特别优待的,

◎索马里摩加迪沙难民营，探访难民哈亚缇的家

我被叫到小黑屋，旁边拿着握力器的裹着蓝头巾的兵姐姐直接过来就一把袭胸。后来听说因为索马里妇女都穿长袍，很多恐怖分子都是女性，她们会把炸弹藏在胸部，所以安检人员一定要确认胸部是不是有炸弹。第二次去的时候，对查胸部这事已经有了心理准备，去总统选举现场的时候，听到我前面的大姐被捏得笑出声来的时候已经不觉为奇。但是，总有惊喜等着我，这一次查完胸部之后，女战士又告诉我：腿劈开。然后被仔细检查了大腿内侧。后来听说还是因为当地妇女都穿长袍的缘故，腿部也容易藏武器。好在第三次去的时候，因为新政府已经成立一年，安全局势有所好转，因此这些安检步骤略微松动，至少没有直接上手了。

如果有机会去索马里，你要去滨水区（Waterfront）看一看，那里的灯塔、海湾对面曾经的五星级酒店，附近的教堂，都还能看出当年的罗马建筑风格以及曾经的美丽面貌，虽然现在只剩下了废墟残垣。如果有机会去索马里，你要去城里的丽都（Lido）海滩，也要去郊区的杰莉拉海滩，看看印度洋的海水有多蓝，沙滩有多白多细腻，小小的螃蟹是如何成群地奔跑。如果有机会去索马里，你要去鱼市看一看这里的丰饶，小伙子们头顶着硕大的旗鱼从码头归来。如果有机会去索马里，推荐你去住和平饭店（Peace Hotel），他们有最好吃的葡萄干米饭。如果有机会去索马里，推荐你去乡村（Village）饭店吃饭，他们有炖得酥烂的骆驼肉。

很想念那个地方。流离失所的难民大姐用缝纫机给我做过一个头巾，灰色的，我一直保留着。这是无与伦比的纪念品。

对于这个叫索马里的国家，我似乎有一种特别的情愫。有时候人们会说，你还去过那么危险的地方，我总是叹一口气，说，你们不知道索马里有多美。2013年9月，我第三次踏上这片苦难深重的国土，欣喜地看到了她的变化。总统选举一周年，摩加迪沙的街道变得干净了许多，机场附近甚至有了新修的路基，坠毁的飞机残骸也已经被清理到了城外。鱼市重新做了内部装饰，杀鱼的区域被隔离开来，这里终于不再血淋淋地叫人难以下脚。渔港，22年前应该是摩加迪沙最繁华和漂亮的地方，这里残存着破旧的灯塔，对岸能看到昔日五星级酒店留下的废墟。一年前，去捕鱼的渔民还需要在陡峭的崖壁上攀爬，一年后，这段路已经成为了一段台阶。最重要的是，孩子们终于可以享受公费教育，在这个信奉伊斯兰教的国家里，女孩子们穿着统一的长袍校服，笑容友好又羞涩。

◎索马里摩加迪沙的难民哈亚缇送我的灰色头巾，同事程怡开心地戴上自拍

这大约是我 3 年任期中最后一次到索马里，但是我希望在有生之年，能够看到这个国家的重建和复兴。

◎索马里摩加迪沙学校里的孩子们

新闻链接：《央视洋记者穆罕默德：单兵赴险境报道索马里》

新闻链接：《难民哈亚缇：我想要一台缝纫机》

 **生死马赛马拉**

很多人都看过央视东非野生动物大迁徙的直播，然后试探性地来问我，你参与了吧？我每次都得拼命压抑住自己特别想显摆的心情，装作风轻云淡地告诉他们：是啊，我在草原上生活了两个月呢。

真的没有办法风轻云淡，因为马赛马拉总是给人意外。2012 年，第一年做直播，我是国内团队的当地协调员。刚到营地安顿好要做的第一场拍摄，我"哐叽"一声掉进了陷兽坑。

感谢肯尼亚的野生动物保护政策，陷兽坑里没有致命的装置，只是一个单纯的坑。它建在我们营地周围，主要是为了保护营地在夜间不受野生动物骚扰。但是，我在大白天掉下去了。因为长长的大象草被风雨吹得倒伏，将坑道掩盖得严严实实，我一脚就跨了进去，痛得眼前发黑。直到现在，脚背上还有一个小小的凸起的硬结。我揣测可能当时有骨折，只不过缺医少药的，也没有去看，就这么歪着长好了。

脚伤了，可是节目还得继续做。还好我只是做协调，主要靠说话干活。一只馒头脚跷在 1 号机的车窗上，后来成为一大风景。拍摄幕后故事的编导还选中了这一段当素材，以凸显前方团队的艰苦奋斗。但我觉得我这个只是小伤，根本比不上另一组人马，他们在暴雨的草原夜里爆胎，要知道在野外下车是极度危险的事情，因为你根本不知道周围潜伏着什么野生动物。换轮胎的时候，

◎ 2013 年 7 月，央视直播团队住宿营地全景

据说斑点鬣狗就近在咫尺。好在可能鬣狗们刚吃饱,所以没有把他们拖去当点心。

2013年,东非野生动物大迁徙拍第二季。为了吸取我的陷兽坑教训,这一次营地不再做 fly camp(前方临时营地)了,而是依托了一个酒店,搭建在酒店的地盘上。但是,千算万算,算漏了一种小小的野生动物。别看它小,谁也不敢跟它较劲——那就是行军蚁。

我们的营地搭在河岸附近,行军蚁每晚要经过这里,浩浩荡荡、密密麻麻。当地的首席动物专家说,这小家伙的报复性特别强,要是不小心踩死一只,剩下的蚂蚁军团就会对你群起而攻之。虽然不至于像传说中那样瞬间就把人吃成白骨,但是它们真的会咬人,而且会很疼。于是营地每晚都要展开一场和行军蚁斗智斗勇的战役。动物专家说,它们害怕煤油的气味,所以每天我们要做的事情就是在营地周围喷洒煤油。不过,那味道人也不太受得了就是了。

动物专家多米尼克,我很想念他。他告诉了我很多关于动物的趣事。比如我一直没有机会亲眼看到花豹,多米尼克说,花豹其实是一个高深的隐士,它甚至会躲藏在城市之中,居住在贫民窟的屋顶上,夜晚出来捕食野猫野狗。有一次肯尼亚野生动物保护局就曾经在基贝拉贫民窟发现过花豹的踪迹。但是我最想总结下来的,是在马赛马拉的 N 种死法。

◎ 2013 年 8 月,摄像师曹筱征在车顶躲避大象

河马脾气不好，别看它长得憨头憨脑，但其实河马的大牙非常锋利而且有力。大嘴张开的时候，咬合力尤其惊人。多米尼克说，要是惹怒了河马，It will cut you into two（它会直接把你咬成两半）。

鳄鱼也是以咬合力著称的。但多米尼克说，鳄鱼和河马不一样，河马纯粹是看不惯你，而鳄鱼是真的要吃你，所以一般来说，鳄鱼会更喜欢把你拖入水下，塞进石头缝隙中，饿了就过去吃一口、饿了就过去吃一口……

马赛马拉的司机最怕什么？他们最怕大象。大象发起脾气来是谁也挡不住的。人象直接遭遇的概率比较高，人象冲突的致死率也很高。多米尼克说，大象通常会先用鼻子像鞭子那样把你抽到地上，然后踏上一只脚，然后碾啊碾啊，直到碾成饼。

但是，在草原上的人兽冲突中，致死率最高的并不是这些看起来硕大或者凶猛的动物。答案你们可能想不到——是猴子。多米尼克说，猴子经常骚扰村落和农田，人们则往往会驱赶猴子，导致与猴子直接交手。在这个过程中，人经常会被猴子咬伤。而猴子的牙齿中含有一种病菌，这种病菌会让人类的伤口难以愈合，感染期可能长达 6 个月以上。在野外的原始村落，缺医少药，虽然只是很小的咬伤，但是长时间感染却往往是致命的一击。

◎马赛马拉公路上的大象

◎肯尼亚秃鹳

还有一种怎么也弄不死的动物，叫秃鹳，在肯尼亚又被称为垃圾鸟。它看起来像是一个失意的中世纪武士，身高1米多，体型巨大。多米尼克说，秃鹳是食腐动物，他们的研究表明，秃鹳的体内是强酸性的，能够达到极值，所以能消化一切无法消化的东西，换句话说就是毒不死。而且因为强酸性，所以秃鹳就算是死了，也没有动物敢吃它。这才是真正的"草原之王"。

◎马赛马拉的狮群

◎马赛马拉的斑马

动物界还有很多趣闻。比如大象也是有左撇子的,它哪边的象牙磨损得比较短,就说明大象喜欢用哪边的象牙;比如长颈鹿的皮肤会分泌一种效果类似"蚊不叮"的物质,让苍蝇和蚊子不能靠近,不知道这有没有什么科研价值。在马赛马拉,与动物专家和向导聊天是一件非常开心的事情。如果有一天我老了,说不定就去草原上这样度过闲散时光。

新闻链接:《东非野生动物大迁徙:马拉营地,我们东非草原的"家"》

新闻链接:《马赛马拉独一无二的动物大夫》

 **南非以南**

我在非洲的 3 年，如果说起南非，那只可能是关于一个人，这个人的名字叫曼德拉。

从 2011 年到 2013 年，我们的策划案整整做了两年多。那时候唯一祷告的就是期望曼爷爷长命百岁。然而，一切终究抵不过时间。

曼德拉去世之后他的第一个生日那天，我发了一个朋友圈，是这样写的：

曼爷爷在我心目中有很多的形象。那个光着上身穿着民族服装的青年，那个在屋门口搂着狗狗的律师，那个戴着拳击手套的小伙，那个在铁窗里有着深邃目光的中年男人，那个面容慈祥的老者，那些印在人们衣服上的头像也最终印在他们心上。在维拉卡兹大街，在罗本岛的上空，在狭小的牢房，在霍顿区的住所，在大学古旧的花园，在比陀医院的门口，在索韦托空旷的下着大雨的体育场，我们追随过曼爷爷的足迹，聆听过那些故事，捧起过那些彩色的石头和圣洁的菩提花，感受过灼热的眼泪和温暖的歌声，"Nelson Mandela, hau na ya truan na ni ye na"，我不会拼写祖鲁语，但我还记得这样的旋律和歌词，"再没有人像你一样"。

2013 年的 6 月，南非寒冷的冬日。曼爷爷病重入院，各种传言满天飞。我们先是在约翰内斯堡的霍顿区，曼爷爷的住处门口蹲点。每一天，有不同的人来，送上鲜花和祝福。印象最深刻的是那些小朋友，他们肤色各异，但是都认真地涂了一颗颗彩色的鹅卵石，上面画着画，写着祝福。小朋友们把石头放进曼爷爷住所周边的花坛，好像这样就能够让老人战胜病痛。我还记得一个瘦瘦高高的白人小男孩说，曼德拉是他学习的楷模。很多家长也会带着孩子来，非洲特色的色彩丰富的祝福卡片让人感动。那一天是父亲节，曼爷爷被南非人民称为"马迪巴"，意思就是"父亲"。6 月的南非泛着凉意，有一天曼爷爷的邻居带着自己做的焦糖煎饼和热可可来分发给记者，她丝毫没有抱怨我们这些在她家附近架设长枪短炮、稍有风吹草动就如同惊弓之鸟的媒体"民工"，反而感谢我们关注曼爷爷的情况。那一天，端着那杯甜甜的巧克力，真是暖到心里。

后来在比勒陀利亚的医院门口值夜班。其实我们很少坚守一整夜，都是隔

◎ 2013年6月，在南非约翰内斯堡曼德拉住所前采访

一段时间去看看情况。冬日的夜里冷得发抖，我会穿着冲锋抓绒全套，围着围巾戴着手套，对了，还有秋裤。夜里3点，前来给曼爷爷加油打气的年轻人往往会在医院门口开起舞会，他们围着小小的蜡烛，跳起节奏欢快的舞。是的，那些歌声很欢快，人们说只有情绪乐观才会好起来，所以他们不要悲伤。有一天，正好奥巴马来南非访问，医院门口一早就摆上了奥巴马和曼德拉的画像，大家都在纷纷揣测美国历史上的第一位黑人总统会不会到这里来看望南非历史上的第一位黑人总统。但最终，奥巴马没有出现。6个月后，他出现在曼爷爷的葬礼上，第一个发表演讲。

我有时候想，和一件事情相处久了是不是也会产生一些莫名的心灵感应。2013年12月5日的夜里，我在马达加斯加出差，凌晨3点的时候突然惊醒，烦躁不安的情绪让我心头发苦。翻开手机一看，曼爷爷去世的消息刚刚传来。我被分配去索韦托，南非著名的黑人聚居区，虽然这样的表述总感觉有歧视，但我也想不到用什么好的称呼来代替。曼爷爷的故居在这里。3年来我曾经无数次拜访，但这一次明显不同。有一个角落堆满了花束。人们似乎心有灵犀，献上的都是菩提花，国花配国父。菩提花，它有一个普度众生的名字，像一朵悲悯的莲。国葬的那天下起大雨，索韦托的体育场作为一个分会场，只能看到直播录像，现场几乎空无一人，重要人物都去了约翰内斯堡的足球场。我和程怡在现场默默看雨。曼爷爷去世，我的非洲3年也即将谢幕。大约就是在那前后，我接到自己要调派去菲律宾的消息。

但是非洲啊，它永远一如初见。你只需要发出 Africa 这个音节，就溢满了思念，像是呼吸，又像是叹息。

◎ 2013年6月29日，南非比勒陀利亚医院门口，民众聚集起来为曼德拉祈福

新闻链接：《南非前总统曼德拉逝世：罗本岛记录曼德拉的铁窗生涯》

新闻链接：《南非前总统曼德拉逝世：索韦托故居前民众怀念曼德拉》

和大家分享我在踏上非洲肯尼亚首都内罗毕的第一天，2011年1月25日写下的一篇日记：

非洲给我的第一印象是惊艳。虽然长达 24 小时的飞行旅程让我疲惫不堪，甚至我丢掉了重要的电脑电源线，甚至我们在填写入境申报表的时候非常忐忑不安，但这些都不足以抹杀内罗毕给我的惊喜。

一出机场，就是倾盆而下的阳光。紫红色的三角梅在路边开得正是灿烂。旁边是另一棵树，事实上，它应该被称为某种仙人掌属的植物，蓬勃生姿，树冠展开来，竟然像故乡的黄桷一般硕大。天空蓝得通透，云团是层叠堆积的模样。微微的风吹来，在这样强烈阳光的下午，竟然有一丝清凉。那一瞬间我就喜欢上了这个地方。

车开出机场不到 5 分钟，一片金合欢就出现在了我的眼前。我还来不及惊叹，这就是我梦寐以求的稀树草原啊，一群长颈鹿紧跟着闯入了我的视线。它们就在离车不到 50 米的地方散步，对于喧嚣的机场和公路视若无睹。我们只来得及指着长颈鹿喊了两声，又出现了一群斑马。司机无奈地对着我们这群大呼小叫乱激动的人说，这里是内罗毕国家公园。

金合欢，我实在难以表达我对这种树的热爱。仅仅只是听一个名字，你就知道它有多美。但是你想要真的知道它有多美，那么你绝对应该来这里看看。

住的酒店叫"火烈鸟"。每天的清晨和傍晚，都有奇怪的黑色鸟群在窗口盘旋，发出类似婴儿啼哭的巨大叫声。酒店小巧别致，我们在每天早晨的细雨中，坐在露天的阳台上吃早餐，是从来没有过的惬意的生活。

我喜欢内罗毕的公路，它让我想起我小的时候。双车道的狭窄马路，两旁的泥地上杂草丛生。我一直都是走在这样的马路上，直到长大，直到离乡。内罗毕，一个如此遥远的地方，却离我的回忆是如此之近，我每天看见这样的马路，心里就充满了一点点柔软的疼痛和难舍的温柔。

今天在内罗毕的各种 Shopping Centre（购物中心）奔波了一天，只是为了寻找一款合适的电脑电源。在临近傍晚的时候终于找到。回来的时候遭遇堵车，司机查卢（Kiluku）问我对内罗毕的印象如何，我说我喜欢这里，他哈哈地笑，说他准备把车停在酒店楼下，然后走回家去，因为实在是太堵了。

我说的是实话，我真的喜欢这里。

◎ 2013 年 12 月,肯尼亚迪亚尼海滩的木槿花

　　我有点怀念 7 年前那个英语说得磕磕巴巴的我,我也有点怀念 7 年前那个道路泥泞、没有光缆的内罗毕。非洲见证了我的成长,我也经历了非洲的成长,这对我们来说,都是重要的一段经历,不能说涅槃重生,但至少在坚持向上。我喜欢这里,红色的土地,绿色的森林和黑色的皮肤,人们笑起来露出大颗大颗洁白的牙齿。紫红的三角梅,金色的凌霄花,粉色的木棉和燃烧的火焰树,街边小贩手中香芋色的玫瑰花,我喜欢这样浓烈的色彩,或许这样,在记忆里就不容易消退。我的非洲,我爱它!

我的非洲历险记

廖 亮

廖亮，生于1975年，自2011年11月至今长驻肯尼亚，任记者、央视非洲分台英语区域制作中心负责人。曾于2012年赴索马里报道联邦议会和新政府的成立；赴南苏丹报道内战和南北苏丹战争；于2013年赴开罗报道埃及革命，于2013年在肯尼亚内罗毕现场指挥报道西门购物中心恐怖袭击事件，在激烈的交战现场外拍到了珍贵的照片。央视成为第一家在现场做直播连线的国际媒体；于2015年赴东非吉布提，乘坐中国海军护航编队护卫舰临沂舰抵达阿拉伯半岛的也门亚丁港，在战场边缘采访报道中国海军执行撤离中国和外籍公民的任务。不仅亲历了十多个非洲国家的战乱和动荡的局势，作为一名摄影爱好者，还拍摄了大量东非野生动物的照片，记录下了非洲大陆的壮美风光和人文景观。

 **索马里的 2012**

2012 年 8 月的一个凌晨，我和 4 位同事从肯尼亚内罗毕飞往索马里摩加迪沙进行采访报道。当月，索马里联邦议会正式成立。经过总统选举，索马里将结束长达 8 年的政治过渡期，成立内战爆发 21 年来首个正式政府。

索马里一直处于军阀割据的状态中。安全局势的最大威胁来自"索马里青年党"。该组织以在索马里建立极端伊斯兰政权为目标，主张在索马里实施严格的伊斯兰教法，向异教徒和外国"侵略者"发动圣战。

我们带了钢盔、防弹背心、防刺背心。飞机绕了一大圈，先往北飞到索马里北部亚丁湾海岸线上的一个小城柏培拉（Berbera），再飞回南边的摩加迪沙，直线距离不过数百千米，却整整耗费 4 小时，才终于到达沙漠与碧海之间的摩加迪沙。

酒店派车来接我们。酒店提供的强制性安保服务堪比好莱坞的大片：我们乘坐两辆车，前后各有两辆丰田皮卡，每辆坐 6 名枪手，共 10 支 AK 冲锋枪、两挺轻机枪。

在碧海黄沙之间，车队挺进摩加迪沙。眼前尽是电影《黑鹰坠落》中的景色。

这里不是监狱也不是兵营，而是酒店，酒店叫"和平饭店"，请自行脑补发哥那部杀人如麻的同名电影。

虽然武装分子主力已经被非盟部队赶出首都，但非盟的巨型装甲车仍在满大街巡逻。战斗远未结束。

我们四处采访拍摄，所到之处，枪手们前呼后拥，就连进个小商店买水，那 12 条枪也拥着我们一起进去。我知道这只是心理安慰。人家真心要杀你，搞个汽车炸弹，或者从楼顶给你射一发火箭弹，多少个保镖都没用。然而，酒店的安保标准是不容妥协的，保镖不在的时候，我们一步都出不了那个监狱似的院子。

摩加迪沙是一座历史名城，和许多东非印度洋沿岸的城市一样，许多个世纪以前阿拉伯人和波斯人曾在索马里沿海一带频繁贸易，并逐渐定居下来，所以这里充满着浓郁的东方情调。经过多年战乱，她现在是一个半废墟的城市。这里每条街道都有一个悲惨故事。本地人随手一指，看，那里曾经是个学校。土耳其曾经为该校 70 名学生提供大学奖学金，而恐怖组织认为出国留学是一种罪过，于是武装分子将一辆满载炸药的汽车撞入校内引爆，将学校夷为平地，学生几乎无一幸免。

从摩加迪沙布满弹孔的宏伟废墟仍可以看出它昔日的辉煌。这里不仅有穆斯林的遗迹，还有一个天主大教堂，可见索马里也曾是"异教"共存的国家。教堂虽然已经是废墟，仍然无比恢宏。它是意大利殖民当局能工巧匠的杰作，于1928年建成，2008年被摧毁，难得的是，废墟中的耶稣像竟然完好无损。

◎索马里大教堂废墟

摩加迪沙丽都海滩，有三三两两的本地人在玩耍。玩耍的人还没有枪手多。中国援建的国家大剧院就在一边，经过战火的洗礼，剧院的框架还在，但什么设施都没有了，墙上满是枪眼和弹孔，非常破败。

几年前被击落的俄罗斯运输机残骸仍然横在大街上。

清晨，在印度洋边的祷告声中醒来。今天是开斋节，穆斯林最重要的节日。人们结束一个月的白天禁食，但不是就立刻大吃大喝了。头两天先吃些甜点，然后才会正常进食。他们主要的活动就是去清真寺祷告，然后去走亲戚，并拿出一些粮食救济穷人。

索马里人大概具有阿拉伯人和黑人的血统，颜值颇高。当地人不像我们想象的那么闭塞，大都会讲英语，知道我们国家主席的名字，也知道我国有人卖肾去

◎索马里飞机残骸

买苹果手机等狗血八卦。

在海边渔市,渔老板和几个孩子一起把两只大海龟往渔市里拖,海龟还活着,身上血渍斑斑。

当地人认为吃海龟肉能壮阳。小贩在渔市里将海龟现杀现卖,一米多长的大海龟,肉被一块一块剁出来,很血腥。

索马里主要流通货币是美元。你也可以用索马里货币,只要不介意每天背一麻袋纸币出门。令人吃惊的是,在这市场里,竟然还可以用手机进行电子交易!(请注意当时是 2012 年,我甚至还没听说过微信支付。)

我们还想去当年拍摄美国大兵生死搏杀的"黑鹰坠落"之地,但即使是酒店老板这样超级有能量的地头蛇都不敢带我们去。他说,那个战场在一个人口密集的集市内,一旦出事,就会被淹没在民众的海洋里,谁都救不了我们。难怪当年美国大兵打得那么惨烈。

我们通过非盟部队的重重安检,在机场的一块空地上见证了索马里联邦议会的成立,国家的重生。如果武装分子从远处朝这里发射火箭弹,那真是一锅端了。

仪式结束,夜幕已经降临,在大街上摸黑回到车里,在摩加迪沙的夜色中撤回酒店,一颗紧绷的心才放松下来。

非盟部队还为媒体安排了作战前线的拍摄活动。我们和德国电视台的记者签下生死状,穿上全副防弹衣和钢盔,披挂上阵,登上巨大的装甲步战车,出发前往30千米外的重镇阿夫戈耶(Afgoye)。

◎索马里重镇阿夫戈耶

这里是基地组织和索马里青年党结盟的地点,最近刚被非盟部队攻下,兵荒马乱。架着高射机枪的皮卡到处横冲直撞。

到达乌干达和布隆迪兵营,然后步行到前线的机关炮台。今日无战事,没看到敌军。

因为总统选举被推迟,我们未能见证那最具有历史性的一刻,带着遗憾飞回了肯尼亚。由于肯尼亚部队仍在索马里境内作战,从索马里飞往内罗毕的客机要先飞到两国交界的瓦吉尔(Wajir)机场着陆,在这里办入境手续,整机行李重新安检,然后再飞内罗毕。到达内罗毕,还要经过盘查,再过一次安检,才出关。

一个月以后,索马里新政府成立,索马里在名义上成为了一个正式的国家。

然而有几个地区早已取得事实上的独立,联邦政府完全不具备管辖权。还有很多地方控制在"索马里青年党"手里,他们不断对首都发起猛烈袭击。我走后那几年,摩加迪沙多次被血洗。

2015年7月,刚恢复建馆不久的中国大使馆所在的酒店被巨型汽车炸弹炸毁,一名中国武警遇难。我们的新闻工作人员却未离开。除了一名常驻摩加迪沙的记者,我的中国同事不断从肯尼亚前往索马里对战乱进行报道,经历了各种艰难险阻。从他们拍回来的片子中,还是看到索马里人的生活在往好的方向发展,当初冷清的丽都海滩,已经有许多裹得严严实实的青年男女在波浪中嬉戏。16世纪英国诗人乔治·赫伯特写道:"对敌人最厉害的反击就是好好活下去。"

◎阿夫戈耶镇上兵荒马乱

 **肯尼亚西门购物中心恐怖袭击**

2012年1月,我刚开始非洲生涯两个月,英国外交部发表声明称,肯尼亚首都内罗毕可能发生恐怖袭击,恐怖分子的筹划工作已接近完成,袭击目标是肯尼亚政府机构或外国游客聚集地,如旅馆、购物中心或海滩等。英外交部没有明确

指出可能实施袭击的组织,但人人都知道,因为肯尼亚在索马里的军事行动,这个国家一直遭受"索马里青年党"的恐怖威胁。

2012年3月10日晚,肯尼亚警方证实首都内罗毕市中心一个繁忙的公共汽车站当晚遭手榴弹袭击,造成至少3人死亡,15人受伤。警方说,袭击者驾车快速驶过内罗毕最繁忙的公交枢纽,向站内等车人群投掷了多枚手榴弹。我和记者赶到现场,汽车站已经恢复了秩序,其实就是恢复了日常的混乱。

2012年4月,内罗毕市区一教堂再次遭受手榴弹袭击。我又一次和恐怖袭击零距离接触。教堂内到处是鲜血和碎玻璃,还有手榴弹炸出的坑。肯尼亚副总统来到现场视察。我们受过训练,知道很多恐怖袭击是连环发生的,先制造一场小的袭击,把大人物吸引过去,再制造一场大的袭击。我心里十分恐惧,但仍然硬着头皮和同事在现场拍摄采访。

没想到,恐怖分子的大招在一年半以后才到来。2013年9月21日,中午时分,我们得知在内罗毕市中心最高档的购物中心"西门购物中心"(Westgate)发生枪击事件。这里持枪抢劫几乎天天发生,见怪不怪。但各方面消息越来越多,我们领导还是派了记者和摄像师去现场。

◎西门购物中心恐怖袭击现场

◎西门购物中心恐怖袭击现场的各国媒体

　　同事们到了那里,竟然像是进入了战场,立刻被笼罩在枪林弹雨中。原来这是一场大规模恐怖袭击,而且仍在进行中。单位立刻安排增援。CCTV 成为了第一家在现场做直播连线的外国媒体。我们记者在连线的时候,身后还不时发生爆炸。

　　这购物中心我去过几次,幸好离单位不算近,否则没准就赶上了。可惜我要值班,没法立刻去现场。晚上 9 点下班后,我赶往现场。这时候很安静,双方在僵持中。院子外头有无数转播车和新闻工作人员,里面一片漆黑。司机告诉我记者所在的位置,我就过去找他们。院子外头没有设立任何警戒线,我就一直摸进了西门购物中心停车场,离大楼不到 50 米。找半天没找到人,军警把我赶了出来。他说我已经完全在恐怖分子的射程以内,不能在这逗留。

　　出了院子,找到同事,询问情况,陪他们待了一两小时,没有动静。院子外头有个本地人,不断歇斯底里地号哭,见车就砸,估计他有亲人在购物中心里没能出来。

　　安排好轮换人员继续守,我就回家休息了。

　　第二天一大早,再次来到现场,这时候媒体已经被警戒线拦在大楼 100 多米外,不让进去了。据说当天早上一个军官被楼里射出的子弹打中了脖子。非常幸运的是两个被困的顾客被营救了出来。

　　后来,再也没人活着出来过。听到各种传言,有说死者包括总统一个亲戚,有说购物中心是以色列人开的,以色列特种部队正准备突袭购物中心,营救人质。

　　下午有很多架武装直升机和其他军用飞机在购物中心上空盘旋,听说总攻击已经开始。但我只听到一声爆炸,没有枪声。围观人群还发生了小骚乱,军警用催泪弹驱散了人群。不断有装甲步战车开进院子。

第三天一大早又来到现场。中午,前方爆发了激烈枪战和爆炸,震耳欲聋。持续了好几分钟,院子里升起了浓浓的黑烟。我趴在一辆警车下面,透过各种间隙拍下了一些战斗场面。可能是手抖得厉害,画面大都脱焦了。

下午,我在单位的面包车里打瞌睡,为继续等待新闻养精蓄锐。忽然又爆发了枪战,我赶紧连滚带爬地钻出车外,躲在车轮后面。而围观的本地群众则像兔子似的纷纷往我身后的草沟里扑。我知道他们是对的,汽车根本挡不住子弹,但自己实在做不出那么狼狈的事情。

几分钟后,一切平息。有一个路过的南非人对我说,肯尼亚太可怕了。我们南非虽然治安不好,但从来没有过恐怖袭击!

第四天,我要值班,没法再去现场了。僵持仍在继续……

第五天,前方没消息了。警戒线还没有解除。直到官方宣布战斗结束。4个恐怖分子死不见尸。

后来在 YouTube 上看到一些报道和监控录像,恐怖分子只有4个人,1个来自苏丹,其他来自索马里。"索马里青年党"宣称对事件负责,意图是报复肯尼亚在索马里的军事行动。监控显示,他们没有扣留人质,见人就杀。但是也释放了穆斯林(能背诵古兰经文的立即放走)和一些非穆斯林的妇女儿童。

袭击刚发生时,一些便衣警察和有枪的市民冲进现场,解救了无数平民。目测这些市民像是印度人。甚至还有一位肯尼亚籍的索马里人。这位英雄被媒体大大报道了一番。另外,还有一位退休了的白人战地摄影师,一直跟随便衣在购物中心内的枪林弹雨中拍到了无数精彩的照片。我到了以后已经不能进入购物中心了。假如我当天不是在值班,第一时间赶到了现场,我有没有勇气跟随那位白人摄影师进楼?如果进去了,还能否像他一样活着出来?答案只有天知道。

肯尼亚总统说,有60多位平民在袭击中被杀。总统宣布战斗胜利,高度赞扬了各部队"专业而高效"的行动。后来听说英国警方和美国 FBI 都获准进入现场协助调查,但没查出什么。

没多久,有几个肯尼亚籍索马里年轻人被捕,被控协助恐怖分子作案,不知道后来怎样了。

西门事件发生后，内罗毕没有再发生过大规模恐怖袭击。但肯尼亚一些偏远的小城市仍然频繁遭受"索马里青年党"袭击。最严重的一次，一个边境小城的大学被血洗，约 150 个学生被打死。

恐怖袭击发生大概两年后，重建的西门购物中心恢复营业。我硬着头皮进去过一次，装修和原来没太大区别，人流显然比袭击前少了很多。谁能想到这里曾经是杀戮战场，在这高档舒适的购物环境中飘荡着几十条冤魂。

再说几句不怎么相关的：在一次战地记者培训班上，英国教官问我们，就安全形势而言，你们觉得肯尼亚更接近瑞士，还是更接近索马里？有趣的是，肯尼亚籍同事都说瑞士，而我们中方人员都说索马里。因为听了一些关于恐怖分子在西门购物中心残杀受害者的细节的传言，我曾对购物中心和大超市有了心理阴影，一度不敢再去那些地方，要买东西就去本地贫民才去的小超市小菜市。这两年逐渐没那么害怕了，该去哪还是去哪，但都是买了东西就走，从不逗留。不管怎样，如果因为害怕恐怖袭击而改变自己的生活方式，terrorists win（恐怖分子赢了）。

南苏丹

2014 年"两会"召开前夕，我接到台里任务，去南苏丹拍摄报道联合国维和部队中国营。

因种种原因，我的肯尼亚同事未能成行。我只好联系维和部队，一个人去，借用部队的摄像师。

现在南苏丹在打内战，兵荒马乱。我一个人过去，实在有点危险，但我还是兴奋地出发了。

2014 年 2 月底我到达朱巴。朱巴机场停满了联合国的直升机和运输机。刚下飞机我就差点被横冲直撞的满载张牙舞爪的士兵的皮卡车队给撞上。入境倒是很顺利，边检人员什么也没问，很快拿到行李。

中资酒店的同胞来接，我感觉踏实了很多。前一次来的时候南苏丹在和苏丹作战，首都几乎没有一栋像样的楼。两年过去了，路上不少新楼拔地而起，很多是中国人盖的。可惜，楼刚盖好，内战爆发，很多企业都撤离了，新楼就只能空置了。

第二天一大早去机场，乘机飞往联合国维和部队驻扎的瓦乌市。在兵荒马乱的国家坐国内航班是一件很艰苦的事。机场外人很多，排着长队等待进楼。机场人员分批放行乘客，几百号人挤在200平方米大的屋子里，国际和国内柜台混杂在一起，完全没有标识。先去一个大秤上称行李，人从四面八方涌过去，称好了在密集的人群中四处打听找到South Supreme Airlines（南方最高航空公司）的值机柜台，排老长队，Check-in（登记）工作人员开始还看证件，后来烦了干脆不看了。然后自己把行李送进一个X光机。再排长队进入候机厅，然后就开始等。机票上没写起飞时间，问谁都不知道。

飞机是架737。起飞时看到跑道外面的草丛里藏着很多坦克和武装直升机，军人就在自己搭的简易棚子里避暑。这是乌干达部队在保护南苏丹的重要设施，包括总统府和机场。

50分钟飞到瓦乌。飞机在遍布残骸的跑道上着陆，惊心动魄。跑道两侧至少看到4架飞机坠毁的残骸。

维和部队政工组长来接我，在40多摄氏度的大太阳下等行李等了大半小时。

◎南苏丹维和部队老班长

出机场上了车,又被一个南苏丹官员叫下来,要我办外国人登记手续,在我护照上贴了个条盖了个章,交170南苏丹镑(200多人民币)才放行,丝毫不给我身边的中国维和军人面子。

10分钟就到了营地,吃了简单的午餐,主要是面条。战士把我带到营地的活动板房"招待所"安顿下来。房间设施简单,舒服。

在维和部队的保护下,我在营地和瓦乌地区四处采访,维和部队的摄像师帮我拍片。我采访了一位具有传奇色彩的老兵崔班长,他被称为魔术师,没有他修不好的机械。他入伍20年,年纪却比我还小3岁。采访的时候,说起家庭,他哽咽了:他妈妈在河南老家,身患癌症,然而这已经是他第6次驻扎在非洲了。

我又去拍了一个维和部队帮助修缮的教会小学。就在瓦乌这样一个破地方,竟然有一座完好而宏伟的天主教堂。教堂是60多年前建的,边上有一所教会小学,校长是一位来自纽约的老修女。我不由想起很多好莱坞式的情节:叛军杀到,神职人员坚持留下来和本地人在一起,躲进教堂,惨遭屠杀……但愿她们平安。

离开南苏丹的那天,政委的猛士作战指挥车将我送到机场。

到了机场,还没人来开门,小战士让车回去,留下来陪我。工作人员说买票无望,让我回去。我还是像个难民一样苦苦等退票。机场的人说你死心吧,飞机

◎南苏丹教会修女与学生合影

◎南苏丹教会学校的学生

只有 50 个座，50 个乘客都来了，等几天以后的飞机吧！我给工作人员塞了点钱，让他再帮我问。

等了两小时多，工作人员说可以帮我搞个座，要我多付 300 南苏丹镑，相当于 400 多人民币。我大喜过望，立刻成交。

顺利办好手续。这个机场没有 X 光机，经过非常马虎的行李安检（安检人员只略微翻了一下行李箱最上面的东西），托运行李，登记护照，签字，再次跟维和战士们话别。被手检随身行李后，进入候机屋。等了一小时多，终于看到了飞机。这飞机比 737 小，不过也是喷气式，还不错。12 点左右登机，1 点多到达朱巴。

很快拿到行李，立刻转到出发处，办理飞回内罗毕的登机手续，托运行李，去边检。所有手续一气呵成，顺利进入候机室。看到单位同事的邮件，说朱巴陆军大本营刚刚爆发激烈枪战。希望不会打到机场来。

3 点准时登机，都在飞机上坐好了，我却被空乘叫到飞机下面去认自己的行李。也不知道为什么，只叫我一个人下去，真是一波三折。指认了自己的行李，工作人员把行李搬进飞机，我回到机舱里。往窗外看，机场外冒起黑烟，难道叛军杀过来了？

3 点 20 分准时起飞，此时见到城里尼罗河畔升起很高的黑色烟柱，看来战斗很激烈。到达内罗毕以后，我看新闻得知，黑烟升起的地方有 35 名军人被打死。

两个月后，我第一次去的南苏丹本提乌镇被叛军攻占，数百平民丧生。此后，南苏丹总统和叛军首领进行了无数次和谈，达成的协议不断被撕毁。时至今日，南苏丹战乱仍然没有结束。

◎南苏丹维和部队训练士兵

 出也门记

约公元前1450年，红海之北。

"希伯来人在埃及所受的虐待蒙神垂听，神兴起了先知摩西，带领他们走出埃及到应许之地迦南（现以色列巴勒斯坦），使他们脱离苦境，神命摩西和亚伦面见法老，要求让这些希伯来人离开埃及，法老不答应。神降下十灾让法老屈服。开始的灾情较轻，法老没有放在心上。连续一灾比一灾更严重地出现，无论是贵族还是人民都受到极大的冲击。埃及在经济及民生上受到极大的损失。法老还是坚持不肯让希伯来人离开，直到最后的一灾，埃及的长子遭到神打击，上自法老，下至奴仆的长子都在一夜间死亡，法老才让他们离开。离开埃及后的希伯来人，在红海遭遇埃及法老的追兵，神使红海分开，让百姓穿越到达彼岸。之后，红海合起淹没全部的追兵。"——《旧约·出埃及记》

2015年4月1日，夜，红海之南。我漂浮在漆黑而寂静的海面上。这里是印度洋亚丁湾，传说中索马里海盗肆虐的海域。我并不担心海盗，因为载着我的是中国海军第19批护航编队导弹护卫舰临沂号。我担心的是前方15海里，阿拉伯

半岛,战火纷飞的也门。

从 3 月开始,也门紧张局势持续升级,美、英、法、德等 10 多个国家关闭使馆,要求本国公民撤离也门。26 日起,沙特阿拉伯、埃及和约旦等海湾国家国际联军发动打击胡塞武装的军事行动,对也门展开空袭后,当地局势骤然紧张。

接到上级命令后,中国海军舰艇编队开始组织舰艇和有关力量赴也门执行撤离中国公民任务。26 日深夜,海军命令正在亚丁湾执行护航任务的临沂舰、潍坊舰和微山湖舰向也门海域高速移动。

30 日,我和同事从肯尼亚飞往位于亚丁湾的东非小国吉布提,拍摄报道从也门撤出的中国侨民。

飞机刚在跑道上调了个头,几架战斗机几乎紧贴着我们的屁股着陆,然后又有几架起飞。美、法、日、德等国都在吉布提设有军事基地。机场飘扬着美国国旗,停靠着各种军用飞机和悍马军车。不知道这些频繁起降的战斗机是不是正在参与沙特联军对也门的空袭行动。

吉布提闷热、荒凉、破败,但是有一个新建的体育馆。前一晚第一批从也门亚丁港撤回的中国侨民在这里暂时落脚,很快他们将乘飞机前往邻国埃塞俄比亚首都亚的斯亚贝巴,然后回国或另作打算。

◎撤侨的潍坊号抵达吉布提港

31日凌晨4点，我出门打车到中国使馆，然后坐使馆的车到吉布提港口码头。5点半，第二艘导弹护卫舰潍坊号载着300多名中国侨民靠岸，随他们一同从也门撤离的还有几位外国友人。

在中国驻也门大使馆的组织下，这些同胞从也门各地撤往亚丁港和荷台达港。他们说，当看到飘扬着五星红旗的威武战舰出现在海平面，他们全都热泪盈眶。这第二批侨民从荷台达港出发，经过10小时多的海上颠簸，终于来到安全的港湾。

在船上，官兵们把铺位让给了侨民，大部分官兵睡在过道。至此，滞留也门的将近600名中国公民已基本撤离到吉布提。只有中国使馆工作人员和少数同胞还留在也门。

拍完中国侨民抵达，我以为任务就结束了，没想到大片 *Exodus*（《出埃及记》）才刚刚开始。中国驻吉布提使馆请我们和新华社报道组坐护航舰队的军舰去也门亚丁港，拍摄报道撤离包括以巴基斯坦为主的多国公民的行动。

4月1日凌晨5点半，我打车到吉布提渔港。使馆武官将我们送上吉布提海

◎侨民随潍坊号抵达吉布提港

岸警卫队的快艇。快艇开了十几分钟，把我们和一大堆西瓜一起送上已经离岸的潍坊舰，我们从绳梯艰难地爬上战舰后，潍坊号驶离吉布提海域，降下吉布提国旗。

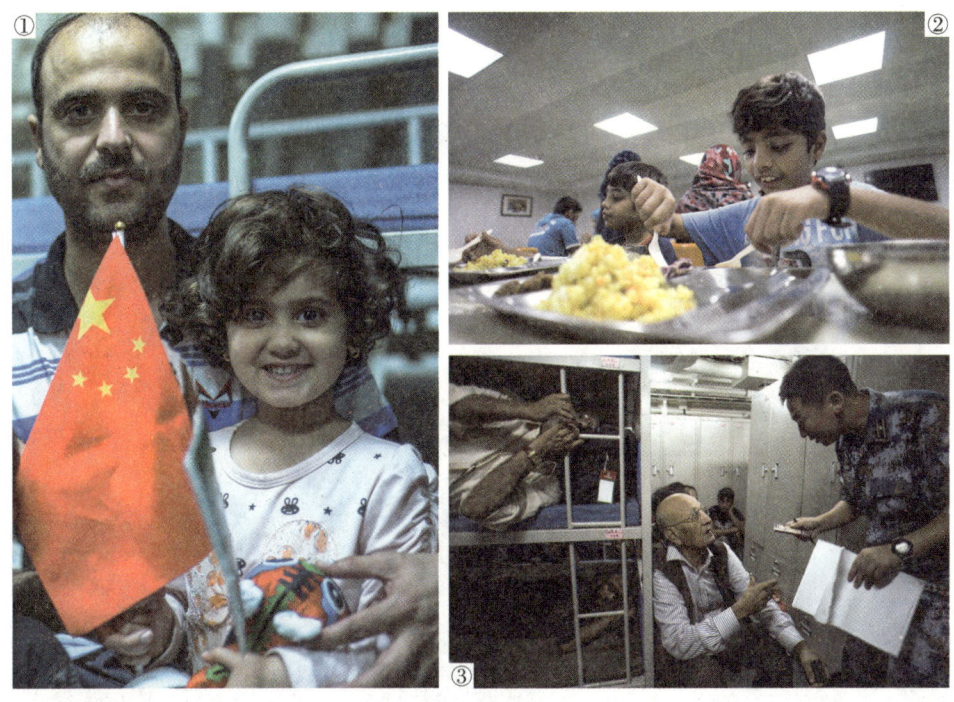

①随潍坊号撤离侨民；②潍坊号为侨民准备了丰盛的食物；③潍坊号官兵们把铺位让给了侨民

战舰开行了6小时，将我们7个新闻工作者送往早已在也门外海等候的临沂舰。我们又从绳梯下舰，坐橡皮艇来到临沂舰边上，再爬绳梯上去。

下午4点，护航舰队指挥员主持会议，各小组汇报行动方案。这时我才知道，此次任务比撤离中国侨民要复杂危险得多，用指挥员的话说，这是"火中取栗"。当时，胡塞武装已经控制了亚丁北郊，坦克开进了市中心。因为晚上难以发现敌情，容易遇袭，为了防止沙特空军误炸，行动被安排在第二天上午。

舰上的海军陆战队将负责行动的安全保卫。队长用港口卫星图介绍了方案。这一切，让我想起了美剧《末日孤舰》的情节。

日落前，我们这艘孤舰开到距离也门亚丁港15海里的地方，不再前进。静静的大海，没有一丝波浪。月亮从战舰后方升起，临沂号"温和地驶进那个良夜"，舱外灯光全灭，潜伏在黑暗中。

我的非洲历险记 | 167

大海一直很平静，船舱内微热。我睡得很舒服。

清晨，海平面射出万丈金光。走到前甲板，战士们已经开始工作。

9点多，战舰缓缓驶入也门亚丁港。2000年11月，就是在这里，基地组织用一艘携有炸药的小艇袭击了美国战舰库勒号，17名美国船员遇难。

◎清晨，临沂号战士们已经开始工作

我原以为港口早已处于"三不管"地带，没想到还有引导船将战舰引入码头。在驶入码头的过程中，舰上的警戒哨不断报告岸上枪手的位置，不知是友是敌。巨大的船只残骸横在航道中，触目惊心，但港口设施似乎还没有遭到破坏。

为了预防和压制武装分子的迫击炮等近距离武器的袭击，此时的临沂舰火力全开，右舷的730型30毫米舰炮的炮口平伸，指向亚丁港的纵深，处于待机状态，随时准备开火。根据网上资料，730型多管舰炮"是中国研制的第二代近防炮，也是目前世界上杀伤力最强的舰载近防炮。其优异的弹道性能和综合火控系统，全面压倒俄罗斯AK630和美国密集阵近防炮。730炮的最大射速为4200发/分，可以在火控雷达和光电跟踪仪的控制下，拦截两马赫以下超声速反舰导弹，可同时跟踪打击3.5千米内的多个目标，是一款达到世界最先进水平的中国舰载武器"。

码头上已有几百人在等候。撤离目标是 200 多人，他们已经通过我国使馆的身份甄别。估计有其他一些人从各种渠道打听到消息，也跟过来碰运气。

临沂舰上武装到牙齿的海军陆战队员整装待发。他们将在港口设立警戒区，防范来自地面的进攻。纸牌上写着"中国海军警戒区，请勿靠近！"字样。

因为人手不足，我要同时承担电视摄像和新媒体摄影的任务，也把自己武装到牙齿。

上午 10 点整，战舰靠岸。因为要拍特战队员登陆，我们要比他们先登陆。港口内外有很多不高不矮的楼，无数的窗户。虽然临沂舰顶有狙击手和机枪手盯着，但先冲下去会不会被埋伏在楼里的武装分子一枪爆头？下船前军官问我要不要穿防弹衣帽。在非洲 3 年多，我可穿过那玩意儿两三次了，又重又热。穿得多不如跑得快，我决定听天由命。

我们 7 名新闻工作者没有一人穿了防弹衣，一起冲下舷梯。特战队员一直奔到两三百米外执行警戒。各国公民开始排队接受身份甄别和安检。队形并不整齐，但大家都很平静，没有出现争抢的情况。

我用摄像机拍视频。还要用相机拍照片。左右开弓，镜头还全是手动的，恨不得用嘴去叼镜头对焦。

◎排队等候的撤侨人员

此时此刻，亚丁城里仍然在交战。偶尔听到枪声和爆炸声。一声爆炸过后，警戒哨的高音喇叭报告：一枚炮弹落入距离战舰 5 千米的城区，浓烟升起。指挥员判断我方不是攻击目标，同时指示加快安检。

根据新华社同行的说法，当时"在军舰舰首码头 20 米处，一辆吊车遭到疑似坦克机枪扫射，数枚流弹击中吊车"。也许我没有新华社小哥跑得那么远，也许我手忙脚乱地拍摄太过投入，竟然毫无察觉。

在安检过程中，有一男一女倒地不起，像是中暑，军医立刻救治。经查，这两人都没有登舰资格，但是我军不能见死不救，还是把他俩抬上了舰艇。

不久，警戒哨再次报告：大批武装分子正在向港口集结。现场指挥员立即安排对码头上还没来得及上舰的人员进行贴身护卫，同时启动应急措施，舰艇马上备航，其余人员迅速上舰，在确保各国公民安全的前提下强行出航，迅速离开码头。

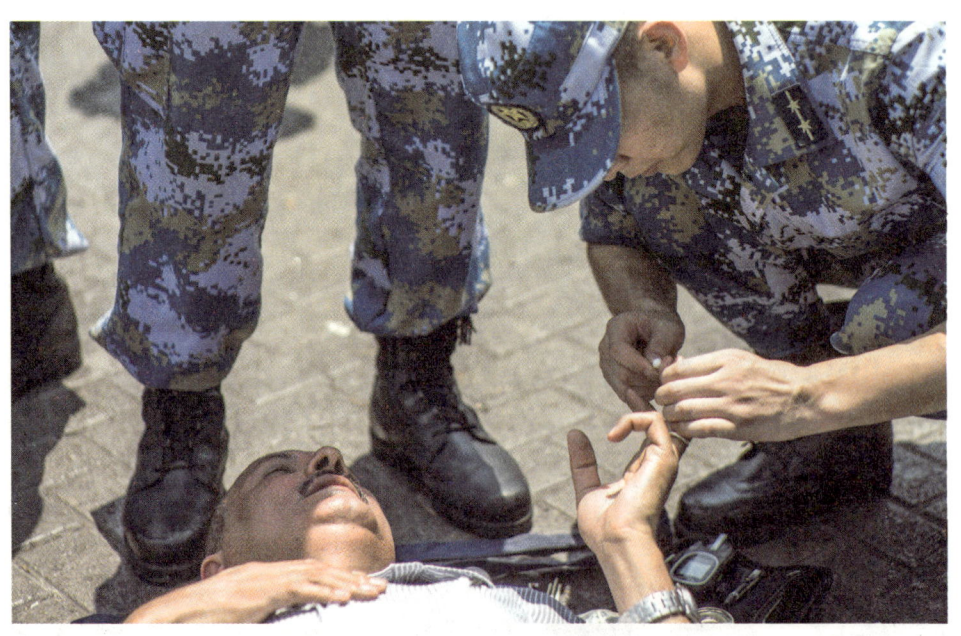

◎安检过程中，有一男一女倒地不起，我军军医立刻对其进行了救治

我拍完素材，狂奔回舰上。大概 10 分钟以后，也就是上午 11 点半左右，临沂号带着 266 名官兵和来自 10 个国家的 225 名公民，驶离亚丁港。离港时，我猫着腰从船舷探出脑袋和相机，看到码头上有 100 多名外国公民留在那里。战舰已

经满载,这次无法将他们全部带走。这些人没有哭闹,没有乞求,只是默默背起行囊,离开码头往候船处走去,像是接受了自己的命运,等待下一艘不知道什么时候能来的"太平轮"。

我忽然想起电影《泰坦尼克号》的一句台词:"Had nothing to do but wait, wait to die, wait to live, wait for an absolution...that would never come."

不知这些人的国家有没有参与作战,希望他们平安。

临沂号全速前进。它像摩西的手杖般劈开红海,将 176 名巴基斯坦人、29 名埃塞俄比亚人、5 名新加坡人、4 名波兰人、3 名意大利人、3 名德国人、2 名英国人、1 名爱尔兰人、1 名加拿大人、1 名日本人送往和平的彼岸。

舰上早已为各国侨民准备好了可口的餐食。

战舰 6 小时就开到了东非吉布提。在港口外等了一段时间,天黑以后才靠岸。各国使领馆把人接走,大部分人第二天就被送回各自的国家。

中国没有忘记被困也门的其他侨民。几日后,中国海军战舰返回亚丁港,又

◎撤离的中方人员

接走了一批中方工作人员和外国公民。

我们拍摄制作的节目播出后，燃爆了社交媒体。CCTV NEWS 的 Facebook 账号发布的图文消息短短几天就收获了近两万个赞。

正因为中国海军战士的坚实臂膀，这些难民才能逃离战火，免遭海浪冲刷上岸的悲惨命运。不知他们中的孩子们长大以后能否看到这些照片，但想必能从长辈口中知道，他们曾经和中国海军一起构成那样一个正能量的中国故事吧！

◎中国海军战士执行撤侨任务

一言难尽话南非

（摄影：李启华）

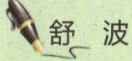舒 波

舒波，1967年8月生，北京人，满族，首都师范大学文学学士，北京大学艺术硕士。

1996年进入中国中央电视台海外中心工作，长期从事纪录片、专题片创作，作品曾获中国电视外宣领域最高奖——"中国彩虹奖"一等奖。历任中央电视台《中国风》栏目组副组长，《中华医药》栏目组主编，《走遍中国》栏目组制片人。

2010年底至2014年初受央视委派远赴南非，复建中央电视台约翰内斯堡记者站并任首席记者，其间参与报道了曼德拉逝世、马里卡纳隆明铂矿流血事件、"刀锋战士"枪杀女友案、德班世界气候大会、非国大百年庆典、金砖五国领导人峰会等一系列重要新闻事件。

现任中央电视台中文国际频道（CCTV-4）百集大型纪录片《中华老字号》策划。

2010年12月29日当地时间早上7点多，当我推着总共摞了七八个大小不等的旅行箱和设备箱的行李车，走出约翰内斯堡奥利弗·坦博国际机场到达厅隔离门的时候，我想前来接我的《经济日报》驻南非记者站首席记者马海亮老师是看不见我的，因为行李车上行李的高度超过了我的身高，我边走边不停地向左右两侧探出头去张望，才在人群中发现了同样在张望中搜寻着我的马老师。常言道"远途无轻担"，此番赴南非的行李其实不止这些，还有通过DHL交运的4个大纸箱正在运往南非的途中，不过在未来的3年任期当中，对于我来说比行李更多的是任务，比行囊更重的是责任。

说到责任，我的首要职责是在抵达南非之后，迅速建立起央视驻南非记者站，并且源源不断地向国内发回有关南非的新闻报道，填补央视在南非这个非洲最重要的政治、经济大国乃至整个南部非洲的站点空白。其实早在2007年2月，我的同事、央视驻开罗记者站记者李仲扬就已经从埃及转战南非，成功创建了央视驻约翰内斯堡记者站，并且向国内传送了大量新闻报道，只是后来仲扬兄奉调回国主持央视阿拉伯语频道的创建工作，2008年底随着李仲扬告别南非，

◎在约翰内斯堡曼德拉广场采制到任后的第一条新闻

◎春季蓝花楹盛开的比勒陀利亚美得摄人心魄（摄影：王莉）

约翰内斯堡站便也不存在了。当我时隔两年孤身抵达南非的时候，准确来讲是要复建央视驻约翰内斯堡记者站，而此次复建的意义非同小可，小而言之是中央电视台全球布局、大规模扩充海外记者站，以新闻立台，争创世界一流大台的大手笔谋篇布局的一个区域重点，大而言之是包括央视在内的国家级媒体航母加强国际传播能力建设的国家整体外宣战略的一部分。

应该说在被派往南非之前，我对于那里的情况可谓知之甚少，除了曼德拉、德克勒克、黑人大主教图图、"刀锋战士"皮斯托瑞斯、好望角、开普敦、约翰内斯堡、比勒陀利亚等有数的几个人名、地名，以及有关白人政权推行的种族隔离制度，南部非洲黑人民族解放运动的少量碎片化的知识点之外，其他的几乎一无所知。

自从台里宣布我被派往南非驻站那天起，在我的同事、同学、亲朋好友与我的交流中就开始充斥着围绕南非治安问题的各种询问、关切、叮嘱、讨论、劝告、提醒、警告，总结归纳成一个词就是"危险"，翻译过来就是一句话："你小子不要命了？"随着从各种渠道获取的南非治安状况的负面资讯不断增加，我对有着"世界犯罪之都"恶名的约翰内斯堡的种种猜想及内心的忐忑也与日俱增，不过坦率地说，当时思想斗争是有的，但思想动摇却从未有过，因为对未来驻站安全上的担忧还是敌不过对于遥远非洲和南部非洲第一大城市的种种向往。我想：能怎么样啊？人家几百万人不是也整天在那儿活得好好的吗？

人到约翰内斯堡，如果你不特意去所谓的"贫民窟"猎奇，特别是在我居住的桑顿（Sandton）地区，你看到的基本都是气派的写字楼，豪华的酒店建筑和绿树掩映中的深宅大院。和很多欧美国家不同的是，这里的别墅没有低矮的藤蔓篱笆墙，基本都是高高厚厚的围墙，尽管蓝天白云之下一切显得那么安详宁静，但高墙顶端的电网、摄像头和似乎永远紧闭着的厚重的大铁门，还是在岁月静好的安详中向人们传递着一丝隐约的不安，不幸的是南非每年的犯罪统计数据恰恰为这种不安提供了佐证。根据近年来国际媒体和南非本地媒体的相关报道，南非平均每天就有近50人死于凶杀，平均每4分钟就发生一起强奸案，其他诸如入室抢劫、绑架谋杀、黑帮火并、武装抢劫运钞车等恶性暴力犯罪的发生率也居高不下。

作为记者，我当然不可能一直待在被各种警备措施环绕的酒店别墅，也就难免要感受一下当地不那么尽如人意的治安了。在南非的三年多时间里，我统共有过三次与危险擦肩而过的经历，好在每每逢凶化吉，最后都化险为夷了。

2011年5月18日南非举行全国地方选举，121个政党角逐全国278个地方政府委员会的席位，为了记录和报道基层选区的投票情况，我和同事周涛商定深入约翰内斯堡著名的黑人聚居区索韦托。带我们进入索韦托的是非洲最大的华文报纸《非洲时报》的首席记者梁铨。采访一切顺利，最后我们选择了一个十字路口，在路口中央的环岛上由周涛给我拍一段记者出镜。刚开机，我的余光便瞥见梁铨大步离开了环岛。那天我脑子仿佛短路了，不长的词儿居然反复录了好几遍。大约五分钟后，当我们录完最后一遍，感觉还可以，准备收拾东西时，梁铨快速返回并用急促而低沉的声音问我们：

"完了没有？！"

"OK了您呐！"我回答。

"赶快撤！"

这时我们才意识到有情况，顾不上多问，三人急匆匆奔向环岛外梁铨的车子。一上车，我屁股还没坐稳，他便一脚油门将车子窜了出去。

原来当我们在环岛录记者出镜时，梁铨发现环岛外来了好几个年轻男子，其中两个人手里攥着砖头，直奔我们而来，一看就是当地的小混混，意图也很明显，那就是滋事并借机劫财。凭着在南非十几年摸爬滚打的经验，梁铨来不及多想便迎了上去，他用当地土语主动跟他们打招呼，试图稳住对方，然而对方显然不吃这一套，指着环岛内的我和周涛问："他们是谁？到我们这里来干什么？！"梁铨忙告诉他们，我们是中国记者，是来报道这次南非民主选举的，是朋友，并借机找话题跟他们攀谈，试图转移他们的注意力。多亏梁铨巧妙周旋，为我们化解了浑然不知却已近在咫尺的凶险，保证了我们人身和采访设备的安全，如果没有梁铨这勇敢的一拦，恐怕后果就严重了。

另一次化险为夷是在德班，2011年7月6—9日，国际奥委会第123届全会在南非东部的沿海城市德班举行，这次全会诸多议题中最受瞩目的就是2018年冬季奥运会的主办权花落谁家。3个候选城市——法国的安纳西、德国的慕尼黑和韩国的平昌各具优势，最终韩国平昌在全会首日举行的投票中以63票胜出，赢得了2018年冬奥会的主办权。

顺利完成此次报道任务以后，也许是令人陶醉的印度洋沿岸美景，我一时放松了警惕性，打算从餐馆走回国际会议中心。当时站在餐馆门前能够看到国际会议中心的顶部，估计走过去也就十几分钟，况且当时正值黄昏，距离天完全黑下来还有一段时间。于是我背着鼓鼓囊囊的双肩背包，左右手各拎着一个提包过了马路，沿着便道向国际会议中心走去。

街上人不是很多，走着走着，我下意识地回头望了望，岁月静好；再回头看看，一切正常；可当我第三次回头的时候，发现大约20米外有两个年轻的男子走在我后面，眼睛直勾勾地看着我这个方向！

我心里顿时咯噔一下，下意识地加快了脚步。身后的斜阳将我的影子拉得又细又长，我踩着自己的影子快步向前。可再次回头时，我发现那两个人已经距我差不多只有十几米远了，显然是见我加快了脚步，他们也跟着提速了，意图已经非常明显。

此时天色渐暗，而我距离国际会议中心少说还有一半的路程，无奈之下，我只能硬着头皮继续快步前行，心存侥幸地暗想也许人家也是赶路的，是我自己吓唬自己了……这样想着再一回头，二人已距我数米之遥，皆人高马大，目中凶光昭然可见。

这时我心中已近绝望，预感自己凶多吉少、在劫难逃。然而就在这时，随着汽车的鸣笛声，一辆警车似从天而降，一个刹车停在了我身旁的马路边，副驾驶一侧的玻璃车窗随之落下，坐在驾驶位的警察向我招手示意我上车。那一刻我好像大海中的落水者遇到了搜救船，从绝望到重生，立刻头也不回地窜入了车内。

"你知道你身后有两个人可能要抢你吗？"警察问。

"我知道。"

"你拿着这么多东西，一个人，这个时候走在街头是很危险的。"

"谢谢，谢谢，谢谢！"不知是被吓傻了，还是被感动晕了，当时我只知道不停地道谢，连那位警察的名字和警号都没想起问。

最后一次是在2012年8月17日晚上，由于当天采访的需要，我们临时租了一部车，还雇了一位持枪保镖随行。因为临时租的车没有备案，小区保安让我们先登记再驶入内。

我们的持枪保镖第一时间下了车，就在这时，另一辆车停在了我们车的后方。

我随后也下了车，一边催促司机赶快把车停到一旁的停车位，别挡了后车进入小区的路，一边走到车尾向人家表示歉意并示意后车可以绕过我们进入小区。

这时我才看清，后车里前后排一共坐着4个着深色衣服的壮汉，面色冷峻，对我的善意没有丝毫表情上的反馈，只是直愣愣地盯着我，目光并不友好，他们之间也没有眼神交流，只是能看到其中有的人嘴唇在动。

这样僵持了可能有半分钟左右，正当我感到纳闷的时候，后车突然启动，极速右转扬长而去。

我和同事周琳问保镖刚才是怎么回事，保镖说，这辆车在机场附近就跟上我们了，是个武装抢劫团伙，他怕我们惊慌失措，所以一直没有告诉我们。

据我们后来分析，后车之所以没动手，首先可能看到我住的小区相对老旧，远非豪宅，评估后觉得我们不是一条大鱼；其次可能是看到第一时间下车的保镖是持枪的，尽管这样的抢劫团伙通常会有两三把AK47，但如果真的动手，面对训练有素的专业持枪保镖，他们也难免会付出一些代价，甚至可能会得不偿失，因此权衡再三，最终放弃。

后车的扬长而去，给了我们回想的时间，这一想着实令人后怕，因为约翰内斯堡很多造成重大人员、财产损失的武装暴力抢劫案和我们刚才经历的场面如出一辙（前面的大门还没有打开，后面已被堵住无路可退，这正是当地发生武装暴力抢劫的最典型的场景之一），幸运的是我们遇到的这个团伙没有动手。

时隔数年，再次谈起这些经历时已经少了当初的惊心动魄，甚至有点风轻云淡的意味。

关于南非治安堪忧、暴力犯罪横行的深层次原因，我认为主要是：第一，公民可依法持枪，且非法枪支泛滥；第二，失业率居高不下，贫富分化极其严重；第三，没有死刑，犯罪甚至杀人的成本较低。作为势单力孤的个体，在这样险恶的治安大环境下如何自保，如何避免在错误的时间出现在错误的地点就显得极为重要。平时既不要露富更不要炫富，在各种场合应尽量保持朴素低调，每次驾车外出返家时一定要注意观察是否被尾随跟踪，一旦发现被跟踪就径直把车开到加油站、购物中心等人多热闹有摄像监控的地方，或者干脆开进警察局寻求保护，天黑以后如果没有采访工作或其他重要的活动就尽可能避免外出。"在约翰内斯堡生活怎么注意都不为过"，是我在南非期间常常挂在嘴边提醒自己和同事的一句话。

当然，治安状况堪忧的南非也有很多令人艳羡的美好，让世人对她心生好奇与向往。这个有着5500多万人口、国土面积相当于中国六分之一的国家，由于民族众多、文化多元被称为"彩虹之国"，光是官方语言就有11种之多，它是全世界唯一拥有3个首都的国家：立法首都——开普敦、司法首都——布隆方丹、行政首都——比勒陀利亚。南非无疑是上天偏爱的地方，这里冬无严寒、夏无酷暑，风光旖旎，山川壮美，桌山、好望角、花园大道、克鲁格国家公园这些世界级的风景胜地和旅游目的地享誉全球，令人心驰神往。作为世界重要的旅游目的地，南非是各种旅游排行榜榜单上的常客，诸如"一生必到的50个旅游目的地""世界十大旅游城市""非洲十大最佳旅游目的地"，等等，无论哪次评选，南非都有城市加冕或入围。

这是一片古老而神秘的土地，随着斯泰克方丹岩洞中距今200万年至330万年之间的"小脚"化石、"普莱斯夫人"头骨化石、"纳莱迪人"骨骼化石这一个个的惊人发现，南非已经被学界公认是世界上重要的人类起源地；在科学技术领域，南非人创造过令世人钦佩的成绩，人类第一例心脏移植手术就是由南非外科医生克里斯·巴尔纳德博士于1967年12月4日在南非的开普敦完成的；早在1955年南非专门从事煤炭液化研究和生产的萨索尔（SASOL）公司就成功地将煤转化成了石油并且批量供应市场，时至今日萨索尔公司依然凭借这一技术独步全球；南非国内生产总值（GDP）过去曾长期雄踞非洲大陆榜首，只是最近几年排名有所退步，尽管如此，南非人均GDP依然遥遥领先于所有非洲国家；南非拥有较为先进的金融体系，依然是世界重要的钻石和黄金生产国和出口国；她还拥有可与欧美比肩的高等教育体系和多所具有国际先进水平的大学；地灵而人杰的南非拥有6位诺贝尔奖得主，仅约翰内斯堡黑人城镇索韦托维拉卡兹这一条大街上便诞生了两位诺贝尔和平奖得主——南非前总统纳尔逊·曼德拉和南非首位黑人大主教德斯蒙德·图图；南非还是一个充满艺术灵感的国度，这里的人们经历过深重苦难，却始终对生活报以微笑，他们似乎都是与生俱来的杰出歌者和舞者，张嘴便能唱，起身就能跳，黑人无伴奏合唱在我看来是绝美的天籁，黑人部落的舞蹈简直是精灵的律动，置身那样的歌舞之中，再木讷的人也会难以自持、情不自禁地歌起来、舞起来，融入其中；南非一年到头举办的各种高水平国际艺术节、电影节、音乐节、合唱节、美术展、设计展以及各类嘉年华活动连续不断，令彩虹之国洋溢着无尽的人文情怀和艺术气息，从而显得越发迷人；当南半球的春季来临，便是蓝花楹盛开的时刻了，一点点、一簇簇、一片片，那含蓄优雅的紫色像化妆师一样，点染、妆扮了整个春天和春天里的南非，每当这时南非便化身成为一个童话般的世界，满足你心中对于梦幻世界和世外桃源的所有想象……

 **曼德拉是非洲头等大事**

谈到南非怎能不谈曼德拉？纳尔逊·罗利赫拉赫拉·曼德拉（Nelson Rolihlahla Mandela,1918年7月18日—2013年12月5日）出生于南非东开普省乌姆塔塔附近的库努村一个科萨族酋长家里，按照正常的人生轨迹，他本应该在其父亲去世后继承酋长的位置，固守家园，终老部落，当然如果那样，曼德拉也就不是今天的曼德拉了，也就不会有后来我们熟知的著名反种族隔离斗士、诺贝尔和平奖得主、南非首位黑人总统、被尊为南非国父的纳尔逊·曼德拉。可以说，他年轻时的叛逆既改变了其个人命运，也为自己在几十年后出现在南非国家命运反转的历史时刻并成为重要主导者埋下了伏笔。

在曼德拉总共95年的生命中，有67年是奉献给了南非人民的反种族隔离斗争，这其中竟有长达27年的铁窗牢狱生涯。当我2010年12月底抵达南非上任的时候，曼德拉已是一位风烛残年的92岁高龄老人，他最后一次出现在公众视野是那一年的7月11日，南非世界杯足球赛的闭幕式上。当人们都以为世界

◎舒波、杜俊在约堡亚历山大黑人区一所小学采访曼德拉国际日活动

◎ "世界新七大自然奇迹"桌山（Table Mountain），号称"上帝的餐桌"

杯开幕前在一场车祸中痛失曾孙女泽娜妮，且年事已高、身体欠佳而缺席开幕式的曼德拉同样不会出现在闭幕式现场的时候，令人动容而难忘的一幕出现了：在闭幕式表演环节结束，荷兰队和西班牙队之间的巅峰对决开始之前，现场广播突然宣布纳尔逊·曼德拉来到了足球城体育场，顿时全场欢声雷动，人们的掌声、欢呼声伴着呜呜祖拉的鸣响，将闭幕式的气氛推向了高潮。这次受到了全世界媒体瞩目的露面只有短短的3分钟时间，之后曼德拉就再没有公开出现，也没有接受过任何一家国内外媒体的采访，直至去世。没有亲眼见过曼德拉，对于在曼德拉有生之年派驻南非的记者来说实在是一种莫大的遗憾，但是从抵达南非的第一天起，曼德拉始终是我工作中无法回避的存在，甚至出发之前在北京的培训、演练也是以曼德拉为假想对象，人还在北京时，有关曼德拉的健康、住院、逝世报道的方案就早在我胸中酝酿，相关的报道预案也已落笔，并且从北京一路修修改改写到了南非，直至曼德拉去世前，这种修改和完善在央视非洲分台的主导下都一直在进行中，整个过程断断续续地持续了足足3年。我固然希望曼德拉老人健康长寿，但是客观情况却不容乐观，2011年他做了疝气手术，2012年到去世之前的两年间他先后4次住院，住院时间一次比一次长，这本身就是一种不祥的信号。他的每次住院都牵动着全体南非国民的心,也牵动着南非媒体以及国际媒体的神经,南非官方发布的消息总是将他的病情描述成"危重但稳定",而实际上前几次住院曼爷爷也确实是化险为夷,在经过一段时间的治疗后回到他位于约翰内斯堡的家中。"曼爷爷"是我们央视驻非记者对曼德拉的尊称,在南非工作的3年间,我和同事的神经每次都会因为曼爷爷的突然住院而瞬间紧绷,在经历一段紧张、焦虑的医院外的守候之后,随着曼爷爷出院回家,大家紧张的神经和焦虑的情绪才会稍稍缓解一下,可以说3年多任期内,曼德拉的健康和生死就像是达摩克利斯剑自始至终悬在我们南非站记者,甚至是所有驻非记者的头上,不知道它什么时候落下来,那种利剑悬头的滋味实在太折磨人了,那感觉只有亲身体会过的人才会知道。

记得2011年5月我到南非履职近半年的时候,有领导来南非视察记者站,在听完我的工作汇报后,领导对我和站里另一名记者周涛说了三句话:首先我对你们半年来的工作表示满意;其次南非的治安不好,当人身安全与工作发生矛盾的时候,我要你们先保证安全;最后,曼德拉是非洲头等大事不得有误,如果在这件事上出现失误,我拿你们是问!没两天领导回北京了,他掷地有声的三句话,特别是最后一句话却留在了南非,留在了驻站记者的脑海里。毫不夸张地说从那时起,我们南非记者站工作的重中之重就是曼德拉,媒体有关曼德拉的只言片语,坊间有关曼德拉的风吹草动,都会在第一时间撩拨到记者敏感的神经,记者案头放的是曼德拉的自传《漫漫自由路》,电脑中下载的是有关曼德拉的纪录片,连每次去唐人街办事、购物我也会在回家的路上特意拐个弯,从曼爷爷的别墅院落门前经过一下或停车观望一番,如果除了民众献的鲜花和礼物之外门口没什么车,也不见警察在门口徘徊,则说明平安无事,如果门口稍有异动,记者的心便会一下子提到嗓子眼儿。

由于事关重大,而且说实话,谁也不知道哪一次住院老人家就再也回不来了,所以从2013年起每当曼爷爷入院,非洲分台的小伙伴们都会从肯尼亚增援过来,与来自世界各国的媒体同行一起安营扎寨,24小时在医院外和曼德拉家门口轮班值守,丝毫不敢大意。

就这样曼爷爷入院、出院,病情时好时坏,眼瞅着时间就来到了2013年第四季度，这是南半球春暖花开的季节，淡紫色的蓝花楹把约翰内斯堡和比陀的街道染成了梦幻般的世界，陶醉其间让人在恍惚间暂时缓解了恶劣治安给人心理上带来的长期的窒息感，也暂时淡忘了曼爷爷"危重但稳定"的病情。按说到 12 月底我的 3 年任期就将届满，连非洲分台的同事都跟我说，看样子曼爷爷想让您愉快地卸任，您可以盘算盘算在非洲大陆安排一次卸任旅行了，好好地跟南非、跟非洲告个别。顺着同事的思路，我短暂地憧憬了一下卸任时的非洲告别之旅，内心不免有点小兴奋，虽然并没有奢望真的成行，因为冥冥之中我总觉得，作为记者我与曼爷爷的缘分似乎不会就这么结束了。果不其然，2013 年 12 月 5 日，南非当地时间晚 11:45 分左右，正当我疲惫地结束了一天的工作准备休息的时候，记者杜俊的电话打了进来："舒老师，快开电视，出事了！"此时此刻我们对"出事了"这 3 个字已经心照不宣，这也就意味着那支悬在头顶 3 年之久的达摩克利斯剑终于落下了，这一天距离我 3 年任期届满之日只差 23 天的时间。

短短几分钟后南非总统祖马便出现在电视上，他正式宣布了纳尔逊·曼德拉离世的消息。瞬间，真的只是瞬间，我的电话就被打爆了，最先是正在南非

◎ 2013 年 6 月 29 日，前方报道团队部分记者在医院外合影

出差的央视驻坦桑尼亚记者站首席记者黄峰,我们迅速约好黄峰开车先到我的住所接我,然后我们一起去曼德拉家与正在驱车赶往那里的约翰内斯堡站记者杜俊、摄像师鲍里斯会合。黄峰挂断电话之后,非洲分台负责人宋嘉宁、新闻中心北京那边的值班同事以及正在乌干达、毛里求斯等国出差的分台同事程怡等人的电话一个接一个地打了进来,由于事先有完备预案,我们迅速确认了消息的真实性,敲定好了分台同事从不同地点迅速启程增援到约翰内斯堡的安排。这时年轻记者杜俊已经按计划在赶往曼德拉住所的路上开始了和北京的电话连线报道,当我和黄峰赶到曼德拉家门口的时候,眼前已经是人头攒动、比肩继踵,但秩序良好,只是与我的想象大相径庭的是,现场并没有撕心裂肺、顿足捶胸的哭嚎,低沉的歌声和遒劲的舞蹈成了人们最佳的表达方式,当时的气氛凝重但并不悲切,这显然与当地黑人文化中的生死观有关。与此同时,世界各大媒体的记者们早已操着长枪短炮在记录这个重要的时刻,我们的年轻记者杜俊也在他们中间与北京做着视频连线,适度的紧张中不乏沉稳冷静,显示了很好的实战能力和业务素养。

◎ 2013年12月13日入夜后,前来曼德拉广场献花的当地民众依然络绎不绝

一夜无眠……

12月6日中午时分,由非洲分台负责人宋嘉宁带队的第一批增援记者便已经从肯尼亚首都内罗毕搭乘早班飞机抵达了约翰内斯堡,央视前方报道指挥部设在了增援记者下榻的约翰内斯堡桑顿的马斯洛(Maslow)酒店,宋嘉宁任前方报道总指挥,全面负责曼德拉逝世报道的前方指挥调度工作,我作为前方总协调人辅助她工作,密切保持前方报道组与北京央视总部之间的24小时联络、前方报道组各路记者之间的调度和协调以及前方报道过程中的后勤保障等事务。很快前方报道迅速铺开,与此同时增援记者还在陆续抵达。先后赶来南非增援的记者包括央视非洲分台宋嘉宁、张东、程怡、黄铮铮、韩蓄、王聪、王璇、黄弢、王楠、杨立峰,央视驻苏丹喀土穆站记者杨春、陆晔,央视亚太中心站记者史可为,央视欧洲中心站记者张鸥、郭西宁,还有我们原本常驻南非的约翰内斯堡站记者杜俊、舒波,开普敦站的周涛、周琳,组成了近20人的前方报道团队,按照台总部的安排部署,在近半个月的时间里,以中国记者的视角对曼德拉去世后的所有重大丧葬安排和南非各地民众的吊唁缅怀活动进行了全方位、多角度、及时充分的报道。常言道"养兵千日,用兵一时",可以说这是有史以来央视靠自己的队伍,在海外对外国政要人士的逝世和丧葬过程进行的规模最大、持续关注时间最长、最充分、最完整的一次报道,是央视报道团队在非洲大陆的一次重要实战检验,也是央视记者在国际重大突发事件面前,与世界各国媒体的一次没有硝烟的新闻大战,前方报道团队的每一位记者夜以继日、团结协作、不负重托、未辱使命,在圆满完成了对"非洲头等大事"报道的同时,也在各自的职业生涯中写下了色彩浓重的一笔。

马里卡纳的鲜血

"舒波吗?"

"是我。"

"你现在在哪里?"

语速很快,音量偏大,一听又是一个急茬儿。果不其然,这回真的是急茬儿,而且是重大急荐儿。就在那天稍早时候，南非西北省勒斯滕堡发生了警察开枪射杀罢工矿工的流血事件，34 名矿工丧命，另有 78 人受伤，消息传出，世界震惊，国际媒体迅速聚焦南非西北省马里卡纳隆明铂矿流血事件，2012 年 8 月 16 日这一天也因为此次流血事件，被南非当地媒体称为新南非历史上最黑暗的一天。我当时正和刚到任十几天的央视年轻记者杜俊在印度洋岛国毛里求斯出差，执行台总部的指派任务，好在当天中午拍摄工作已经完成，只等第二天返回南非。

"不要等，现在你们赶快去机场，签转机票马上飞回南非！"

无奈当天飞往南非的所有航班均已起飞，而毛里求斯与南非之间隔着浩瀚的印度洋，需要近 4 小时的飞行才能抵达约翰内斯堡，其他转机方案也都因为航班衔接或是过境签证等问题而行不通，所以我忐忑地度过了那次在毛里求斯的最后一晚，于第二天下午才乘飞机返回了约翰内斯堡。抵达的时候天色渐暗，在约翰内斯堡的奥利佛·坦博机场，当我走出抵达厅来到迎候区的时候，我的同事、开普敦站记者周琳已经奉调增援、北上约翰内斯堡，出现在机场等我们了，他身边站着一位粗壮的持枪保镖，前往西北省的车子也已租好，此时正在机场停车场内等候呢！看这阵势我连家也不能回了，于是一行人立即从约翰内斯堡

◎与同事周琳（左）和保镖（中）在惨案发生地

机场出发连夜赶往事发地——西北省马里卡纳隆明铂矿。由于记者杜俊是刚刚到任,需要熟悉情况、尽快安家,也出于安全考虑,我没有让杜俊随我和周琳一起前往。在经历了车辆故障,午夜抛锚在前不着村、后不着店的漆黑公路之上的恐怖之后,我们一行人于18日凌晨终于抵达了矿区。

天亮后,我们想驱车从外围向矿区深处挺进,希望尽快见到矿工和矿山管理层,了解劳资双方立场、谈判破裂的原因、流血事件的更多细节以及矿区最新动向。一路上行人稀少,连机动车也不多见,在临近矿区的道路上,偶尔可见人为设置又被捣毁的路障,视野内有多处被焚烧的汽车轮胎,明火已燃尽,只有余烟袅袅升腾,远处矿山的巨型作业设备在薄雾中静静地矗立着,显然没有开动,更没有矿工在作业,空气显得有些凝重,这一切让人在这个萧瑟的冬天的早晨嗅到了一丝紧张和不安。我们的车子来到隆明铂矿的大门口,几个人高马大、荷枪实弹、眼神儿里透着一股子狠劲的矿区武装保安围拢过来,只见他们个个身高在一米九上下,青筋凸显的胳膊比我的大腿都要粗。我们说明来意,但遭到断然拒绝,他们说公司高层不在并且要求我们马上离开。无奈我们只好驾车离开朝另一个方向驶去,不料在通往矿区和惨案现场的主要道路路口处遭遇了警方的检查哨,还没等我们开口,警察就发出了掉头返回的指令,周琳跟他们反复协商也无济于事,这可如何是好呢?一边是两只"拦路虎",另一边是北京尽快回传新闻、进行连线的催促。正在这时,我们附近出现了大量的警察和警用车辆集结,现场尘土飞扬,虽然警方拒绝接受采访,但似乎并不介意我们以他们为背景做出镜和连线报道,于是我们在这个地方拍摄了一些警方清晨集结的画面,周琳录了记者出镜,我和北京做了连线报道,把我们当天早晨的所见所闻和事先了解到的罢工发生的深层社会原因、当地的民生状况和矿工的诉求等内容向国内观众做了介绍。

尽管一开始的采访就困难多多、阻力重重,但我和周琳商定,除了应台里要求和各个栏目需求每天与国内做多档连线报道外,就算再难我们也一定要保证每天至少回传一条新闻报道或新闻特写。要完成这个目标,深入矿区、接触矿工是必须要做到的,也就是说面对警方和矿区保安的双重阻拦,我们必须另辟蹊径,尽快抵达矿区深处。

◎马里卡纳隆明铂矿流血事件的采访遇到了来自矿区武装保安人员和警方的双重阻拦

几经研究和打探,我们绕开了警方和矿区武装保安的封锁,试探性地抄小路往矿区深处和惨案现场的方向摸索前行,尽管中间的过程一波三折,但最终我们还是进入到了矿区的核心地带和矿区家属生活区,也找到了流血事件的案发现场。

甫进矿区,远远地我们就看到了集结在一起的矿工,那是一个集会现场,黑压压的看不到边际,估计不下两三千人。走近一看,这些瞬间失去了34个兄弟的黑人矿工显然怒火未消,他们中的很多人手中或拎着木棍、砍刀,或举着长矛、钢叉,有组织地集结在一起,矿工领袖们在一旁商议着事情,矿工们则挥舞着手中的"武器",哼唱着低沉的歌曲,跳着雄壮的战舞,似乎是向苍天和大地发泄着胸中的愤恨。与此同时天空上盘旋着警方的直升机,时刻监视着这几千矿工的一举一动,每当飞机从头顶呼啸而过的时候,矿工们就会高举手中的棍棒、钢叉、砍刀向天发出一阵愤怒的呼号,现场的气氛颇有些紧张。说实在话,在我们进到矿区里边之前,是很难预判到达后我们将面临的局面的,

◎马里卡纳隆明铂矿流血事件点燃了矿工愤怒的情绪

根据以往经验，南非各地发生的许多群体事件中，人们的情绪常常容易瞬间转化且难以控制。比如本来是因为抗议市政设施年久失修的游行示威，有可能在一瞬间就演化成一场打砸抢烧的暴乱；原本是抗议外来移民过多涌入抢占了本属于本地人就业机会的和平行动，往往最终转化成一场针对外来移民的打砸甚至杀戮。何况这一次是警方制造血案在前，矿工们是受害一方，且愤怒的情绪尚无从发泄，我们此时此刻深入矿区完全有可能面对的是数以千计的情绪失控的人群和一场严重的暴乱。当然，另一种可能是矿工们欢迎媒体的到来，希望媒体能将事件真相和他们的诉求传递出去。所幸的是此次惨案发生后，矿工们在矿工领袖的领导下，有组织地行动，基本做到了统一步调、进退有序，这无疑给我们的近距离贴身采访提供了可能和便利，确实让我们大大地松了一口气，否则假设真的遇到难以控制的骚乱，不要说采访，就连我们自身的人身安全都可能无法保障，即使身边有一位持枪的专业保镖，在那样的处境中恐怕也无济于事。

采访这块硬骨头最终啃下来了，然而新的难题又出现了。矿山方圆几十千米都没有像样儿的酒店，更重要的是都不能提供我们赖以工作的网络，没有给力的网络我们就无法把辛辛苦苦、冒着风险拍摄到的新闻画面和视频素材及时传回国内，同时也出于设备和人身安全考虑，我们最终不得不住到了100千米外的太阳城。即便这样网络的速度依然不理想，客房内的网速慢如蜗牛，所以当我们每天黄昏时分结束在矿区一天的采访工作后，都要再驱车1个半小时赶回太阳城，顾不上吃饭就要开始编片子、写稿子，然后还要举着电脑在客房内外、楼上楼下游走，以找到网络信号稍好的地方，让传输快一点。因此，每天晚上我和周琳都会忙活到凌晨一两点钟的样子，睡到清晨六七点钟起床，在酒店吃过早餐后就急忙赶赴矿上，寻找新的动向，采制新的报道，至于午饭，每天都是超市购买的面包、香肠、矿泉水这老三样儿。

我和周琳在矿区连续坚守了7天，每天早出晚归往返于太阳城和隆明铂矿之间，每天在矿区冒着风险寻找新闻线索，捕捉最新动态，每天熬夜传送，源源不断地把前方的情况向国内观众做了报道。8月24日矿区事态趋于平静，商家大多重新开门迎客，购物中心、街道人流明显增加，人们开始恢复采买，我

◎完成马里卡纳的报道后，与周琳（左）、杜俊（中）相聚于约堡杜俊住所

和周琳制作了《矿区生活渐趋正常，裂痕弥合尚需时日》的报道，经台里批准后，我们于当晚撤离了马里卡纳返回约翰内斯堡，结束了历时 7 天的值守。恰巧当天是我的生日，我们相聚在杜俊暂时居住的酒店式公寓，周琳还亲自下厨炒了几个重庆口味的家乡菜为我庆生。与其说是庆生，其实不如说是庆祝共同完成了一次重要的报道任务，这也是周琳在当年 6 月底到任后经历的第一次重大新闻报道，同时也庆祝我们连续 7 天面包、香肠、矿泉水的生活终于结束了。

 一言难尽

在非洲干了 3 年多驻外记者，如果有人让我概括地描述一下这是怎样一个岗位，我可犯了难。事实上像约翰内斯堡这样只有一两个人的站点，我们既是记者也是编辑，很多时候还要充当摄像师；我们既是会计也可能还是出纳，我

◎ 2011 年初在比勒陀利亚总统府前，与南非祖鲁族朋友一起去央视春晚录制新春贺词

◎驻外安全培训让天各一方的同事有机会短暂相聚

们既是司机也是导游,既是厨师也是采购,既是内勤也是外联,既是清洁工也是修理工,既是小头头儿也是小催巴儿,有时在那么遥远的异域毫无疑问我们就代表央视,但有时我们又真的谁也代表不了。

尽管个人是渺小的,但背靠祖国,依托央视,我和我的同事还是不辱使命,做了我们应该做的工作,在南部非洲这块央视新闻处女地开疆拓土,做出了我们的贡献。

在我3年多的任期内,除了参与曼德拉逝世、马里卡纳隆明铂矿流血事件、"刀锋战士"枪杀女友这3件震惊世界的重大新闻的报道工作外,我还报道或参与报道了金砖国家领导人峰会、曼德拉93~95岁生日暨曼德拉国际日、南非执政党"非国大"百年庆典、德班世界气候大会、国际奥委会第一百二十三届全会、南非全国地方选举、南非国家艺术节、南部非洲共同体和东南非共同市场首脑会议、国际宇航联合会年会以及我国重要领导人对南非、津巴布韦的数次高级访问等高规格的重要采访活动,与此同时,在3年多的工作和生活中也领略了南非各地的文化艺术和美食美景,目睹了历史留给这个国家的伤疤,也被它的激情与活力深深打动，还接触到不少在南非事业做得风生水起的旅南侨胞，见证了他们的赤子之心，也看到了有些同胞在南非生活的艰辛与不易，甚至是命丧异乡的惨痛。

　　回首3年多的驻外记者生涯，南非在我心中打下了深深的烙印，当远在一万二千多千米外熟悉的故乡北京突然变得遥不可及的时候，南纬26°08′，东经27°54′交汇点上的约翰内斯堡便成了我那一千多个日日夜夜的港湾。那是一个阳光明媚也杀机暗藏，天清地洁也藏污纳垢，热情扑面也冷若冰霜，誉满全球也声名狼藉的城市，它既像个青春健美、英气勃勃的浪荡小子，又像个热辣不羁、性感撩人的青春舞女，它让你爱得心有余悸，也让你恨得牵肠挂肚。

　　一个人，一座城市，一千多个日夜，一段旅程，一场梦。

　　这就是我和约翰内斯堡的故事，我和非洲的缘分……

科特迪瓦采访纪实 揭开总统大选迷雾

🎤 宋嘉宁

宋嘉宁,中央电视台法语频道总监、央视非洲分台首任负责人,著名法语节目主持人,译审,中国翻译协会理事。采访过多位法语界重量级人物,如时任联合国秘书长加利、欧盟主席巴罗佐、国际奥委会主席罗格;担任过北京奥运会倒计时一周年庆典晚会、奥运村升旗仪式、中法建交50周年音乐会"中法友谊之夜"的主持人。获得中外奖项包括"法国国际气象电视节目主持人媒介奖"第二名、"中国彩虹奖"二等奖、"中央电视台台长特别奖"个人奖、"中国新闻奖"国际传播奖二等奖、"中非报道奖"最佳时事报道奖、"中国纪录片学院奖"最佳国际传播奖提名奖等。主编出版法语图书七册,译有《信息不是传播》《传通影响力——操控、说服机制研究》等传播学专著。

2018年金秋,中国迎来了新中国成立以来规模最大、规格最高的主场外交活动——中非合作论坛北京峰会。

8月30日上午,人民大会堂内,习近平主席举行仪式,欢迎第一位抵达中国的非洲贵宾——出席峰会并对中国进行国事访问的科特迪瓦总统阿拉萨纳·瓦塔拉(Alassane Ouattara)。

看着电视屏幕上与习主席谈笑风生的瓦塔拉总统,我的思绪一下子被拉回到了8年前……

 **急电:速去科特迪瓦!**

2010年12月24日,平安夜。我与同事张东、杨帆从北京首都国际机场出发,历经13小时,抵达肯尼亚首都内罗毕,正式开始了我的驻非生涯。

落脚内罗毕的第三天,我们的托运行李还没到,台里的电话就先到了:科特迪瓦大选危机,尽快抵达现场!

2010年11月,科特迪瓦独立60年来的首次民主大选落下帷幕,结果让人大跌眼镜:两名候选人,即时任"总统"洛朗·巴博(Laurent Gbagbo)和前总理阿拉萨纳·瓦塔拉都宣布自己获胜,并各自宣誓就任总统。冲突双方剑拔弩张,内战一触即发。

科特迪瓦的官方语言是法语。我和张东是法语专业出身,临危受命,义不容辞。从东非的内罗毕到西非的阿比让,也就是科特迪瓦的经济首都,通常每周有两班直飞航班。出发那日,不巧没有直达航班。为了争取时间,我们决定乘坐阿联酋航班,在迪拜中转,经停加纳首都阿克拉,最终抵达阿比让。

飞机经停阿克拉时,原本坐满200多人的飞机上只剩下了16名乘客。我和同事张东是飞机上仅剩的两名中国人。我们尝试在飞机上拍些画面,但被空乘人员制止了。联合国数据显示,自科特迪瓦大选动乱以来,暴力活动已导致200余人丧生,数万平民逃亡邻国。包括中国在内的多国使馆相继发出"建议暂勿赴科"的安全警告。

然而,记者的职责与使命让我们义无反顾地"逆流而上"。在加纳阿克拉机场的候机大厅，我们遇到几个中国人。他们问我们去哪儿。我说去阿比让。他们说，那儿多乱啊，大家都往外逃，你们怎么还往里进啊？我说，我们是中央电视台的记者，要去采访报道。中国同胞向我们竖起大拇指说，中央电视台的啊，好样儿的！那一刻，我的心里充满了骄傲和自豪。

"一国二主"，真相扑朔迷离

科特迪瓦位于非洲西部，法语中的意思是"象牙海岸"，得名于历史上的象牙贸易。科特迪瓦以农业立国，盛产可可、咖啡，可可的生产和出口世界第一，本地产的巧克力在非洲也小有名气。经济首都阿比让曾是西非最繁华美丽的城市之一，素有"非洲小巴黎"之称。

如今，大选引发的动乱让这个城市面目全非。2011年元旦这天，我和张东抵达阿比让。走在大街上，随处可见被焚烧的汽车和胡乱堆放的垃圾。由于局势紧张，许多人都没法正常生活和工作，连当地最主要的经济作物可可都停止了生产。与此同时，食品、药品等基本生活物资的短缺又导致物价飞涨。

这一切，谁之过？两名候选人都坚称自己是合法总统，他们的依据究竟是什么？

记者的本能告诉我，在这种政权交替悬而未决的特殊时期，报道的平衡性非常重要。只有采访到两位当事人，才能揭开谜团、还原真相。

新闻链接：《科特迪瓦人盼望早日走出危机》

"混进"科特迪瓦总统府

我们入住在市中心的中资酒店华安东方宾馆，距离巴博的官邸700米左右，距离瓦塔拉下榻的高尔夫酒店也不过5千米。阿比让是非洲著名的旅游城市，大选危机爆发前，华安东方宾馆的年平均入住率保持在 70% 左右。如今，宾馆入住率断崖式下跌，连 10% 都不到。

在科特迪瓦的近 1 个月时间里，我、张东，还有一名法国人，是宾馆仅有的房客。宾馆负责人蒋宏卫，年近 40，长期在科特迪瓦工作，人脉广泛，古道热肠。通过他的介绍，我认识了科特迪瓦国家电视台的一位名叫科阿乔（Koadjo）的记者同行。这位同行一见面，便送了一份大礼！

他问："明天去机场么？非盟（非洲联盟）和西共体（西非国家经济共同体）特派团要来了！"

这么重要的一条线索！我丝毫没有犹豫："当然去！"

他问："你申请了吗？"

我回答："我昨天刚到阿比让，什么都没来得及申请呢！你能不能把我带进去？"

可爱的科特迪瓦同行耸耸肩，送给我 4 个字："祝你好运！"

好吧，谢谢你的祝福，那就试试看吧！因为我们也只能试试看了！

第二天一早，我在 A4 纸上手写了 5 个大大的字母 "PRESS" 贴在车上，和张东还有一名临时雇佣的当地摄像师出发去机场。我们到达的时候，包括美联社、法新社、半岛电视台、法兰西 24 等在内的众多国际媒体都已在现场等候。

巴博和瓦塔拉相继宣誓就任总统后，忠于巴博的武装力量对瓦塔拉据守的高尔夫酒店实施了包围。国际社会担心，这种对峙将会演变为更加严重和直接的流血冲突。2010 年 12 月和 2011 年 1 月，非盟和西共体多次派出由贝宁、尼日利亚、塞拉利昂、佛得角、肯尼亚等多国政要组成的代表团，前往科特迪瓦进行斡旋，力图说服巴博下台。

我们顺利完成了特派团抵达机场这一事件的拍摄。为了保证新闻的时效性，我们兵分两路：张东回酒店回传新闻；我和司机则"尾随"特派团车队前往巴博总统府。

到了总统府门口，安保人员将我们拦下。

"哪个媒体的？"

我们仓促抵达阿比让，根本来不及申请任何采访许可证，然而新闻事件不等人。

"我是中国记者。"

"在这个名单里吗?"

"你找找吧,我是中国记者。"

"中国,中国,中国……"

他埋头翻看长达数十页的记者名单,自言自语道:"这个……这个是你吗?"

"对!就是这个!"

其实,我根本没听清楚他说的名字,但是他的手指所摁的地方,可以清楚地看出那是一个地地道道的当地人的名字。特殊时期,只能用"特殊"方法了!就这样,我"混"进了巴博的总统府。

特派团与巴博举行的是闭门会谈,禁止采访拍摄。总统府体贴地为焦急等待的媒体记者准备了自助午餐。我无心进餐,四处找人"闲聊"。很快,我结识了巴博的新闻官。我告诉他,我曾在2008年奥运会时,在北京专访过巴博内阁的总理纪尧姆·索罗(Guillaume Soro)。虽然时过境迁,索罗已倒戈加入瓦塔拉阵营,但能专访到这位科特迪瓦家喻户晓的政治明星,还是大大地为我加了分。这位新闻官爽快地答应,愿意帮我安排巴博专访。

几小时后,闭门会谈结束,没有实质进展。巴博现身,只简短地对苦等的媒体记者说:"谈判还将继续。"

 勇闯 7 层关卡,进入高尔夫酒店

巴博刚转身离开,我就看到特派团的车子一辆辆扬尘而去。不好,车队走了!他们要去哪儿呢?我和司机一边往停车场的方向跑,一边打听车队去向。原来,特派团和巴博谈判后,还要找"大选危机"的另一位当事人——瓦塔拉谈判!我们连忙发动车子,紧跟大部队的方向飞驰而去。

瓦塔拉是联合国承认的获胜方,然而此刻这位"赢家"的处境有些尴尬。他下榻的高尔夫酒店被层层包围,有联合国维和部队,有巴博的军队,还有他自己的武装力量。里里外外共 7 层关卡。戒备之森严,怕是连鸟儿都很难飞进去。

通关的唯一办法是出示通行证。我们不是注册记者，没有相关证件，怎么办呢？无奈之下，只好硬着头皮闯一闯。

第一个关卡，安保人员冷冷地问："你们干什么的？"我急忙解释："我们是中国记者，和前面特派团的车队一起的，只是落队了……"他瞥了一眼远处浩浩荡荡的车队，"哦"了一声，居然放行了！其余6道关卡，如法炮制。我们的当地司机也非常机智，每到一个关卡，不等安保人员质问，就一脸真诚地说："我们是跟前面车队一起的……"于是，我第一次进入了瓦塔拉所在的高尔夫酒店，在我抵达非洲履职的第10天！

特派团与瓦塔拉的会谈依然是闭门会谈，记者不得入内。等待期间，我找到了瓦塔拉的新闻官。我又一次提到，我曾作为访谈节目主持人，专访过瓦塔拉身边的"大红人"索罗。果然，这位新闻官一下子对我刮目相看，并表示乐意帮忙。我问他要联系方式，他没带名片，就找来一张餐巾纸写下了他的名字和电话号码。我如获至宝地藏进了包里。

会谈结束，瓦塔拉发表演讲，重申他是合法当选总统。显然，特派团的斡旋无果，双方互不相让。高尔夫酒店外，瓦塔拉的支持者呐喊造势。我们用摄像机记录下了这一切。

深夜返回宾馆的路上，我的司机显得异常焦躁。第二天，宾馆负责人蒋先生告诉我，司机回去后唠唠叨叨地发了不少牢骚，还一度表示要撂挑子不干了。原来，我进入高尔夫酒店以后，他着实受了不少惊吓。由于没有停车证，他被各种凶巴巴的人用枪指着问询，一会儿是联合国的，一会儿是总统府的……

 突发！摄像机被抢

我们下榻的华安东方宾馆，对面本是一所学校。由于地理位置特殊，被巴博军队当作重要关口重兵把守。

从高尔夫酒店回来的第二天，我们计划在宾馆门口拍一个出镜。刚刚架上摄像机，就来了一辆卡车，呼啦啦下来十几个手拿AK47的大兵，不由分说地抢走了摄像机。这下麻烦大了！里面有前一晚拍摄的高尔夫酒店、瓦塔拉的演

讲以及瓦塔拉支持者集会的画面，而这些大兵正好都来自和瓦塔拉"水火不容"的巴博阵营！

正所谓"秀才遇到兵，有理说不清"。无论我们怎么解释事情的来龙去脉，大兵们一口咬定我们有"特殊目的"，并勒令我们去他们的大本营交代"罪行"。情况不妙，我们赶紧向使馆求助。很快，贾贵玲参赞风风火火地赶到。她一边了解情况，一边给科特迪瓦外交部打电话。

乱哄哄的场面引来了许多群众驻足围观。大约有两小时的时间，贾参赞、张东、我还有闻讯跑出来帮忙的蒋先生都在和大兵们解释、沟通和协调。突然，几个大兵把蒋先生抓到了他们的军车上。他们这是要干什么？！我出于本能地跨步上前，硬是把蒋先生从车上拽了下来。谁知大兵们不肯善罢甘休，又抓住张东推上了车。我又要出手救人，被贾参赞一把拉住："我们跟过去就好，不会有事的。"

我心想：张东是第一次来非洲，被一车荷枪实弹的大兵抓去当"人质"，难免会紧张害怕。我跑到军车边上，踮起脚尖，对他喊话："我们和你一起走！"大兵手里的 AK47 几乎就抵着我的脖子，不过当时我也顾不上这些了。

东拐西拐地绕了一刻钟，我们进了一个偏僻黑暗的小胡同。大兵的头领下车，开的条件是只要我们交"罚金"，就把张东放了。为了不节外生枝，我们象征性地交了一笔"罚金"，把"人质"给换了回来。事后贾参赞告诉我，她和科特迪瓦外交部部长打了 8 个来回的电话，外交部和军队都确认过我们没有问题，只是战争期间大兵们的生活比较困难，抑或是不甘心一个到手的立功机会"黄"了，才有了这许多的波折。

 在科特迪瓦的日常：等待、联络与采访

两位"总统"的新闻官都没有拒绝我的采访申请，但也迟迟没有确切消息。等待，联络，等待，再联络……这期间，科特迪瓦外交部不定期召开新闻发布会，介绍大选危机的最新动态。只要没有其他任务，我都会申请参加，一方面可以挖掘新闻选题，另一方面，可以多认识一些人，说不定其中就有人能帮我尽快

◎科特迪瓦外交部新闻发布会现场,各国记者等待外交部部长现身

完成采访也未可知。

联络工作千头万绪。最令我头大的是,我经常会接到两边不同部门的各种人打来的电话,其中有不少还是素未谋面的。当时我的手机还不是智能手机,无法对每个人做很详细的标注。每次接到电话,我都是小心翼翼地寒暄半天,先"套"出他们的身份,才敢开始聊正事。因为一旦让任何一方知道我还约采了他们的"敌方",采访就肯定泡汤了。

积极联络之外,我还要随时准备给台里做连线、及时应对各种突发新闻。一天早晨还不到 6 点,我正在卫生间洗漱,隐约听到门口有人在敲门。

"台里给你打电话了,让你尽快做个连线,快,快,快!"

赶紧出来找手机。N 个未接电话!迅速回拨,对接台里需求。一小时后,我完成了长约 5 分半的电话连线。这是我从业以来第一次做直播电话连线,难免有些慌乱。

还有一天凌晨,我在睡梦中听到一阵密集的枪声和爆炸声。我迅速起身寻找声音来源,却只见四下夜幕深沉、万籁俱寂。我打开电脑,不久刷出一条阿

直播连线:《西共体代表团重返科特迪瓦》

比让郊区阿波博区发生枪战的简讯。我迅速联系当地司机,要求他尽快到位。不料,司机矢口否认听到过任何异响,还反问道:"女士,您知道吗?谣言就是这样制造出来的!"

我心里暗暗觉得好笑,这哥们儿,明明是心里害怕又不好意思说罢了!后来在我的坚持下,我们还是去出事的地方做了采访报道。事后,有国际组织代表表示,这是大选危机以来阿比让发生的最严重的冲突,双方交火让平民安全受到了严重威胁。

新闻链接:《关注科特迪瓦局势 阿比让:政局动荡 街头垃圾无人清理》

新闻链接:《科特迪瓦:政治危机下的利比里亚难民》

◎去亚穆苏克罗的"和平圣母大教堂"采访

在这样紧张的日子里,甜蜜的回忆就显得更加弥足珍贵。有一次,我们去亚穆苏克罗,也就是科特迪瓦的政治首都采访,回来的路上正好遇到有人在卖当地特产——奶油菠萝。这种菠萝瘦瘦长长的,皮是绿色的。它既有奶油的香甜细腻,又有菠萝特有的芬芳。同行的酒店老板娘知道内乱期间遇到这样的机会不容易,就一口气搬回一大车。

◎在科特迪瓦"最甜蜜的回忆"——奶油菠萝

科特迪瓦地处赤道附近,夏季室外温度常高达50℃以上。一杯清凉爽口的菠萝汁,恰似人间甘露。忙完一天的采访返回宾馆,喝上一口冰镇的鲜榨菠萝汁,是我一天中最幸福的时刻!

 屋漏偏逢连夜雨:摄像机坏了!

终于,时任"总统"巴博率先同意接受专访。激动之余,我也期盼着瓦塔拉的回复,毕竟缺少任何一方都无法完成一个平衡的报道。在拖延巴博专访的同时,我也在为再次进入高尔夫酒店想办法。如果瓦塔拉同意接受采访,没有特派团开路，我怎样才能再次冲过7道重重关卡呢？

我向中国特派联合国驻科特迪瓦军事观察员徐晓刚求助。他告诉我，想要进入高尔夫酒店，唯一的办法是搭乘联合国的直升机。

"那么我怎样才能搭乘这个直升机？"

"需要瓦塔拉方面的正式邀请。"

"太好了！"我几乎欢呼雀跃。

"不过你最好做好心理准备。"徐观察员拉低嗓音，"这个直升机每天10点去，下午4点返回，为高尔夫酒店运送食物和水。由于是固定时间、固定路线，很容易成为攻击目标。之前这里就有UN的飞机遭到地面武装力量的袭击。"

顾不了那么多了，我一边继续争取瓦塔拉方面的同意，一方面也为专访做着其他准备工作。我知道，在非洲，有社会地位的人士特别注重着装礼仪，这也是基本的礼貌。由于这次出差情况特殊，没有带像样的行头，我只好抽空跑去当地的大型购物中心哈亚特（Hayat）选购了一双黑色高跟鞋和一条黑色西裤。后来，这双鞋子陪着我跑遍了大半个非洲，还采访了好几位非洲总统。

万事俱备，只欠东风。东风却迟迟不来。当时临近中国春节，我作为央视非洲中心记者站站长，还肩负着组织筹备春节特别节目《一年又一年》的任务。每隔几天，台里就来电话催我尽快返回内罗毕，这也让我的内心更加矛盾、挣扎。一个国家同时出现两位"总统"的新闻可谓百年一遇，况且我离成功采访到两位当事人只有一步之遥！这个时候说放弃，我实在是心有不甘。眼见原定的返程日期临近，我又咬咬牙把机票改到了23号，计划再努力争取一周。

1月17日下午，又一个特派团来阿比让斡旋，我在去机场采访的路上，接到了一个让我心花怒放的电话，瓦塔拉同意第二天接受专访！

可惜高兴不过3秒，想起这天一大早，张东和我说摄像机坏了无法开机，我一下子就从喜悦的巅峰跌入了谷底。斟酌再三，我决定对瓦塔拉的新闻官实话实说。

"那怎么办？"对方显然也很着急。

"你们有没有机器？"我问。

"有。"

"是数码的么?"

"不是,磁带的。"

"哦……我们再想想办法。"转念一想,又加一句,"也请带上你们的摄像机做个备份吧。"

在机场,我向其他媒体同行求助,但他们的设备都是用磁带的,只有一个法国记者用的是数码摄像机。他说要等他完成当天所有采访之后,才能借给我。

"至少得晚上11点以后,太晚了吧?"他说。

"没关系,几点我都能等!"我把电话号码给了这位记者,再三强调无论多晚都要联系我。

保险起见,我又把手机通讯录从头到尾翻了个遍,寻找各种可能帮得上忙的人。最后,我找了一个科特迪瓦电视台的记者,帮我租了一台数码摄像机。机器晚上8点如约送到华安宾馆,张东开机试了下,确定没有问题,我们的心才算踏实下来。

几天之后,我又见到了那名法国记者,他尴尬地和我解释说,当天由于忙到深夜,所以没有再联系我。

搭乘联合国直升机"空降"采访瓦塔拉

联合国的直升机早上10点起飞。之前徐晓刚观察员和我们强调过每天进出高尔夫酒店的人数有限,基本只有个位数搭乘飞机需要排队等候多日。我们生怕错过,8点不到,就赶到了指定地点进行安检和材料审核。10点20分,我们"空降"进入高尔夫酒店的花园。半小时过后,瓦塔拉如约现身。

采访开始前,瓦塔拉的一位同僚经过,他好奇地问:"怎么有中国记者进来了?"瓦塔拉微微一笑,介绍我说:"她是中国中央电视台的记者。"

期待已久的采访终于开始了。我有条不紊地把问题一个个抛出:目前非盟和西共体的斡旋取得了哪些进展?大选之后产生危机的原因是什么?当事双方为何有如此多的分歧?……

谁知我刚问到第三个问题,张东突然小声告诉我,摄像机录音出问题了,

◎与瓦塔拉新闻官在高尔夫酒店花园的合影，背后是联合国的直升机

之前采访的声音可能没录上。

"天啊！我心里一惊，但没有表现在脸上。在我们嘀咕解决办法的时候，细心的瓦塔拉"总统"发现了异样，主动询问："有什么问题吗？没关系，有问题就直接告诉我。"我如实告知机器故障，并且请求使用"总统"新闻办公室的备份摄像机作为主机，继续采访。"总统"表示理解和愿意配合。

采访中，瓦塔拉反复强调自己是个热爱和平的人，如果巴博同意放下政权，他会确保巴博的人身安全。我则向他反复求证，证明自己获胜的依据是什么。

"我以54.1%的得票当选，这个数据是经过多方核实的……巴博先生设立了一个宪法委员会，颠倒了是非。如果选举有问题，宪法委员会完全可以取消选举，然后在45天内重新启动新一轮大选。他们没有这样做，因为他们知道巴博不会赢的。"

"科特迪瓦如何才能尽快走出大选危机？"

"这需要科特迪瓦的朋友，包括中国，一起努力调停，让巴博承认败选并以和平方式交出政权……如果巴博固执己见，那么可能需要采取其他方法，如限制旅行、冻结财产等，或者像西共体提议的，动用武力解决。当然，只要巴博交出政权，就能避免武力冲突。"

"您和您的政治对手之间是否有和解的可能？您的立场是什么？"

"我的和解方案是，我承诺巴博可以继续留在科特迪瓦。巴博掌权以来，科特迪瓦有数以千计的人死于暴乱，对于一个人口2000万的国家来说，这个数字是不可承受的……巴博交出政权后，理应接受科特迪瓦最高法院的仲裁。国际刑事法院也应持续对他的反人类罪行进行调查。我之所以承诺让巴博继续留在科特迪瓦，是因为我希望和平。和平需要和解与宽恕。"

因为设备不一样，瓦塔拉"总统"摄像机拍摄的素材需要转码才能使用。采访结束后，细心的瓦塔拉"总统"又亲自叮嘱安排转码事宜。一波三折，对瓦塔拉的采访素材终于到手。

采访完瓦塔拉，我心里压了半个多月的石头总算落地了！我兴高采烈地返回酒店，刚进大堂，一个服务员热情地迎上来问："您采访瓦塔拉啦？"

没走几步，又一个服务员迎上来问："您采访瓦塔拉啦？"表情竟比我还兴奋。

奇怪，他们怎么知道的？

原来，我和张东作为大选之后第一个采访瓦塔拉的中国媒体记者，不经意间竟成了"新闻人物"。我们的工作照被放在科特迪瓦访问量第一的门户网站http://abidjan.net/上，并配有醒目的标题：《瓦塔拉接受中国中央电视台专访》。

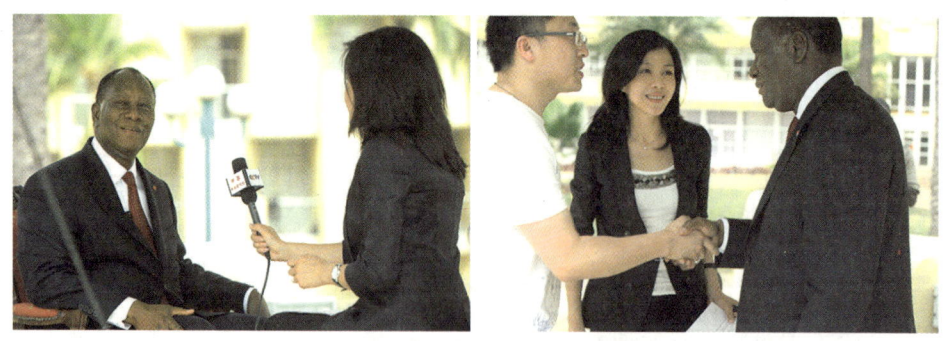

◎在高尔夫酒店花园专访瓦塔拉（图片来源：http://abidjan.net）

 ## 剧情大反转，巴博新闻官不接电话

一下子，全科特迪瓦都知道中国中央电视台的记者采访了瓦塔拉，当然巴博政府也一定知晓了。这下麻烦大了！巴博的新闻官从此拒绝接听我的电话，原本唾手可得的采访一下子变得希望渺茫。

一天，我接到一个电话："你采访'那个人'了？"满满的醋意，是巴博的新闻官亲自打来的！

为了不刺激到他，我故意打起了"太极"："嗯，采访了'那个人'。"

对方不死心，接着追问："是索罗吗？"听语气似乎还抱着一丝希望。

"不。"我说，"是瓦塔拉。"

对方不说话了，几秒沉默。

"这段时间巴博总统特别忙，无法安排采访了。"

"能不能……"我想争取一下，电话已被挂断。

巴博的新闻官从此又杳无音讯。我只好再次调动一切可以调动的关系帮我联络。终于，我接到了使馆贾参赞打来的电话，通知我巴博方面答应安排外交部部长接受专访。

我已经克服重重困难采访到了瓦塔拉，只有采访到巴博本人，才能全身而退，否则所有的努力都将前功尽弃。事已至此，何不破釜沉舟，将他一军！

"麻烦您转告他们，我马上要回肯尼亚了，没时间采了。"我是多么希望这次能赌对！

返程机票的时间定在 1 月 22 日下午。1 月 21 日晚，我有些无奈地收拾行李，准备次日返回肯尼亚。就在这时，我再次接到了使馆的电话："巴博同意接受采访了！时间定在后天下午，地点在他的官邸。还采不采啊？"

"当然采了！"我毫不犹豫地回答，"我马上改机票！"

 ## 采访巴博，竟不让带摄像机？

23 日下午 2 点，我和张东按时抵达巴博官邸，可是安保人员却禁止我们携

◎在巴博官邸专访巴博

带摄像机进入。不让带设备怎么拍摄啊？！巴博葫芦里卖的到底是什么药？我们一路被带进了巴博官邸的图书馆，此时几个工作人员正在把两只2米多高的大象牙藏到书架后面。我打量了一下四周，顿时明白了：原来巴博家什么都有，3台摄像机早已就位，还自带切换台！真赞！

采访中，巴博对选票的公正性和真实性提出了质疑。

"在北方2200个投票点，也就是瓦塔拉的反叛军占领区，瓦塔拉的得票竟比选民人数还多……在北方有500个投票点，每个投票点有两名我的代表。但是最终这500个投票点我得了0票。难道连我的代表都没有投我的票吗？"

"您对解决当前的大选危机有何建议？"

"核验每个投票点的全部选票，揭开真相。"

"您的对手拒绝了这个提议。您是否有其他的解决方案？"

"没有。但我等他提出他的解决方案。"

"您是否可能与您的政治对手达成和解？"

"这取决于斡旋结果……在非洲，我们特别要注意，不要为了达成和解而制造新的问题。（非盟主张的）组建联合政府或许可以一试，但我们必须弄清楚究竟谁赢了。一旦真相大白,就让赢的一方接管另一方的政权。"

尽管双方的观点针锋相对,但和瓦塔拉一样,巴博也认为和平解决政治僵局、大力发展经济才是这个国家的唯一出路。

采访结束,工作人员马上递给我一张3机位切换好的完整的节目光盘。说实话,我还真挺意外的,科特迪瓦的电视媒体竟如此专业!

至此,我完成了此行科特迪瓦的全部采访任务。此时距我受命出发那日,已经过去了整整24天。虽然最后新闻播出的时长有限,但这背后凝聚了多少心血,只有真正经历过才知道。

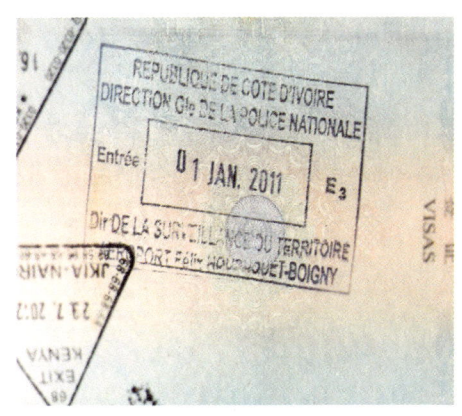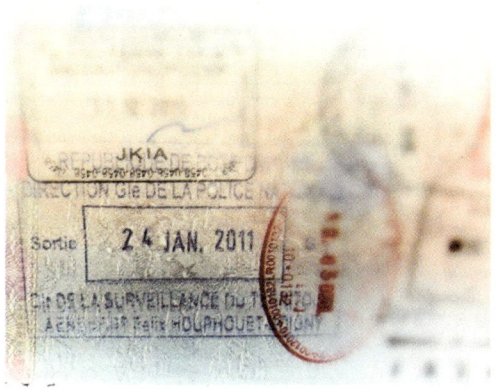

◎科特迪瓦出入境章,采访变数之多,战线之长,是我们没有预料到的

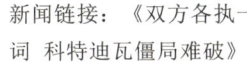

新闻链接:《双方各执一词 科特迪瓦僵局难破》

 **风波再起,又来了一卡车大兵!**

一个月倏忽而过,每天都在绞尽脑汁地想怎样实现对"双总统"的专访,根本无暇顾及身边的美景。离开前夕,借着采访的机会,我坐在车上认真领略了一番阿比让的美景,拍了一些照片留念。路过巴博军营的时候,我回忆起了

摄像机被抢的闹剧,忍不住又按下了快门。

咔嚓!一道白光闪过。糟了!这一路都没有动静的傻瓜机闪光灯,居然在这个时候自动开启了!我快速冲回酒店的房间。果然,背包还没放下,就接到了前台的电话:"女士,您刚刚是不是又拍照片了?又来了一大卡车的大兵!"

我一听,赶紧删除,只留下几张工作照和几张城市风光照,然后淡定地下楼跟大兵们解释:我就要离开科特迪瓦了,在这待了一个月,非常喜欢这里,拍几张照片留作纪念。我给他们看相机里的照片:市中心的高楼大厦、参加外交部新闻发布会的照片……大兵的头领一看,都是正面反映他们国家美好形象的照片,就跟我道了歉,还小心翼翼地问:"我们是不是吓到您了?欢迎您下次再来科特迪瓦。"

打发完大兵,刚返回房间,我就接到了贾参赞打来的电话:"你是不是又把大兵招来了?我马上过去!"原来,酒店见情况不妙,早就给使馆打了求助电话。

"不用啦,我已经解决好啦!"我心里有点得意地想:这次没交一分钱"罚金"!

 返程惊魂,飞机故障停泊

1月24日,我们再次乘坐阿联酋航班,离开科特迪瓦。由于这一个月心力交瘁,我一上飞机就昏睡过去。突然,我的身体往前一冲,又重重地弹回座位。

哭声、尖叫声、抱怨声,机舱里顿时乱成一片。"第三次了!"张东喃喃地说,"真是惊心动魄!"原来,飞机4点起飞,5点经停加纳首都阿克拉时,发现右引擎出现了严重故障。经过长达7小时的维修,曾3次尝试起飞,都失败了。

"我们非常抱歉地通知您,由于机械故障,飞机无法正常起飞,航空公司将安排所有乘客在阿卡拉住宿一晚……"午夜12点,机上的广播开始通知乘客下飞机,并告知第二天早上10点会重新调派一架飞机送我们去迪拜。

在飞机故障停泊的7小时里,机上不提供任何食物和饮料。到了宾馆,餐厅又已经打烊。连签证都没有的我们,只好饥肠辘辘地走进夜幕,在陌生的国家、

陌生的城市里寻找食物。

尽管这次出差的整个过程都充满困难和波折，却有个非常温馨的结尾。我们走了半小时多，才找到了一家还亮着灯的Casino！可是，人家的餐厅早就关门了。我们问值班经理，哪里还能买到吃的，好心的经理说他知道一个地方，就是比较远……他又说："我派司机送你们过去吧！"

就这样，我们乘车到了一家叫"金郁金香"（Golden Tuilipe Hotel）的四星级酒店。酒店的餐厅空空荡荡，只剩下几盏夜灯还泛着昏暗的光。我们跑到后厨，赶上一个值班的小帅哥在收拾灶台，就恳请他帮我们做3个三明治。另外，我们还点了一个盒装的杏汁。

当时已是深夜3点多，餐厅刷卡系统关闭无法刷卡。我身上只有42美金的零钱，小哥又找不开100元的美金。我说，那饮料就不要了。这位小哥特别善良地说，那多不好意思，你们这么远到我们国家来，连个饮料都不能喝。他说，你先喝吧。我们就解释，我们在这里转机，因为飞机故障临时下机，再过几小时就离开了，以后恐怕没机会回来还钱了。他说，没关系，下次你们什么时候来加纳，再给这个钱就行。

直到现在，我也没有机会再回到加纳，再回到金郁金香酒店，到现在我都欠着加纳朋友好几美金呢！这份美好的情谊，永远地留在了我的心里。

◎ 2011年2月2日，大年三十，央视非洲中心记者站的第一批驻站记者直播2011年春节特别节目

 ## 巴博时代落幕，瓦塔拉开始执政

回到内罗毕，我们马不停蹄地投入到了春节特别节目《一年又一年》的制作中，科特迪瓦的局势也一直牵动着我们的心。3月底，瓦塔拉和巴博的谈判彻底破裂，双方军队开始正面交火，多地战火胶着。我们住过的华安东方宾馆，在战乱中被各种流弹打得千疮百孔。蒋先生也被迫离开了他生活和工作了7年之久的科特迪瓦。4月11日，巴博和他的夫人在其位于阿比让的官邸（也就是我曾经专访他的地方）被捕，瓦塔拉取得了"总统之战"的最终胜利。

根据联合国的统计，自2010年11月总统选举后，科特迪瓦境内至少494人因暴力冲突丧生，大约100万人流离失所，而实际人数可能更多。这次内战是科特迪瓦2002年战乱以来最为严重、伤害范围最广、波及城市最多的一次。面对错综复杂的国内形势，稳定局面和重建经济成为新晋总统瓦塔拉最重要的任务。

 ## 后记

这就是我在科特迪瓦采访的故事，也是我在非洲当记者完成的第一个采访任务。此后的3年半时间里，我参与创建了央视第一家海外分台——非洲分台，并有幸成为首任负责人。为了揭开非洲这个遥远而神秘的大陆的面纱，告诉世人她本来的样子，我和我的同事们每一天都在努力着、奋斗着，并体验着各种常人难以想象的艰难困苦和悲欢离合。

在非洲的3年半时间里，我去了30多个非洲国家，也曾有机会拿着话筒，坐在肯尼亚总统、尼日尔总统的面前提问，但是在科特迪瓦的这段采访经历，始终是最过瘾、最难忘的。

在我结束这篇文稿的时候，当年在炮火、争议与质疑中"诞生"的瓦塔拉总统已经在履行他的第二个总统任期，并且第二次以总统身份到访中国。如果说，2011年作为新晋总统接受我的专访时，他的名字尚不为大多数中国人所知

◎中央电视台副台长孙玉胜及时任肯尼亚副总统穆西约卡共同出席非洲分台开播仪式

悉；2018年金秋，他作为第一位抵达中国，参加中非合作论坛北京峰会的非洲元首，无疑给中非关系注入了新的活力，也成为了两国老百姓口中津津乐道的佳话。著名诗人纪伯伦曾说："和你一同笑过的人，你可能把他忘掉，但是和你一起哭过的人，你却永远不忘。"愿共同走过风风雨雨的中科两国，携手迈进更美好的明天！

新闻链接：《中央电视台非洲分台正式开播》

◎在马赛马拉大草原采访肯尼亚总统乌胡鲁·肯雅塔

◎在尼日尔总统府专访即将赴华参加2012年中非合作论坛第五届部长级会议的尼日尔总统穆罕默德·优素福

新闻链接：《东非野生动物大迁徙 肯尼亚总统：直播凝聚环保共识》

新闻链接：《尼日尔：专访尼日尔共和国总统优素福》

南非，梦想与隔阂并存的国度

 **陶家乐**

　　陶家乐，2007年毕业于北京第二外国语学院英语系。2011年入职央视新闻频道编辑部。2012年6月前往肯尼亚赴任，在央视非洲分台综合部从事日常行政事务、安全保障等工作，以及保持与当地公司、机构的良好沟通与合作。其间曾参与2012年和2013年东非野生动物大迁徙直播的整个过程，为拍摄团队提供全面后勤保障。

　　2014年底前往南非约翰内斯堡记者站，投身新闻报道工作中。其间参与报道了中非合作论坛、南非排外暴乱、"刀锋战士"皮斯托瑞斯审判等重要活动和新闻事件，参与了"同舟共济一甲子——我的中国、非洲故事"节目的拍摄制作等，对南非社会进行多层次、多角度记录，向观众展现真实、全面的南非。

2014年年底，经过3个月漫长的等待，我终于拿到了南非共和国的工作签证。我迫不及待地飞向目的地——南非最大的商业和金融中心约翰内斯堡，开启在南非的工作生活。从机场出来，一眼便看到了约翰内斯堡站阔别多年的同事。多年未见，一个大大的拥抱给了我一个温暖的开始。

在接下来的1个月，我努力让自己尽快熟悉并适应当地的环境，尽快投入到报道工作中。南非的一切都是色彩鲜明、亮丽惊艳的。不仅仅有狂野的非洲风情、浪漫的欧洲情调、闻名于世的好望角、醇酿的葡萄酒，更有蓬勃的生命气息和饱满的人文情怀。作为一名记者，我发现南非有太多的故事值得挖掘。

 梦的凯旋——南非大学高级讲师李婴博士

2015年，南非基础教育部宣布2016年将汉语教学纳入南非国民教育体系。在未来的5年内，有计划地在500所学校进行汉语教学，让更多的南非人有机会学习汉语，深入了解中国文化。我决定做一条关于南非汉语教学的片子及时地报道这一重大的历史性事件以及这一事件在南非社会的反响。于是，我在南非大学官网上找到了人文学院汉语老师的联系方式。本想找一位南非本地老师进行采访，可是电话一直打不通。所以我就给另一位老师打了电话。Ying Li，从名字上一看就知道她是中国人。果不其然，电话那头传来了熟悉的乡音。后来听李老师说，因为忙于工作和学习，她从来都是婉拒任何采访的。但那次，她竟欣然答应了。见到李老师后，交谈中，我得知她和我同是内蒙古赤峰市人，瞬间感觉世界好小，在远隔万里的地球另一端竟然能遇见老乡！更让我们意想不到的是，她的高中学姐是我在高中时的班主任！他乡故知，缘分，真的是妙不可言！

在几次的采访和聊天中，李老师的传奇经历，更是令我肃然起敬。2002年，在37岁时，已是辽宁工程技术大学副教授的她毅然放弃国内的一切，远赴南非的比勒陀利亚大学自费留学。学英语出身的她，在南非改学遗产和文化旅游。先后在比勒陀利亚大学获得了荣誉学士和硕士学位，并于2015年获得了博士学位，成为比勒陀利亚大学乃至南非第一位、目前也是唯一的遗产和文化旅游博士。

◎与南非大学李婴老师合影（左为李婴，右为南非使馆教育参赞宋波）

她的旅游战略研究成果为南非的国家旅游政策的制定提供了详实的理论依据。

2006年，当她硕士毕业时，正赶上南非大学开始招聘汉语教师。当时堪称"三无人员"的她（无南非身份、无经济来源、无科班文凭）胜过了科班出身的竞争对手，加盟南非大学，成为这里永久的一员，并在博士毕业后晋升为高级讲师（相当于国内副教授）。在南非大学工作的10余年里，她积极参与汉语教学改革。作为汉语学科带头人的她，历尽艰辛，将南非大学远程汉语教学送上了国际轨道，出色完成了南非大学汉语教学国际化进程。她说，将汉语教学纳入南非国民教育体系，这一历史性的转折又给南非高校的汉语教学赋予了新的使命和努力方向。在紧张繁忙的学习和工作之余，李老师还于2007年起出任南非中国学者学生联合会（全南学联）主席，用她那柔弱的臂膀，同广大的学者、留学生在南非共同撑起了神州学人的一片天。她与学联成员多次协助中国驻南非使馆完成了党和国家领导人访南的接待任务，并参与了各种经济、科技、教育和文化交流活动。2013年和2015年，国家主席习近平先后对南非进行国事访问、出席金砖国家领导人会晤和主持中非合作论坛约翰内斯堡峰会，作为旅南中国学者和学生代表，李婴荣幸地受到了习主席的亲切接见。

她也和我讲起,和其他留学生一样,在南非求学的岁月里,所经历的跨国界、跨学科学习的艰难以及经济上的窘迫;在南非特殊的社会环境中,遭遇抢劫后勇追歹徒的险境;甚至在做博士期间,因用眼过度,还做过脑动脉瘤手术。而这一切磨难不仅没能击垮她,反而让她愈加顽强、豁达。

我问她:"放弃了在国内奋斗多年的事业、令人羡慕的职业和稳定的收入,为什么?"

她说:"为梦!"

我问她:"放弃了优越的小资生活,雪藏了多年熏陶出来的品位和一切个人爱好,为什么?"

她说:"为梦!"

我问她:"远离亲人和朋友,自己孤身一人奋战在异邦的土地上,为什么?"

她说:"为梦!"

我问她:"梦的力量真的那么大么?"

李老师深情地说:"梦的坚守和实现是一个充满艰辛和痛苦的修炼过程。在这枯燥而漫长的过程中,要达到极致的境界,需要有明确的目标、决绝的勇气、顽强的意志、执着的精神和战胜各种困难的信心。"她还说,"如果今天我在南非所取得的一切能够算得上是成就的话,这一成就归因于亲人的帮扶、朋友的支持、导师的启迪以及我个人的努力,是他们和我一道在超越,共同演绎着梦的凯旋!"

我问她:"漫长孤独的留学生活,你不寂寞吗?"

她平静地说:"每天面对紧张的学习和工作,没有时间寂寞。"随后,她用一首自叙诗回答我,"万里求学离家园,辛勤耕耘彩虹间。苦读诗书千百部,宁愿深闺锁婵娟。"

在采访的最后,我问及她今后的努力方向时,她沉思片刻:"除了要研究自己喜欢的南非前总统姆贝基的领导艺术外,在南非,由于西方媒体的影响,有些人对中国的了解是片面的,甚至是负面的。我希望能站在广阔的平台上,让南非乃至世界人民,从正面积极的角度,用包容的心态去了解中国、认识中国和理解中国。我知道,要改变根深蒂固的东西会很难,但我会一直去努力的,宁愿从青丝到白头。"

 南非排外暴力事件

2015年4月,南非多地发生排外骚乱,由德班蔓延至约翰内斯堡部分地区。事件造成多人死亡,数十人受伤,数百家外国人开的商店被打砸哄抢,数千名外国人流离失所,多国撤侨。排外事件来得如此突然,深层原因是什么?是否针对华人?是否有华人伤亡?受到暴力袭击的外国人目前处境如何?南非政府和各国使领馆都采取了哪些应急措施?带着一系列问题,我在第一时间飞往暴力事件最初爆发的德班市。在暴乱发生地的采访中,德班当地人抱怨那些来自津巴布韦、莫桑比克等国的非法移民四处开店,抢走了他们的生意;一些外国人经常犯罪,恶化了当地的治安环境;当地人高喊:"外国移民应该卷铺盖滚回去!"

对此,南非政府是什么反应呢?当得知南非总统夫人班吉·恩格玛·祖马(Bongi Ngema Zuma)正在德班参加活动,我多方联系政府官员,请求当地华侨领袖帮助,终于在抵达德班当天采访到了她,发回成片《南非官员谴责排外暴行,政府努力平息事态》。

"南非总统已经召集几位部长开会讨论如何解决问题。同时,南非国防部也随时待命。总统已经宣布,如果事态得不到遏制,国防部将会介入。这表明政府在认真解决此事。"——南非总统夫人班吉·恩格玛·祖马。

与此同时,南非总统雅各布·祖马与非盟主席德拉米妮·祖马分别发表声明,谴责排外骚乱,要求各方保持冷静和克制,这与南非所提倡的民生、民权和人的尊严等价值观背道而驰。但是,总统的发声并没有平息事态,暴力事件随后席卷约翰内斯堡等主要城市。

结束在德班的采访,第二天一早我赶回约翰内斯堡。此时,约翰内斯堡市中心正举行声势浩大的反排外和平游行,不时发生小规模的冲突。游行中有豪登省政府高级官员、当地一百余个民间组织及当地民众。游行队伍高喊口号:"停

止排外、停止杀戮、团结一致、摆脱贫困。"我赶到市中心,跑到游行队伍最前排采访游行人员:

"今天我们游行反对歧视、反对对外国人的暴力行径。"

"我们要制止(排外),南非有来自不同地方的不同种族的人,我们要对排外说不,要对种族歧视说不。"

游行队伍中我发现了一个中国面孔。询问得知,他是南非执政党非洲人国民大会党经济发展论坛华人事务委员会主席于海涛,他在采访中说:

"因为我们这次排外受冲击的主要是周边国家的黑人,我们中国人有一些被殃及,但是属于个别案件。这件事从本质上来看,是当地一些犯罪分子趁火打劫,如果我们中国人不站出来,不支持周边国家的外国兄弟,未来这个事情波及我们的时候,我们就会处于无助的地位,所以我们今天也要出场,也要给他们助威。"

随着事态扩大,津巴布韦驻南非大使艾萨克·莫约(Isaac Moyo)开始为津巴布韦侨民办理回国的相关手续,一千余名津巴布韦侨民于4月19日撤离回国。同时,一个在南非的津巴布韦商会向在德班受困的津巴布韦侨民提供食物、毛毯等物资,帮助他们渡过难关。

◎南非反排外游行

在如此凶猛的排外势力下，那些受到袭击、被迫逃离的非洲国家移民去哪了呢？经多方打听，距离约翰内斯堡市区以东15千米远的普莱姆鲁斯地区（Primrose）有一个聚集点，这里有大约700名外国移民。我随即前往。到达聚集点时，已经是当地时间下午5点，天色渐暗，气温降低。不足一个足球场大小的地方，排列着一排排的简易帐篷，中间的空地上放着几个汽油桶，里面生着火。三三两两的黑人男子围着火取暖。当看到一个中国人扛着摄像机走在帐篷间时，他们的眼中满是惊奇、疑惑。慢慢有十几个黑人围了上来。眼看天要黑下来了，我得抓紧把采访做了。架好机器，开始问问题。

我："被袭击时发生了什么？"

马拉维移民库木比利纳（Kumbilina）："一些人来到我家，告诉我和我朋友，我们必须离开南非。因为我们抢了他们的工作，他们没有工作，所以我们必须离开。我的一些朋友被打，所以我们决定离开。"

我："你们现在的处境如何？"

库木比利纳："我们把所有东西都留在了家里，钱也是。我的朋友连护照都没带上。我们回家找东西时，什么都没了，他们拿走了所有东西。现在我们不敢回去，因为他们可能会杀了我们。"

库木比利纳："我们没有毯子，你知道，现在是冬天，睡觉时怎能没有毯子呢？这里的生活真是艰难啊！再说食物，应该是一日三餐，可是我们每天只能吃一顿饭。"

我："今后有什么打算？"

库木比利纳："我想回到我的祖国，我没有杀人，没有犯罪。

"我有4个孩子，两个读初中，两个读小学，我每个月都要挣到钱，这也是我为什么来南非，如果我回到马拉维，这些孩子可能就要失学了。"

结束采访，天已全黑，我抓紧时间回到住处写稿、编片、回传。

4月19日上午，南非国家安全部、内政部、警察部在比勒陀利亚联合举办新闻发布会，向媒体通报南非政府对暴力排外事件的处理情况。截至发布会召开之时，在南非警方的努力下，已有307名嫌疑人被逮捕。南非政府希望市民与警方积极配合，不要散布谣言，同时，也请媒体要负责报道，协助政府缓解

◎外国移民安置点

紧张局势。那么此次事件是否会针对华人呢？会后，我采访了南非警察部官员马维拉（Mawela），他说："我认为中国人不用害怕有生命危险，中国人并非此次排外的袭击目标，但我希望他们提高警惕，如果他们发现商铺或者住所附近有任何可疑动向，应向警方报告，与警方保持紧密联系。"

19日下午，中国驻南非使馆参赞潘鹏接受采访，表示使馆正加强与当地警方合作，保障在南华人安全。

"现在我们也注意到，南非政府正在积极采取措施，阻止骚乱进一步蔓延。（南非）总统、外长、内政部长都发表了声明，强烈谴责这种排外行为，也有数名高官前往德班地区进行处置，我们也注意到白天和晚上街上的警力都得到了加强，目前社会秩序还是正常的，咱们华人华侨的商铺也正常在营业。"

 中非合作论坛约翰内斯堡峰会

2015年12月举行的中非合作论坛约翰内斯堡峰会是中非合作论坛成立以来第一次在非洲大陆举办峰会，由中国国家主席习近平和南非总统祖马共同主持。峰会期间，央视约翰内斯堡记者站紧跟峰会日程，从开幕式、中非装备展览、企业家大会到闭幕式共发回了近50条报道。与此同时，约翰内斯堡站对于峰会

的报道并没有停留在对动态的简单报道,更是着眼于新形势下的中非合作形态、着眼于中非关系发展对区域甚至是整个世界格局的影响进行了深层次的报道。对于我个人而言,能参与到如此重要的报道工作中,也是一次难得的挑战与学习机会。

近几年,中非经贸关系实现跨越发展,合作规模也在不断扩大。截至2015年年底,在投融资合作方面,中方超额完成了对非洲国家提供200亿美元贷款额度的目标;在消除贫困、发展农业、贸易促进等重点领域,为非洲国家实施了近900个援助项目。中国已经连续6年稳居非洲第一大贸易伙伴国。借着中非合作论坛约翰内斯堡峰会的契机,2015年12月4—5日,中非装备制造业展在南非约翰内斯堡举办。作为中非合作论坛约翰内斯堡峰会期间的一项重要活动,来自中国和非洲的企业展出了各自最优秀的产品,寻求合作机遇、开拓市场,推动双方企业合作不断发展。本次展会,中国展区占地面积2800平方米,展位净面积1296平方米,其中包含276平方米"中非区域航空合作展"。展会上,中国制造业领军企业展示了中国制造风采,30家来自中国最具代表性的装备制造业企业展出的产品,都是目前中国最先进、最前沿的装备制造业产品。因此,通过此次展会使中国产品进入非洲市场,中国企业信心满满。

"中非的合作一定要着眼于长期扎根、持续发展、内外结合、属地化经营。而中国的装备制造,中国的农业开发应该成为非洲未来30~50年发展核心的基石。这次中非合作论坛约翰内斯堡峰会给我们提供了很好的展览机会,但更多的是使我们相互学习,使我们向非洲企业学习,真正成为非洲未来发展的伙伴,我们愿意做中非友谊的桥梁。"——中国参展企业家。

展会期间,我采访了中国国际贸易促进委员会贸易投资促进部部长林舜杰:"展览期间,很多非洲国家的领导人将前来参观。据我们统计,现在表达了参观意愿的非洲国家领导人已经有数十位之多。这在历史上恐怕也是第一次。所以也让我们参展的企业非常受鼓舞,非常兴奋,都希望能够向这些国家展示最好的产品。"

根据非洲国家的实际需求,中国多家在铁路、航空、电力、通信、机械、智能制造等领域具有行业代表性的企业参加了展会。非洲企业可以近距离、全

◎中非装备制造业展

◎中国企业向非洲客户介绍产品

方位地了解中国的优质装备。借这次的契机，中国产品努力进入到非洲市场，不仅可以实现中国企业向非洲进行产业转移，同时也会切实推进非洲国家的工业化进程。对此，林舜杰表示："我们（中国企业）选择的产品比较适合非洲各个国家的发展水平，是当前最适合非洲需求的产品，这些产品不见得都是世界上最先进的、最高大上的，却是非洲最适用的。我想这种理念也正体现了习近平主席提出的'真、实、亲、诚'的对非政策新理念。"

博茨瓦纳贸易与工业部部长樊尚·塞瑞斯（Vincent Serebse, Minister of Trade and Industry of Botswana）在采访中表示："此次展览组织得很好，每家公司都尽力把自己的产品展示到位，让参观者了解清楚。不同的公司展现了中国生产的不同产品。（中南）两国主席和总统都表示，（中非）合作非常紧密，中国已经是非洲伙伴，可以帮助非洲发展。他们（习近平主席和祖马总统）明确表示，中国可以为非洲提供急需的帮助，例如基础设施建设、消除贫困、建设农业方面。这些都是我们十分关心的。"

此外，文化交流活动也借此契机在约翰内斯堡举办。我报道了同时在约翰内斯堡开幕的2015南非"中国主题图书展销周"活动。之所以选择报道这个活动，是因为活动重点展销了《习近平谈治国理政》《中国道路与中国梦》《社会主义核心价值观》《中国文化绘本系列》等反映当代中国政治、经济、文化等内容的图书，共约1000册，让更多南非读者触摸中国文化的脉搏，感知中国发展的现状，进一步认识中国和读懂中国。采访中，专有图书连锁公司首席执行官本杰明·奇斯克（Benjamin Trisk, Exclusive Books）跟我说："《习近平谈治国理政》非常有深度，阐述了（经济）增长的重要性，尤其是对于中国这样一个人口大国。

而（南非）这个国家也要向你们（中国）学习，因为我们（南非）有严峻的就业问题、贫困问题，如果我们（南非）没有经济增长的话，我们未来会面临巨大的问题。"

◎采访博茨瓦纳贸易与工业部部长樊尚·塞瑞斯

 ## "刀锋战士"皮斯托瑞斯

  2013年2月14日，南非残疾人运动员、被称作"刀锋战士"的皮斯托瑞斯在家中枪杀了女友。在审讯中皮斯托瑞斯辩称，他当时误将女友当作潜入家中的窃贼。2014年9月11日，皮斯托瑞斯被判过失杀人罪名成立。2014年10月21日，皮斯托瑞斯被判5年监禁。2015年10月15日，南非矫正服务与假释委员会批准皮斯托瑞斯于10月20日获假释出狱，余下刑期在他叔叔位于比勒陀利亚的家中执行。根据南非法律，对于刑期5年以下的犯人，服刑六分之一时间便可申请假释。虽然皮斯托瑞斯已获得假释，但他仍需在他叔叔家中继续服刑，直至满5年刑期。

  南非当地时间2015年10月19日晚，皮斯托瑞斯趁着夜色，离开服刑监狱，

南非，梦想与隔阂并存的国度

前往他叔叔位于比勒陀利亚的家中。这使我们这些20日一早就守候在监狱外的媒体扑了个空。关于"刀锋战士"的报道,对于在南非的记者一直是一个"痛"。由于南非极其复杂的司法体系和对于种族问题的极度敏感,对于皮斯托瑞斯的审判,反反复复,始终没有定论,而案件的每一步都会引发各国媒体高度关注,牵动在南非的记者们的紧张神经。

"我想说的是,他被提前一天释放了,他本应该今天(20日)被释放,但昨晚(19日)就被释放了,这让媒体很难拍到他出狱的画面。"——非洲新闻网记者麦克(Michael)。

负责关押皮斯托瑞斯的比勒陀利亚监狱为避免皮斯托瑞斯出狱时媒体和公众到监狱门口围观,引发现场混乱,决定提前一天将他释放。皮斯托瑞斯在与负责他假释的官员会面后,坐车离开监狱,前往他叔叔位于比勒陀利亚富人区的豪宅。

"昨晚,监狱方面声称,提前一天释放(皮斯托瑞斯)符合各方利益,他们这么做是为了保护皮斯托瑞斯的个人隐私。但我认为监狱是为避免媒体聚集在监狱外,引发混乱。"——美国广播公司记者丽姿(Liezl)。

得知此消息后,我们赶往皮斯托瑞斯叔叔位于比勒陀利亚富人区的豪宅。蹲守在门外,争取拍摄到、甚至采访到皮斯托瑞斯的家人。可惜蹲守多日,大门紧锁,毫无收获,只能悻悻而去。

随后,我采访了南非法律专家,分析皮斯托瑞斯在其叔叔家中服刑的情况,以及预测其下一步可能会采取的行动。正如专家预期,皮斯托瑞斯在假释期间为自己进行无罪申诉,但在2015年11月,南非最高上诉法院改判皮斯托瑞斯谋杀罪名成立。2016年6月,皮斯托瑞斯杀害女友案经最高上诉法院裁决,被定性为谋杀,并打回到北豪登省高等法院重审。在听证会上,皮斯托瑞斯为博得同情,甚至当众摘下义肢走路,可谓丧失了最后的尊严,令人唏嘘。2016年7月6日,南非北豪登省高等法院女法官马西珀宣布了对皮斯托瑞斯枪杀女友案的判决结果,她接受皮斯托瑞斯是谋杀女友而非原先判定的误杀的结论,但认为"人死不能复生",考虑到各种减刑因素后,仅将其刑期从原先的5年改为6年。

◎记者在皮斯托瑞斯叔叔家外蹲守

 南非华人奋斗史

  我曾经采访过一位在非洲维修铁路的中国工人,他当时 36 岁,为了让家人有更好的生活,他甘愿每天往返于蛇虫猛兽出没的非洲丛林,全心全意投入到工作中。那天拍摄结束,我们一同坐着检修车返回他的驻地,夕阳照在他的脸上,眼角深深的皱纹让我看到生活的不易,可是温暖的笑容又让我看到了他对家人重聚的期盼,对未来生活的希望。那幅画面一直印在我的脑子里,真切地描绘了中国人的勤劳、勇敢、善良。之后,我一直想做一条片子,记录海外华人艰辛的创业历程与百折不挠的奋斗精神。

  2015 年 12 月,我为中文国际频道《华人世界》栏目做了一条关于约翰内斯堡唐人街的片子。在唐人街,到处供奉着关公像和财神爷,这里的店铺和路段大多用繁体中文做标志。在这里你可买到老干妈、郫县豆瓣酱,还可吃到沙县小吃、麻婆豆腐,甚至还能闻到煎中药的味道。正是在这样一个中华文化浓郁的地方,华侨华人闯过道道难关,见证和参与了这个国家的发展变迁,谱写了数百年的风雨沧桑和生存发展的辉煌史册。

  约翰内斯堡的唐人街,要从有着近百年历史的约翰内斯堡西区老唐人街讲起。最早的老唐人街是早期华人社区的标志,至今仍保留着纯朴的传统气息。

◎南非唐人街旧照

每年春节,在老唐人街还能看到醒狮贺岁,锣鼓鞭炮声不绝于耳。我来到老唐人街,经过多方打听得知,"瑞兴行"百货店是这里最典型的华人店铺,它开设于1943年,是早期华人的精神寄托,是华人经历世代变迁的见证。来到"瑞兴行",首先吸引我的是中国古典风格的装修,极具年代感,仿佛20世纪30年代的生活一直停留在这里,不曾离开。货架上琳琅满目的中国产品,几乎囊括了生活的方方面面。我甚至还看到了乌鸡白凤丸、红花油等传统中药,让身处海外的我倍感意外和亲切。店员都是六七十岁的老太太,几乎不会说普通话,只能说粤语和英语,应该是移民南非的第二代乃至第三代了。我也只能用英语询问,能否采访她们的老板。一位热心的店员打电话给店主潘国伟。潘先生答应第二天上午接受采访。第二天的采访中,潘先生跟我讲起"瑞兴行"与老唐人街的渊源:"(早期)我们在南非,白人住的环境,天堂,非白人,地狱。那时候很多人生活贫苦,想做什么(生意),他们不知道怎么做。我爸爸是教育家,可以说对很多方面都比较了解,很多亲戚朋友说:'潘先生,请你帮我写信。'还有来信他们也不会读,家父都不算钱的,都是帮忙,很多华侨(找他帮忙)。还有,他们(我父亲母亲)有时候还要借钱给他(华侨)。所以那个时候'瑞兴行',我父亲母亲,在这里(老唐人街)是中心。"

完成在老唐人街的拍摄，我和摄像师来到约翰内斯堡新唐人街。近20年来，由于老唐人街所在区域的交通压力以及越来越严峻的治安状况，华人商家逐渐迁到了约翰内斯堡东区的西罗町大街。20年前，西罗町大街上只有寥寥可数的几家店面，几乎都是台湾人开的。之后，随着大陆移民的增多，西罗町大街和附近的华人商家如雨后春笋般出现，很多华人都在西罗町大街购屋置产，逐渐形成了如今生机勃勃的新唐人街。

"因为（西罗町大街）华人聚集得比较多，慢慢聚集，包括房价什么都上升，而且这里常住人口这么多，做华人的生意起码有固定的客源，所以店就越来越多，房价也越来越高了。"——唐人街管理委员会主席蔡庆。

现在，西罗町登记在册的商家有近百户，来自中国各地。唐人街所经营的品种也从单一的餐馆、超市扩展到旅行社、美容美发店、通信器材店、中药房、网吧、娱乐中心等。唐人街上出售的华人食品和配料大部分都是从中国直接进口的，价廉物美的中国特产不仅给南非华人提供了便利，也深受南非当地人的欢迎。

"南非的唐人街确实是品种繁多、物美价廉，无论我们从国内什么地方过来，都能够买到我们家乡的特产。当地人都非常喜欢中国的商品，他们每次来都能

◎南非唐人街"瑞兴行"店主潘国伟

看到琳琅满目、物美价廉的商品，他们都是非常满意的。"——南非华人郭政。

随着中国在世界上的影响力越来越大，华人在南非的地位逐步提高，南非政府对华人社区也日益重视，对唐人街的发展十分关心。未来南非政府会逐步加强西罗町唐人街的基础建设，同时，当地华人组织也将加强媒体宣传，加大华人和唐人街在南非主流社会的影响力度，逐步将西罗町唐人街建成一个有几百家商店、具有时尚品位和中国特色的步行街。

在非洲6年的时间里，这里的一切都在潜移默化地影响着我、改变着我。无论是令人担忧的社会动乱，还是千姿百态的非洲风情，抑或感人至深的华人拼搏精神，都丰富了我的人生阅历，拓宽了我的视野，改变了我对非洲乃至世界的认识，也转变了我看待自己和生活的角度，这是我在非洲最大的收获。

记得离开南非那天，我在候机大厅看着一架架飞机从跑道上起飞，不舍的情绪汹涌而来。我相信，今后我能更加淡定地面对困难，更加坚定而执着地追寻向往的生活。

血与泪

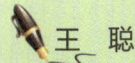王 聪

　　王聪，毕业于大连外国语大学，后通过招聘进入中国中央电视台从事新闻编辑工作。2012年8月，经选派成为央视驻安哥拉记者，随后调入位于肯尼亚的非洲分台任驻外记者。在非洲驻站期间，足迹遍布非洲大陆数十个国家，亲身经历了东非肯尼亚西门购物中心恐怖袭击、西非埃博拉肆虐疫情、北非"阿拉伯之春"所带来的动荡局势、南苏丹独立后挣扎着走向和平、埃及首位民选总统的诞生和落败等重大历史事件。怀抱着探索未知世界真相的热情，最终发现了一个全新而真实的非洲。

 **亲历西门购物中心恐袭**

2018年5月13日,央视新闻频道正在播出《面对面》,节目主持人董倩专访汶川大地震幸存者廖智。董倩问:"当地震发生那一刻你什么感觉?"廖智答:"当时觉得很不真实。"

这种"不真实",也许你可以想象,但或许未曾经历。她脱口而出的这三个字,带着一种不可阻挡的力量奔向我,猛扯着我的思绪回到了非洲东部肯尼亚。

2013年9月21日中午12:40左右,那时我刚从床上挣扎起来不久,全身的骨头缝里都是长途飞行后时差带来的无力和错位感,正准备出门去趟西门购物中心的银行取点肯尼亚先令,从国内休假刚回来,身上的现金不多了。我通常不去那里,但因为周六,很多银行关门了,脑子里只有去西门购物中心取钱的选项。当时司机已经在等我,显得我有些磨蹭。后来想想,如果我那天出门麻利些,恐怕现在就不会有机会回忆这一切了。

出门的时候,电话响了,是当时值班编辑侯姐的电话。有工作来找了,我稍微抖擞了一下精神。

"西门购物中心那边有个事情,需要你去看看,可能是个抢劫,目前还不太清楚。"侯姐语气里也有一种说不出的疑惑。

"抢劫?"我想拒绝这样的指派,因为抢劫在那里应该算不上什么新闻。

"你去看看吧,现在看到有媒体已经报道了,好像有人死了。"

我迟疑了一下,还是答应去现场查看。

我和摄像师带着设备就出发了,大概只有半小时的路程。但快抵达时我们所看到的,让我提早知道并非"抢劫"那么简单。

再拐过一个路口,就能看到西门购物中心了,但是却被警察拦住。前面的路已经封了。但大路当中人很多,并非平时该有的样子。大家都在往一个方向走。我们掏出记者证,给早就守在路边的警察看,车还能再往里开一些。我有些疑惑,问警察发生了什么?他眼睛瞪着我,摆摆手,示意我不要问。我最终停在了下一个路口,距离西门购物中心大楼大概有300米,中间隔着一个停车场的面积。路边有树挡着,黄色的购物中心外墙影影绰绰。

没来得及把眼前看清楚，便听到了枪声，是从购物中心大楼里传来的。那枪声带着大空间里的回响，也许是楼里的人已经跑光了，再后来，听到了更大的爆炸声音，是手榴弹，这是非洲恐怖分子常用的武器，专门针对人员密集场所使用。在内罗毕，也有效果不错的电影院，但是因为人口密集场所皆为危险目标，所以驻站多年，看电影这件事我基本都是在家里完成的。此刻，心里一直防范的事情发生在眼前，很多人在警察的保护下从购物中心里向外逃，很多人相互搀扶，或哭喊或挣扎着憋住一口气，但是腿软得像是花光了全部的力气，刚跑出警察的警戒线就一屁股坐在地上，大口呼着气；也有人干脆是被警察生生拖出来的，因为身体早已吓得团在一起，动弹不得。

看着眼前购物中心里升起浓烟，我有两个选择：一是老老实实听从警方安排，二是自己上报道手段。当时，我跟摄像师一起跑向一辆救护车，它停在购物中心大楼一侧，正对着停车场出口，也是一处生命通道口。我们跑到救护车背向购物中心一侧，蹲在地上，我回头望着摄像师，他也明白了我的心意，我们这样选定了直播地点。他开始组装设备，我跟他开玩笑："如果我们中弹了，也一定第一个被送上救护车，所以不用担心。"多年后的今天回想起来，胸中依然豪迈。

清楚地记得那天，手机已经被打爆，好像北京的所有编辑都在找我，他们PK着，看谁能打通我的电话，谁就抢占了先约直播节目的机会，谁就是栏目的功臣。我知道自己站在全球新闻热点中心，为此也承受着巨大的直播压力。然而，对新闻中那些失去性命的人来说，这些都不值得一提。

由于出发前的"误判"，并没有在设备上做充分准备，导致连线新闻频道夜里的新闻节目《24小时》之后，我的手机、卫星设备的电量几乎耗尽了。因为已经提前通知了非洲分台，分台立即增派记者到现场支援我。那时，我已经在枪弹声中站了7小时多，最后在夜色下拖着没电的设备和无力的双腿爬上了车。车启动的那一刻，心终于沉下来。看到窗外疾驰而过的警车冲往现场，满眼是刺眼的警灯，闪动的身影。夜色惊心，我回头望着车后窗外早已模糊的光，才发现自己已经满脸泪水。

那是我第一次流眼泪如此没有防备，更不知缘由。也许是恐惧，是疲惫，也是后怕。当时直播的地方距离西门购物中心只有不到 50 米的距离，如果有子弹飞向我们，后果不堪设想。回到住处，我站在窗边墙角里，看着充电器闪烁着红灯，心还在现场，很想知道自己错过了什么。

67 名来自多个国家的公民被枪杀，其中包括 1 名中国同胞。恐怖分子来自"索马里青年党"，这个组织在东部非洲十分活跃，时常发动恐怖袭击，造成平民死亡。即使在现场，我们也没有机会与恐怖分子面对面，但通过一些监控录像画面，我们看到恐怖分子的长相，应该都是索马里人。

为了制造巨大的国际影响力，"索马里青年党"策划了这次袭击。恐怖分子经常选择人多的地方下手，选择这个购物中心也一点儿不奇怪。这个购物中心里的人也比较特殊，因为它的位置距离联合国在内罗毕的驻地、美国驻肯尼亚大使馆及其他国家的使领馆很近，所以这些"外交官"经常会光顾这家购物中心，可以说是一个高大上的地方。这其实使它在恐怖分子眼中，更成为了一个不可错过的目标。

当时有媒体说，恐怖分子都被当场击毙。而"索马里青年党"却通过发推特说"圣战者"已经全身而退，也引起肯尼亚社会舆论的一片哗然。几个恐怖分子都已经被锁定在购物中心内部，肯尼亚警方为何没有逮住他们？后来我们自己猜测，应该是有恐怖分子伪装成从购物中心里逃出去的平民，一起在肯尼亚警方的护送之下逃走的。除此以外，我们也实在猜不出有何方法可以从被重重包围的购物中心里逃脱。

多年后跟朋友聊天，我说自己当时以为误闯了"好莱坞片厂"，一切都有点超现实。当时很奇怪的是，恐怖袭击发生的时候，竟然引起很多当地人围观。他们听到枪声不断，看到烟火通天，并没有窜逃，而是爬上树、蹲上墙看热闹。其实我一直不太能理解他们为何会冒着生命危险去围观，但是对于安全威胁的麻木在那里确实显而易见。尽管肯尼亚不论从反恐形势还是社会治安，应该说都有待改善，但是肯尼亚的总统府，却只围了一圈铁栅栏，并没有想象中应有的巨型城墙。后来，我也去采访了居住在西门购物中心附近的当地居民，问他们是否有搬家的打算，很多人告诉我，搬家没有用，因为世界上没有一个地方是绝对安全的。

◎在西门购物中心恐怖袭击现场报道

  2015年7月18日,也就是在恐怖袭击发生将近两年后,这家西门购物中心终于重新开业了,我发现购物中心只是外面加修了一道墙,这道墙挡住了一楼的部分咖啡厅,但可以从一个便道绕过去,其他基本都维持了原貌。不过,购物中心入口处的安检明显得到加强,除了安检人员数量增多以外,购物中心还雇佣了身着便衣的以色列安保和全身制服的肯尼亚安保人员进行联合安检,在购物中心内部更多的位置安装了摄像头。当天,有很多的新老顾客都早早来到了这家购物中心,似乎这一天让他们等了太久。购物中心里显然已经翻修一新,似乎还能闻到墙上油漆的味道。当年躺在地上的尸体、四壁斑斑的血迹、炸断的墙面和裸露的钢筋、地上那个几米深的大坑,都不见了踪影。一个小女孩拉着妈妈的手,愉快地奔向一家服装店,好像恐怖袭击从来没有发生过。

  来这样一家发生过血淋淋杀戮的购物中心购物,似乎总觉得哪里不对。卡洛琳(Carole J. Kimutai)是肯尼亚一家知名媒体网站的创始人,在网络上有不少粉丝,她很反对购物中心这样轻描淡写地重新开张。她认为这样做对死者不够尊重,应该进行隆重的悼念,让全世界都知道这事在肯尼亚发生过,但是事实并没有如她的想象。

  没当新闻记者之前,在新闻里听到或看到关于有人死亡的消息,只觉得那些人不幸。而当那些新闻里的死伤人数就在眼前增加,看着他们死在狂徒的枪下、

血与泪 | 237

倒在血泊里，作为一名生长在和平国家里的人，这一切的发生至今让我难以释怀。

忘却，还是纪念

一个人不该忘记过去，因为它是生命沉淀的能量，没有它，人必将在未来迷失；牢记却不背负，才能用面向未来的心态拥抱生活。

提到卢旺达，你会想到什么？也许是那部由特瑞·乔治主演的名叫《卢旺达饭店》的电影，或者电影里的原型故事，那场惨绝人寰的大屠杀。因为很少有人去过卢旺达，所以人们的印象还停留在电影银幕上，就像很多没来过中国的人，看多了中国的老式功夫片，都还以为中国男人仍留着长辫子、活在清朝。当国内朋友得知我要去卢旺达的时候，千叮万嘱，要我注意安全。其实，大家或许不知道，卢旺达早已是非洲最安全的国家之一，一位在卢工作的中国小女生曾跟我描述，她可以深夜独自走在大街上，兜里揣着上万元的支票却丝毫不担心。

但说到卢旺达，恐怕还要从20多年前的大屠杀说起。

我第一次去卢旺达，是在大屠杀过去整整20年之后，因为卢旺达政府要举行一个隆重的20周年纪念仪式，很多非洲国家领导人及来自其他地区的国家政要参加，包括中国政府也都应邀派员参加了这次活动。至今我还记得，纪念仪式是在卢旺达首都基加利的体育场里举行的，其中有一项活动是让大屠杀的幸存者讲述自己当年的经历，他们说的是卢旺达语（Kinyarwanda），我在现场听不懂他们说的具体内容，仅是偶尔请我身边的当地人帮我简单解释一下大意。也许正是因为听不懂，我的注意力才都集中在他们的表情及现场发生的一幕幕画面。

这场大屠杀无疑是卢旺达历史上最沉痛的记忆，让幸存者讲述这段历史无疑是重新揭开伤疤。记得还没开始讲多久，体育场的观众席里就不时响起哭泣声，哭声起初很小，因为离我有些距离，后来哭的人越来越多，哭声也越来越大。那天天气晴朗，但是整个体育场里仿佛下了一场雨，每个人的心头都笼罩上了阴云，瓢泼的雨水在心头激荡。后来，我竟看到有人开始发了疯地哀号，扯着

◎卢旺达大屠杀20周年纪念追思活动现场,舞者用肢体语言重现大屠杀场面

自己的头发,从座位上跳起来,但立刻被提前安排在现场的医护人员一起压住,抬上救护车。

这样揪心的情况接二连三,我甚至感觉到现场要出乱子。那位幸存者站在体育场中央,还在讲着。卢旺达总统卡加梅就坐在不远处,神色凝重,甚至也一度起身离开了现场。

我已经有些坐不住了,实在不忍心继续看着身边的人如此撕心裂肺,也不愿听到那海潮般起伏的哭声。作为一个"旁观者",我当时无法感同身受,只能尽可能地想象这世间最悲惨和恐惧的经历。这对我来说,是一次难忘的经历,我开始了在卢旺达的走访。

卢旺达大屠杀发生在卢旺达部族之间,为了缓解部族之间的矛盾,此后卢旺达人身份证上删掉了部族这项信息,用总统卡加梅的话说,不论是胡图族,还是图西族,都是卢旺达人。

在卢旺达走访期间,我有幸认识了一对夫妻,他们就住在首都基加利城郊,丈夫叫约翰(John),图西族人,妻子叫珍妮(Jeanne),胡图族人。令人无法想象的是,就在20多年前的那场大屠杀当中,珍妮的父亲杀了约翰家里27位亲人,约翰原本37人的大家庭只剩下了10个人,大屠杀还给约翰留下了终身残疾,使他走路要依靠拐杖。令人更加难以置信的是,约翰和珍妮,也就是跟

血与泪 | 239

凶手的女儿最终走入了婚姻殿堂，重新建立起新的家庭。

约翰是大屠杀的受害者，他的家人惨遭屠杀，自己得以幸存。大屠杀发生的时候，他只有20岁，当时他头盖骨被子弹击穿，倒在地上又遭毒打，毒打他的人以为他死了，才放过了他。他说出事那天，也不知道怎么回事，见到有很多人拿着刀向他家里冲过来，他除了惊恐，就只想着逃命。

约翰说他醒来的时候，已经被送进了医院。他这才知道自己在昏迷了整整135天后，竟然奇迹生还。头部留下了一处伤疤，好在没有影响脑部功能，但腿部在被毒打之后留下了终身残疾。而这一切，竟然是他的邻居们干的。

在事先征得约翰和妻子的同意之后，夫妻俩一起坐在了我们的镜头前接受了记者的采访。

◎约翰夫妇一同接受央视的专访，讲述他们的爱情故事

◎画面中可以清楚地看到约翰的头部有个明显的坑，那是大屠杀发生时被刀刃砍后留下的伤疤

约翰跟我说："我当时在操场放牛，我家里人就死在了砍刀下。我打算逃到布隆迪，但是被枪击中了脑袋，接着被狠狠地毒打，我的腿残疾了。简而言之，这是大致经过。家里27口人都被杀了，包括9个女人和10多个孩子。大屠杀结束后我住在这里，但是心里非常害怕。"

1994年4月6日，卢旺达发生了震惊世界、惨绝人寰的种族大屠杀，约有100万人遭到屠杀，这些人主要是卢旺达的图西族人及部分胡图族的温和派，而当年的刽子手就是卢旺达国内的多数族群——胡图族人。可以说，卢旺达的胡图族和图西族人结下了血海深仇。

约翰得以幸存，但他说不愿再回到自己老家生活，因为那里的人在他眼里都是仇人，后来他来到首都基加利，过着流浪的日子。他很长时间不愿意相信别人，心里也一直害怕再被伤害。

那段时间，约翰看到谁长相不友善，都会十分警觉地保持距离，即使是图西族人他也不敢接触，以前会在路上搭陌生人的车，后来也没了这个习惯，甚至搭公交车都会因为人多而害怕，会一直不停地偷看周围的人，担心他们会突然伤害自己，他的内心变得十分敏感，充满了不安。

在大屠杀结束后，卢旺达爱国阵线掌握政权，大力倡导民族和解，政府也派人到约翰家里做思想工作，劝导约翰放下仇恨，帮他疏导心理压力。当地的一家非政府组织筹款给像约翰这样的幸存者建了现在的房子，政府提供给他们一块地，可以种庄稼。约翰再也不用流浪了，而是在家里安心生活。现在跟他住在一个村子的有110户左右，都是受社会组织捐助的大屠杀幸存者。后来，约翰的心理渐渐没有那么沉重，郁结在心头的恨也变淡了。后来他喜欢上了珍妮，想娶她过门。

在采访中，约翰对我说："我对珍妮说，家人都不在了，但是这不是你和我的错，我们应该努力重新建立新的家庭。亲人都死了，我们需要生孩子，重新建立家园。"那是我听过最朴实、也最动人的求婚誓言。在经历了如此大的伤害之后，他的话让我看到了生命力的光芒，光芒如此耀眼，不仅照亮了妻子珍妮的心，也让这小两口的未来日子充满光明。

我也问过约翰，心里是否会因为过去发生的事情而放不下，他说："因为我爱她，我把她看成跟我一样，都是卢旺达人（而不是胡图人），就像个邻居，一个我很了解的人。我爱她，我也想证明给别人看，我已经把恨都放下了。"

但起初，约翰要与珍妮组建新的家庭，双方家庭都强烈反对。不仅是作为受害者的约翰家里不同意，就连珍妮的家人也怀疑约翰很可能是要故意报复她，珍妮还记得当时被求婚时的反应。

珍妮说："他向我求婚的时候，我首先想到的是他想报仇，我妈也告诉我他肯定是想（报仇）。但是我和他一样，都是基督教徒，我最终意识到他根本没有报仇的目的。我爱他，他也爱我。我们要在一起，我妈不同意。但是我下了决心，我跟我妈说，'我一定要嫁给他，别人谁都不行'。然后我们就结婚了。"

我能感受到的是，他们走在一起，只是因为爱情。也只有爱情，才能让经历过如此这般的两个人最终走在一起，从这个角度来说，他们是无比幸运和幸福的。我见到他们是在2014年，那时他们已结婚5年半，有了3个孩子，生活十分甜蜜幸福。约翰说他们没有吵过架，一直都很和睦，因为他们俩心里都有一份对来之不易的爱情的珍惜。在妻子珍妮心里，对丈夫一直有愧疚，觉得自己家人对约翰造成的伤害太大了，而这种愧疚，也变成了对丈夫的包容和理解。

那时，夫妻俩最大的孩子已经4岁了，孩子们的眼睛是清澈的，他们并没有经历大屠杀这样的惨剧，他们心里没有仇恨，也没有愧疚，他们就是这两家人完美和解的最好证明。约翰说，他一定会把家庭的这段历史告诉给孩子，这样才能不让悲剧重演。

当我了解到约翰所经历的过去，我简直无法想象，一个人该有怎样的勇气才能扛得住这样的经历。而采访结束后我发现，比这种勇气更加强大的是爱，是宽恕。20年，也许不能让所有像约翰和珍妮这样经历过大屠杀的人放下仇恨。但是我相信，时间一定会让更多的卢旺达人跟他们一样，勇敢面对那段家庭和民族历史，最终打开心结，选择宽恕和爱。

但毕竟，现在大屠杀的阴影还留在卢旺达人的心里，并未走远。20多年的时光，远远不足以让卢旺达人磨平心中的伤痛。卢旺达非常缺少心理医生，人们心中的伤无法通过专业的心理辅导而得到改善。他们目前主要的方式是在社区里相互倾诉，疏解心理不适。

 ## 卢旺达重生：非洲的新加坡

卢旺达曾被联合国列为世界最不发达国家之一，尤其在1994年的大屠杀之后，社会经济几乎被彻底摧毁，有统计数据显示，在1995年，卢旺达通货膨胀率高达65%，有近80%的人生活在贫困线以下。

在大屠杀发生之后，卢旺达除了失去100万人口，也有大量经济、社会及政府管理机构都被彻底毁掉了。正因为如此，在大屠杀后的第二年，也就是1995年，卢旺达经济下滑50%，这是有史以来卢旺达经济首次经历一下子失去

半壁江山的悲剧。

为了彻底扭转局面，执政党卢旺达爱国阵线上台后，政府在大力促进民族和解、维护社会稳定的同时，把恢复经济发展放在了首要位置，采取改革税收制度、发展私营经济等有效措施。在外交上采取开放政策，重新定位与西方国家的关系，争取他国的经济援助，以发展本国经济。卢旺达总统保罗·卡加梅提出学习"新加坡模式"。

卢旺达有自己独特的国情。卢旺达是东非内陆国家，有"千丘之国"之称，山丘连绵，所以境内没有铁路，仅靠公路运输，国际运输条件不便。如果卢旺达要从中国进口产品，产品运输的重要路线之一是经海运至肯尼亚的蒙巴萨港，再由陆路经过布隆迪，运抵卢旺达首都基加利，而货物上岸之后的后半程运费与前半段的海运费用相当，甚至更加昂贵。这使得商品进出口和国内流通成本都大大增加。如果在"一带一路"的倡议下，卢旺达能抓住机遇，用铁路打通物流动脉，将会对本国经济带来极大促进。

卢旺达国土面积狭小，还不及我国海南岛的陆地面积，而其人口密度高，约为我国人口密度的3倍。国土资源贫乏，基本只靠一些初级的农产品出口，贸易逆差大。而现在的卢旺达财政收入里依然有近40%直接依靠外国援助。

卡加梅总统在发展经济方面确实提出过向新加坡学习，要把卢旺达建成"非洲的新加坡"。他之所以这么提出，是因为新加坡是在发展方面取得成功的一个小国，跟卢旺达的国情有相似的地方，卡加梅总统同时提出要向中国、韩国学习，他的执政理念其实跟中国政府十分相似。首先，就是要争取经济发展，必须要确保社会政治稳定。其次，政府要把发展经济放在首要的位置上，卡加梅特别强调，在发展的最初阶段、起步阶段，政府要发挥主导地位。最后，就是实行改革开放的政策，实现法治，来吸引外资，来实现发展。

卢旺达政府定下了2020年的经济发展目标，计划在2020年实现人均收入900美元，达到中等富裕水平。卢旺达的"2020愿景"规划书中写到，这样的目标需要卢旺达经济持续平稳快速发展，保持GDP年增长率在7%左右，而这一切需要通过经济发展模式转型升级，提高储蓄率和私人投资，从而进一步摆脱对外来援助的依赖。

卢旺达经济在过去10年间，GDP增速在8%左右，一直保持着强势的增长，卢旺达已经成为非洲经济发展速度最快的国家之一。今天你走在卢旺达的街头，整洁漂亮的街道，繁荣的集市，新开工的工地，叫人很难想象，这是带着深深"大屠杀"伤疤的卢旺达，仅仅从废墟中走出20年后，如今已经脱胎换骨，焕然一新。

能取得这么多成绩，首先要归功于卢旺达的总统——保罗·卡加梅。这位强权总统，一直以高票当选，他正带领这个国家渐渐从历史的阴霾里走出来。他严厉打击腐败，对政府官员腐败零容忍，官清气正之风叫人印象深刻。很多官员因为吃了一顿饭、收了两瓶酒而丢了乌纱帽。就连我把可乐交给机场安检人员的时候，他们都会严格遵守规定丢弃，这在非洲国家是实难见到的。后来再去卢旺达的时候，那里已经实行了禁塑令，在机场入关的时候，行李上包的塑料都会被强制剥掉，不准带入。如果在卢旺达抢劫，或者偷盗，路上的警察可以直接开枪将其击毙，措施极为严格，甚至有些极端。但是从这些细节中，足以体会到这个国家高效的执行力。卡加梅总统精神矍铄，身材高挑，长相斯文，手段强硬，很多媒体驻非洲女记者都是他的"迷妹"。

 走不出的非洲

没去非洲前，每年的生日愿望跟周围的朋友并无大差别，无非是关于个人得失，家人健康，实为独善其身。从任何层面来说，这样的愿望总是没错。记得我刚到非洲的时候，跟比我早驻站非洲的记者庆祝生日，他的愿望是世界和平。我当时觉得这是"玩幽默"，可后来，这真真切切地成了我们每一个驻非记者共同的美好心愿。直到今天，我的生日愿望依然是要有"世界和平"这一条，而显然，每年我的愿望都会落空。

曾有人问我，当记者有什么好？我说，好处一时半会儿说不完，但是起码这是个神奇的职业。如果你心中有想要见的人，如果你心中有想抵达的目的地，它一定会给你机会实现。也曾有人问我，去非洲有什么好？我说，好处一时半会儿说不完，但起码那是个神奇的地方，因为在那里不论你遭遇过什么，都还会爱上它。

南苏丹，这个世界上最年轻的国家，它从苏丹独立出来之后，一直政局不稳，社会动荡。老员是与我在非洲共事多年的摄像师，我们也是第一个抵达南苏丹的直播报道团队。当时为了拍些城市街道的画面，需要提前到新闻部门去申请拍摄许可，后来上街拍摄才知道，有了许可也不能顺利拍。政府军的装甲车和军警在路上不停地巡视，如果发现我们，难免会有麻烦，搞不好会被抓起来。出差前，常有记者同事打趣，希望我们不要被俘虏，成了某部落里的驸马。到了南苏丹首都朱巴，没见到公主，只有荷枪实弹的部队在城市街头，当时路上闲人也很少见，马路显得很空旷。我们躲在一个居民小区的围墙里面，等军车通过，确定没了动静之后赶紧拍几秒，然后再躲起来。

石油是南苏丹最重要的资源，也是政府军最在乎的事情。汽车加油经常在局势紧张的时候变得异常困难，这也引起了我们的注意。我和老员拿到了拍摄申请，去拍摄加油到底有多难。我们想去一个普通的民用加油站，看看那里的情况。听起来如此简单，但我们此前做了充分的准备，比如一个熟悉当地情况的司机，两名保镖，以及两张录像机的存储卡（通常去执行有风险的任务，都会带上至少两张卡，怕有人阻止我们拍摄而抢走卡）。即便如此，我们到了加油站，看不到头的加油车队还是有些出乎我们的意料，更没想到的是，很多军人已经把这座加油站包围了。

我们的车稍微放慢速度，向加油站靠近，老员试图透过车窗拍到一点画面，但是摄像机不敢抬高，因为怕被人发现我们在拍摄，那就太危险了。我们的车经过了那个加油站，驶向下一个。经过这个加油站，我们大概掌握了那里的基本人员情况，并对那里的总体气氛做到了心中有数。距离下一个加油站，还有不到100米，我们决定下车。离开车体的保护，总觉得没有那么安全了。我们几个黄种人，拿着摄像机，带着保镖，显得非常扎眼。老员先抢了一个远景镜头，动作很快。我跟老员示意，我们先别拍，希望能先征求政府军的同意之后再做打算。我们刚准备向等待加油的队伍移动，就发现有穿着制服的军人朝我们赶过来，手里提着AK47。一转眼，他们身后聚集了100多人，都没有穿军服，像是平民的样子。

我举起提早就挂在脖子上的拍摄许可，向走在最前面的军人示意。他三步并作两步，立在我面前，他的身高加上眼神里的凶狠，显得很有压迫感。我保持微笑，立刻迎上去问候他，也开始解释我们的来意，我们并无恶意。他明显听不懂英文，因为他用丁卡族的语言回应我。他扯过我脖子上的许可证，看了看，他的犹豫让我终于意识到他根本看不懂，南苏丹的文盲率还是超出了我的预期。这时候，更多的军人和后续大量围观的百姓拥到了眼前，把我们紧紧围住。我想回头跟老员和保镖交流一下，但发现他们已经被人流挤到10多米外，只见一群军人正在夺老员手里的摄像机，围观群众似乎也情绪激动，很多人挥舞手臂，表达情绪。当时我非常担心老员，试图向他靠近，但是没走两步，就被贴在我身上的人群里的不知道谁的手扯住了。我从远处

◎在南苏丹动乱现场报道

看到老员低着头，抱着摄像机，几个当兵的拿着枪杆子在往他的头上砸。

我们几个人被人潮冲散了，我距离老员越来越远。我使劲向外挤，想出去，但是那些人显然想跟我理论。突然人群里有一个陌生人护住我，让我低下头，显然在保护我，然后使劲地把我向外拉，告诉我赶紧离开这里，这里不安全。在他的帮助下，我很快逃出人群，我跑向老员的方向，发现他正在保镖的保护下，从人群里跟跄着走了出来，仍然低着头，双手死死护着摄像机。

上了车，我们终于松了一口气，车慢慢驶出人群。我回头问老员："你受伤了吧？"他说："我没什么事儿。"喘了几口气，接着说，"这片子保住了，机器也没事。"他又补充，"刚才我一直没有关机，都拍到了。"我咬着嘴唇，眼泪再也止不住了，眼睛里充满了愧疚。

后来，我们在新闻频道与文静做了一档连线节目，标题是《央视记者首次抵达南苏丹首都朱巴》，介绍当时我们所见所闻，所用的画面，就是老员拼着命换来的。

我们生活在和平国家，是我们的幸运，而对于世界而言，现在却并非是和

平年代。很多国家依然面临着动荡的政局，仿佛大海上风雨中无法靠岸的小船。如果说"安全"，你会同意我把它放在"需求清单"的第一位。安全对我们的生活来说是必需品，对于很多非洲国家的百姓来说是奢侈品。

还是在2014年的南苏丹，六一儿童节前夕，正值政府军与反政府军在朱巴部分地区对抗，我和老员一起去了朱巴最大的难民营，去拍摄六一儿童节特别节目。那天我认识了小汤姆，他5岁，我们在联合国设立在朱巴最大的难民营里找到了他，他和家里人原来住在南苏丹北部地区，因为战乱逃到了朱巴。我见到他的时候，他正在和同伴一起玩泥巴，因为那里刚刚下过一场大雨，整个难民营里弥漫着一股酸臭气，是烈日在蒸腾难民营附近的污水，水汽在营中弥漫，久久散不去。

汤姆除了皮肤是黑色的，头发是卷的，其他的与国内同龄孩子并没有什么不同。不过与其他难民营里的很多孩子一样，他只穿了件圆领T恤衫，下半身赤裸，这在难民营，南苏丹，甚至非洲很多国家，都是常见的样子。我跟他握手，介绍我自己，他有些腼腆，也或许是害怕陌生人。我从兜里掏出一个提前买好的棒棒糖递给他，他没说话，只是笑着接过去，并没有立刻吃。

他跑回家里，那是联合国南苏丹派遣团统一发放给他们的帐篷，上面印着UN相关机构的标志。他套上了一个堆在地上的短裤，准备开始他一天的工作。他今天的工作有两件事，第一是提水，第二是提水卖钱。其实每天的生活也大概如此。

几岁而已的孩子，他们在泥泞的路上跑得很快，因为很自在。我和摄像师除了提着设备，也担心会滑倒或是身上溅到泥巴。我们一度被落在后面。

又蹦又跳地走了大约20分钟坑洼小路，我们来到难民营一处入口，在那里有很多独轮翻斗小推车，车是铁皮做的，我试了一下，一是感觉有些沉，二是推起来不太好找平衡，尤其在泥泞的路上。汤姆很快从附近找来3个明黄色的塑料水桶，此前应该是废旧的油桶，但是已经刷得很干净。两个油桶摞起来就跟汤姆个子一般高了，3个油桶放进推车，几乎挡住了汤姆向前看的视线，他只能侧伸着脖子看路。

要不是亲眼见到，我很难相信他那么小的身体里有那么大力气。他推着那个车，在泥水横飞的路上竟也能走得飞快。在难民营里，水比油更珍贵，炒菜可以不放油，但是不能不喝水。他提着的黄色的大桶就是用来装水的，而这些水只能用来做饭和饮用。洗碗、洗衣服之类的水都是反复用的。

这独轮车就是像汤姆一样的小难民搬运水的工具，是由一些国家的非政府组织提供的，他们每天守在难民营的西门口，等待顾客上门，从西门口拉满满一车水桶，送到难民营地的中心位置，大概需要20分钟，而汤姆可以得到2南苏丹镑，约合人民币不到3块钱，如果运送路途更远些，他们一次最多会得到5南苏丹镑，约合人民币6块6角钱，而这样跑一次大活儿（赚到5南苏丹镑），也只能换两瓶矿泉水。

这样的日子，汤姆已经习惯了，每天乐此不疲，也少有抱怨。每天折返在难民营里，与当时接受联合国保护的其他17000名难民一样，每天的生活并没有什么改变。就这样，汤姆一天天长大。夕阳的灿烂洒在难民营里，那些孩子的口袋里多了几毛钱，他们在一起你追我赶地玩耍，小推车也成了他们的大玩具。

汤姆是我在非洲见过的一个非常普通的孩子，可他的身影至今让我难忘。也许是在非洲，这样的孩子太多了吧，每次见到跟他类似的孩子，我都会想起他，就仿佛每次看到广袤的草原、荒漠，或是美丽的热带海岛，我一定会想起那片大陆，它叫非洲！

入戏的旁观者

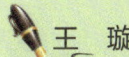 **王　璇**

王璇，1983年，生于浙江某县城。

本科就读于浙江大学，研究生求学于中国传媒大学电视学院纪录片专业。

2006年进入中央台科教频道工作，担任专题片编导。

2011年1月驻外，在央视非洲分台任驻外记者。在战乱后期赴利比亚，前后待了近一年。在非洲最哭笑不得的经历是2013年大年三十当晚在埃及总统府前中了催泪瓦斯，在涕泪横流中出镜。

2014年10月调往央视欧洲中心站。报道过法国查理周刊恐袭、比利时梅尔比克地铁站恐袭、英国伦敦桥恐袭、意大利地震。

2015年夏天，在难民潮席卷欧洲的高峰中，带着一个摄像师，历时近一个月，跋涉4000多千米，跟着难民一起从希腊、马其顿、塞尔维亚、匈牙利、奥地利，最终抵达德国，"坐难民坐的车，走难民走的路，全程纪录他们的漫漫求生之路。"《漫漫求生路》系列在央视新闻频道播出，引起政府高层关注和广泛的民间讨论。

 **缘起**

我是一个从小就个性很"茁壮"的姑娘,觉得"哭哭啼啼,没有出息"——这是邓小平评价伤痕文学的话。

现在,我成了个总是欲言又止的人,总觉得世界上的事很难讲,因而时时犹豫。

经历过子弹擦肩而过、曾被枪指着头,抢劫、围殴、车祸……这些都不算什么,非洲给我的记忆并不是皮肉之苦,而是精神重塑。

2011年到2014年,是我在非洲的日子。2014年9月,我走出非洲,被调到央视欧洲中心站工作。

其实从那之后,我很少提起非洲、提起利比亚。

2015年,我去葡萄牙出差,当时搭档的摄像师是一个英国的freelancer(非央视员工,在当地雇用的非固定合同的摄像师),闲聊中,得知他曾在利比亚被绑架,让我吓了一跳。

这是因为,2012年我在利比亚冒险拍过一个禁忌的选题——种族屠杀。记得当时线人绘声绘色地跟我说,有一队英国媒体因为偷拍这个而被民兵绑架了,差点没活着走出利比亚。这件事情震慑住了当时在利比亚的很多外国媒体,我的线人提醒我慎重考虑,这种危险的选题还是别做了。

后来我还是拍了这个选题,但这不是重点,重点是在我提心吊胆地潜伏和偷拍过程中,脑子里常想起那群不久前被绑架的英国倒霉蛋。

直到2015年,我离开非洲已经一年有余,到了葡萄牙,我才知道原来那个倒霉蛋,那只被"杀了儆猴的鸡",竟然就是这次合作的新摄像师。

当我们聊到利比亚的城市,"米苏拉塔""苏尔特""的黎波里""班加西",多么熟悉的名字,又多么遥远,它们已经很久很久没有在我的生活里出现了。那天晚上我们聊完天,站在地铁的站台上,我突然悲伤起来。可能是由于自我保护机制运转太良好,好多事情我记不清了。

离开非洲之后,有很长一段时间,我都在努力把记忆埋掉,努力抓住新生活中日常的、稳定的、踏实的东西。

就算想起来又如何呢？世界之复杂，一层又一层都是局部真相，根本说不明白。既然我看到的都是片段，怎么敢截取片段来表达世界？于是我选择闭嘴，包括看到《战狼》这样的电影，我张张嘴想说点啥，想了想又闭上了。

后来，我看到别的纸媒同行在转帖，几个战地记者成了传奇，写下的文字诗意旷达。我躲在暗处想，也许是他们内心真的很茁壮吧。

而对读者来说，他们也喜欢传奇。人们总是需要远方、需要英雄的。远方是一种心理"刚需"。

可是留下的所谓传奇，在我看来都是浪漫诗意化的文本。

命悬一线的时候你不会给自己拍照。而活着回来后如果还想好好活下去，你会强迫自己忘掉。它会变成繁华城市里的精神孤岛，哪怕最亲近的人也不能懂得心里的褶子和对一开口就误入歧途的担心。

没有经历过的人不会真的懂，而经历过的人也未必像我这样消极。

可是，世界明明深刻地改变了。

从 2008 年金融危机，到北非茉莉花革命、利比亚战争，到难民潮涌入欧洲，到关门右倾的西方社会，英国已经决意脱离欧盟，美国也在走向更加保守的路。一个大事件爆开，泛起的涟漪一环接一环，持续经年。

我想，我应该鼓起勇气试着表达吧。在那些故事的碎片在现实中仍有折射时、在它们随我变成泥土之前，尽力找来，拼成一些。

不必胆怯。

新闻链接：《有家不能回的土阿嘎人》

新闻链接：《土阿嘎：一座空城的故事》

 利比亚之殇

1. 阿拉伯之春

卡扎菲是个不好惹的人。听说利比亚有一家电视台曾批评他,他就把自己的靴子放到了人家演播室台子上,一放好几个月,以至于利比亚人民一换到这个频道就看到他的一只靴子。

他在非盟是老大哥,也特别擅长跟西方强国周旋,让欧洲大伤脑筋。

他当然是霸道铁腕的,可是年轻人不吃他那一套,他们推翻了卡扎菲。

我在利比亚得到过很多照顾。有时车停在路边,会有好几辆车停下来问我是不是需要帮助;在小店里买几个苹果,店主会再强塞几根不收钱的香蕉。但利比亚人也常常让我哭笑不得,他们敢在高速上逆行,大街上玩漂移,一言不合就打起来;他们说等5分钟,那一般是要等上半小时;他们说的"一定",你"一定"不能信。我有一个线人不告而别就此消失,后来才听说他去叙利亚支援打仗了;还有一个翻译开车去前线,休战期间双方突然开打,他竟然坚持要跪在毯子上把祷告做完。

当地的翻译和线人是外国记者工作的必需品。一来语言不通,利比亚人说阿拉伯语,我们常常只会说英语;二来这些当地人是记者重要的信息源和联络帮手,我记不清楚我的搭档们曾给过我多少惊喜和让人兴奋的选题。

刚开始合作,要信任他们是因为我没得选。开车去陌生地界拍摄,车里司机、翻译、摄像师都是利比亚人,叽里咕噜说什么我一句都听不懂,卖掉我太容易了。我那时练就了一身快速记路的好本领,常常幻想一有紧急情况就跳车逃命。刚到利比亚,我真是很没有安全感。

但是在一次次成功的合作后,我对他们慢慢建立起信任。记得有一晚在班加西,宾馆被炸弹袭击,我半夜仓皇而逃,只能打电话找翻译求救。他接上我,搬上我所有家当行李,开车在城里找了一圈又一圈,却找不到任何一个宾馆,哪怕是看上去很奇怪的那种闪着粉红色小灯的小旅馆能够让我落脚也行。最后,

他把我带回了他家……

第一晚我睡着了吗？我当然睡不着！

即使合作很久，但我并不对他知根知底。毕竟我身上有很多美金，毕竟摄像机也能卖好几个钱，毕竟我是个女的……

还好我没出什么事，他把我照顾得很好。后来他还带我去乡下参加部族聚会，我记得他奶奶最喜欢搂着我左看右看，笑得像红楼梦里的刘姥姥。

2013年离开利比亚之后，我再没有回去过，渐渐跟很多老搭档失去了联系。

后来利比亚持续动乱，新的极端势力崛起，绑架记者事件层出不穷，作案者常常就是记者的当地线人或翻译，我震惊不已。他们把记者卖给极端组织，极端组织对外索要高价赎金。一旦成功一次，其他人就纷纷效仿。这成了一种赚钱的手段，拿到钱买武器，拿不到钱撕票。

当时我在伦敦温暖的家里常常忍不住想，如果我还在利比亚，我会是那个被卖掉的记者吗？

"阿拉伯之春"过去9年了，春天在哪里？现在再看这个抒情的名字，很感慨诗意之不可靠，可是当时有那么多人真心相信。

从伊拉克到利比亚，再到叙利亚，悲剧一再鬼打墙一样重复。人们是健忘的、轻信的。西方媒体的叙事文本很统一——"自由世界"有责任解放全世界。

中国媒体需要去叙述一些不同的故事，不然这世界像是有堵不透风的隐形墙一样，很荒谬。

2. 伤兵

在社会变革上，我不相信狂飙突进。

推翻卡扎菲的中坚力量是青年。他们走上街头抗议，后来牺牲了，变成海报上的烈士，再后来烈士海报被撕下来，新的竞选海报贴上去。

战后，大部分青年们偃旗息鼓，少部分不服的盘踞一方成了民兵，成了各方眼中的"毒瘤"。

到底是理想被污名化了，还是暴力革命被理想化了？

在利比亚激变的国家命运中，在看似奇幻的土地上，我想用一个纪录片寻找它的逻辑。

我打算拍两个人物。一个是"功成身退"的小民兵,仗打完了继续读大学;另一个是因伤致残民兵,一颗炮弹结束了他的青春。

前者,功成身退。拍到的人物叫约瑟夫,19岁,斯斯文文白白净净,说话很温柔,睫毛忽闪忽闪的,很难想象他去杀人。对他在空荡荡的教室里进行的采访让我们很感慨,因为他的很多同学再也没能回来上课。

后者,伤残士兵。这个角度要找到合适的人选非常难。一是他们不愿意被拍,二是身体状况不好,情绪也不稳定。

直到遇到拉瓦德,我终于确定了他就是我需要的拍摄对象。

拉瓦德那时21岁,受伤的时候不到20岁。如果不是表情有点凶,正常来说他应该比约瑟夫长得还好看,而且浑身透着聪明劲儿。现在他脾气特别坏,动不动就让全心全意照顾他的哥哥滚一边去。但如果你看到他的伤,就会原谅他——他在一次激战中受重伤,脊柱下半截被炸烂了,背上缝的针密密麻麻像片渔网,疼痛折磨得他整夜睡不了觉。我每次上他们家楼梯,先听到的都是他穿墙而过的呻吟或者咆哮。

拉瓦德眼神闪烁,他不想让你捕捉到他的痛苦。他觉得革命成功了,他的痛苦不能作为对他所为之牺牲的事业的否定。

"死可以,但你不能觉得我蠢。"

在利比亚待了这么久,我了解他们的心情。家丑不可外扬,他自己可以骂,但他不想被我这个外国记者知道。可遗憾的是,我的工作就是要挖掘到真相。

拉瓦德不喜欢我拍他躺着,他觉得不体面。每次跟他聊天,他都要收拾半天让人把他抬到椅子上,但背上的伤又让他坐不了几分钟。

他对着镜头说他不后悔,他妈妈在边上抹眼泪。

拍摄只进行了半小时他就疼得不行了,我只好收工。后来有整整半年时间我没能再见到他。听说他身体越来越不好,没条件再见客人了。然而,拍摄只拍了一半,片子也许要烂尾了。

可是这半年来,我对这个选题越来越执着。伤兵的情况是,一方面他们梗着脖子不抱怨,另一方面处境尴尬凄凉。

我一直在给拉瓦德联系医院，半年之后，再次见到他的时候，他看着老了好几岁。

后来，班加西的警察局被炸了……

后来，我新合作的翻译，一个前民兵，开始频频接触基地组织……

利比亚越来越失控。

再去见了拉瓦德几次，他脾气越来越坏，给身边的人带来痛苦。我忘不了他的眼神，看人的时候都透着恨意。

我记得最后一天晚上从他家里离开，车子里是漫长的沉默，我和翻译、摄像师谁都没说话。

在书上读到一个悲剧故事，激起的感情震荡可能不过一天。而亲眼看到一个悲剧慢慢铺开，剧中人面目渐渐狰狞，又是另一码事。

拉瓦德比我小4岁，我当他是弟弟。我知道他是炮灰，他也清楚。然而当面我们不会戳穿，可是编片子的时候，我得点出那些细节——他闪烁的眼神、他

◎ 2012年4月，利比亚班加西街头的未成年民兵

的愤怒——他想藏起来的种种我都得揭开让人看到，哪怕他血肉模糊。因为他身上承担着战后民兵命运的一大半真相。

我的工作就是如此，对被拍摄个体总是残忍，对大局也未知是否有助益。

那时，我常常怀疑这工作的意义。

对我来说，利比亚只是一个梦，离开了就梦醒了。可拉瓦德却要一辈子躺在小房间里时时咀嚼痛苦，面对令人窒息的现实。我至今内疚，用故事吸了他的血。

作为一个旁观者，我越来越入戏。

我见过十三四岁的孩子拿着枪突突，天寒地冻的时候，他们非常熟练地发动坦克取暖。可是脸蛋明明还是小孩。

我问："你杀过人么？"

"杀过很多。"

"你觉得现在利比亚怎么样？"

"不怎么样，可是卡扎菲必须死。"

新闻链接：《梦想照进现实》　　新闻链接：《战争结束留下"伤痕"累累》　　新闻链接：《一个的黎波里民兵的生活》

3. 难民营遇袭

2011年春天，利比亚乱了一个月之后，难民潮开始显现出来。

空袭一加大，第二天必然有大波难民，边境拥堵程度和北约空袭强度成正比。从利比亚跨过边境逃到突尼斯的人一天天增多，难民营里越来越挤，焦虑像传染病一样扩散。

2011年5月22日，难民营发生一起火灾。4个难民被烧死，这成为压死骆驼的最后一根稻草。

"还不如死在利比亚，千辛万苦跑出来，为什么我们被烧死在沙漠里？！"难民营爆发大规模抗议，他们用石块封了最近的一条公路，希望引起国际社会关注，希望一些国家多给些避难名额。

但封路激起众怒。

离难民营最近的一个小城叫"本古尔丹"（Ben Guerdan，位于突尼斯境内），当地人以跨境贸易为生。唯一一条边境公路是他们的生路。当地人本来就不太欢迎难民，现在更是忍无可忍。

5月24日，突尼斯警察开始向难民营投掷催泪瓦斯。

5月25日，冲突升级，难民营被烧得一片火海。无法查证是谁点燃了营地，但几千米之外都能看到冲天的烟柱，甚至有枪声。

我就在现场，只顾着拍，并没有意识到危险临近。一群突尼斯人很快把我围住了。我的摄像师是在当地找的，合作没几次，这次碰上危险他竟然直接把摄像机扔给我就跑了。摄像机很快被人夺走，一个男人举着机器爬上旁边一台大车，大吼一声砸下去，机器被砸得粉碎。我像个布条被人群搓得飘来飘去，心里想着完了完了机器没了，还没意识到自己有多危险。

愤怒的人群是可怕的，众人情绪叠加共振会比单个人要失控得多。那时起，我深刻地理解了"暴民"一词，一定是复数的。

一群人嚷嚷的阿拉伯语，我一句都听不懂，应该是在骂我为什么要曝光他们与难民的冲突吧。有人从车里提着枪过来抵着我，我捂着胸口，觉得衣服快被撕烂。瞪着漆黑的枪膛子，我开始害怕了，脑子一片空白。现在已经记不清楚具体发生了什么，也许有人把我拉出了人群，背上一定是被人重重踢了一脚的，连滚带爬。

司机开着车冲到我面前，带我一路飞驰离开现场。

在惊魂未定中我给台里打电话说碰上暴乱了，做了一档电话连线，语无伦次。现在听起来都觉得好笑。

两小时开回到宾馆，因为摄像机没了，我拿了自己的傻瓜相机（当时我还没有智能手机）要再回现场。

◎突尼斯边境难民营

　　回难民营的路上，一车人都很悲壮。当别人都开车往外撤，只有我们一辆车逆流往前。雇来的当地司机也是不容易，他为了挣点美金要陪着我冒这个险。

　　路上碰见联合国的人，得知连联合国的工作人员都撤出来了。

　　在尽量接近难民营的地方，我躲在灌木丛里拍了一个出镜，这场暴乱我唯一留下的画面就是这个狼狈的出镜。所有的画面，都和那稀巴烂的摄像机一起，葬身火海。

　　晚上回到宾馆，传完片子，肾上腺素降下来，才觉得身上好疼。背上留下巨大的淤青，但这并没有什么大不了的。我并不觉得谁可恨，觉得所有的立场都能理解，所有的行为都能接受。

　　本来就是，一群人的梦想可以是另一群人的噩梦。当我们坚持自己的诉求，可能是建立在别人的伤痛之上的。这就是为什么我现在变得非常无法理直气壮、变得没有战斗力。

　　那些带着眼泪或者亢奋吼出来的东西，我都觉得很不可靠，时时怀疑。

　　从美丽海景房的阳台上往外看，觉得一切都不像是真的。那地狱一样的难民营，和这样的安宁美景，仅仅只有两小时车程。

　　2015年，我转站到了英国。跨年的时候，一声巨大的鞭炮炸响，我下意识钻进桌底，回过神的那一刹那，觉得真凄凉。

不是恐惧，是凄凉。

曾在中东、非洲驻外过的记者，工作环境常常就像一场幻境，无论是具体场景还是我们感受到过的情绪常常超出普通人的日常经验，会觉得无法被身边的人安慰。而对我们中那些比较不幸的人来说，如果他没有一个踏实的家庭，或者没有一个坚强的精神，可能会很难逃离那个幻境。

他的身体已经离开了那里，精神却没能，未必是恐惧，其实是消极。

偷渡

冲突之后，偷渡上升为第一选择。难民想尽快逃离这里，他们对国际移民组织不再抱有耐心。

他们的目标是偷渡地中海，登陆意大利的兰佩杜萨岛，这样好进入欧盟国家。只是很快，世界就听到了一则又一则海难的新闻。

新闻薄情，船难的新闻没两天就不再是热点，会有新的热点覆盖它，观众也不太会去持续关心难民的去路。估计大家偶尔看到有海难新闻还会惊讶一声："这些难民怎么这么丧心病狂，死这么多人还要偷渡！"

确实如此。很多人半个月前船翻了，和他同船的 1000 个人死了 300 个，可他休息几天还是要去偷渡。

我问："你在写什么？"

"把一些重要的号码抄下来，我要把这个手机卖掉，凑偷渡的船钱。"

带上几天节省下来的食物和水，在沙漠 40℃ 以上的高温中批上棉袄，因为到了晚上海上会很冷。

他们要出发了。

据联合国的统计，从 2011 年 2 月开始，共有 14000 名难民从利比亚出逃欧洲，其中 1200 人失踪，新闻说，每 13 个偷渡的人中就会有 1 个葬身地中海。

但不要忘了，这意味着，每 13 个人中有 12 个人成功了。偷渡的人越来越多。处境不同，偷渡这件事的边际效应不能以你我的标准去衡量。

◎ 2011年6月难民偷渡到欧洲，在突尼斯海域发生海难

以前我听人说，难民淹死，难道不是他们自己选择上的船，自己的选择自己承担后果，有什么好说的？

确实他们是自己上的船，但是他们的选择是有限的。无国无家，看不到生活的希望，他们不甘心，想拼一拼。换作是我，可能也会一样。我知道难民营里的日子是什么样的，尊严一点一点丧失，都不像个人了。

知道他们经历过我们不敢经历的，失去过我们不愿失去的，才能在尊重之上建立我们的同理心。

是同理心，不是同情。

多了解，不是为了同情，是为了建立同理心。有了同理心，才能有比较好的判断。

什么样的判断都行，我一点都不希望你看完之后都是跟我一样的判断。

我怕的是，大家在不太了解的时候就做判断。

结束报道任务，我要离开突尼斯边境的那天，也是阿里出发要偷渡去欧洲的那天。我去给他送行。

阿里是苏丹人，是我见过的最臭美的难民。其他人落魄中很难顾得上体面，他非得每天戴个洋气的嘻哈帽子才肯出门。临走前我把身上所有突尼斯钱都给了他，因为我估计自己不会再回来了，而他高兴地给我留了脸书账号，说咱们有机会欧洲见。可是后来他再也没更新过脸书，我不知道他有没有成功到达彼岸。

所以我对彼岸的事情特别好奇。我想知道，他们到了欧洲，是不是日子就好了？

◎ 2011年6月，突尼斯利比亚边境难民营，难民即将出发去偷渡（右二戴帽子的人是嘻哈难民阿里）

2014年秋天，我工作调动去了欧洲站，最想拍的就是难民的故事。

2015年，欧洲难民潮达到高峰，相比4年前，人数翻了100倍都不止。现在的新难民大部分来自叙利亚。

我跟着难民从希腊到德国走了一路，4000多千米。

难民对于我，不是陌生人。我很自然地与他们亲近，他们也喜欢我。这种亲近感源于我4年的非洲生活。

只是后来我发现，到了欧洲，他们还是窝在难民营里，并没有过上想象的日子。

2016年初，寒冬，法国边境加莱难民营的帐篷里，刺骨的冷，我冻得打哆嗦。难民拿被子盖住我的脚，说别担心，这是最干净的被子。我知道那条被子相对

入戏的旁观者 | 261

来说算是干净的了,毕竟那个地方脏到无法形容。

他们邀请我喝茶,拿出最后一个茶包,自己不舍得喝省给我。他们把杯子擦了又擦,可还是脏得黏嘴。我不敢有一点嫌弃的心。落魄到这种程度,仍然会把最好的给你,这种淳朴不能说不动人。

可是,只要一听他们说话,仍会觉得好绝望。

有人喊道:"法国最坏了,恨不得炸掉法国。"一群人欢呼鼓掌。

他们怀疑:欧洲难民接收国赚了大钱,因为能得到联合国拨款。可是我采访了联合国难民署官员,他澄清说,难民署从未给西欧的难民接收国拨过款……

难民的淳朴,是一种脆弱的淳朴,它因为缺乏对外部事物的经验而得以保留。这种淳朴在遭遇残酷现实的时候,反而会发酵出更大的愤怒、偏激和毁灭。一些青年难民后来被极端思想洗脑,走上不归道路。

用最残忍的眼睛看你们,但残忍的眼睛后面,是希望你们强韧的心。

在法国加莱的难民营里,很少有当地人来接触他们。对当地人来说,难民营是毒瘤。对难民来说,加莱的法国人自私冷血。

共同生活在一片方圆几十千米的地界上,双方不能互相理解。这与我在突尼斯经历的当地人和难民的冲突多么类似。

你还可以理解他们吗,如果难民心里很多仇恨,也许他以后会成为戕害你所爱的人的凶手,你还愿意换位思考吗?

对话太少,偏见太多。少有人好好说话,少有人在听。巴别塔之下,人人各奔东西。

看到那些媒体继续卖力宣传那些要去解放世界的故事范本,选民一次次买账,大国一次次军事干预他国,难民潮源源不断地被制造出来,我常常觉得,这个世界不会好了。

我想努力讲述我的故事,告诉世界另一个版本,可我的故事太弱小了。

那段时间是我最难熬的日子,比在突尼斯边境被打要难过太多。

《林恩的中场战事》里老班长对林恩说,别问为什么,老是问为什么,会让我们变得不幸。你需要做的,就是服从我的命令。

◎ 2011年5月,在利比亚突尼斯边境难民营外,镜头上有灰

他死了之后,林恩只剩下自己,看不到世界的边。

还好,李安看透不看破,他挖得深,又不像我这样颓丧。悲观却积极。知道最后是个无,但人还得翻滚,要成为废墟上开出的一朵茁壮大花儿。

林恩重返战场。

嗯,我还没有放弃,还在做着我的小记者,讲述我相信的故事。

新闻链接:《关注利比亚局势:本台记者调查突尼斯海难经过》

 图尔卡纳救援

1. 东非大旱

2011年，东非大旱，非洲之角地区的干旱引发了严重的人道危机，1240万人亟待救助。我刚到非洲不久，还不知道人道危机这4个字的意味。

索马里战乱和旱灾叠加，每天都有10个小孩饿死在索马里。大量索马里难民涌入邻国肯尼亚和埃塞俄比亚，导致两国边境难民营人口激增，不堪重负。

其中肯尼亚边境的达达布难民营，3个月来以平均每天1500人的数字在接收难民。

走陆路去达达布非常危险，也没有客机航班，于是我们几个央视记者包了一架像出租车那么大的小飞机飞了过去。

从空中看，东非土地上河流干涸得只剩下河床。听说东非之角很多地方已经3年没有下过雨了。飞机还没有落地，炎热和干旱就扑面而来。

达达布不是一般的难民营。1992年索马里爆发内战，就开始有人逃到这里避难，至今已快30年。这片难民之地面积近50平方千米，住着37万名难民，是世界上历史最长、规模最大的难民营。它完全超出了你对难民营帐篷遍地的想象，这里帐篷很少，基本都是正经房子。它更像是一个沙漠中的小镇，甚至还有公交车、商店和学校。

我在难民营里窜了一天，出了城在路上被一个惊讶得合不拢嘴巴的警察拦住。他问我咋回事，我说我是中国的记者。他说，天，你是我第一个见到的胆儿这么肥的外国女记者。

我：……

他说你看过电影《上帝之城》吗？我说没，他说你看看吧，以后没有保镖不要进难民营了。

我：……

晚上回去我查了查，一身冷汗。原来那个地方连当地警察都不敢单枪匹马进去。

所以我常常回想，觉得以自己当年的勇猛和无知，能没缺胳膊断腿活着走出非洲，真是偶然。

说回难民，从索马里一路逃难到那里，沿路大多数日子他们只能靠吃泥土活下去，土到底是怎么个吃法，我并没有看到。

至今记得，在等待注册被收容的接待处帐篷外面，一个母亲抱着垂死的孩子。孩子脖子看着就要断了似的，真真只有一层皮连着，耷拉着的头也就是个包着层皮的骷髅头。大概快死的人会散发一种气味，他脸上聚满了苍蝇，却已经连抬抬眼皮赶苍蝇的力气都没有了，而母亲也没有赶苍蝇的意思，两个人就那样坐在地上，好像一座雕塑。我觉得很恍惚，总觉得这样的场景不是真实的。

2. 图尔卡纳

持续的干旱让草地退化得非常严重，把一些主要靠放牧为生的非洲原始部族赶到了绝境。在肯尼亚接壤南苏丹的边界上，一片荆棘丛生、不易被开放的荒地是古老部族图尔卡纳人的故乡。

图尔卡纳人不觉得自己是肯尼亚人，他们原来的栖息地在现在的乌干达、南苏丹边境，后来逐渐迁徙进入肯尼亚境内。所谓国境线，对他们没意义。

他们是沙漠里的战士，擅长近身肉搏，至今维持古老部族的传统，也没有现代国家的概念。

当年肯尼亚被英国殖民统治，可是沙漠里的战士图尔卡纳人并没有被完全征服，他们顽强抵抗，让远征的殖民者伤亡惨重。1900 年，英国派遣一支考察队前往图尔卡纳地区，遭到图尔卡纳人的袭击，只有一个人生还。后来英国人实行蓄意隔离政策，导致图尔卡纳地区至今仍是肯尼亚最边缘化和最不发达的地区之一。

第一次去图尔卡纳，我是跟随国际红十字会的车去那里赈灾。图尔卡纳人生活得太分散了，经常我们开几小时的车就只找到一两个家族几十个人。

湖泊一个个地消失，古老部落不得不一次次迁徙，追逐着最后的水草之地。放牧不像种田，种田至少还能引水或者蓄水来灌溉土地，放牧完全是靠天吃饭。经年的大旱让草场只见消耗，不见更新。图尔卡纳人每到一处，一处的草就很快被牧群啃光。一个小村落住一阵,附近20千米内很快再无草地。在迁徙去下一处之前,图尔卡纳人就不得不每天赶着牧群走6~8小时到更远的地方放牧。

图尔卡纳人相信土地上的牲畜都可以被任意争夺,为战利品而死是种荣光。他们没有私有财产概念,这导致部族之间冲突不断,甚至可能世代为敌。只是现在的他们不再作长矛短刃之战,因为现在有了热兵器,几乎每个放牧的图尔卡纳人都带着枪。尤其是在那段大旱时期,部族冲突进入白热化,连红十字会赈灾也冒着危险。

最近的物资供给地在图尔卡纳人栖居地300千米之外,路况极差,一下雨根本没办法通车,导致运输费用比物资本身还要贵。那时联合国号召为非洲捐款24亿美元应对饥荒,可是那笔资金一大半都没着落,更不要说帮一个图尔卡纳人的成本够帮好几个难民营里的难民,所以很少有救援能顾得上图尔卡纳人。

仅存的两万多图尔卡纳族人,一个月来已有20多人死于饥荒。

◎ 2011年9月,第一次去图尔卡纳红十字会赈灾现场

我听说红十字会的赈灾点，还远远不是图尔卡纳最深处，大概还有一半的图尔卡纳盆地没有被任何救灾活动覆盖。那一次红十字会救灾，每个族人领到1千克口粮，孩子老人都来了，很多人走了好几天才走到。

那真是倾巢出动来领粮食，牲口都来了。人们在搬运面粉时不小心洒掉的一些面粉，被一群瘦得皮包骨头的羊在地上乱拱。更多的牲口在路上就饿死渴死了。

我还记得我拍到一个4岁的孩子从地上抓起面粉，一直紧紧拽在手里。听说他已经两个礼拜没有吃上粮食了，他的父亲一周前死于饥荒。

红十字会的工作人员说，感谢我们把图尔卡纳的情况告诉外界，很少有媒体关注这里。

和人数庞大的达达布难民营相比，分散居住在沙漠之中的图尔卡纳人很少获得国际社会关注。两万多图尔卡纳人有半数还没有获得过任何援助。

◎ 2011年9月，跟随红十字会第一次去图尔卡纳赈灾现场，瘦得皮包骨头的羊在地上乱拱洒掉的面粉

最让援助机构头疼的是，他们希望图尔卡纳人能够集中居住，以方便救援，而图尔卡纳人坚持不愿意离开居住地。

"上帝创造了这里，我不会走。"

深夜，从救灾点往回赶，路过了一片灌木丛。漆黑不见五指中，远远看到一点火光，再开近些，竟然是一个驼群。一只只骆驼在车灯下只看得清轮廓，一动不动。我们被眼前光景震撼得屏神静气。

车很快把那点火光和驼群甩在后面，现在想起来，应该是一个没来得及在天黑之前赶回部落的图尔卡纳人，他只能在半途将就一晚了。为了放牧，他得走多远啊。

晚上回到客栈，客栈是方圆几十千米之内唯一的晚上通电的房子，更棒的是它不是草房，它是"枝条房"，我的意思是整个房子是用树枝搭起来的，树枝和树枝之间的缝隙大得能塞进一个拳头，风一吹，吱呀吱呀的。尤其到了深夜，寂静无声的沙漠里，枝条摩擦发出的噪声让人崩溃。

2011年，我经历了一次入室抢劫。从那之后，常常一晚上睁着眼睡不着，老有被人破门而入的感觉。这种后遗症持续了一两年。我慢慢养成了把一半钱放显眼处作诱饵，另一半钱藏起来的好习惯。

睡在枝条房客栈里，关了灯就发现什么叫作睁眼瞎。我把手放在自己的鼻子前面，都看不见。一个晚上我一分钟没合眼，因为我听到无数窸窸窣窣的声音，我不知道是有人摸进我的房间了，还是只是风声和墙壁晃动声，我觉得肯定有人进来了，因为我分明听见脚步声和一种有人靠近的空气变形感。可是等到第一道天光照进来的时候，我摸索着爬起来看放在桌子上的钱包，它好像并没有挪动过位置，我至今不知道被人进了房间是我的幻觉呢，还是说贼也没摸到它。

3. "情系肯尼亚"救援行动

后来，图尔卡纳的新闻播出了，在肯尼亚的华人中引起了很大反响，很多华人华侨纷纷表达想为肯尼亚受灾群众捐款的愿望。我的领导宋嘉宁敏锐地觉察到，非洲分台可以发挥媒体的作用，凝聚更多华人的力量来帮助灾区群众。她立刻联系了中国驻肯尼亚大使馆、肯尼亚经贸委员会、肯尼亚华联会，策划组织一次肯尼亚华人为图尔卡纳灾区捐款的爱心行动,还为此次行动取了一个动人的名字——"情系肯尼亚"(Chinese for Kenya)。而我也被她鼓励着,把中国人的善举从头到尾好好地记录下来。

我是唯一一个去过图尔卡纳当地的人,当然很希望一不做二不休,要去就去一个难度最高、没有别人去过的地方。可是我也很纠结,因为路况让我心里打鼓。

上次去的时候我包了一辆出租车,结果后半程路太差,车的油箱差点被整个颠了下来。半路叫人救援,换了一辆车。结果又是半小时抛锚一次。深夜两点在漆黑得伸手不见五指的非洲丛林里抛锚,很可能附近有猛兽出没。要是我把一群中国人连带运粮车队忽悠去了图尔卡纳,出了事可怎么办?

难道是要就近找个灾区捐了就当赈灾了吗?虽然那样保险,不会出什么差错,但总觉得没劲。

正在大家犹豫不决之时,一个年轻人自告奋勇:"我去跑一趟踩点吧。"没几天他就给组织发来了调研报告,一路需要注意的事项精确到每小时:需要多少安保、路况如何、油水怎么加。

不惜力的疯家伙一个又一个,真是个疯狂的集体。使馆领导一咬牙一拍板,好!那就干起来!

我们最后选了一个连红十字会都没有去过的难度系数最高的目的地——去到荒原最深处,寻找那一半从来没有获得过国际援助的图尔卡纳人。

消息传出,在肯尼亚引起了轰动。因为当地人最清楚,那个地方偏远得连肯尼亚本国政府都很少顾及,更别说外国人了。中国人有种!

载着60吨玉米粉和1000袋大豆,12辆大卡车和5辆押运车,带着一队持枪安保,从肯尼亚首都内罗毕出发,我们一路浩浩荡荡前往图尔卡纳。这段从地图上看只有区区700千米的运粮路,当中有400多千米根本就没有路。保守估计,车队起早摸黑,要开3天。

每天一起程,车队就不敢在途中有任何停留。因为这里的部族可没什么你的我的,谁抢到就是谁的。车队一停下来,被持枪攻击的风险就增加。

在车队赶路的同时,另一批我们的人已经提前到达了目的地,广而告之车队的事,听说几千名图尔卡纳人已经启程去目的地等着我们了。

浩浩荡荡十几辆运粮大卡车,车上贴着大幅标语"CHINESE FOR KENYA"和一看就知道的方块中文字,所到之处,无不引起轰动。

沿途的村子镇子都希望我们停下来给他们也留点粮食,有的孩子为了多要一袋饼干往往追着车队(车队慢)跑出几千米。但我们只能硬着心肠继续赶路,因为不能让图尔卡纳人白等。

有个场景我一辈子记得。深夜行车,除了车灯打亮狭窄的一条道,周遭一片漆黑。我被颠得时不时觉得这一切不是真的,只有车里放着王菲的《天空》,成了飘忽的意识和现实的唯一连接。

车就这样开啊开啊,那条漆黑的路好像永远都开不到头。

第三天深夜 11 点,出发时我们一共 12 辆运粮车,11 辆终于安全到达了目的地。其中 1 辆途中发生故障,所载粮食由其他 11 辆分装。

700 多千米的路程,提心吊胆押着粮走了 3 天。

早晨 7 点,在约定的时间车队抵达约定的地点。有人告诉我一共来了近 3000 图尔卡纳人,占整个地区七分之一的人口。

沙漠里当时是近 40℃的高温,当远远地听见车队的声音,图尔卡纳人就唱起来了。他们唱什么,我们完全听不懂,那种语言全世界上只有大概两万人在用。他们也不懂英语或者中文,我们之间几乎无法沟通。

◎"情系肯尼亚"粮食援助车队的 12 辆大卡车和 5 辆押运车;载着 60 吨玉米粉和 1000 袋大豆的中国车队

后来我才知道,他们唱的是"上帝保佑中国"。

这次发粮按人头算,每个人能领到大概 20 千克口粮。为了长途跋涉而来的中国人能休息一会,当地人主动来帮忙卸货。这里的每一袋粮食上都印着一句话——"CHINESE FOR KENYA(中国人为了肯尼亚)"。

我还记得第一次到图尔卡纳,图尔卡纳人很不喜欢被拍摄,哪怕跟着红十字会的救灾车一起。所以第二次,我担心出问题,就让摄像机在一边默默拍,尽量低调些。没想到,这次每个经过镜头的图尔卡纳人竟然主动地打招呼,他们不知道从哪里学来的一句:"你好中国。"

图尔卡纳这个片子,是心血之作。图尔卡纳赈灾之行,是中国人的诚意之举。

后来肯尼亚副总统穆西约卡在接受同事采访时说:"感谢中国无私的人道主义援助,尤其是'情系肯尼亚'行动,12 辆卡车把援助的物资送到了遭受旱灾的图尔卡纳地区,印象深刻。"

◎为了长途跋涉而来的中国人能休息一会,当地人主动来帮忙卸货

◎一共来了近 3000 图尔卡纳人,占整个地区人口的 1/7

新闻链接:《运粮驰援,情系图尔卡纳》

 **说故事的人**

我见过很多超出日常经验的事情，苦难也好，愤怒也好，单一的情绪都不太能影响到我，只有一类我是受不了的，就是那种受着苦，还在笑；吃着亏，还觉得好；明明轻贱如蝼蚁，还要对命运还手的人。

我不知道怎样面对他们，我为他们难过，也不知道能做什么。

如果说我们对这个世界的认知是由千千万万个故事构成的，我希望我的故事能流传下去，让他们活在我的故事里，让别人记住他们，与他们尘世轻贱的真实人生不同。

想想反正人这一辈子，好多事都说不清楚。只要真诚就好，不要嘲笑我们的幼稚。

最近读书，看到查理·芒格的一段话，很喜欢：

我们常说这个世界不对，说我们生不逢时，说世界太脏，它不该是这样的，我不想被玷污。这样的理想主义啃噬人的行动力。

我心中的英雄是公元1100年前后的犹太哲学家迈蒙尼德，他白天10小时工作时间是医生，晚上写书，他所有的著作都是在业余时间写完的。他相信人生的意义在于行动。

嗯，所谓改变世界，它也许水到渠成，也许永无来日。只是我们每天都该做点什么，才能抵抗虚无吧！

"非漂"六年 我的"疯魔"生活

许弢

　　许弢,女,1980年12月26日出生,出生于广袤的黑龙江,成长在海滨小城秦皇岛,毕业于北京广播学院广播电视文学系戏剧影视文学专业,但至今不知剧本如何撰写。2002年7月进入中央电视台体育中心体育新闻栏目组担任编辑。经过9年的熏陶,从一个体育从来不及格的人变成懂得篮球、足球、乒乓球、羽毛球、网球都该怎么打的人,但是从来没打过。2011年12月转入中央电视台新闻中心海外记者部,被派驻埃塞俄比亚亚的斯亚贝巴站进行建站和驻站工作。从此开始在非洲大陆上撒欢,至今已经6年多。报道过埃及革命、利比亚局势、马里恐袭、吉布提也门撤侨、好几次坠机、亚吉铁路和蒙内铁路开通……还有好多好多,有时候自己想想都想不起来(因为记性不好)。在非洲几年一直立志减肥,但从来没有成功过,最后自己得出个结论:"过劳肥"属于绝症!哭哭笑笑、打打闹闹过完6年多,但在非洲的时光大概会是我这辈子最精彩的人生篇章……

一直都特别喜欢《霸王别姬》这部电影，不为别的，就因为那句："不疯魔，不成活。"但什么是"疯魔"？怎样去"成活"？在走过非洲大陆近20个国家之后，我才发现，也许只有在非洲这片大陆上，你才能找到这句话的真谛。

 在"东非屋脊"开启驻外之旅

2011年12月16日，这会是我永生难忘的一天。因为，就在这一天，我踏上了非洲这片热土，来到了埃塞俄比亚首都亚的斯亚贝巴，在这朵东非屋脊上"新鲜的花朵"中，开始央视的建站工作。不过，走出海关的我心情还没来得及激动，就彻底傻眼了：身上已经背着一套摄像机、两台笔记本电脑，再看看好不容易从传送带上拖下来的3个巨大的箱子，如何走出机场，成为了摆在我面前最现实的问题。凭借一己之力，想把其中的任何一个搬上手推车，都是不可能的事情。这时我才深刻体会到什么叫作"挑战自我"，什么叫作"你要学会自己照顾你自己"。

但这只是个开始，真正"疯狂"的日子在后面……

埃塞俄比亚地处高原，是个多民族国家，全国有80多个民族。虽说英语是官方语言，但当地人主要还是讲阿姆哈拉语，这对于一个戏剧影视文学专业毕业，在大二过了英语四级以后就开始放飞自我的人来说，如何渡过语言关，是摆在我面前十分现实的问题。初到这里时，要办的事情很多，因为涉及建站问题，要跑各个政府机关、跟各种人打交道，好坐实我们的身份。但听着他们口音浓重的英语，我能做的，就是瞪着一双无知的眼睛，莫名其妙地看着他们。后来我总结出一个经验，出门一定要带笔和本，听不懂让他们写下来。而每每看到他们写出的单词，你都会有种恍然大悟外加想泪流满面的感觉。就在这种磕磕绊绊、每天半疯癫的状态中，我用了两个礼拜的时间陆续将记者证、居住证、银行账户办理妥当，同时也跟司机学习了不少本土英语，开始逐渐适应了当地的环境。

不过那时候的很多第一次，还是让人至今难忘。记得我第一次被跳蚤咬，身上一圈大红包，又疼又痒。当时还以为是吃什么过敏了，吓得跑去问宾馆的经理姐姐。那时候她们跟我开玩笑，说："跳蚤是传播鼠疫的，你要被感染了，

就只能被活埋处理了……"当时我瞬间脑补出被进行防疫处理后的凄惨景象。后来在床上活捉了一只,才知道跳蚤是个什么东西,当时我还在想,这么点儿一个小东西,破坏力居然如此之大?虽然我现在还时常被咬得一片一片的,身上到处是疤,但很多事情,习惯就好。痒痒怎么办?那就挠挠呗!

还有第一次去报道非洲的国际会议,看到通知上写会议上午9点开始,本着媒体一定要提前到场的原则,我带着当地摄像师上午8点半就来到了会场。到了现场后发现一片安静景象,完全没有一个大型国际会议即将开始前该有的那副紧张忙碌的样子。当地摄像师说:"我们来得太早了。"记得我当时还义愤填膺地教育了他:"媒体就应该早点到场,这样才能保证对新闻报道的完整性,万一能有点什么突发状况或者能抓到有点分量的人呢?"但是两小时之后,我才明白,他说的"太早了"是什么意思,说上午9点开幕的会议,到了快11点都没来几个人,让人都开始怀疑自我,是不是看错了会议通知。直到吃过午饭,下午1点半,会议才正式开幕。当时真有点被雷到的感觉,这在国内的确是不可想象的。但后来我渐渐发现,都说入乡随俗,到一个新的环境,就要学会适应他们的节奏。因为有时这种大型国际会议来的首脑比较多,之前互相寒暄、会见也会很多,所以日程上的安排往往不能按时进行。对于我们来说,就一定要学会在工作中做到有计划但又要能适应变化,这样才不至于会失望,而且说不定会有意外之喜。

的确,初到埃塞俄比亚,发生在自己生活里的"第一次"总会让人记忆犹新,但是,在埃塞俄比亚亲眼见证的中国创造的"第一"更是让人印象深刻。

在"东非屋脊"上,中国援建的非盟总部新大楼已经成为非洲大陆上的地标性建筑;中国公司在这里修建的第一条全中国标准的高速公路让当地人感叹"原来公路还可以是这样的";中国公司在这里承建的东非第一条现代化轻轨,给当地人带来了一种新的出行方式,同时也改变了亚的斯亚贝巴整个城市的面貌;非洲第一条全中国标准的电气化跨国铁路也是中国修的,它改变了埃塞俄比亚和吉布提的传统货物运输方式,将两国之间的货物运输由原来的7天变成10小时。

有人会说,经常在一个环境里待久了,人会变得麻木,但是当你亲眼见证了这无数个第一的诞生，特别是从它们在纸上摇身一变出现在你面前的时候，你还是会心潮澎湃，无比自豪。

还记得在亚吉铁路全线开通的时候，虽然当时埃塞俄比亚正处于紧急状态，但是在开通仪式的现场还是来了好多人，而这好多人中间有埃塞俄比亚当地人，还有从吉布提赶过来的吉布提人，埃塞俄比亚总理、吉布提总统也都出席了仪式。而由于当天处于紧急状态，因此仪式上好多的环节被临时取消，包括原来的两国元首乘坐火车改成了临时上车参观，所以现场有些混乱，原来安排好上车采访两国元首的行程也被临时打乱。一堆媒体追着两国元首跑。在这种情况下，想要拿到采访，摆在你眼前的只有一条路了：挤！（后来回想一下，幸亏这条铁路修在了埃塞俄比亚和吉布提，两国人民比较瘦小，这要是在西非、南非，估计我还真没法取胜。）最后当我和摄像老师突出重围，追上埃塞俄比亚总理海尔马里亚姆的时候，真是披头散发，衣衫不整，总理看到我第一个反应就是笑了，还故意把脸扭过去笑……他大概也没想到会有这么狼狈的记者出现在他面前，在愉快地做完这个采访后，我们立刻回头去追吉布提总统盖莱，那会盖莱已经走到出站口，当我们追过去突然出现在盖莱面前时，他身边的武官第一反应就是伸手按住了我的胳膊，想制止我们。但是盖莱一看是CCTV，立刻拍开了武官的手，主动对着我们的摄像机说了以下的话："我们感到非常骄傲，因为这条铁路把中国、

◎ 2016 年，在亚吉铁路通车仪式上采访吉布提总统

埃塞俄比亚和吉布提三国的关系紧密地连接了起来，我们非常感谢中国的投资、中国的支持、中国的友谊，我们非常感激。这是中非合作的一个重要里程碑。这是非洲的第一条电气化铁路。你应该也为此感到骄傲！"

的确，当天在现场的我就是十分的骄傲，虽然这条铁路不是我修的，但我是中国人啊！我亲眼看到了中国给非洲带来的改变，这种经历和体验宝贵不？值得骄傲不？与此同时，你也的确能够在其中学到很多知识，现在我知道公路

分级跟铺几层有关系，铁路枕轨上的石头大小要按什么配比，修建码头有几种方式……有时候出去采访也能蒙蒙人家。如此"博学多才"的自己，必须要骄傲啊！

 在"文明古国"体会变革之律

《战狼2》热映后，我认识的很多小朋友都纷纷发来微信嘱咐我注意安全，还有人问我："姐？你们非洲真的那么乱吗？一言不合就突突突？"当时给我的感觉真是满头的黑线……

其实，要问非洲乱不乱，我会回答你，有些地方是乱。但是有时候，这种乱可能是这个非洲国家发展的一种需要，我们应该客观地评判，而不是戴着有色眼镜去看。

要说我在非洲最初感受到这个"乱"字是在2013年，埃及"二次革命"的时候。那时因为工作需要，片区内的记者都会轮着去埃及支援。埃及革命刚开始的时候的确很吓人，各种游行示威，外国记者遭性侵等事件发生在你眼前时，那种冲击力的确是对意志的考验。而我们的记者出去采访的时候也遇到过种种情况，那时给我印象最深的是两件事：

第一件是埃及的曼苏拉警局爆炸。曼苏拉警局爆炸事件发生在2013年的12月，那也是我第二次去埃及轮值。也就是那次，让我认识到原来非洲真的有冬天。埃塞俄比亚四季如春的气候已经把我娇惯得对温度完全没有认识，所以一下飞机，只穿着一件薄外套的我就被冻感冒了，埃及站的同事送我到宾馆就拉着我去买感冒药和厚衣服。谁知道这感冒药力量十分强大，吃完就昏睡过去，一睁眼已经是第二天天亮了。抓起手机一看，20多个未接来电和几十条微信，心想这是发生了什么？打开微信一看，原来是曼苏拉警局爆炸了……当时的心情真是无比的震惊。

同已经盯了一晚上连线的埃及站同事做完交接后，台里跟我说要去现场。从开罗开车去曼苏拉大概需要3小时多，但是埃及当地的视频公司并不同意我去，说太危险，他们那边已经有人了，可以按我们的要求安排拍摄。但经不住我们

再三要求，视频公司说，那去可以，但是要当天回来。说实话，当时我心里想，去都去了，到了那就由不得你了。

由于事先协调花费了一些时间，当天我们抵达曼苏拉已经是下午3点多快4点了。下车前，视频公司陪同我一起去的当地女孩就告诉我："你要紧跟着我，千万别走丢了。"下了车，我就明白为什么了。爆炸事件是头一天晚上发生的，当我们到达的时候，当地民众已经开始抬着遇难者的尸体在街上游行了。而我们想要到达事发地点，必须穿过游行的人群，车是开不过去的。一路上，视频公司的女孩紧紧地拉着我的手，低头快步在人群里穿梭。等到达事发地点，视频公司早就派出的摄像师已经就位了，告诉我："我给你10分钟时间，你赶快在这里做一个出镜，然后马上就走。"傻乎乎的我当时完全不理解，很不服气地想我好不容易来了，你就让我做一个出镜，我还要采访呢。可是当我拿着话筒往那一站，我才意识到摄像师为什么对我提出这个要求。当我站到摄像机前，一群当地20多岁的年轻人就围了过来，你可以理解为他们是来看热闹的，但是为啥看热闹脸上带着难以理解的笑容？为啥看热闹不站那好好看一直往前挤？联想到以前发生过的外国女记者遭性侵事件，我以个人历史上最快的速度完成了被人称为"十分仓皇"的出镜。出镜一结束，视频公司的女孩就跑过来拉着我往车上跑，结果这些人还追过来拍车门。司机开车离开的时候，女孩指着出镜现场旁边的一个楼说："你看，他们已经开始烧楼了，这是穆兄会的产业，接下来还不知道会发生什么，所以，我们必须要赶快离开。"我说："我还要去医院，我还没采访。"她说："告诉我你要问什么问题，要什么画面，我们安排人去拍。你必须马上回开罗。"听着她不容置疑的语气，我也只能默默地坐在车里往城外走。沿途看到的一切才让我明白，工作只能服从于现实，大街上，示威的人群开始烧汽车、围攻超市。晚上11点多我们到了开罗后，视频公司的女孩告诉我说："咱们刚出城，曼苏拉就发生了暴动，烧车、烧房子。幸亏我们出来得早。"惊愕之余，也有一点庆幸，幸亏有当地人陪着，要不然还不知道会发生什么。

第二件事是在开罗进警局。就是在曼苏拉警局爆炸事件发生后的第三天，那段时间，埃及局势十分紧张，很多地方都爆发了抗议活动，埃及的艾资哈尔大学也是其中一处，在那里支持穆兄会的学生和当地一些反穆兄会的居民发生了对峙，当地警方也到了现场维持秩序。当时，我带着当地摄像师到了现场。摄像师一如既往很 nice 地把我安排到一个地方，告诉我："你在这等着，我去拍，然后回来找你。"还交代了待在那的几个当地人几句，大概意思就是照顾好我。然后，他出发了。但是没过 15 分钟，他就回来了，捂着头，头上流着血……原来，他被学生扔过来的石块给打到了。我紧张地问他有没有事，他说："没事，但是我估计没法继续拍摄了，一会我们公司另一个同事会来接替我的工作，咱们等一会儿他。"在等着第二个摄像师来的过程中，旁边的当地居民相继拿来了纱布、消毒水给摄像师简单地包扎。从他们熟练的动作里我能感觉到，这种事情他们遇到的应该不少。第二个摄像师来了，接过摄像机以后，我拿着话筒对头被打伤的摄像师说："你的头都被打破了，来做个采访，你说两句吧。"当时大家都笑了。虽说捕捉现场也没啥不对，但后面好几天视频公司的人一见我就笑，说我对他们的员工太残忍了，头都被打破了还要人继续做采访，但你必须要承认效果很真实啊！

不过当天的悲剧并没结束，在第二个摄像师把我扔那里自己出发后。我转念一想，我跟他一起说不定能快一点完成工作，就悄悄地跑出去找他。但这时我发现人群都在向我的反方向跑，还有人冲我挥手，告诉我回去。我正奇怪发生了什么，突然一阵辛辣的感觉充斥了眼鼻：催泪弹！我立刻开始往回跑，跑了一段距离，发现旁边有当地人拿着一个大矿泉水瓶子对我招手，我走过去，他倒了一些水在我手里，冲我比画着往眼睛周围抹，意思是可以缓解那种辛辣。当时我感叹，这世界上还是好人多。

经历了这次催泪弹事件，我又贼心不死，另辟蹊径跑到了对峙现场，一眼就找到了我的摄像师，当时他看见我还有点小吃惊。我跟他说："画面拍得差不多了，咱们做出镜采访吧，然后赶快走。"摄像师说："好。"可是就当我们正在做采访的时候，两个穿着黑色衣服的人走了过来，用阿语跟摄像师说了几句什么，然后一边一个把摄像师架在中间，回头看我一眼说："跟着！"我问摄像师："怎么了？"摄像师面色慌张，什么都不敢说。我当时意识到出问题了，迅速把衣服兜里的手机静音。刚干完这件事情，那两个黑衣人中的一个就跟我说，把你的记者证给我,还有你的手机。我从小包里掏出记者证,然后给他看:"你看,我没有手机。"他也就没再要求。当时心里真是庆幸,幸亏没有搜身,要不真搜身,一下就把手机搜出来了,现在我得找机会发个信息告诉我的同事来救我。

　　一路走过来,两个黑衣人态度很是凶恶,最后把我们带到了一个警察局里。刚进去我就被眼前的一幕惊呆了:两个警察正对着两个穿着白袍子的当地人拳打脚踢,还拿托盘砸。和我一起的摄像师脸色更加苍白了。黑衣人把我们带到了二楼的一个房间里,里面乌泱泱都是人,好像都是媒体,办公桌那儿坐着一个穿着警服的人,看到我们被带进去,他跟那两个黑衣人说了两句什么,我们又被带下楼,这时我心想,这是要打我们么?因为在一楼,那两个警察还在继续刚才的殴打,我正在忐忑之间,从里面冲出一个光头的警官,对着他们两个大吼着什么,回头看见我,忽然一愣。我赶紧凑上去问他:"你会讲英语吗?"他说:"会啊。"我说:"你看,我们是 CCTV 的,我刚刚正在采访,也不知道做错了什么,被带到这里了。"他看了看我,问了黑衣人两句话,就把我带到一个桌子前面,让黑衣人给我找了个凳子坐下。然后说:"没事的,你别害怕。你昨天在公车爆炸现场吧,我看到你了。"黑衣人看到长官的态度,对我们的态度也缓和了很多,把收走的记者证也还给了我们。这个光头警官开始翻我们的素材,一边翻一边跟我聊天:"我以前去过中国的,在广东,你家在哪里啊?北京离广东远吗?"就在我们这种有一句没一句的聊天中,他翻完了我们的素材,说:"没问题啦,你们走吧,要注意安全。"然后安排带我们进来的黑衣人送我们出去。

　　出来后,跟我一起进去的摄像师抽烟的时候手都是抖的,我的手机上有 50 多个未接来电。大家都十分担心。后来摄像师告诉我说:"你不知道之前好多人就这样被抓进去,然后消失了。我的同事刚刚也被抓进去了,我们却联

◎ 2013 年 12 月,曼苏拉警局爆炸报道现场旁边的建筑物被烧

系不上他。"后来他的同事也被放出来了。当我们回到视频服务公司的时候已经是晚上7点了,公司里的当地员工看到我们进来都一起欢呼起来,让我感觉到仿佛是迎来一场胜利的欣喜。他们说:"这是因为你们回来了。"可你能感觉到,这不光是为我们平安而感到开心,可能也是为了这种不一样的结果而高兴。埃及革命那么久,一切还是有变化的,这种变化可能不会让你立刻就体会到,但是的确在潜移默化地发生着,在默默向好的方向发展。所有的成长都不会顺利,而正是伴随着阵痛,非洲大陆正在向上成长、向前迈进。

 在"北非明珠"体味战争之殇

埃及的变革让人看到向上的成长,而在利比亚,却让我真切地感受到了战争之殇。

说起利比亚,我对着它还真是有着不一样的好感。我曾经两次去过这个曾经的"北非明珠",一次是在2014年4月,另一次是利比亚内战爆发之前。那时期,利比亚迎来了暂时的平静。人们都平和地过着自己的日子,那时候刚刚推翻卡扎菲不久的利比亚人民正在向往着一种新生活的到来,采访的时候,人们大多期待着未来的美好生活。解放广场上好多家庭带着孩子在那里喂鸽子,广场上的彩色气球和孩子们开心的笑脸让人有种百废待兴的感觉。虽然时常被人提醒要注意安全,但是除了晚上睡觉的时候,听到海边有些枪声,白天也真没发生过什么。但就在我们那次采访完结束后一个月,第二次内战爆发了,而我跟利比亚的再次结缘也被推到了两年之后。

2016年10月,经过了近4个月的精心准备,我和同事再次进入利比亚。二次内战爆发后,所有国家的使领馆撤离利比亚,所有的媒体都很难进入这个正在随着战争日益衰弱的国家。我们光是办理签证、联系视频公司、安排安保前后就花了4个月的时间。

还记得在前往利比亚的当天在突尼斯转机,安保公司的人给我的邮箱里发来了一份十几页的文件,上面写了各种需要注意的安全事项以及在什么情况下可能发生什么样的危险。如果不是之前跟在那里的中国公司通过气,可能我真

要被这份文件直接从机场吓回去了。中国公司？对！您没看错！中国公司！在利比亚内战的情况下，其境内唯一还在工作的外国公司就是中国公司，而他们在进行十分重要的电信维护工作。

而在飞机抵达的黎波里机场后，我的第一印象是，这个城市比两年前苍老了许多，城市建筑显得破旧不少，从飞机上下来的接驳巴士的挡风玻璃上还留着弹孔，告诉你在这里曾经发生过什么。简易的航站楼是用彩钢板搭建的，一个通透的空间里一眼看得到取行李、过关、出口等所有的地方。

不过出了机场，眼前的情况让我有些意外。完全没有邮件里写的那样水深火热、战火不断啊！负责我们这趟行程的安保公司人员也来机场接我们。我当时说："这跟想的完全不一样啊？"安保公司的人说："是啊，我们也没想到。看来有时候还是要亲眼看看的好。"

在这里还真的要提一下那次出差配备的英国安保人员，一个是快60岁的老爷爷，利比亚内战之前曾经在利比亚待了9年，每次出门都给我们介绍这里是他的故居，那里原来有家咖啡店十分好，以前利比亚还有什么好玩的地方。后来我发现他不仅是地形熟，跟当地各阶层关系都打得十分火热，不管是利比亚政府还是民兵组织，都有他的老熟人，真的是神通广大。另一个是个30多岁的肌肉男，据说以前是当兵的，退役了以后进了安保公司，那身体素质没得说，而且你走到哪里他跟到哪里，就算在酒店大堂说去个厕所，他都要跟到厕所门口。也正是在这一文一武的保护下，我们安全地度过了在那里的7天。

不过这次的7天跟我第一次来到利比亚时感觉完全不一样，上次是百废待兴，这次是可以用颓垣废址来形容，连解放广场上的鸽子都少了许多。街上很多没有完工的建筑孤零零地矗立在那里，有些墙上还能看到弹孔。原本干净整洁的街道上到处堆满了垃圾，因为以前垃圾都是外国公司来处理，随着外国公司的离开和战争的爆发，政府没有能力进行处理，所以只能任其堆在那里。医院里缺医少药，大街上随处能看到架着机枪的皮卡。每次出门，都少不了会被沿途的民兵拦住检查。不过看到我们的中国面孔，都会友好地放行。因为，中国公司是唯一留在那里帮他们的外国公司，所以，中国人对利比亚人来说是朋友。可能也正是基于这一点，我们出门采访基本没有遇到什么难题。

在我以为这次的报道都会这样一帆风顺地进行下去的时候，意外发生了。就在我们快要离开利比亚的最后3天，的黎波里市内再次爆发了民兵冲突。还记得那天的凌晨3点，正在酣睡的我突然被一阵"鞭炮声"惊醒，但是翻了个身还在想，谁大晚上放炮玩？然后一下子意识到，这是在打枪啊！随即我听到楼道里有声响，开门一看，安保人员都已经穿戴好了，拿着一套防弹衣站在走廊里。看到我出来说："回去穿衣服，我们可能要撤离这里。"我立刻回到房间穿好外套，背上包，抱着EDUIS编辑机就要出门，刚要开门的时候突然想起来，钱没拿，这要回不来了就惨了。又慌慌张张地把保险柜里的钱拿出来，然后出了房门。这时大家都已经在走廊里了，连我们到了当地雇佣的线人也在场（后来我才知道，他是那片地区民兵组织头领的儿子）。

人都集合了，下一步就是撤离，我们坐着电梯到了地下室，来到一个员工餐厅里。安保人员说，我们先在这里等一下，看看从哪个地方撤出去。我还记得餐厅里很热，因为没有空调，我坐在一张桌子前，看着前面那张桌子上放着的那套防弹衣。可能你们都很好奇，我当时都想了些什么，有没有想写个遗嘱啥的？说实话还真没有，我当时想的是：唉，要能拍点画面多好。

在等了大概40分钟之后，我们当地的线人回来了，告诉我们，能够通往酒店的几个路口都已经被他们的人控制了，那些人打不过来，我们可以上去睡觉了，但是要换另一面的房间。所有在场的人都松了口气。可是摸上去要进房间的时候，安保老爷爷突然拿出一个小型照明灯，告诉我："不要开灯，不许去阳台，别想着拍点什么，流弹伤人更可怕。"我不禁想：老爷爷难道会算命吗？我想干点什么他都知道！

虽然最后的3天基本上都是伴着这乒乒乓乓的声响度过的，但是我们的采访工作并没有结束，去菜市场拍民生，上街做街采，找专家采访难民问题……在那次的7天里，我们做了7条片子出来，涉及经济、民生、医疗、非法移民等各个方面，可以说是收获颇多。我们是在利比亚二次内战爆发后首个进入利比亚境内的外国媒体，拍摄的画面也被多家媒体转载。比起危险，我倒是觉得，这段经历让我受益颇多。在和平年代，媒体报道所关注的内容往往离战乱地区很远，而这次的采访让我了解到在这种地区如何去选取角度，如何抓住重点，如何组织拍摄，如何注意安全。都说经验是积累出来的，这对于驻外需要体验方方面面的我们来说更加重要，至少，我们要学会在关键时刻如何逃命，同时还能拍到画面不是？

 在"炙热国度"感受中国担当

在埃及和利比亚的经历可能会有点《战狼2》的感觉，而我在吉布提的经历就跟另一部很火的大片《红海行动》十分相似了。在这里，我要骄傲地说：我是唯一一个经历了从也门撤侨至吉布提4次行动的记者！

我到现在还记得，接到中国驻吉布提使馆电话通知说要开始撤侨时候的情景。当时我刚刚吃饱了饭，准备接下来去享受一下生活。吉布提使馆的小武官打电话过来，通知我说要撤侨。当时吃得太多，大脑还没反应过来，说："啥？"人家说："你们赶紧过来。"我说："哦。"放了电话我才反应过来是怎么回事。跟非洲分台沟通过以后，分台说因为我最近，让我先出发。我就订了张票，啥也没拿就去了。

可是由于新闻管制的问题，从非洲分台派出的配合我的外籍摄像师带的设备被扣在了吉布提海关，他们的人也差点被遣返，而第一次撤侨就在当天晚上，能跟着进入现场的媒体记者就只有我一个。这对于脑子里基本都是糨糊的我来说还真是个考验。最后，我跟中资公司借了个5D，当晚的所有画面都是用5D拍摄的，也算粗糙地完成了报道。第二天，我的同事相继到位，摄像机、卫星设备也都进入现场，我们的报道工作才全面铺开。

可就当我们报道完第二次撤侨，觉得万事大吉，准备打道回府的时候，我又接到通知，告诉我们先不要离开，因为可能要出海。我当时还特别开心地问："我们是出去玩吗？"估计当时气氛有些尴尬，人家说："嗯，睡觉别关机，随时等通知。"我还嘀咕，这是要干啥？结果第二天一早5点，一个电话打过来：通知你们所有的同事起床退房，半小时之后我们在渔码头集合，带上行李。正睡得迷迷糊糊的我一下子就完全清醒了，去每个房间把我的同事都叫起来，20分钟内完成退房，然后赶赴了渔码头。记得当时武官还表扬我们：央视还真

是纪律严明，一点没迟到。

随后，我们被一艘小快艇送上了我们的军舰潍坊号。在舰上，我们还没有被通知具体要去干什么，直到吃过午饭，我们被转送到临沂号上，才被正式通知，我们要去亚丁湾帮助撤离包括巴基斯坦、埃塞俄比亚等国在也门的225名外国公民。当时我的感觉就是，哇！太刺激了，我们可是在那时第一个派出军舰去接外国侨民的国家，而这个历史事件，有我哎！

真正的刺激，发生在第二天一早抵达亚丁湾。

在我们的军舰靠岸之前，远远地就看到等待撤离的外国公民已经在码头上排好队，向我们挥手。那时我心里就一个感觉，自豪！感觉自己化身成身披金甲踩着七彩祥云的齐天大圣，飘飘然地就来了。于是乎，旋梯一搭好，我拎着架子第一个就冲下去了。后来用我同事的话说："好像一只脱缰的野狗一样，一下子就出去了，比摄像师跑得还快。"还记得我理直气壮地说："我这不是要给你去放架子么！"

其实，我们这样做是有原因的，因为撤离的时间有限，我们必须在这有限的时间里完成画面的拍摄、撤离人员的采访、记者的出镜，分秒必争，这对我们每一个人都是考验。在这个过程中，我看到了我们的战士是如何在保证侨民安全的情况下帮助他们有序撤离，感受到了外国公民那种发自内心的激动和感激，丝毫没有感到危险在哪里。危险？危险是在拍完片子以后，回到控制室传片子的时候才发现的。当时船上是有情况警报的，但是当时我们在船下，根本听不到。当我坐到控制室的凳子上，才听到船上广播：距离军舰多远处有交火，军舰哪个方向有武装分子挺进，后来他们还告诉我有一个炮弹壳打到了船前面的吊臂上。当时有种恍然大悟的感觉：天啊，我是在多么危险的情况下去拍的片子啊！经常有人会说，你这智商怎么能在非洲活了这么多年？现在，我可以很严肃地告诉你们：别人靠的都是智慧和颜值，而我靠的是运气和勇气！

靠勇气拍完撤离过程后，我们的工作并没完成。在船上我还采访了侨民，了解也门目前局势，拍摄对侨民的安置、义诊情况。工作中，从一碗饭，一个微笑，一句亲切的话语里，你能感受到中国的那种不光要让自己过得好，也要让别人过得好的负责任的大国担当精神。

那次的工作，一直到船抵达吉布提港，拍完各使领馆来接各自的侨民才结束。还记得在那次旅行中最浪漫的一幕，就是我和新华社的记者一起站在甲板上，各自拿着手机，突然间一起喊：手机有信号了！我们回到吉布提了！那一刻，我突然体会到了那些侨民们逃离战区的心情。也明白了他们发自内心的那份对中国的感激。

非洲6年，你要问我对非洲最深的感受是什么？我会告诉你：新鲜，生机，发展。有没有疾病，灾害，战乱？有，的确有，而且很多事件我都曾近距离地接触过，不靠谱的事情也遇到过很多。但是，你可以感觉到，这片曾经被人形容为"黑暗"的大陆始终在欣欣向荣地前行。你可以从一个刚刚逃离泥石流灾害的小朋友的眼神中看到他对未来的期盼；你可以从参加南苏丹副总统就职仪式的民众口中听到他对自己国家未来发展的设想；你也可以在历年举行的非盟峰会上，从各国元首的口中感受到他们发展国家的决心与信心，而这些并不只是停留在口头上、纸面上。不知道大家发现没有，近些年，世界上的突发事件都集中在欧美，好像跟非洲大陆都沾不上啥边儿。而在非洲却往往传出的都是新建了什么项目、签了自贸区协议这样的消息。因为，非洲人已经意识到了"只有人民生活过得好，一切才能都好"的这个理念。

回想一下，我在非洲这6年中，似乎是有点疯疯癫癫，没心没肺，但是，有着一点就着的新闻热情，有着央视这个坚强后盾，再加上强大的祖国在背后支撑，还愁在非洲活不下去，找不到自己？心有多大，世界就有多大，也欢迎更多的小朋友来非洲"找自己"！

◎ 2015年4月，中国军舰从也门撤回225名外国侨民

非洲七年 向死而生

✒ 杨 春

杨春，新闻人，书读到博士，然百无一用；游历中东北非30国，看两河烽火，听雨林战鼓，笛里谁知壮士心？壮士不敢当，唯愿做一新闻小兵，日拱一卒。

 **埃博拉**

之一

2003年"非典",我被当作非典病人在甘肃定西隔离了半个月。那时每天最渴望的就是放风的时间,穿着拖鞋徜徉在空荡荡的楼层里,只有沙沙的脚步声跟随,那一刻,整个世界都是自己的。偶然被允许站到阳台上,底下的人家抬头一看见我,嗖的缩了回去。

于是,我就躺在床上看电视,平时不爱看,那时却盘算着怎么老不到电视剧的点儿。《金粉世家》,"让心在灿烂中死去"——现在一听这调还头疼。《走向共和》,好像以后就没有那么好的戏了。我记住了袁世凯的一句台词:"什么 TM 人民,我眼里只有一个一个的人。"

"大总统"的话自有深意。但当记者,也是观察、体会、琢磨一个一个的人。那些大新闻、大事件、大历史,无非都是由活生生的人组成。

非洲7年,埃博拉每年都会听到,这个起源于刚果埃博拉河畔的病毒,终于在2014年有蔓延之势。多厉害呢?生物安全等级中,艾滋病二级,SARS 三级,而它是最高级四级。死亡时极为痛苦,据说会把自己的肠子吐出来,血肠?我估摸着最多也就是胃黏膜。

那次去塞拉利昂,就是想看看大疫情下那里的人。

看热闹不嫌事大,但一赶上烈性传染病,个个跑得贼快。好不容易找到一架航班,但原本十几小时衔接方便的航程变成了三天两夜。一路各种候机大厅的血泪史自不细说。

弗里敦朗吉机场是奇葩中的精品,下了飞机走陆路要4小时进城,且道路崎岖;走水路要1小时,大西洋风高浪急。怎么都是个死,来吧!在波涛起伏中望去,远处山崖上灯火点点,如浮在大海上的天空之城,"freetown",当年非洲黑奴解放之地,今日正瘟疫肆虐。

塞拉利昂以血钻闻名,小李演的电影《血钻》感觉是他成为演技派的开始。10年内战,到2002年才结束,200万人流离失所、死于非命。大街上常见没手没脚之人，据说当年被叛军逮到，经常问一句话："穿裤衩还是穿背心？"裤衩砍腿，背心砍手，以此震慑对方，鼓己士气。

天亮之后一看，我立刻明白埃博拉迅速扩散的原因：大街上人群摩肩接踵，该干吗干吗。中国的病毒专家们一看到这情形整个人就不好了。控制传染病传播最重要的两个条件——控制病源、切断途径，在这儿根本就不好使。

西非3国的淳朴百姓，很长时间都不相信埃博拉的存在。有一说是古老巫术作祟，另有阴谋论说埃博拉是帝国主义实验室中制造出的生化武器，来消灭优秀的黑人基因。所以街面上各处张贴了非常实在的抗击埃博拉的标语："Ebola is real。"媒体津津乐道的西非人民的"碰肘礼"，感觉更像是乐观豪迈的当地人民蔑视埃博拉的一个小发明。

就在我到达塞拉利昂的一个多星期前，由记者和防疫人员组成的一个小队在几内亚被村民杀害，理由就是不相信埃博拉，不想听他们瞎说。

之二

我用一秒钟时间仔细思考了一下这短暂人生，觉得就差一顿烤串，其余相当圆满。然后脱光，防护服里外4层，手套带了4个，头发一丝不苟塞进防护罩里进入了病区。

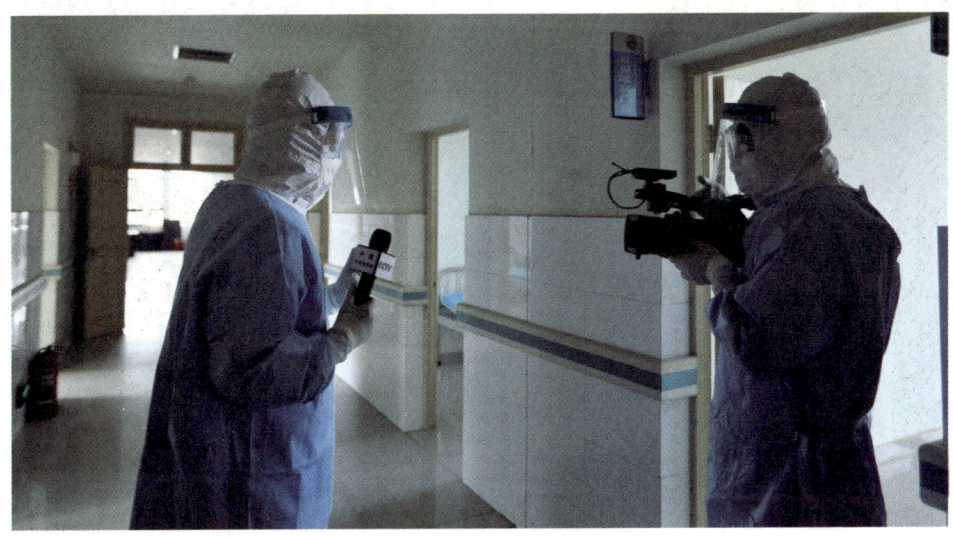

◎在埃博拉隔离病房采访

40 分钟很快过去，让我改变的是小胖拍摄的一个病患的画面（小胖原名叫黄峰，他花了几年时间，把自己从小虎队队员变成了范伟，当然厨子好像都很能干）。

画面里是一个黑人小伙，坐在病床上，转身注视镜头。侧逆光线中，大眼睛黑白分明，绝望、渴望交织一起，双腿微微晃动，但仍平静如常。进到这里，九死一生，他不会不知道，而这份镇定，我做不到。

塞拉利昂在世界上最穷国家中，排名第五，很多人每天的生活来源就是卖点小东西、当个小工，埃博拉可能让他们死，在家里隔离也是个死，死神面前，不如笑傲。严格的传染病学上的定义，在这样的极端人群中，与其说无力，不如说是苍白。

非洲 7 年，我学会的就是向死而生。

另一个难忘的对象是中国援塞医疗队的王队长。他和队员们在塞拉利昂工作一年半时间，历经埃博拉的爆发和蔓延。亲眼看到自己工作的医院里，塞国同事一一感染倒下，中方队员仅因为国庆休息而幸免。

这种局面后来因携带大批防护装备的解放军医疗队的到来而改变，王队长

◎埃博拉期间采访塞拉利昂总统科罗马

他们就像苦撑了几乎一个战役但在最后关头被换防的残部，任务还没完成，但弹药打光、实力不济，被迫休整。

每次见到，他都讪笑着、侧身让过，又似乎有满腹的话说——这就是我一定要采访他的原因。

之三

现在可能没几个人还记得非典了。那半个月对我，是终于有时间好好思考自己到底要一个怎样的人生。王小波老师说：我来到这个世界上，就是想看看那些有意思的人和事（大意）。而记者的便利，就是不断在别人的遭遇和经历里看到自己。听说韩寒的电影《后会无期》里，有句厉害的台词："没见过世界，说什么世界观。"这当然就是驻外记者的好处了。可是，即便见了世界，又如何呢？

塞拉利昂，埃博拉爆发，大世界的坐标中，这只是一次普通的采访。

离开弗里敦，夜半时分，海面波光粼粼。月色中黑云翻滚的远处，有明亮的闪电划过天际，大西洋的风暴即将来到。

 惜哉，我大苏丹

之一

130多年前的青尼罗河畔，英国人戈登被困在喀土穆的英国总督府中已近一个月时间。这个萨赫勒伊斯兰风格的建筑门窗都装饰以拱形的纹饰，线条简单，如同心圆一般，从最深处一圈圈地蔓延出去，仿佛一直荡漾到了河水中。

偏离阿拉伯的文化中心，豪迈的苏丹人民从不愿学倭马亚王朝那过于纷繁华丽的风格，所以白色的墙面，仅用暗黄色的砖石勾勒出线条，完整地保留了萨赫勒泥砖建筑的特点。

精美高大的英国总督府矗立在河边，俯瞰下游恩都曼老城那些低矮破旧的土坯小房，撒哈拉沙漠夕阳下，金色的河水默默流淌，还不知道总督府的主人已经走到了他生命的最后一程。

那是1885年的1月，几年前，一位苏菲派隐修之士自称救世主马赫迪揭竿而起，暴动如干旱草原上的火球般漫卷，到如今，喀土穆已经弹尽粮绝，电报线被切断，戈登每日登上总督府的顶层，苦苦盼望的救兵却在埃及引而不发。

作为最后一个横跨欧亚非的大帝国，奥斯曼帝国早已对自己这个非洲最偏远的属地鞭长莫及，法国人在西北非咄咄逼人，德国占据了东非之后，一直想沿着白尼罗河顺河而下，就连小小的比利时，占据刚果河盆地后也并未满足。苏伊士运河修建后，战略价值和经济利益凸显，作为埃及托管的一块殖民地，苏丹更像是大英帝国棋盘上的一枚弃子。

大局已定，52岁的戈登仍然觉得能以自己的勇气扭转乾坤。他出身军人世家，在克里米亚战争中一举成名，特别是在中国的太平天国起义中，他率洋枪队"常胜军"打得"长毛"溃不成军，用新式火炮助淮军一举攻入天京。这个"镇压中国农民起义的刽子手"，在清廷却被尊崇备至，赏黄马褂、顶戴花翎。

戈登之死有几个版本。苏丹史书描绘，马赫迪大军于1月26日对喀土穆发动总攻。在饥馑中苦熬了一个多月的守军只抵抗了几小时，起义军冲入总督府时，戈登正企图逃走，结果被士兵当场捉住，枭首示众。

英国官方历史的记载就相当体面：马赫迪士兵冲进总督府后，发现戈登身着将军制服，手持指挥刀，站在楼梯上等着他们。双方黑压压地对峙了几分钟，一时间鸦雀无声。这时一个名叫沙辛的马赫迪将领大喝一声："遭天谴的家伙，你的末日到了！"话音未落便投掷出手中的长矛，透入戈登的胸膛。戈登一脸的轻蔑，身体晃动了一下。接着又有两支长矛刺中戈登，马赫迪士兵一拥而上，刀斧齐下。

他是怎么死的已经不重要了。两天之后，英埃政府两艘炮艇沿尼罗河逆江而上，准备抢运戈登回开罗，却赫然发现，戈登的头颅被马赫迪士兵割下来高挂在树上示众，双眼瞪视着北方。

130多年过去，戈登珍爱的黄马褂还悬挂在苏丹博物馆中，马赫迪的孙子作为最大的反对党领袖之一，仍然接受着苏丹民众精神上的膜拜和政治上的崇敬。总督府除了年年粉刷，内里格局并未大动，只是在内室的一个主梁上镶嵌了一个铭牌：

查理·乔治·戈登死于此。

130多年过去，一个由中国公司建造的、苏丹新的总统府在老总督府旁拔地而起。一箭之隔的地方，中石油苏丹公司买下了苏丹老旧的国宾馆，粉刷一新后，欢度春节的牌子还没来得及换下。

尼罗河畔，青山依旧，是非成败，几度夕阳。

之二

苏丹就很闹心，公元前4000年，苏丹的北方强邻已经在一边喝啤酒、吃烤鱼，一边建金字塔，同时留下了一堆天文学、几何学、物理学的谜题给后代科学家琢磨并以此"骗吃骗喝"。当时的欧洲"蛮夷"，刚刚从尼安德特人的巨掌和猛犸象的长牙中苟活下来，吃上只血的呼啦的死老鼠就算过年了。所以，努比亚人，也就是现代苏丹人的祖先，虽然也号称物华天宝人杰地灵，但摊上埃及这么一个邻居呢，还是没辙的。

大漠黄沙，从阿斯旺一直到尼罗河第六瀑布，一马平川，无险可守。古埃及中王国、新王国时期，国都大部分时间都在底比斯，也就是今天的卢克索，距喀土穆直线距离只有数百千米。

法老一有空，就派出他的幽灵战士，他们可以坐战车来，可以坐船来，可以溜达着来，缺奴隶了、尼罗河水大把地淹了收成不好，都是理由，反正离得也近。总之，吃饭、睡觉、打努比亚人，是法老的三件宝。

家有恶邻，摆在可怜的努比亚人面前只有两条路，抄家伙反抗，要不就是抛家弃土逃往南方。

现在埃及南部还有现代努比亚人居住，千年征战，各路大王你来我往，人们已经很难说清这批人是更接近当年的古努比亚人，还是法老遗失的后裔。

现代的努比亚男人肤色黝黑、高大轩昂、豹头环眼，以忠实正直著称，现代努比亚人身上流淌的，有更多的古埃及人的血，放射过苏丹短暂但耀眼的光。

行文至此，忽然想起CCTV在开罗的驾驶员萨义德，动荡期间几次跟着我们深入险境。一双大手，轻松拎着三脚架，每有混混生事骚扰，他都虎目圆睁，不怒自威。每次离开埃及，这厮定要坚持左右贴脸告别，胡茬在我腮边蹭得生疼，一句哈不独立啦，黑白分明的大眼睛里，满满真诚。

我想念这个努比亚人。

之三

任何不幸都是相似的。苏丹的故事听着有点耳熟是不？确实有点像草原民族与汉族的纷争既视感，好在咱有文化，用"衣冠南渡"，听着就体面多了。一部世界开拓史，相逢何必曾相识，哪有那么多和谐甜美，充斥的都是些挨揍和反抗的血泪史。当然，历史正确的前提下，必须要赞美的是我大中华子民散落在天涯旺盛坚韧的生命力。

闲话少提。细心人可能会觉得前面提到的尼罗河瀑布是个事，听着跟个天险似的。但这其实是18世纪那些缺心眼的欧洲探险家的杰作，他们从喀土穆开始，在茫茫沙漠中缓缓流动的尼罗河上命名了6个瀑布，大家脑补一下吧，所谓瀑布，就是欢快的河水哗啦啦地流过一片乱石滩，对，其实最多算是个跌水，阿斯旺大坝修好之后，河水回流，连这点小景致也看不到了。

古埃及的辉煌史到了拉美西斯二世臻于化境。这厮活了80多岁，想想3000多年前，人类平均寿命也就30多。除了把自己的100多个儿子熬死了一大半，这位十全大补全身开挂的超人法老文治武功也十分了得，最厉害的就是跟来自西亚的赫梯人打了个平手，双方愉快地缔结了合约。这事的厉害之处在于，赫梯人在当年堪称全世界最能打，拉美西斯二世能跟他们打个平手，不易。第二厉害在于，后来的历史学家居然分别发现了用楔形文字和古埃及象形文字写下的那份世界上第一份和平条约。条约记载，这事发生在公元前1283年。大致相当于咱们的商初期，具体哪个时代不可考，因为前几年弄得沸沸扬扬的夏商周断代工程已经好久没音讯了。

拉美西斯二世最大的爱好就是满世界修庙造像，伟人的爱好看来都一样。现在埃及境内能看见的法老造像，一多半是他给自己造的。形制最大的一座神庙是阿斯旺的阿布辛贝勒神庙，对面就是苏丹，夜空中，巨大的神像挥舞权杖，震慑南方。渊渟岳峙之下，不由人感叹：他找到了七龙珠。

摊手。

之四

弱小的国家或民族的历史时常必须借助强大邻邦的记忆。还有那些学习不好却武功高强的同学,比如古代的匈奴、突厥、蒙古,虽然打打杀杀来得痛快,日后续起家谱,还得找学霸抄笔记。

老话说不知哪块云彩有雨,如果苏丹一直这么沉沦下去,历史该是多么乏味。拉美西斯二世再牛,终有一死。随着托勒密王朝开启,古埃及落入异族之手。苦挨千年的苏丹此时却正值库施王朝,天意怜幽草,生产力决定生产关系,独家炼铁技术的掌握让他们傲视海内,苏丹人挥舞铁质的弯刀迎着艳阳北上,轻易击碎了法老的青铜战车辐轸,这就是古埃及历史上一段奇异的"黑法老"时代。可惜好景不长,不过百年,黑法老又被来自东边的阿克苏姆人击败,撤回苏丹。其兴也忽焉,其亡也勃焉,还是吃了没文化的亏。

往事越千年。

法老之后,古罗马帝国的前哨曾在这里驻扎,当然还是改不了他们到处修澡堂子的习惯,我曾在离喀土穆北边3小时车程的地方考察过一个罗马浴池,简陋狭小,费工费料的各种大柱子在这里统统矮化,然而,科林斯柱头的雕刻仍精美得一丝不苟。正好赶上德国歌德考古学院的胖子哥带队在这里挖土,带着我仔细考察一遍之后,对于古罗马帝国的锋芒曾如此深入感叹不已,感觉就像在碎叶城边发现了唐代文书。

然后就是阿拉伯帝国。

但无论是哪个帝国,影响力到了疆域边缘的苏丹都是强弩之末。即便是彻底改变了苏丹生产、生活方式的伊斯兰教,因为地处化外,也变得色彩斑斓,收留了不少"异端邪说"。感觉上,苏丹苏菲派的数量及其分支和各种地下组织,在整个伊斯兰世界中也是相当庞大。这也是为什么当年苏丹能爆发自称先知的马赫迪起义。

之五

时光荏苒,苏丹缓缓走进当代。大英帝国也来了。可能是觉得天太热,那

◎在苏丹采访

时候也没空调,所以英国女王对于苏丹一直是有一搭无一搭,派过几个总督过来,都待不住,其中一个还因为农民起义挂了,于是干脆就由埃及托管。

所以基本上,苏丹人没有真正受过罪恶的殖民者剥削,地面上也没几个洋大人出现过,反而因为干掉过大英帝国的总督而变得傲骨铮铮,民族自豪感挺强。虽然高温酷热,但在农业上这叫光照条件好,特别是尼罗河两岸,都是播种就能长的好地,河里还有吃不尽的罗非鱼,苏丹人民的日子其实一直过得不差。

之六

苏丹北部的麦洛维,是苏丹的历史文化名城,也是当年库施王国的冶铁中心。城边,中水电修的尼罗河大坝高高耸立,给农民增添了不少水浇地。绕过高高的椰枣树,茫茫沙海中,成群结队的金字塔赫然矗立,那气势,几乎不输埃及的吉萨高地。跟埃及的胡夫比起来就是小了点,好几个只有一人多高,简直是小的相当萌,那尖耸的塔尖,细瞧原来是后来用水泥砌成,不由得为苏丹的文化保护由衷点赞。

关键是,没人,一个游客也不会有。没关系,苏丹就是这样,从来没有想起,永远也不会忘记。

非行记

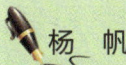 杨 帆

  杨帆，1987年出生，毕业于中国传媒大学斯瓦希里语专业，2010年经校招进入央视工作，曾在新闻频道《国际时讯》栏目担任国际新闻编辑，2010年底赴肯尼亚内罗毕，担任非洲中心站记者，见证并伴随央视海外第一个分台——非洲分台的建立，是时任非洲分台最年轻的记者。2013年底，转战央视约翰内斯堡记者站担任首席记者至今。8年来工作采访过非洲39个国家，并依旧充满激情地探索着这片让人动情的土地。

 从苏丹南部到南苏丹

因为学习斯瓦希里语,所以我对非洲这片大陆并不像很多国人一样陌生,甚至还有情结。2008年,北京正在举办奥运会迎接世界友人,而我和同专业的同学们则首次踏上了东非的坦桑尼亚,开始了交换生的日子,那时对非洲的印象如今依旧清晰:蓝天、沙滩、满树的猴子、微弱的WiFi,还有拉菲克(Rafiki,斯瓦希里语"朋友"的意思)和他们笑起来就会露出的两排大白牙。

2010年的圣诞节,我再次踏上了非洲大陆,虽然和坦桑尼亚千里相隔,但"东非小巴黎"内罗毕的一切和街上奔走的热闹生活,都是扑面而来的熟悉味道,也更加坚定了学生时我想长久生活在这片土地的念头。

到任第三天,打包的箱子还没拆全,我就接到了北京的紧急任务——苏丹南部独立公投。公投,啥是公投?苏丹南部在哪?出差,咋弄?虽然在国内有过数月的工作经历,作为后期编辑,处理一下画面、写写稿子应该难不倒我,但是怎么处理如此庞杂的问题,还是结结实实地用各种"第一次"好好考了我一回。

到达苏丹南部首府朱巴,这个世界上最贫穷的地区,机场到达大厅的破败程度远远超出了对任何一个国家"178线"城市的脑补,高高摞起来的托运行李像是已经在这个灰暗的"货仓"停留了数年。当地领馆小朱领事带我坐上了外交牌照的右舵吉普车,右行在这个"城市"仅有的几十千米柏油马路上。小朱告诉我,他也刚来这里工作没有多久,至于当地的条件啥样,看窗外就行:"机场高速"是一条双向4车道、中间有隔离的马路,坐了5分钟不到的车程,旅程就转换为颠屁股模式,旅馆叫作"北京饭店",平地盖起的一排排临时板房就是当地最奢侈豪华的酒店。小朱领事告诉我,他们领馆和这处饭店紧邻,回头望去,领馆的建筑也采用了"奢华"的吸塑板风格,并豪气地拔地而起了两层。小朱领事还热情地告诉我,不要穿深色的衣物出门,室外站久了会晒伤;饮水要喝瓶装水,最近在闹霍乱等等。

不得不惊叹人的适应能力,跑了租车公司、注册证件、与当地摄像助手接头之后,我对幸福生活的要求就只剩下空调了。也是在这样的环境里,我第一

次真切感受到了非洲人的乐观，他们可以脚踩废旧轮胎改造的拖鞋，漫不经心地甩手走在大风起兮尘飞扬的小路上，衣着风格也秉持了"不合身"的"时尚"理念，现在回想，如果人想天然的"无欲无求"，那还是出生在原始部落比较容易，见得少，想要的也就不多了，而让曾丰富热闹的生活从简反而是对心和意念的挑战。

几日的采访让我认识了很多努力在当地打拼的中国生意人和为了国家使命坚守在工作岗位的外派人员，同时也对南部苏丹的情况有了一些大致的了解。俗称的"南苏丹"，是苏丹南部10个省的集合，面积约59万平方千米，人口800多万，自古这里就是非洲黑人的家，他们大多数信奉部落拜物教，少数则是基督徒，与北部苏丹完全不同，北方的努比亚人与埃及颇有渊源。随着南部苏丹阿布耶伊地区大型油田被发现，苏丹成为了石油输出的大国，北部人控制着南部的资源，加之南北文化差异、宗教原因等导致石油的经济成果并没有太多地惠及南部，于是矛盾逐步加深，南北流血冲突不断。2005年1月9日，经过漫长的讨价还价，苏丹政府和苏丹人民解放军达成了《内罗毕协定》，给予南部苏丹高度自治权，并承诺在2011年1月9日举行南部苏丹全民公投，由全体南部苏丹选民投票决定南部苏丹是独立还是继续高度自治。

2011年1月10日，我来到了住处附近临时篷布搭起来的打印社冲洗照片。小哥是当地的丁卡人，大个子热情地招待我。得知我的来意后，兴奋地用他的"586"台式机调起了我的照片，他说，做了这么多年生意，还是第一次接触这么浅色皮肤的照片，所以要调整一下打印机的设置。"586"电脑的运行速度自然也给了我们很多认识的时间，聊天中得知我们年龄相当，言语中也能感受到他和我们一样喜欢电子产品、球鞋和社交软件，只不过他觉得自己有更重要的国家使命感。他告诉我，选票就是他对未来生活能做的全部努力，只要独立了，北部苏丹人就不能欺负他们，就不能占有他们的资源，南部苏丹人会富有，他们也会吃饱饭，睡在空调房，也会去其他的非洲国家看看。我能特别容易地捕捉到他对未知的生活充满着期待的眼神，当他谈到即将投票的情景时，我也真切感受到了他的情绪在"独立公投"上得到了释放。熟悉苏丹的人都会说，苏丹只是地理概念，而非一个民心所向的国家，打印社的小哥还说，南部苏丹人

◎在南苏丹与维和军警合影

会选择独立,石油管道流向也必然会改变。聊到这里他有些泪目,他说,我们被压抑了太久,我们是那样不同,坐拥资源的我们却一贫如洗,像可以自由行走的"奴隶"一样受尽"剥削"。

记者生涯的第一次采访,第一次视频直播地点居然是南部苏丹,工作中的收获自不必说,但是,从这次新闻事件开始,我开始享受作为一个记者的采访过程,可以遇到很多不同的人,听到很多不一样的故事,在静静地聆听中,认识这个世界,丰盈自己的生命。

"独立公投"一切都井然有序,持续了一周的投票没有发生任何流血冲突,在这样一个交通基本靠走的国家,这场独立公投的投票率达到了98%,很多选民告诉我,要走到投票点,需要两天两夜的时间。投票显示有98.7%的苏丹南部民众赞成脱离苏丹独立。宣布结果的当天,在有半个标准足球场大的南部苏丹"国家体育场"上,我看到激动的人们流下了兴奋的眼泪,他们载歌载舞,乐成一团,而我也见证了世界上一个年轻国家建立的过程。半年之后,在这块苏丹南部的土地上,将升起一面属于"南苏丹"的国旗。

那些"人物"和"人们"

2011年,利比亚政府与反对派爆发了大规模的冲突,吸引了全世界的眼球,世界媒体纷纷前往报道。作为记者职业生涯的第一年,我无比向往可以前往战地进行采访报道,经过了多次申请,在时任央视非洲分台负责人宋嘉宁的举荐之下,我有幸和央视名记者王梦共同前往反对派的大本营——班加西,进行为期一个月的采访报道。

7月的开罗酷热无比，对于这次采访我做了不少业务和心理上的功课，但是往往就是在这样的节骨眼，人最容易掉链子，定好的凌晨闹钟响了还是没响也一直是个未解之谜。本计划凌晨3点出发，3点10分梦姐往我房间打电话："小帆帆你起床了吗？"我连滚带爬地合上箱子跑向楼下，凌晨3点20分，从开罗的酒店大堂到车上三步路的时间，眼镜上已经凝满了雾气。随行的还有两名安保和一名埃及线人，我们的计划是从开罗陆路前往利埃边境的萨卢姆口岸。太阳升起，沙漠气温升高，漫漫黄沙上面腾起的热气让我的心情更加焦虑，战地到底是个啥样，会不会被炸弹炸伤？如果缺了胳膊少了腿，我还会不会坚强乐观地面对未来的生活？等等诸如此类。

抵达边境时已是临近中午，我们下车来到埃及边境出关，边境处聚集了数百个正在等待逃往埃及的利比亚家庭，工作人员一边盖章，一边用蹩脚的英语跟我们说着"Good Luck"。20米的距离，迎着成群结队走来的利比亚难民，我觉得自己似乎有点逆行英雄的感觉，也是第一次让我觉得作为一个记者、作为一个媒体工作者，传播真相、发出自己声音的举动可以这么伟大，抬头看到了已经高挂的"反对派"的旗帜，走进利比亚的边境办公室，签证官的态度相较埃及的边检却又有另一番热情："Welcome！"他大呼欢迎并且拥抱我们每一个人，他兴奋地说道，利比亚即将成为一个民主的国家，他们勇敢的战士们正在为了他们的自由生活而奋斗，我们可以见证这样的历史，应该感到荣幸，随后爽快地用崭新的入境章盖在了我护照页的其他出入境记录上，看到这景儿我心里嘀咕，边境新兵遭遇媒体新兵，绝了！

继续上车前行，随着漫游信号的减弱，我的手心儿也攥得越来越紧，无数次地设想着导弹飞过来的场景，我是该捂脸还是该闭眼，同行的梦姐似乎看出了我的紧张，一边和我打趣，一边向我介绍她多年来的记者生活，但是保镖看了一眼我脚上的人字拖鞋，跟我说："Juma，你要穿适合的鞋子，我的薪水只负责给你安全的建议，不过如果危险发生，我也会带着你跑，但是能不能跑得远是你自己的问题。"

反对派的大本营班加西，原本是利比亚的一座旅游城市，酒店、海滨设施十分完善，我们住在了所有媒体记者和国际组织的大本营"UZU"酒店，反对派的媒体中心也设在这里,我的战地生活由此开始。

经过数日的采访,我已经适应了利比亚反对派的套路,每日上午雷打不动的发布会会公布战事的最新进展,但是利比亚反对派最大的特点是"用子弹当鞭炮",每每听到冲锋枪的声音,那保准是反对派又向的黎波里推进了多少千米,占据了多少村庄。我们也习惯了根据连天的枪声判断新闻节点,枪炮声连篇的时候,对我来说不是恐惧的时候,而是发稿的提醒,会兴奋地开始四处搜索信息。其实在利比亚的采访经历中,我对这个国家的战事、对反对派与政府军的胶着并没有留下太多的回忆,反而是战地采访时的一张张面孔让我深受触动。

不由感叹人的适应能力之强。带着家人逃去其他国家生活固然是幸福的,也是少数的,大部分的利比亚人、班加西人,他们还是不得不硬着头皮过日子,就像在战地适应了一周后的我一样,打开门,走出去,我是一名央视的记者,而关上酒店的门,我也有自己的电锅,自己的小说,中国风味的方便面,陪伴着我,困极了的时候枕着枪炮声也可以入眠。

在班加西,我悄悄地度过了24岁生日,其实生日对我来说一直都不重要,从小我妈就教育我"不老不小,不过生日"。但是在利比亚期间,与家人不畅通的联络,却让我的父母格外担心。来到利比亚之前,我告诉家人,要去埃及采访一阵子,爸妈告诉我注意安全,我说没有问题。因为这里生活环境不错,也是大都市,每天只是跑跑发布会,进行常规的报道,网上交流可能不便,但我会经常给家里电话。但在班加西的实际情况是,网络只有酒店的WiFi,我们的报道回传完全要靠蹲沙地里摆弄海事卫星,偶尔用卫星给家里打电话,又怕来电号码太奇怪引起他们的怀疑。有一次接通了我妈的电话,我刚"喂"过去,我妈就在电话另一头嚎啕大哭:"儿子你在哪?"我说:"妈,我在开罗呀!"她说:"我在新闻频道看到了你的出镜,结尾你有说是央视记者在利比亚班加西报道呀!干吗要去打仗的地方啊?能不能回来,这班儿咱不上了!"说着说着又在电话另一头痛哭起来。我也不敢挂断电话,只能伴着我妈的哭声不停地给她讲一些安慰她的话:"我们住得不错,吃得很好,都胖了,而且出门还有英国来的专业保镖,没事儿哒,马上就回来了……"于是我和家人的联系便从有时间打电话,变成了每天在微博上报平安,时不时转发个每日迷信、给老妈的心灵鸡汤点个赞什么的。

在 UZU 酒店，其实我们还有很温馨的中国媒体大家庭，东方卫视、凤凰卫视，大家都在一个楼层，平时一起出门采访，晚上回来的时候就有东方卫视的资深摄像吕老师给我做中国饭菜。吕老师拍得一手好片，烧得一手好菜，并乐此不疲地跑去菜场捡便宜，他说，当地人太傻了，越嫩的鱼越便宜，因为不耐烤，不抗煎，这么嫩的人间美味都是按堆处理的。

出差的第二周，我身上开始长疹子，经过了所有媒体人的综合会诊，最后确诊为抵抗力下降导致的过敏。刚被确诊，东方卫视的袁姐姐就冲进我的房间，掀起了我的床单，直捣床垫："喏，你看，好大一片尿碱，帆帆你尿床啊！""啊！不是啊！" 果然是当了多年的调查记者，很快就发现了问题所在，袁姐姐又大声喝道："帆帆你在别人尿上睡了这么长时间，还挺香哟！"一边笑，一边帮我撤下了床单，当年还很瘦弱的上海女孩子，把一整张床垫扛到了阳台晒。"帆帆，你真想不开，这里除了热和阳光什么都缺，你还非要在尿上睡。"小小的洗手间面盆，两张大床单，一个被套，袁姐姐就着从上海背来的消毒液和硫磺皂，用当时还瘦瘦小小的手整整揉搓了一个下午。不过床垫上是谁留下的痕迹至今依然是谜。

随着战事的发展，我们跟随反对派从班加西来到了米苏拉塔，是介于班加西和的黎波里中间的一个城市，这也意味着反对派正在向利比亚首都逼近。米苏拉塔遭遇过利比亚"朋友"国家们的空袭，整个城市不是千疮百孔，而是摇摇欲坠，用梦姐的话说，这个城市应该再炸一遍才能重建，但我觉得一遍不够，还要多炸几遍，不然废墟清理也太难。

在米苏拉塔，我接触到了很多年轻的面孔，他们和我的年纪相仿，因为国内的局势，上大学的辍学，就业的失业。

我们采访到了一个家庭，家里的大儿子参加了反对派，在战争中失去了生命，二儿子还在打仗，家里只剩下老两口带着一个小女儿。通常我们的镜头很回避穆斯林妇女，希望可以尊重她们的宗教习俗，但是这位妈妈主动要进入我们的镜头，讲述自己儿子的事迹。采访完后我合上摄像机的取景器，问她："您想儿子吗？"她的回答依然坚决："我儿子是为了他认为对的事业而献身了，我为他骄傲。"

我懒懒地点了点头，只看见老阿姨突然起身，回到了房间，房门关上的刹那发出了惊天动地的哀号。是啊，哪个妈妈会想用失去自己的骨肉来换取自豪呢？

从米苏拉塔前往苏尔坦采访的路上，我们遭遇了利比亚政府军与反对派的交火，随后我们选择在一家医院暂时避一避，等待态势发展再决定是否前进。当时医院的场景也触动了我们新闻工作者的敏感点，立刻四处采访起来。刚进到急诊室，就遇到了据说是刚刚交火中受伤的一位伤员，一个完全没有防护措施的阿拉伯小伙子躺在床上。什么？！这不是在刚来路上的检查点，我刚刚拍过照的小哥们吗？他是一辆皮卡改装车的司机，怎么这一会就……我手中的摄像机仍然没有慌乱，继续记录下了紧张的抢救过程，可是当所有人都突然慢下来的时候，我却怎么也看不清取景器里的画面了。我默默地放下了手里的摄像机，走到墙边靠着，眼泪就止不住地流了下来。一场战争，让我们相遇，但是不同的身份却也给我们的生命指了个不同的方向。当他被众人推出去的时候，我揉了揉眼睛，看到了他脚上跟我穿着一样的黑色匡威球鞋。

磨炼在非洲

杨立峰

　　杨立峰，2006年毕业于中国传媒大学电视新闻摄影专业，同年进入中央电视台外语中心法语频道，担任新闻摄影和中文编辑工作。2011年被中央电视台外派前往非洲中心站（肯尼亚内罗毕），担任摄像工作，在驻非洲中心站3年半的时间里，因工作关系出差非洲32个国家，出色完成了时政类、突发类、民生类等各种新闻的报道，对非洲各国历史风土人情了解比较透彻。2014年7月从非洲中心站卸任回国，目前在中央电视台时政新闻部时政一组担任摄像工作。

从 2011 年 1 月 22 日在北京海关盖上出境印章前往非洲，到 2014 年 7 月 1 日结束任期回到北京，我有 3 年半的时间在非洲当记者，工作中、生活中，自己经历了许多，有酸甜，也有苦辣，一个人漂泊在外独立了很多，学习了不少东西。

从恐惧非洲，到适应非洲、爱上非洲，我经历了一系列的变化。2010 年 10 月下旬，我接到海外记者部的电话，台里决定派我作为驻外记者常驻非洲 3 年。接到电话，各种复杂的情绪涌上心头：非洲对我来讲，是一个完全陌生的地域，我对它的认识仅限于电视上"赤裸着双脚奔跑着的孩子，睁着惊恐的眼睛"和"骨瘦如柴的难民"，对它的理解也就是"多年的战乱，各种复杂怪异的疾病"。坦率地讲，那一刻我的心里瞬时掠过一丝对未知的恐惧，充满了对未来工作生活的不确定性。

现在回过头来看，自己当时真是幼稚得可笑，真实的非洲大陆是那么美丽、民风淳朴、热情好客。我还清楚地记得 2011 年 1 月 22 日的晚上，我们乘坐阿联酋航空公司的航班经迪拜转机前往肯尼亚首都内罗毕，北京到迪拜直飞的飞机是当时最大的民航客机空客 A380，我们几个一起的同事还都兴奋地和飞机合影。飞机抵达迪拜，在机场逗留 5 小时多以后，我们怀着极大的热情，拖着疲惫的身体，离开了迪拜国际机场，乘坐波音 777 飞机飞向肯尼亚。飞机快降落时，我透过窗户往下望见黄色的土地，自己不禁打了个激灵：哦，这就是狮子生活的草原啊！黄黄的一望无际，可惜的是我瞪大眼睛希望在底下能够看见狮子的矫健身姿，或是斑马的风驰电掣，却什么都没有，只有一些自己叫不出名字的树木、灌木。出关拿行李还算比较顺利，走出机场，满眼阳光，和煦的暖风吹过脸庞，真舒服啊，蓝天白云，不冷不热。非洲中心站的同事也派了车去机场接我们，开车的是一个肯尼亚当地司机，黑人朋友帮我们搬行李、给我们递水，让我一下子感受到非洲人的热情。汽车飞驰在不算宽的公路上，迎面吹来阵阵不冷不热的风，路两旁立着一排排的铁丝网。听黑人司机说铁丝网内就是内罗毕国家自然公园，可以看到长颈鹿、斑马在悠闲地吃着草，对铁丝网外的世界好像也没有更多的好奇和恐惧，而当地人也很适应各种动物就在身边，双方互不打扰。到现在我也觉得在非洲，人、动物与环境的和谐共处可能是做到了极致，需要其他地区和国家好好学习。

 **工作在非洲**

1. 时政报道的"新手"

非洲中心站(央视非洲分台)取址在肯尼亚首都内罗毕,这里是我们的总部,我们这些记者会把家也都安在这里,平时工作、学习和生活主要在内罗毕。作为国家媒体公派人员,报道好当地的突发新闻和风土人情,发出中国的声音是我们首要的职责。我作为当时非洲中心站唯一的专业摄像师,从被北京派出之日起就意识到自己肩上责任重大。偌大的非洲,当时中央电视台驻非洲记者一共加起来才15个人左右,而摄像师就我一个人,工作强度可想而知。非洲这块大陆,新闻多、变化多、变革多,严格意义上对我们新闻记者来讲是一片事业的乐土,这要求我们记者要有着敏锐的新闻嗅觉。随时有突发事件,随时出发。作为摄像师,在配合记者完成新闻的采编同时,更是要有敏锐的新闻意识,要拓展自己的能力,做一个新闻多面手,在需要拍摄的时候能够完成任务,在需要自己采访、写稿子的时候照样能胜任。由于摄像师人手不够,所以不可能每条新闻都有专业摄像师和记者来配合,有些时候会由记者单独来完成新闻的"采,编,播"或者请当地摄影师来完成拍摄。对于我来讲,当时最大的考验莫过于时政新闻的拍摄,我们俗称的"高访"。

这种新闻一般拍摄"时间紧",拍摄时间很短暂,编辑时间很紧迫,必须第一时间发稿;"任务重",领导行程一般会很紧凑,可能在很短的时间里有多场会见,拍摄量很大。而且,高访的新闻还跟其他一些新闻不太一样,"画面为王",领导的每一个瞬间都可能很重要,如果没有关键的画面,单靠文字无法弥补,不允许漏拍,所以说对画面的要求很高。2011年我曾随杨洁篪外长全程拍摄杨外长在加蓬、几内亚、多哥的访问;同年随王岐山副总理全程拍摄王副总理在肯尼亚、津巴布韦、安哥拉的访问。每次都出色地完成任务,并且受到领导的好评。领导在非洲访问期间,由于非洲人对工作安排的随意性,我遭遇了各种状况,包括临时改变会见地点、会见场所只让进一位记者、限制人数、留给记者拍摄时间很短,等等。每种状况都有可能让我们完不成任务,这就要求我们除了具有过硬的电视专业知识之外,还要有敏锐的观察力,善于观察形势、运用自己的能力来完成采访任务。以当年杨洁篪外长在加蓬访问为例,外长的飞机下午2点半抵达加蓬首都利伯维尔,原定3点在总统府会见加蓬总统,我们记者2点40分就在总统府前面等着外长车队,等外长车队过来,记者车随外长车队一起进入总统府,完成报道。当时加蓬总统会见贵宾一般会选择在两个地点,一个是总统府,一个是总统的办公室。由于非洲局部政局不稳定,不排除发生政治暗杀、恐怖袭击的可能,有的时候会临时更改会见地点。我们当时也是做好了两手准备,以防加蓬总统临时更换见面地点,在出门之前就已经提前熟悉路线,万一会见地点由总统府换成总统办公室,怎么走最近,到了之后怎么拍摄等都提前做了安排。果不其然,离会见还有10分钟的时候接到通知,会见地点临时改变到总统办公室,给我们留下的反应时间很短,但因为提前熟悉了线路、了解了交通情况,最后我们能够在有限的时间里,游刃有余地完成任务。对于高访最重要的是不打无把握之仗,知己知彼,根据非洲当地情况,做好一切准备,才能万无一失。

◎和宋嘉宁站长采访肯尼亚总理奥廷加

◎加蓬海边的孩子

2. 探访利比亚

作为记者我们都有亲自到现场采访的冲动，尤其是有机会到战地去参与报道时。

2011年起，中东一些国家陆续爆发了革命，逐渐蔓延到整个中东、北非。当时局势最为动荡的莫过于利比亚了。法国率先出动战斗机轰炸利比亚首都的黎波里，掀开了反对派武装推翻卡扎菲的国内冲突战争的序幕。

2012年初，我一个人出差到利比亚首都的黎波里参与战事报道，战争中的利比亚危险无处不在，尤其是在前线交火区，反政府武装鱼龙混杂，包括各部落武装，甚至还有极端组织混淆其中，他们针对一切非支持他们组织的记者，记者的人身安全得不到保障。在飞机上，我透过舷窗俯瞰的黎波里，美丽的地中海怀抱整座城市，海水微澜、清澈；沙滩白净、细腻。出了机场，城市里行人很稀少，建筑上布满了密密麻麻的弹孔，可以想象当时这里的战斗多么激烈。接我的司机是个利比亚人，浑身充满了警惕，开车去酒店的路上时不时变换路线，观察后面有没有其他车辆尾随。当时的的黎波里处于无政府状态，各派别势力割据，绑架、暗杀事件频出，尤其是像我们这样的亚洲人面孔，一眼可以从人群里被认出来，很容易成为犯罪的目标。当时我除了正常的战事报道任务之外，还有一个重要的新闻任务是关于难民何去何从的报道：在利比亚内战中大量的利比亚人沦为难民，他们流离失所、背井离乡，前往邻国避难，有些甚至乘坐非法难民船北上横渡地中海到达意大利，前往欧洲讨生活。难民北上的路充满凶险，有大量难民在地中海溺亡。我采访的地点是距的黎波里40千米的一个地方，这是一个难民集中营，地点位于沙漠的边缘，偏僻、交通不便。集中营里有几个类似于塑料大棚似的建筑，每一个里面关押着约上百个难民，男女分开，有小孩、老人。坚固的铁栅栏把他们和自由隔开。他们的眼神里充满了对自由的渴望。这里关押的难民大部分不是利比亚难民，而是撒哈拉以南非洲的难民，因为疾病、战乱，或是什么别的原因，他们无法取得合法的欧洲国家签证，就铤而走险向北穿越战乱的利比亚，选择时机坐船偷渡去欧洲，他们中的大多数都是在地中海被意大利

◎利比亚首都的黎波里中心广场

警卫船拦截遣返回利比亚的，先在这里集中起来，等利比亚国内局势稳定下来以后再进行下一步的安置。采访中，我得知由于利比亚现在是无政府状态，难民的后勤保障根本跟不上，食物短缺，最基本的药物也没有。难民除了利比亚人以外，大部分来自索马里、刚果（金）、尼日尔等骚乱地区。那次采访让我深深感觉到什么叫国破家亡，"覆巢之下，焉有完卵"，有国家的稳定才有完整的家庭，只有国家的强大，国民在海外才能挺起腰杆。

3. 走进索马里

2012年，有幸随国际粮食救援署包机赴索马里采访，当时是由我们非洲分台负责人宋嘉宁带队，一行3人，深入索马里首都摩加迪沙进行采访。当时的摩加迪沙地域90%被恐怖组织阿尔沙巴布占领，政府军只控制着剩下10%的地域。严格意义上来讲整个城市还都是属于交火区。城市几乎没有一座完整的建筑，全是残垣断壁，这些建筑在几十年的战争冲突中被洗礼了一轮又一轮，记载着这段历史。记者出行必须全副武装，防弹头盔、防弹衣必不可少，乘坐全地形防爆防雷车。这次的新闻任务是报道中国援助索马里几百吨粮食，由肯尼亚经商处韩春霖参赞来负责组织、执行。我们随肯尼亚经商处工作同志深入到粮食分发点、当地的学校还有难民的安置点进行采访。以前只能在电视上看到的索马里难民，活生生在你的眼前，这种感觉就像做梦一样。难民大多为妇女儿童，大多数青壮年在多年的内战中被打死了，或者是逃离了这个国家，还有一小部分直接干上了海盗的勾当。难民眼神清澈、热情，虽然饱受战乱、流离失所，但是在他们脸上看不出任何的沮丧、失望，反而充满了对生活的向往。他们看到我们给他们带来了食物，我们来自中国，他们眼神中充满着感激，小孩开心地绕着我们跑来跑去，嘴里喊着"China、China"，就好像是自己的亲人来了。看着这一群小孩开心的模样，我心中也是感慨良多，国内许多这么大年纪的孩子在家里还是小皇帝呢，怎么可能为吃不饱肚子而发愁。老人们也是亲切地拉着我们的手表示感谢，嘴里一直说着什么，虽然阿拉伯语我们听不懂，但是能感觉到是一些表示感谢的话。我们采访进度被严格地控制为在一个地方逗留不能超过15分钟，即每一个难民点和学校最多只能采访15分钟，然后换另一个

◎摩加迪沙难民等着领取食物

地方采访。最初我还不知道为什么要这么做，问了负责安保的非洲联盟维和士兵才知道，摩加迪沙到处都是阿尔沙巴布组织的眼线，他告诉我们，我们随时都有可能被恐怖组织袭击，逗留时间短就是为了不给恐怖组织反应时间，增加我们存活概率。

在非洲的采访报道中，对战争、骚乱的报道只是我们工作的一部分，其实更多的时间我们是在采访报道非洲民生新闻，驻外那几年非洲发展很快，中国和非洲很多国家的合作项目也很多，中国人在非洲越来越受到欢迎。非洲人也希望我们更多报道他们国家多年来的发展、民主的进步，展现给中国观众，好吸引中国人来非洲旅游，投资。确实大部分时间我们也是这么做的。

◎在非洲冲突区拍摄画面

生活在非洲

在非洲驻站3年半，时间也不算短。除了工作出差之外，可能想得更多的就是怎样过好在非洲的生活，衣食住行怎么解决？有没有可以交往的华人圈子，等等。记得从北京出发前往非洲的时候，担心非洲的物资供应不够，非洲的饭菜不可口，很多同事在行李箱里塞满了洗发液、沐浴露、方便面，背着电饭煲、大炒瓢……就像逃难一样大包小裹，到了非洲才知道，非洲真不是自己想象的那样。大部分地区基本的物资供应还是有保障的，在我们之前，央视在肯尼亚已经有驻站记者展开工作。他们在我们来之前，已经替我们找好了房子，家具、电器也都置办妥当了。我们一到肯尼亚内罗毕，就像回到了另外一个家一样，能够很快安顿下来。

非洲的疾病不少，社会治安也比较差。偷盗、抢劫、绑架事件多发，我们在内罗毕的同事多多少少都经历过一些。

我也经历过一起，可能是当时我们同事经历的事件里最为恶性的一起入室

◎非洲草原

偷盗，甚至惊动了大使馆和中央台的领导。当时我正在卢旺达出差，晚上不在内罗毕。第二天早上，忽然接到宋嘉宁站长的电话，让我赶紧回内罗毕——家里被盗了！我回到家里一看，家里被翻得乱七八糟，衣服、文件扔了一地。毫不夸张地讲，基本被搬空了。除了电视，电脑、照相机等电器也被拿走了，就连我的半袋洗衣粉、卫生纸，甚至我还没来得及吃完的中秋月饼都未能幸免。平时我出差回国托运行李的两个大的行李箱，也被劫匪们拿走，大约是用来搬运赃物了，造成的经济损失不小。事后我听警察说，那天应该有4~5名持枪劫匪在我们小区进行入室抢劫，当晚小区内一共被洗劫了3家，其中我家是最严重的。他们把电锯用电线接上楼道电源，直接暴力锯门，强行进入，因为家里没人，就肆无忌惮地进行偷盗。不过也是幸好家里没有人，如果我在家，恐怕不光不能阻止抢劫事件的发生，还会招来一顿拳脚相向，甚至连性命都有可能遭受威胁。想想也算是万幸了，毕竟在非洲丢失财物事小，保住性命事大。

　　非洲虽然社会治安有不尽如人意之处，但是这块土地也有自己得天独厚的优势，那就是生态环境好，大部分国家绿植覆盖率高、气候温和。而且在这片大地上，野生动物和人类和谐共处。

在非洲也有很多的趣事，我人生第一次被求婚就是在非洲，是被一位乌干达当地女孩。人生真是充满了惊奇和意外，同时我也为非洲少女勇于表达自我情感的勇气叹服。2014年，国内要求驻外记者站制作新闻频道的"十一"特别节目，主要反映非洲当地有特色的环境、人文、饮食、习惯等。我和同事韩蓄一组，我们报道的选题是"乌干达香蕉大餐"。香蕉在中国人的眼里只是一种水果，口感以绵甜为主。在非洲情况就不同，香蕉不仅是一种水果，还是一种主食，被当作粮食来吃。非洲香蕉的种类也很多样，除了水果香蕉之外，还有一种蔬菜香蕉，吃起来没有甜味，外形和水果香蕉相比比较细长，很多非洲国家都把它当作一种主食，尤其以东部非洲乌干达的"乌托基"香蕉大餐最为有名。"乌托基"是以蔬菜香蕉为原料，将它剥皮捣成泥状，蒸熟后拌上红豆汁、花生酱、红烧鸡块、咖喱牛肉，吃起来味道十分美味。于是我们决定奔赴乌干达，探访最正宗的"乌托基"大餐。

我们联系上的是乌干达首都郊区的一个村庄，当地村民逢年过节都会制作"乌托基"，制作技艺非常传统，在当地闻名遐迩。很多外国游客都会慕名来这里品尝香蕉大餐。按照约定时间，我们来到事先约定好的当地一个较大家族，这个家族可谓人员众多，制作"乌托基"香蕉大餐过程中，他们分工明确，有人专门去香蕉园砍香蕉，有人负责拿木柴生火、烧水。工序是首先把香蕉全部剥皮、捏碎，拿新鲜的香蕉叶子包裹捏碎的香蕉，包裹方法非常讲究，一定要包裹得非常紧

◎美丽的莫桑比克少女

密，在拿到锅里上火蒸的过程中，不能让香蕉汁液流出来，才能保持住食物的原汁原味。

在拍摄间隙的等待过程中，这个家族有一个女儿突然向我求婚，让我感到十分错愕。当时我和一个当地人正在聊天，旁边忽然几个女孩开始唱歌、跳舞。扭头一看，一个女孩嘴里咬着几枝鲜花，边唱边跳向我走来，我还没有反应过来，女孩走到我身边，用英语说了句："你能娶我吗？"我当时都快吓傻了！这也太直接了吧，我们刚认识好不好？我们俩说话总共也没有超过5句呀？我赶紧回复："谢谢你，谢谢你，但是我已经结婚了。"她紧接着说："没关系，你可以再娶一个啊！"非洲很多国家法律规定：一个男人可以娶4个老婆。我还是赶紧摇头，连声"谢谢你，谢谢你"地委婉拒绝了，那位女孩有点失落地离开了。求婚的过程被我的同事韩蓄全程拿摄像机录了下来，最后被编辑到央视新闻频道的新闻节目里。节目播出后，在我的朋友圈引起了轩然大波。事后韩蓄告诉我，之前他们就告诉韩蓄要向我求婚了。后来我自己也在想，为什么我会被求婚？可能跟我比较胖有关系吧！非洲大陆的主流审美观还是以健壮、胖为美，择偶的标准大致也是如此，可能是我的身材比较符合非洲人的审美观吧。

3年半在非洲的工作生活，文字不能一一囊括。非洲是一块神奇的大陆，因工作原因，我在这神奇的大陆上穿梭过32个国家，领略了不同的风土人情，感受过各国人民的热情，在非洲的这段时光值得我终生珍藏。就像非洲人民经常说的一句谚语："Once Africa, Always Africa！"翻译成中文就是："来过非洲一次，就会一辈子忘不掉非洲。"只要来过一次，就会一辈子惦念着这块神奇、烂漫的大陆！

塞伦盖蒂——无尽的草原无尽的迁徙

于 飞

于飞，1972年11月生于北京，中央电视台新闻中心策划部新闻中心策划。1998年进入中央电视台之后，曾经历摄像师、编导、新闻记者、新闻策划等不同工作岗位，2010年考入新闻中心任驻外记者。

2011—2014年，先后在央视迪拜中心站和非洲分台担任驻外记者，参与了埃及政局动荡系列报道、卢克索热气球坠毁事故报道、加纳非法采金事件报道、索马里青年党恐怖组织相关报道、东非野生动物大迁徙报道、肯尼亚旅游经济观察报道、阿布扎比防务展报道、"走出去"系列报道、新春五洲行报道、系列高访报道等新闻报道工作。在非洲期间，曾在肯尼亚、埃及、坦桑尼亚、赞比亚、加纳、马达加斯加、马拉维、吉布提、埃塞俄比亚等多个国家采访报道，累计播发300多条新闻报道。

当时我并没有意识到,2013年会是我驻外记者生涯中最忙碌的一年。2月初去埃及轮岗替班,赶上了穆巴拉克下台2周年的激烈冲突和卢克索热气球坠毁事故两摊事,熏催泪瓦斯加着凉闹出了肺炎,整夜咳嗽几宿之后居然开始咳血。活着逃回了内罗毕被确诊是支气管扩张,确认不是患上绝症,心情大好。本以为可以休息一下,又接到任务说2013年东非野生动物大迁徙报道即将启动,非洲分台需要派人前往坦桑尼亚塞伦盖蒂大草原踩点。去神往已久的塞伦盖蒂踩点,这将是最好的疗愈!

 东非野生动物大迁徙

1. 初踏塞伦盖蒂大草原

从坦桑尼亚阿鲁沙的乞力马扎罗国际机场到塞伦盖蒂大草原的300多千米山路是漫长的——路途其实并不遥远,但是路很颠簸,咳血倒是不咳了,但颠簸和期待让每一分钟都很漫长。

2012年《东非野生动物大迁徙》在肯尼亚马赛马拉大草原制作播出之后,国内观众大呼"过瘾""没看够"。于是,2013年台里继续启动这一项目,并把范围扩展到肯尼亚的马赛马拉和坦桑尼亚的塞伦盖蒂两个区域。北京总部方面的消息是塞伦盖蒂的2、3月间是角马产仔期,因此决定2013年的东非野生动物大迁徙报道做两次:3月在塞伦盖蒂的角马产仔和7月在马赛马拉的角马过河。我这次来的主要任务是为"角马产仔"系列踩点。我在颠簸的山路上把踩点的意图告诉了我们的司机兼向导,他听明白我们的来意之后明确告诉我:角马产仔的时间已经过去了,迁徙的角马通常会在1、2月产崽,不是2、3月,而现在是3月8号了。瞬间,我心中有一万头角马开始奔腾……

我们入住的第一个酒店虽然没有电话和网络信号,但离角马群确实是最近的,开车出来不到30分钟就可以看到漫山遍野的角马,就像2012年8月迁徙大部队转到马赛马拉的时候那样密集。向导告诉我,这时的角马群分组是按性别来分的:一半是雄性角马组成的,另一半是角马妈妈带着已经可以四处奔跑

的小角马组成的。第一天的奔波就没有看到有哪个母角马是怀孕的，但我也算有所收获——可以熟练地看出角马的公母了。这听起来有些滑稽，但对于生手来说这并不容易，因为成年雄性角马的肚子要比没有怀孕的雌性角马肚子大得多，而且在远处奔跑的成群角马中瞬间看出某一个"大肚子"是雌雄，导游说"很难"。

第二天我们起个大早，摸黑出去继续找"怀孕的母角马"。

2012年8月，在马赛马拉拍摄角马过河，苦于铺天盖地的都是角马，难得看到其他动物，现在想看怀孕角马了，却总是有好多其他动物冒出来吸引我们的视线。我多次跟向导强调我们要找"角马产仔"，向导一次次带着不解的表情告诉我"产仔已经过去了，现在只有这个"。

当天中午，我们赶上了非洲大草原上的暴雨，午后的塞伦盖蒂大草原变成了一片泽国。我们继续踏上找寻角马的征途，在这里我们拍摄到一组我认为有些价值的镜头。原来小角马过河不是等它们长大后迁徙到马赛马拉河边才开始的，暴雨过后的草原泽国到处是深深浅浅的小河，小马过河的故事在每一场暴雨之后的每一个角马群中都会无时无刻不在上演。角马从出生几天起就开始为马拉河的"天国之渡"做着生理和心理上的准备。

在大雨滂沱之后，猎豹母子3口进入了我们的视线。由于游客们对猎豹长期的青睐，猎豹也对游客越来越友好，有时候一大堆旅行车围着猎豹看，猎豹

◎角马群涉过雨后草原上的小河

◎大草原上的猎豹母子3口

也是优哉优哉的，算是"相看两不厌"吧。由于在猎豹这里停车太久，离我们不远的一辆旅游车陷到了泥里，我们的司机很仗义地开过去帮忙，可惜折腾了近1小时也没能帮助那辆车脱离泥潭，等我们的车打算开回去搬救兵的时候，却发现我们已经走不了了——我们的车停得太久，也慢慢陷进淤泥里。

我们的司机显得很轻松甚至看上去挺高兴，天色还很亮，今天余下的时间他不用费油费力带着我们满草原跑了。我看着天空暗下去却心急如焚，希望早点脱离困境继续寻找"怀孕的角马"……之后几小时发生的情况是，随后陆续赶到的3辆救援车辆加上我们这两辆一共5辆车，先后有4辆车陷入泥潭。

晚上9点多，正是星光灿烂之时，我们换其他车离开，4辆陷入泥里的车将在草原上过夜。

第二天一早的工作计划全部泡汤。临近中午，司机终于把车从泥潭中拖出来。我们与坦桑尼亚塞伦盖蒂国家公园的中方代表陈见星接上头，在他的带领下我们继续寻找"怀孕的大肚子雌角马"。后来的系列直播，陈见星老师作为嘉宾发挥了重要的作用。

据说，角马通常在早上产崽。于是，次日清晨我们选择更早出发。在上午10点30分左右，我们终于拍摄到刚刚出生才站立起来的小角马——母角马拖着

◎ 5辆车中先后有4辆车在草原上陷入泥潭

脐带舐犊情深,小角马浑身湿漉漉,带着怯生生的眼神,而我感动又兴奋:我们记录到小角马第一次尝试着寻找妈妈的奶头、第一次被妈妈带着奔跑的画面了。

拍摄到这个素材使我心里松了一大口气,就算直播大部队赶到时没有机会拍到"角马产仔",这个素材也已经能够满足最基本的叙事逻辑需求了。

接下来的几天,在陈见星的帮助下我们继续寻找"怀孕的角马",试图拍摄到真正"生产"的过程。无奈,怀孕的角马越来越难发现。随处可见的是一片角马妈妈哺乳的祥和景象。

2. 瘸腿小角马

刚刚出生不久的小角马少不更事,还不认识那些会把它们当作食物的狮子、猎豹、鬣狗们,有时它们会懵懵懂懂、毫无戒备地走近其他动物,甚至走近猎豹和狮子。每年角马生产季节中都会有很多角马幼崽被猛兽吃掉。

我在踩点时看到过好几次残疾角马,它们或许是在奔跑中意外受伤,或许是经历过从猎食者口下逃生的惊心动魄,也或许是天生残疾,这些角马一瘸一拐地跟在角马群的后边,看着让人揪心。

◎刚出生的小角马

　　有统计表明，一年一度的野生动物迁徙，有超过20%的角马不能回到出发地，对于一些残疾角马来说，迁徙很可能意味着不归之旅。

　　我们在前期踩点时发现过一只小角马一瘸一拐地跟着角马群艰难地前进。其他年纪相仿的小伙伴们都蹦蹦跳跳地撒着欢，或是追着妈妈吃着奶，它却拖着残疾的腿穿梭在角马群中，勉勉强强跟上妈妈的步伐。我们不知道它是天生的残疾还是刚刚从猛兽嘴里死里逃生，但我们知道一点点的行动不便，对于小角马来说都是致命的，因为狮子的眼神儿特别好，据说视力相当于人类的6倍，稍有异样的跑步姿态都逃不过狮子敏锐的眼睛。当时我请摄像师多拍下一些瘸腿小角马不同行为的画面以便于编辑，静止的、奔跑的、和母角马在一起的、自己的、一瘸一拐追赶角马群的、在角马群中的，不同的行为、情态、景别的镜头便于适配不同的文字表述。后来回看素材的时候，觉得这些画面让人很揪心，但这是自然界真实的一面，只是碰巧被我看到。

　　那两天，每天看到许许多多的角马，却没有在角马群附近看到狮子、鬣狗，当时还想着附近一定没有天敌出没，否则它活不到我看到它的时候。可是就在离开这只小角马后不久，开车大约十几分钟的距离，我们就看到一只狮子在树下乘凉，这更让我们担心那只瘸腿小角马的命运。

3周之后，在直播期间，我们在残疾小角马第一次出现的地方惊喜地再次看到那只瘸腿的小角马，应该没认错，瘸腿的位置一模一样。和3周之前相比，小角马已经长大了不少，毛色也变得深了一些，残疾的左前腿已经开始发黑、肿大。小角马奔跑的时候，残疾失能的左前腿完全不受控地摆来摆去。

小角马的妈妈对它看护得很紧。母爱是不离不弃。之前第一次看到小角马时我很担心它能不能活过1周，但现在它还依然坚强、艰难地跟着妈妈的脚步。这个年龄的小角马还没有断奶，必须要依靠母乳而不能吃草，角马妈妈付出的艰辛不知有多少！不知道未来它们母子的路，还能走多远。

因为必须赶往几十千米之外的营地，我们不得不离开。第二次离开瘸腿小角马的时候，我的心情还是像第一次离开它时那样充满担忧。虽然优胜劣汰是自然法则，但是看着瘸腿小角马跑步的样子，想到它们母子3周来的不容易，真是忍不住地揪心。上天给小角马享受这个世界的阳光、雨露、草场和母爱的时光或许只有短短几周，母角马与这个孩子相处的缘分也同样是这短短的几周，想到未来不久它们母子或许会面对的生离死别，我忍不住眼眶湿润……

这恐怕真是最后一次看到它了！

夕阳西下。在继续追踪角马的路上，我们看到一只受伤的母角马，一瘸一拐艰难地跟在角马队伍的后边，不时有其他母角马走到它身边安慰它。身边的小角马可能是它的孩子，如果角马妈妈死去，小角马也活不成，因为，母角马哺乳期消耗的体力是怀孕生产需要体力的几倍，其他哺乳期的母角马也没有多余的奶水替它喂养孩子。

千里迁徙路，道道鬼门关。

依依母子情，残阳尽余欢。

3. 迁徙路上的水源地

以角马、斑马为主的野生动物在迁徙之前，会在塞伦盖蒂南部的短草平原尽享丰美的水草并生儿育女，那时候它们有吃有喝，不会为水源地而发愁，一场大雨过后，草原就会变成一片汪洋。刚出生不久的小角马在这时就已经跟着成年角马们练习"过河"，为未来迁徙中真正的过河做着心理和生理上的准备。

随着季风的变化，云彩飘向了远方，降雨减少，角马踏上迁徙的征途。从这时候开始，水源地就变成一个让角马越来越纠结的问题。

迁徙途中有很多大大小小的小河、水坑，迁徙路径就是由很多这样的水源地串联起来的轨迹。

角马的嗅觉十分灵敏，可以闻到很远处水源和青草的气味。凭着这个本领，它们会在迁徙途中，从一个水源地跑到另一个水源地。于是，迁徙路线也很像是中学数学里"描点成线"的过程，完成这个连线作业的主角当然是角马。有水的地方草的长势通常也很不错，寻找水源地和周围茂密的青草，就是它们长途跋涉的目的。

在夜晚，角马群不会像白天一样自由自在地吃草、赶路，本来就不算太好的眼神到了晚上更是看不清东西，所以角马们会躲在一个它们觉得比较安全的地方静静等待天亮。于是，在一个清晨，渴了一宿的角马们给我们展现了精彩的一幕。

在一片河滩地，我们看到了一大片角马从山上、两边的坡上潮水般跑下来，刚刚空空荡荡的河滩瞬时间被角马铺满。

狂奔下来的角马扬起滚滚烟尘，空气中弥漫着浓重的土腥味，我的脚下甚至能感受到上万匹角马奔跑的震动。而角马此刻的叫声明显不同于平时，显然它们是被渴坏了。角马群抑扬顿挫的鸣叫声不绝于耳。我们司机特地告诉我，这种叫声叫作"塞伦盖蒂之声"（sound of Serengetti）。

大清早就出来找角马的不只是我们，角马群的一阵骚动让我知道，一定有不速之客出现了。循声而去，原来是一头狮子把几千头角马追得又狂奔回了山坡上。

蹲守水源地是狮子的一个习惯，一来是自己喝水方便，二来是等着猎物来喝水时捕猎方便。如果你在草原上看到一个水池旁边有可以遮阴的树丛，那很可能有几头狮子正趴在树丛里打量着你。

水是生命的源泉。在非洲大草原上，生与死、爱与恨、成长和衰老、舐犊情深和血雨腥风，一切故事都围绕着水源地展开。

◎清晨,角马群奔向水源

 伦盖伊火山爬山记

北京总部要求在东非野生动物大迁徙报道中加入火烈鸟的内容,于是塞伦盖蒂报道组临时决定,让我前往塞伦盖蒂东部的那特伦湖——那里是火烈鸟的繁殖场,每年有超过全世界一半的火烈鸟会在湖区生儿育女。2013年8月6日一大早,我从塞伦盖蒂北部的罗伯(Lobo)地区出发向那特伦湖(Lake Natron)进发。200多千米的崎岖山路走了8小时,刚到达湖边时,第一眼看到的火烈鸟却少得可怜,从附近村子临时找来的马赛族向导阿拉卡指着湖对岸的一片山说:"山脚下湖那边的火烈鸟很多,但是要再走2小时的路。"

到达30多千米外山脚下的湖岸边,眼前的景色让我惊呆了,吸引我的不是遍布数千米湖岸的火烈鸟,因为眼前火烈鸟的密度远不如之前在肯尼亚看到过的密集,但在火烈鸟和平静湖水的后面,一座锥形的火山巍峨耸立,火山与湖面的倒影构成的画面,和着火烈鸟的叫声,让我恍如进入了另一个世界。向导告诉我那就是伦盖伊火山(Mt Lengai)。从拍摄角度来看,湖面、火烈鸟、近处的狰狞怪石、远处的锥形火山体可以被囊括在一个画面中,尤其是远处背景的火山在构图中尤其出彩。虽然天色已晚看不太清,但是直觉告诉我这里就是我们想要的直播点。第二天一大早,为了确认直播时段的光效,我再次来到了

塞伦盖蒂——无尽的草原无尽的迁徙 | 325

湖畔这个地点。那天早上的阳光灿烂得出奇,湖边的斜坡上机位稍俯角度拍摄,背景正好可以带上湖面的大群的火烈鸟、注入泉水的小溪和远处的伦盖伊火山,阳光应该是从侧前方30°斜上方射来,稍侧角度的顺光非常有利于出镜记者脸部造型,背景火烈鸟的粉红色也可以在顺光中很好地被还原。尤其是远处的伦盖伊火山就像是埃菲尔铁塔之于巴黎的风景一样,在画面中起着灵魂一样的支撑作用。带着满心欢喜,我赶回大本营去复命。

　　向导阿拉卡告诉我,攀登伦盖伊火山是一个旅游项目,他和村里的其他向导经常会带游客上去。在山顶可以看到火山口冒着的烟,天亮前到达火山口可以看到红色的火苗从土地的缝隙处窜出,安静无风的时候甚至可以听到地下传来的低沉爆裂声,越说我越觉得心里痒痒。我要不要上去呢?回塞伦盖蒂营地路上,这个想法不断地撞击着我。之前两次来塞伦盖蒂为东非野生动物大迁徙报道踩点和拍摄,了解了不少关于塞伦盖蒂地质成因的知识:伦盖伊火山,是塞伦盖蒂超级火山群中唯一的活火山,也是全坦桑尼亚唯一的活火山,还是世界上唯一一座喷发碳酸盐岩浆的活火山。伦盖伊火山的活动,是塞伦盖蒂地形地貌和土壤形成的重要动力,节目中关于塞伦盖蒂地形地貌和土壤构成的信息点在这里讲最直观。山,爬不爬呢?爬吧,向导说夜里10点出发,爬一宿才能到山顶,而且没爬山的器材啊,鞋穿得也不对,衣服恐怕也不够啊;不爬吧,火烈鸟一

◎火烈鸟

◎那特伦湖与伦盖伊火山

个元素在节目中相对单一，湖水和湖岸边的怪石也比较静态，关键是塞伦盖蒂和那特伦湖的地质成因就是因为这座火山，直播中要是能呈现火山活动的画面，按说是会增加不少看点。而且看着伦盖伊火山近乎完美的锥形山体就在眼前，心里好痒痒啊！

回塞伦盖蒂罗伯营地的路上我做了一路思想斗争，斗争的结果是：跟领导争取一下，爬山！

8月8日，在世界第二大火山口——恩格罗恩格罗火山口直播结束之后，东非野生动物大迁徙塞伦盖蒂直播报道组的大部队，向伦盖伊火山脚下的那特伦湖地区进发。一路上同一辆设备车3次爆胎，同事们趁着换轮胎的时间纷纷下车照相，因为这里的风景太不像地球了——形状诡异的石头、大大小小的锥形山、灰白色的火山灰上寸草不生，还有，耳畔呜咽的风。

风景，在地球的另一边，在世界的最远端！

8月9日，经过一个上午和当地村民关于直播拍摄艰苦卓绝的斗智斗勇，中午时分大家终于被我带到了之前选好的位置实地考察直播点，大家也都觉得：太美了！此时离预定的爬山时间还有10小时。赶2小时路回到营地、和当地马赛村民继续扯皮、写报道方案、编辑回传资料素材、学习和准备设备等，一堆重要的杂事全干完时，离爬山还有 1 个半小时。终于可以躺下休息一下的时候，却突然睡意全无。

陪我上山的还有非洲分台的同事薛明子，平时在分台干技术，这次过来干摄像。有他在，我心里踏实不少，毕竟之前没有用过"比干"（一种便携式卫星传输设备）做直播，2 年前培训时的内容早就忘光了。晚上 10 点，我们在黑暗中向着伦盖伊火山摸去。我们住的帐篷酒店看着离伦盖伊火山很近，但是黑暗中，车却开了半小时多。当我们的车停到一辆早些时到达的旅行车旁，向导喊我们下车时，一连串的哈欠告诉我，每天睡觉的时间到了，我的生物钟倒是比较准。

我们有 1 名向导和 3 名挑夫，加上我和薛明子一共 6 个人开始了黑暗中的旅程。山脚下的旅行车关上了灯，司机在车里睡觉等我们下山。星光一下子亮了起来，眼前的世界被划分为被头灯照亮的脚下和被星光填满的远方。小路边的草丛中不时地传来窸窸窣窣的声音，向导阿拉卡告诉我不用担心，这里没有猛兽。2007 年伦盖伊火山喷发时，山脚下的树木全被摧毁了，没有繁茂的树木栖身，大型动物不管是草食的还是肉食的都不见了，能在这生存的只有小型动物。

马赛族向导和挑夫不愧是吃生肉喝牛血长大的，体力真是好，我虽然能跟上他们的步伐，但是已经是大口地喘着粗气，他们却气定神闲，明子同学已经落在了后边。我要求停下脚步休息一下等等明子同学的时候，马赛人告诉我才走了 20 分钟。他们还告诉我：我们还在山脚下，还没有开始爬山。就这样，我们跌跌撞撞地开始了伦盖伊火山的爬山之旅。

伦盖伊火山的下半部分覆盖着松软的火山灰，每往上爬一步就要随着火山灰退回半步。从山脚下到半山腰，草由密到稀，开始可以踩着或揪着点草减少打滑，到过了半山腰就看不见植物了，地面变成很尖、很脆的石头。在半山腰之前我有几次脚踩到崩塌的火山灰结晶块上，在结晶块破碎的瞬间人也差点滑下去。还好，哥们儿长得瘦，骨头卡住石块没滑下去。手上因为滑落瞬间急抓石头被割破了几道口子，好在火山灰没有多少细菌，而且止血功效很不错。我的摄像兼技术员薛明子同学已经远远地落在了我们的后边，一名挑夫和他在一起慢慢地走着，他们的头灯在夜里越来越远。

在爬山的过程中需要休息几次，在一段陡坡之后会出现一个相对平缓的石

◎伦盖伊火山顶附近

头窝,地上的空瓶子显示这里是爬山客常常休息的地方。向导开始抱怨我走得太慢,说他有一次陪一个法国特种兵只花了不到3小时就成功登顶。我问了几个马赛人的岁数,分别报上来23岁、24岁、26岁,我告诉他们我41岁之后,他们停止了抱怨。休息的时候为了省电会关掉头灯,爬山的人也才有机会把视线从脚下移开,看看路上的风景。原来听说狮子的眼睛可以靠反射星光在夜间捕猎,现在看来应该是真的,因为我都可以凭借明亮的星光看清周围的轮廓。8月10日是阴历七月初四,没见到月亮,灿烂的星空中银河从半空流向天边,比地平线稍高出一点的地方就有星星,由于我站在山上,周围是一马平川,甚至觉得地平线附近的星星比我还低一些。虽然知道摄像机和手机的感光度不够高,无法记录下这样灿烂的星空,我还是无谓地拿出手机朝向星空拍了两下,照片漆黑一片。空中有两颗流星拉出短短的轨迹,我赶紧许愿让我能顺利爬上火山口完成直播和家人平安。远方地平线上可以看到两条火线,又是在烧荒,向导告诉我那是塞伦盖蒂中心的方向,应该在100千米开外了,站得高果然看得远。想起自己做《草原烧荒进行时》的片子时,碍于面子话只说了一半,因为烧荒的弊大于利在生态学领域已经是定论，但是马赛马拉和塞伦盖蒂每年还在烧着……突然，一阵寒风吹来，一阵寒战打住了我的浮想联翩，这才意识到内衣已经湿透了，刚才爬山一身热汗没觉出来，现在静下来，湿漉漉的衣服都变凉了，这对爬山来说很危险，幸好这座山不是什么大雪山。

伦盖伊火山近100万年来喷发不断，于是高度也不断升高。山脚下海拔才几百米，那特伦湖吹来的风既有温度又有湿度，但是火山顶海拔足有2878米，是附近的制高点，空气对流较强，所以在夜里山下和山上的垂直温差很大，远远超过海拔上升2000米平均温度下降12℃的通常情况。尤其是在夜里爬山，山下穿多了热，山顶穿少了冷。这时候最好的解决办法是继续走，让被汗水浸湿的衣服再热起来。就这样，一个中国来的记者和3个马赛人继续在通往伦盖伊火山顶的崎岖中手脚并用地往上爬，星光相伴。

再次停下来休息的时候已经是凌晨5点，向导说我们还有两小时可以到达山顶，天边有点发白了。凌晨5点，这是塞伦盖蒂直播大部队预计从营地向那特伦湖直播点出发的时间，我掏出兜里的激光笔朝着营地的方向不断地晃，不知道他们忙碌的出发中会不会朝着伦盖伊火山的方向望一望。

爬伦盖伊火山最后的一段路被认为是最危险的，但是对于我来说，却觉得爬坚硬陡峭的岩石比之前爬松软的火山灰容易得多，虽然仍然是手指不断被磨破，骨头与岩石犬牙交错。不到上午8点的时候，我们停在了一处石头窝里，周围的石头覆盖着水碱一样的白膜，手摸着滑滑的，看着像白雪一样，猜测应该是碳酸钙、碳酸镁之类的结晶。我觉得休息够了，就问向导阿拉卡什么时候出发，他说："你没觉得今天风很大吗？爬上去你会被吹下山的，等会风小了，你准备直播了再上去。"很快，一对德国夫妇从山顶下撤，印证了他的话，他们穿戴着专业的登山行头，戴着风镜说："上边睁不开眼，待一下就得下来。"

上午8点5分，我通过卫星电话向塞伦盖蒂报道组的导播宋杰通报了我的进度。8点半，我们开始向火山口顶部进发。越接近火山口坡越陡风越大，脚下的土地也开始变热。向导和挑夫自顾自头也不回地朝坡顶爬去，全然不管我一个人落在远远的后边，如果我此时滚到山下他们都不会发现。在离山顶200米的地方，我开始看到地上冒着白烟的裂缝，尽管风很大会把白烟吹散，但是刺

◎陪我攀登伦盖伊火山的当地向导

鼻的气味却依然浓烈。我小时候家住在北京石景山区首钢厂区附近，守着一个钢铁厂和一个水泥厂，这种气味和小时候闻到的气味几乎一模一样，心底于是生出一丝亲切感。终于，我顶着大风手脚并用地挪到了山顶，只见几个马赛人早已经蜷缩在了地上——风太大了。我从他们几个人那里凑齐了设备包，一个个地打开背包取出设备。这个描述起来十分简单的过程用去15分钟——风太大了。要连接设备的时候我又惊出了一身汗，两年前学习过比干的使用方法，2年内一直没用过，上山前的几小时同技术员薛明子约好，一起向中东站经常使用比干的张宇老师学习了一下比干的菜单设置，但是等我对完直播台本跑过去学习的时候，张宇已经讲到了一半，菜单设置倒是学会了，但是怎么用几根线把几个设备连接起来的过程却没看见。当时偷懒想着有薛明子在，我只是个备份而已，没想到的是薛明子多日劳顿、体力不支，没爬上山来，我这个备胎还真就用上了。又经过10分钟，几个接口排列组合地瞎试，系统终于连上卫星了。这10分钟里比干的金属天线被风吹跑了3次，按说赤道附近比干的仰角也就是十几度，几乎算是平放了，但是一点点的角度都架不住大风的揪扯。架好机器接通信号，我赶紧拿出卫星电话拨通后方美女孔冰冰的号码，振铃响了一声那边就接了。声音测试时我从手持话筒里说话的声音北京一点都听不见，倒是电话声音对方能听见，后方说别挂电话就这样来吧。想到我马上就要出镜了还沉浸在连接设备时的抓狂状态中，我下意识地用手抹了抹流下来的鼻涕，电话里守在演播室监视器前的美女马上用干练的声音提醒我"注意一下形象，大家都看着呢"。晕！刚刚准备回想一下昨天爬山之前总结的几个话题，电话里主播文静的声音就提到了于飞的名字——该我说了！如果上天有眼或是有什么外星生命注视着这一刹那，会看到这样的一个场景：几个蜷缩卧倒的人旁边，一个人跪在摄像机前，一手拿着电话对着摄像机说着什么，几句话后跪爬到摄像机后边把电话换到另外一只手上，腾出一只手去摆弄着摄像机，又是摇镜头又是推镜头，嘴里还继续叨咕着什么，时不时还用拿着电话机的手去调整一下摄像机的焦点。跪在摄像机前真不是出于对电视事业或电视观众的尊重，而是因为风太大了，站直了必会被吹下山去，蹲着不如跪着稳，这个我试过了。我相信在火山口录像或是直播我一定不是第一人，但是我估计像我这么狼狈的应该不多。

比干的天线没电了，我也不用再做第二次连线把准备好却没来得及说完的话说完了。我喊起蜷缩在我身边的几位马赛向导和挑夫，此刻我由衷地感激他们，他们蜷缩起来瑟瑟发抖的姿势很可怜，爬这个山真的很难，无论我还是他们。他们一次次背着游客的大包小包，冒着失足跌落的风险登火山是为了养家糊口，没有他们的帮助，我们这些游客不可能领略这样的风景。更何况，平时他们只需要爬上来马上就下去，跟着我来他们却需要在山顶大风里耗上1小时多的时间。

《东非野生动物大迁徙》直播结束了，观众不知道还能记住这个节目多久。对于观众来说，一个节目看过之后或许会很快忘记，但是对于做电视的我们来说，我们的生命或许就是由一个一个工作串起来的。很多年后，我们会数起曾经做过的一个个早已被人们淡忘的节目，聊得津津有味，因为那些瞬间是别人记忆里可有可无的一部分，却是深深嵌入我们自己生命的一部分。

再见，伦盖伊火山！

再见，塞伦盖蒂！

◎在伦盖伊火山顶做连线直播

 后记

　　塞伦盖蒂，是马赛语"无尽的草原"的意思，世世代代无穷无尽的动物在这里生生死死，草原无尽迁徙无止，从终点回到起点，周而复始。离开塞伦盖蒂的时候，我试着回想这段日子里给自己留下最深记忆的是哪一刻：是近距离看到难得一见动物时的兴奋？是看到弱肉强食、一个生命被另一个生命夺去生命时的不忍？是住在野营帐篷里听着窗外不远处狮子低吟、鬣狗嚎叫时的刺激？是做成了片子回传成功后的喜悦？还是多日蓬头垢面后难得一次洗澡时的满足？都不是。好像恰恰是从一个驻地迁往另一个驻地几小时漫漫长途中，车里一片鼾声，只有我和司机清醒的时候，我漫无目的望着"无尽的草原"时；也会是我们架设好卫星设备等待直播，坐在酒店石头山顶的露台上无人打搅地各自发呆时；还有在深夜爬伦盖伊火山的半路上，累到不想再走恳求向导休息一会，

我们都关上头灯瘫坐看满天灿烂星河的刹那……那些时候，我经常会突然想起好久好久之前的某个瞬间、某个名字、某段尴尬的往事、某个以为忘记的地方，后来听说了一个词叫"放空"。对！那一刻我放空于"无尽的草原"，自己也或许最贴近于"无尽"的"空"。

在我驻外记者的短暂生涯中，我与那些形形色色的生命、非生命互为过客地相遇、分离，它们带给我太多精彩可供慢慢记忆，太多感悟可供细细品味，太多照片和谈资可供虚荣心去炫耀。而我带给它们的什么也没有，如果有，或许也只会是惊扰。

塞伦盖蒂，回忆起来只有感激！